KB034371

홍익인간의 꿈,

소설 최영 장군

홍익인간의 꿈,

소설 최영 장군 3

초판 1쇄 인쇄 2020년 8월 10일
초판 1쇄 발행 2020년 8월 15일

지 은 이 정호일
펴 낸 이 정연호
편 집 인 정연호
디 자 인 이가민

펴 낸 곳 도서출판 우리겨레
주　　소 서울시 은평구 통일로 71길 2-1 대조빌딩 5층 507호
문의전화 02.356.8410
F　A　X 02.356.8410
출판등록 2002년 12월 3일 제 2020-000037호
전자우편 urikor@hanmail.net
블 로 그 http://blog.naver.com/j5s5h5

ISBN 978-89-89888-20-8 04810
ISBN 978-89-89888-17-8 (전3권)

홍익인간의 꿈,

소설 최영 장군

정호일 지음

도서출판 우리겨레

차 례

3권

1권

2권

홍익인간의 꿈,
소설 최영 장군
3

왜구에 대한 방어대책을 적극 세우고자 유모 장씨를 몰아내고

화통도감의 설치로, 최영이 그토록 왜구에 대한 방어대책을 적극 세우자고 주장했던 그 근간과 토대가 비로소 마련되기에 이르렀다. 그 준비가 제대로 갖춰지기만 한다면 고려 수군이 바다로 나아가 왜선을 격침할 수 있는 길이 열릴 것이었다. 허나 화약무기가 개발되어 실전에 응용되기까지는 시간이 요구되었다. 그때까지 어떻게든 왜구의 준동을 막아야 했다. 전략, 전술도 외교적 해법도 무의미했다. 침입해 오기 전이라면 유의미한 논의일 수는 있어도 쳐들어온 이상 맞서 싸워 격퇴시켜야만 했다. 침략당하면 벌써 백성이 살해되고 강토가 유린되는 것이었고, 나라와 영토를 빼앗기면 모든 걸 다 잃기 때문이었다. 도당에서는 우선 수도인 개경의 성곽부터 수리하도록 조치했다.

왜구의 준동은 계속되어 1377년 10월 배 40척으로 경상도 동래현을 침구했다. 영주와 아주까지 침입해오자 왕안덕과 홍인계, 인해, 김득제, 목충, 왕빈 등이 그들을 패주시키고 3인을 사로잡았다. 전라도 함열현도 공격받았다.

1377년 11월에도 부여와 정산, 홍산을 침구해 왔다. 또 배 130여 척이 경상도 김해와 의창을 침공해오자 도순문사 배극렴이 맞아 싸웠으나 패하였다. 양광도 수안현과 동성현, 통진현도 침략을 받았다. 1377년 12월에는 순천 병마사 정지가 침구한 왜적 40여 급을 베고, 2인을 사로잡아서 바쳤다.

지속적인 왜구의 침구는 대외정책에도 영향을 미치고 있었다. 내정이 혼란스러우니 대외적 안정을 추구하는 방향으로 나가지 않을 수 없었다. 명과의 관계가 풀리지 않으니 북원만이라도 화친 관계를 계속 유지하려고 하였다. 1377년 11월에 전 개성윤 황숙경을 북원에 보내 절일을 축하하도록 보낸 데 이어 1377년 12월에도 순흥군 왕승을 북원에 보내 신년을 하례하게 했다. 요동의 나하추 또한 고려와의 협력을 절실하게 요구하며 사자 편에 양 160마리와 모우 세 마리를 보내왔다.

그런데 명의 주원장이 뜬금없이 1377년 12월에 고려사람 정언 등 358명을 고려로 돌려보내 왔다. 명의 압박으로 고려가 북원과 계속 가까워지게 되자 그걸 차단하고자 하는 속셈이었다. 조정에서는 친원이냐, 친명이냐는 외교정책을 두고 오랜 논란 끝에 명과의 화친을 다시 도모하기로 결정하였다. 대외적 안정을 우선순위에 두는 이상 새롭게 흥기하는 명을 무시할 순 없기 때문이었다. 1378년 3월 판선공시사 유번을 명에 보내 사의를 표하게 하는 한편 예의판서 주의에게 선왕의 시호를 내려주고 왕위 계승을 승인해 줄 것을 요청토록 하였다. 왜구의 지속적인 침구 때문에 고려의 실익을 추구하기 위한 적극적인 대외 정책도 구사할 수 없는 꼴이었다.

왜구는 1378년 1월에도 서해도 연안부를 침구했고, 2월에도 안산, 인주, 부평, 금주를 침입했다. 3월에도 다시 부평을 침구하고 이어서 태안군까지 침구했다. 다시 남양을 침구하여 수원부까지 불태우고 노략질하였다. 부사 신인도는 간신히 몸만 빠져나왔고, 원수 왕빈은 적과 싸우다가 패배하고 원군을 요청하였다. 조정에서는 밀직부사 박수경을 파견하였다. 왜구는 한주와 임주의 두 고을도 침구하였다.

화포를 이용해 바다에서 왜구를 격멸하기 전까지는 왜구의 끝없는 침구에 어찌하든 대책을 세워야 했다. 조정에서는 다급한 마음에 찬성사 목인길과 판밀직 조인벽으로 하여금 군사를 지휘해 화포를 쏘고 수전을 연습해 보게 하였다. 최영은 지대한 관심을 갖고 지켜보았으나 그 결과는 아직 만족스럽지 못하였다. 화포를 실전 무기로 사용하기까지에는 좀 더 많은 시간이 요구되었다. 도당에서는 어쩔 수 없이 수도의 안전을 위해 개경의 성곽을 수리한 데 이어 수축하게 하고, 밀직부사 조희고를 한양도조전도 병마사로 임명했다.

그런데 왜구는 고려의 바람대로 시간을 기다려주지 않았다. 1378년 4월에 들어서 양광도 덕풍과 합덕 등의 현을 침구하고 도순문사의 군영까지 불태우고 나왔다. 그리고는 착량에 대병력을 대거 집결하여 승천부까지 진격하여 와서는 목소리 높였다. 수도 개경을 향해 공격하겠다는 것이었다. 수도에 비상령을 발령하거나 개경을 침구할 것이라는 유언비어가 나돌긴 했지만 왜구가 직접 수도를 공략하겠다고 소리치고 나온 것은 처음 있는 일이었다.

수도 개경이 당장 위협받는 상황에 처한지라 그것부터 막아내야 했다. 충격과 공포에 휩싸인 조정에서는 부랴부랴 군사를 끌어모아 동강과 서강을 지키게 하고, 대궐문에도 경비병을 배치해 경계하게 하였다. 성안의 인심은 흉흉하고 불안하기 짝이 없었다.

최영은 노구의 몸을 이끌고 나와 우선 적들의 동정을 파악하기 위해 방리군으로 하여금 성 위에 올라가 살피게 하였다. 그리고는 직접 적들의 개경 진입을 방어하기 위해 다급히 군사를 독촉하여 해풍군으로 나아가 주둔하면서 찬성사 양백연을 부도통사로 삼았다.

왜적은 여러 둔진을 거들떠보지도 않고 그대로 지나치며 최영의 진지인 해풍의 중군만을 향해 곧바로 진격해 왔다. 노도와 같이 밀려드는 왜구의 기세 앞에 막아나서는 자 아무도 없었다. 이로 인해 최영은 개경의 방어를 놓고 왜구와의 일전을 피할 수 없게 되었다. 최영의 방어선이 뚫린다면 수도가 유린당하는 절체절 명의 위기 상황에 놓인 형국이었다. 수도가 유린되면 저 요동과 만주 땅을 찾기 위한 꿈은 물 건너 갈 수밖에 없었다. 어떻게든 지켜내야만 했다.

최영은 지형들을 살펴보며 전투 방법에 골몰하였다. 저 기세 높은 적과 정면으로 맞서 싸워서는 많은 사상사가 발생할 수 있었고, 완전 제압하지 못하면 그 잔당들에 의해 수도 개경은 물론이고 그 주위의 백성들이 고스란히 그 수난을 겪을 것이 불 보듯 뻔했다. 이걸 피하려면 적들을 포위망에 들여놓고 일망타진해야만 했다. 최영은 신속히 양백연과 이성계를 불러들였다.

"적들은 우리 고려군의 중군을 격파하면 개경을 함락시킬 수 있을 것으로 보고 나를 집중 공략하려고 하고 있음이 틀림이 없소. 내 이를 역이용하여 적들의 과녁이 되어 줄 것이오. 사직의 존망이 이 한판 싸움에 달려 있게 되었소. 내 적들을 깊숙이 유인해 낼 것이니 포위망에 완전히 걸려들면 그때 공략하시오. 감히 여기까지 기어들어온 적들을 한 놈도 살려 보낼 수는 없소. 속히 가서 준비들을 하시오."

최영의 예상대로 왜적은 최영의 군진을 향해 대대적으로 공격해 들어왔다. 최영은 군사를 향해 소리쳤다.

"자, 공격하라."

최영은 앞장서서 칼을 휘두르며 말을 달려 나가자 군사들도 그 뒤를 따랐다. 적과의 혈전이 벌어졌다. 왜적은 흰머리와 흰 수염을 휘날리는 최영을 향해서만 집중하여 공격해 왔다. 왜적에 겹

겹이 둘러싸인 최영의 칼이 휘둘러질 때마다 피가 뿌려졌다. 허나 그럴수록 왜적은 최영을 향해서 연신 공격을 들이댔다. 그럼에도 최영은 필사적인 양 맞붙어 싸웠다. 하지만 아무리 무예의 고수라 해도 대병 앞에 속수무책이듯 최영 또한 어쩔 수 없이 쫓긴 양 군사들을 향해 퇴각 명령을 내렸다.

고려군이 도주하자 왜적은 승기를 잡았다는 듯 최영의 뒤를 바짝 따라붙으며 추격하여 왔다. 최영은 군사들의 맨 뒤에서 달리면서 따라잡힐 듯 말 듯 계속 후퇴하였다. 적들에게 몸을 내주며 격렬하게 싸우다가 후퇴했는지라 왜적들은 눈치를 못 채고 오직 최영을 죽일 일념으로 계속 돌진하여 왔다. 적들에게 과녁이 되어 줌으로써 깊숙이 끌어들이려는 유인 전술의 성공이었다. 이쯤이면 되었다고 여길 무렵 이성계의 정예기병이 뛰쳐나오며 왜구를 향해 돌진하였다. 정예기병의 기습적인 등장에 왜구들은 그대로 유린되기 시작했다. 최영 또한 다시 반격 명령을 내렸다.

"한 놈도 남김없이 모조리 격멸하라."

최영 또한 적들을 향해 나아가 목을 베기 시작했다. 이 전투에서 왜구는 이성계와 양백연, 최영의 삼군의 군사에 완전히 포위되어 독안의 든 쥐 꼴로 모조리 살상되었다.

성안에서는 왜적을 깊숙이 끌어들이려는 최영의 전술적 후퇴를 쫓기는 것으로 잘못 전해져 어찌할지를 몰라 허둥대기만 하였다. 혼란스러운 상황에서 우왕이 도성을 떠나 피신하려는 모습을 보이자 백관들도 여러 겹으로 옷차림새를 단단히 동여매고 대궐에 모여 기다렸다.

우왕이 나오기만을 기다리고 있던 참에 최영의 승전보가 도착하였다. 그때서야 사람들은 역시 믿을 수 있는 사람은 최영 장군뿐이라며 피 마르게 졸인 가슴을 쓸어내렸다. 우왕은 경성의 계엄을 해제하고, 최영의 공이라 하여 안사공신의 호를 내렸다.

1378년 5월에는 가뭄까지 들어 백성들의 삶은 고달프기 그지없었는데, 왜적은 개경을 넘보다가 최영 등에게 완전히 격멸되었음에도 한 달도 못 돼 다시 양광도 서주를 침구하고 수원 등을 침략해 왔다. 1378년 6월엔 청주를 침구한 왜적의 군세가 매우 정예한지라 고려 군사들은 멀리서 바라보고는 달아날 정도였다. 적들이 그 기세로 도처로 흩어져 약탈을 가하자 고려군을 기습 작전을 전개하여 10여 급을 참수하였다. 왜적이 다시 양광도 목주와 영주, 온수현을 침구했다. 도당에서는 우인열을 경상, 양광, 전라의 삼도 도체찰사로 임명해 방어하게 하였다. 왜적이 다시 경기도 종덕현과 송장현 등을 침구하자 원수 최공철과 왕빈, 박수경 등이 공격해 물리쳤다.

끝도 없이 이어진 왜구의 침구 앞에 고려 조정은 혼란 그 자체였다. 모든 정책이 왜구와의 싸움에 총력전을 전개하는 방식으로 되지 않을 수 없었다. 이런 때에 규슈탄다이 이미가와 요순은 1378년 6월 승려 신홍을 시켜 자기 휘하의 군사 69명을 거느리고 왜적을 추포하는 데 고려와 협력하도록 조치하였다. 왜의 보빙사로 파견되어 왜구의 침구에 강력히 항의한 정몽주의 공이었다.

정몽주는 1378년 7월 왜 열도로부터 규슈탄다이 이미가와 요순이 보낸 주맹인과 함께 귀국하였다. 정몽주는 왜에 이르러 고금에 이웃 나라와 교류하는 이해관계를 명명백백하게 밝히며 왜의 침구를 엄금할 것을 분명하게 요구하였다.

이미가와 료순은 정몽주의 명료한 논리 앞에 존경을 표시하고 후하게 대접하면서 자기 휘하의 군사까지 내보내 준 것이었다. 왜승들은 정몽주의 학식에도 감탄하였다. 정몽주는 시를 청하는 자가 있으면 즉시 붓을 들어 써 주었다. 왜승들은 날마다 찾아와서는 수레에 태워 경치 좋은 곳을 구경하자고 청하였다. 귀국할 때가 되자 정몽주는 고려의 양가 자제가 왜의 노예로 살아가고 있음을 불쌍히 여겨 속전을 주고 데려올 것을 꾀하였다. 제장에게 권해 약간의 재물을 내게 한 다음 글을 써서 윤명에게 주어 파견하였다. 적괴들은 글에 적힌 말이 너무나 간곡하고 측은한지라 그에 감동하여 사로잡혀 있는 고려 백성들을 정몽주에게 보내주었다. 그로 인해 정몽주는 귀국길에 왜에 잡혀 있던 윤명, 안우세 등 수백 명을 데리고 돌아오는 성과를 내올 수 있었다.

허나 침략해온 적은 힘으로 막아내는 것 말고는 다른 방법이 없었다. 외교적 해법도 힘의 안받침이 있어야 효력을 발휘할 수 있었다. 고려가 북원이나 명과 어떤 관계를 형성 하느냐도 힘의 역관계에서 결정되고 있었다. 1370년 1월 공민왕이 1차 요동정벌 때 동녕부를 공격하며 고려의 위세가 강화되자 나하추가 2월에 고려에 벼슬을 요구해 와 공민왕이 삼중대광, 사도의 관직을 나하추에게 내려준 것도 그런 예였다. 국가 간의 관계에서 영원불멸한 것은 있을 수 없었다. 명은 고려가 북원과 협동 작전에 응하지 않는 것을 보고 또다시 지금껏 억류시켰던 고려 사신 최원, 전보, 이지부를 돌려보내 왔다. 고려와 완전히 척지지 않겠다는 뜻을 은근슬쩍 내보임으로써 명과 교류하려면 북원과 관계를 끊으라는 무언의 요구였다. 명으로서도 고려와 북원의 협력은 그만큼 두려운 것이었다.

1378년 7월 북원에서도 사자를 보내와 소종이 죽어 그 동생인 투쿠스테무르가 새로 황제로 즉위한 사실을 알려왔다. 코케테무르도 1375년에 죽고 소종마저 세상을 떠났으니 북원이 강력한 세력으로 부흥한다면 몰라도 고려와 북원과의 관계의 끈은 점점 멀어지는 형국이었다.

우왕은 병을 핑계로 북원의 사신을 영접하지 않으려 하였다. 허나 명이 호의적으로 나오고 있다 하나 아직 화친 관계를 명확히 수립하지 못한 처지에서 북원의 사신이 강력히 요청하자 우왕은 마지못해 북원의 조서를 접수했다.

명은 1378년 8월 예의판서 주의와 판전공시사 유번을 귀국시키는 편에 주원장의 뜻을 전해 왔다.

"자기 임금을 시해하고, 사신까지 살해한 자들이 우리와의 약속을 지킬 리가 있겠는가? 앞으로는 찾아온 자는 의례로 대우하고 돌려보낼 뿐, 대신들은 고려의 일에 일절 간여하지 말 것을 칙명으로 시행할지어다."

고려가 약속을 지키지 않아 명과 고려가 우호적 관계를 맺지 못하고 있지만, 그렇다고 해서 고려와 적대적 관계까지는 형성하지 않겠다는 뜻이었다. 적대하지 않을 것이니 북원과 손잡고 명에 대적하는 길로 나오지 말라는 요구였다. 교류하지 못하게 된 책임은 전적으로 고려에 있으니 관계를 개선하자면 고려가 그 해결책을 제시해야 한다는 주장이기도 했다.

주원장의 뜻을 확인한 이인임은 이를 묵과할 수 없었다. 그대로 넘어간다면 명과의 관계가 풀어지지 않는 책임의 원인을 그가 고스란히 뒤집어쓰게 될 판이었다. 이인임의 뜻에 따라 사헌부에서는 최원의 처벌을 주장하고 나왔다.

"명이 이리 나오는 것은, 최원이 김의의 사신 살해 사건과 선왕의 시해 건에 대해 조정의 지시대로 따르지 않고 고려에 잘못이 있다고 사사로이 고해 바쳤기 때문이옵니다. 이건 우리 고려를 위기에 몰아넣은 것으로서 결코 용서할 수 없는 대역죄이옵니다. 최원을 치죄하여 엄히 처벌하시옵소서."

최원은 문초를 받고서도 자신의 결백을 끝까지 주장했다. 그러나 그건 의미가 없었다. 권신이 자기 책임을 면피하고자 추궁하는 것이니 이미 결정은 내려진 거나 진배없었다. 실상 외교 정책은 말 몇 마디에 결정되는 사안이 아니었다. 명이 이리 나오는 것은 그들의 이해관계의 득실 때문이었다. 명은 천하 패권을 잡기 위해 고려를 속국으로 만들거나 최소한 고려와 북원의 협력 관계의 형성을 막고자 고려에 압력을 행사하고자 한 것이었다. 허나 제 스스로 고려를 약소국으로 여기고 명과 화친을 추구하려고 하는 상황에서 그 관계가 틀어졌다면 누군가는 그 책임을 져야 했다. 최원은 명과의 관계를 풀기 위해 목숨까지 내놓고 명으로 갔지만 거기서도 억류되었고, 다시 풀려나 고려로 돌아왔지만 끝내 1378년 9월 사형에 처해지고 말았다.

도당에서는 명과의 관계를 풀기 위해 다시 북원 대신에 명의 홍무 연호를 사용하기 시작했다. 명이 북원보다 더 강성하다는 현실적인 힘의 역관계를 반영한 것이었다. 더욱이 북원과 관계를 맺게 했던 코케테무르도 죽고 소종도 죽었으니 고려가 북원에 연연해 할 이유도 크게 반감된 상태였다.

1378년 10월에 심덕부를 명에 보내 신년을 하례하게 하고, 판도판서 김보생에게 최원 등을 돌려보낸 준 것에 대한 감사의 뜻을 표하도록 하였다.

우왕은 어린 나이에 왕위에 올랐지만 조정의 우왕좌왕한 외교 행보에 두려움을 느끼지 않을 수 없었다. 북원으로부터 왕위 계승을 승인받았기에 안심했는데, 그건 아무것도 아니고 명으로부터 다시 승인을 받아야 한다는 식이었다. 그뿐 아니라 계속적인 왜구 침입에 나라의 살림은 거의 절단 나고, 수도 개경마저 위협받는 형편이었다. 그럴수록 임금으로서의 제 역할을 똑바로 하고 싶은 마음이 간절해졌다.

1377년 10월에 사부인 정당문학 권중화가 서연에서 정관정요를 강론하며 얘기한 내용이 뇌리에서 잊히지 않았다.

"기쁘거나 노여워하는 감정은 현자나 어리석은 자나 모두 똑같사옵니다. 다만 현자는 감정이 지나치지 않게 절제하지만 어리석은 자는 마구 감정을 분출해 큰 실수를 저지르게 되는 것이옵니다. 주상께서 항상 스스로 끝까지 감정을 잘 절제하신다면 아득한 후대에까지 그 덕을 입을 것이옵니다."

임금으로서의 역할을 제대로 하고 싶지만, 무엇보다 임금으로서의 안위가 위협받는 상황이었다. 게다가 무슨 일을 하고자 해도 뒷받침해 줄 세력이 없었다. 자신의 사부로 전녹생과 이무방을 임명했지만, 그들 모두 권신들에 의해 죽거나 쫓겨 나고 말았다. 위협받지 않고 안전한 곳에서 제왕으로서 제 역할을 할 수 있는 그 돌파구를 찾아야 했다. 믿을 수 있는 건 유모 장씨뿐이었다. 그러나 계속적인 왜구의 침구로 도무지 무엇 하나 할 수가 없었다.

왜구는 1378년 7월에도 양광도 아주를 침구한 후 동림사로 쳐들어왔다. 최공철과 왕빈, 박수경 등이 막아 나서서 세 명의 목을 베고 말 20여 필을 노획하였다. 일본 승려 신홍도 이마가와 요순이 보낸 왜의 군사와 함께 전라도 조양포에서 왜적과 싸워 배 한 척을 노획하였고, 포로로 잡혀 있던 20여 명을 되찾아왔다. 1378년 8월에도 경상도 욕지도에 왜적이 침구해와 원수 배극렴이 공격해 50명의 목을 베었고, 전라도 장흥부에 침구해 오니 도순문사 지용기가 탁사청을 보내어 회령현에서 그들과 싸워 9인을 사로잡아 참수하였다. 또 왜적이 서해도 연안부와 해주를 침입해 오자 판숭년부사 나세와 판밀직 심덕부에게 전함을 지휘해 왜적들에 대한 수색작전을 벌이게 했다. 그런데도 왜구는 경기도 금주와 양천 지역을 또 침구해 왔다.

사헌부에서는 왜구의 침구로 백성들이 궁핍하기 짝이 없는데도 수령들이 백성들의 피땀을 뽑아내고 있다고 성토하였다. 안렴사를 보내어 수령들에 대해 출척을 엄격히 하고, 너무 많은 첨설직의 부여로 그 폐단이 많으니 앞으로는 종군한 자에게만 군공으로 제수하라고 주청을 올리고 나왔다. 어느 것 하나 제대로 굴러가는 것이 없었다.

이 모든 것을 탈피하기 위해서는 전반적인 분위기 쇄신이 필요했다. 천도야말로 좋은 방안이었다. 수도를 옮기면 왜구의 위협에도 벗어날 수 있고, 또 대신들의 압력도 효과적으로 피할 수 있을 것이었다. 우왕은 천도를 강력히 추진하고자 하였다.

1378년 9월에 재추들로 하여금 봉은사의 태조의 진전을 찾아가 천도의 길흉을 점치게 하였다. 자신들의 지지 기반을 피해 다른 데로 수도를 옮기는 것을 탐탐치 않아 했던 대신들은 불길하다는 괘가 나오자 흐지부지시켜 버렸다.

여전히 왜구의 침략은 계속되어 양광도 서주를 침구했고, 또 북계 철주가 공격당했다. 다시 연산과 익산, 공주가 침입 당하자,

문하평리 한방언과 판밀직 이림을 양광, 전라도 조전원수로 임명해 방어케 하였다. 그런데도 왜적은 또 전라도 익주를 침입했다.

1378년 10월에도 전라도와 양광도에 걸친 옥주와 진동, 청산를 침구하자 양광도 원수 한방언이 공격해 두 명을 죽이고 말 열 필을 노획했다. 이번엔 왜적이 전주를 완전히 쑥대밭으로 만들었다. 또 영광과 광주, 동복현을 침구하자 순문사 지용기와 순천 병마사 정지가 뒤쫓아 추격하였다. 이들이 옥과현에 이르자 왜적들은 미리사에 들어가 방어전을 전개했다. 지용기와 정지가 포위하여 불을 놓으며 맹렬히 공격하매 적이 스스로 불타 죽었고, 말 1백여 필을 노획하였다.

왜구의 침입에 단순한 방어전으로는 피해가 누적되자, 도당에서는 다시 판도판서 이자용과 전 사재령 한국주를 왜 열도에 보내 해적을 단속할 것을 엄히 요구하였다. 허나 왜 열도에서 단속할 수 없는 형편이라고 하는데 뾰족한 방법이 나올 리 만무했다.

1378년 11월에도 왜적은 전라도 담양현을 침구했고, 지용기와 정지가 그들과 싸워 17급을 참수하였다. 왜적이 또 익주를 침구하였다.

우왕은 왜구의 침구 때문에 안 되겠다고 주장하며 사부인 좌사 홍중선과 정당문학 권중화를 불렀다. 우왕은 안전한 곳에서 자신의 왕권을 행사하려는 뜻을 다시금 내비치고 나왔다.

"개경은 바다와 인접해 있어 불의의 변란이 있을까 우려됩니다. 지기는 성쇠가 있는 법인데 도읍을 정한 지 오랜 세월이 흘렀으니 좋은 곳을 택해 도읍을 옮겨야 마땅하니 도선의 글을 상고해 적합한 지역이 어디인지 보고하도록 하십시오."

우왕의 지시에 홍중선과 권중화, 한산군 이색, 우대언 박진록이 서운관의 관리들과 함께 논의를 시작했다. 전 총랑 민중리가 말했다.

"도선의 비기에 실려 있는 북소 기달산이라는 곳은 협계를 말함이니 그곳으로 도읍을 옮기는 것이 좋을 것입니다."

우왕이 권중화와 판서운관사 장보지, 중랑장 김우 등을 시켜 직접 가서 살펴보게 했다. 권중화가 돌아와서 보고했다.

"북소에서 옛 궁궐터 108간을 발견했사옵니다."

그에 따라 북소조성도감이 설치되었다. 허나 자신들의 지지 기반을 떠나게 되기에 수도 이전을 반대하는 조정의 대신들이 다시 반박했다.

"협계는 산골짜기에 들어박혀 있어 조운선이 드나들 수가 없사옵니다."

조운선이 드나들 수 없으니 재정을 조달할 수가 없다는 것이었다. 우왕이 수도 이전을 맘먹고 진행하려 하였지만 또다시 중도 반단되고 말았다.

왕은 천도나 진행하려고 하고 있고, 도당은 왜구가 침구하고 나서야 급급해하며 군사를 보내 방어 조치를 취하는 꼴이었다. 왜승 신흥은 이런 고려의 모습에 실망한 듯 1378년 11월 경상도 고성군 적전포에서 왜적과 싸워 이기지 못하자 왜로 그만 돌아가 버렸다.

1378년 12월에도 왜구가 경상도 하동과 진주를 침구해 와 도순문사 배극렴이 병마사 유익환과 함께 협공해 19명을 목 베고 사주까지 추격해 두 명을 목 베었다.

끝도 없이 침구해오는 왜구에 대한 긴급 대책으로 도당에서는 호구를 조사하여 서북면의 예에 따라 좌·우익군을 설치하기로 하였다. 이를 위해 유만수를 동북면, 오계남을 전라도, 안익을 양광도, 남좌시를 강릉도, 왕안덕을 서해도, 경보를 교주도에 파견했다. 경상도는 도순문사 배극렴이 관장하도록 하였다. 또 지속적으로 왜구를 방어해 낸 정지를 전라도 순문사로 임명하였다.

허나 우왕의 천도 의지는 강렬했다. 다시 좌소 조성도성도감이 설치되었다. 국사에 좌소 백악산, 우소 백마산, 북소 기달산 등 세 곳에 궁궐을 창건했다는 글이 있다는 이유였다. 또다시 궁궐의 공사가 진행되었다. 그러나 이 또한 반발을 사지 않을 수 없었다. 1379년 1월 간관들이 여러 번에 걸쳐 상소하고 나섰다.

"최근 왜적의 침구와 홍수, 가뭄의 재난 때문에 백성들이 굶주리고 있으니 그 실태를 조사해 구휼하고 농업을 권장해야 마땅하옵니다. 그런데도 지금 북소와 좌소에서 계속되는 건축공사 때문에 백성들이 고된 부역에 지쳐 죽기 일보 직전의 상황에 처해 있사오니 농사를 망치는 것뿐만 아니라 생계를 이을 방도도 찾지 못할 형편이옵니다. 공사를 즉시 중지시켰다가 가을에 가서 다시 시작하시옵소서."

"지금 양부의 인원수가 많게는 60명에 이르고, 밀직 이하의 봉군과 통헌대부 이상의 첨설직이 매우 많으니, 청컨대 모두 파하여 작위를 소중히 하시옵소서. 국가에서는 다급한 보고를 기다린 다음에야 장수를 보내고 군사를 출동시키므로, 장수가 도착하게 되었을 때는 적이 이미 바다에 떠 있는지라 그들과 싸움도 해 보지 못하게 되며, 싸우게 된다 하더라도 군사와 말이 피곤하여 여러 번 크게 패하였으니, 청컨대 여러 도에 장수를 미리 보내어 왜적이 침구하자마자 공격하도록 하소서. 지금 북소와 좌소에 궁궐을 짓는 역사를 일으키어 그만두지 않으므로, 백성들이 부역에 지쳐서 장차 구렁에 뒹굴게 되었으니, 청컨대 즉시 정파하였다가 가을에 이르러서 역사를 시작하시옵소서."

조정 쇄신안은 그저 말잔치에 지나지 않았다. 우왕이 수용하려고 하나 조정의 권신이 움직이지 않으니 소용없는 일이었다. 궁궐의 공사 중지는 우왕 자신이 허락하지 않았다. 허나 흉년이 들어 연등회마저 하지 못하는 처지에 이르자 우왕은 1379년 2월에 중지하지 않을 수 없었다.

최영은 우왕의 처사에 암담함을 느끼지 않을 수 없었다. 한 나라의 임금이라면 왜적의 침입을 맞아 백성들이 도탄에 신음하고 있다면 이를 해결하기 위해 적극 대처하도록 나서야 했다. 그걸 보고 신하와 백성들이 따를 것이었다. 하긴 15살밖에 안 된 어린 왕이 무엇이 중한지 다 알 수는 없을 것이었다. 분명 그 주위에 있는 자들이 꼬드긴 것일 것이었다. 그렇더라도 눈앞에서 왜구의 침구가 극렬하게 벌어지고 있는 상황에서 무엇이 시급한지는 알 만한 나이였다. 그런데 자기 왕위의 안위만을 생각하고 천도 문제만 계속 제기하는 꼴이었다. 이건 꼭 공민왕이 왕권의 안정을 위해 자기 실속을 차리는 것이라든가 수도 이전을 거듭 제기했던 것, 그리고 신돈 시기에 영전 공사를 주구장창 벌이는 것과 하등 다를 바 없는 모습이었다. 그 때문에 요동과 만주를 수복하기 위해 준비해야 할 시기를 다 놓쳐 버린 것이었다. 또다시 우왕 시기에도 이런 일을 반복해서 겪어야 한다는 것에 참담함이 밀려왔다. 그래서 고군기는 인내하고 또 인내하라고 당부했던 것일까? 고려의 미래가 암울해 보이기만 하였다.

임금은 임금대로, 권신은 권신대로 자기 실속만 차리려고 하니 조정은 난장판이 되어 갔다. 힘깨나 있는 작자들이 벌이는 꼬락서니는 보지 않아도 뻔했다. 뇌물로 관직을 받아서는 이런 환란을 이용해 더 큰 한탕을 해먹자는 심사였다.

신정군 마경수란 자는 자기 아들하고 양민을 점유했다가 발각되어 옥에 갇혔다. 그런데 흉년이 들었다고 죄수를 사면하게 되자 재상들이 그를 석방하려고 움직였다. 이들의 뇌물을 받아 처먹은 것이었다. 최영은 단호히 반대하고 나섰다.

"마경수가 양민을 노비처럼 부린 것이 서른 명에 이르고 토지를 점탈한 것이 백 경이 넘습니다. 토호로서 막심한 폐단을 일으켰는데 이런 자가 어찌 살아남을 수 있단 말입니까"

최영의 반대에도 이인임이 당리를 시켜 공문을 작성하게 했다.

"양민들을 숨겨두고 일을 시킨 자나 사형에 해당하는 범죄를 저지른 자는 그들의 토지를 군수용으로 귀속시키라."

당리가 그 공문을 최영에게 보고하자 최영은 화가 폭발하고 말았다.

"이 일에 대해서는 이미 정해진 법이 있는데도 그대로 따르지 않고 기어이 법을 어기어 백성들을 탈점한 자를 용서하려고 한단 말인가? 범죄자들의 토지를 다투어 서로 점유하려고 하는 판에 이런 공문 따위가 무슨 소용이 있단 말이냐?"

최영의 질책에 이인임의 얼굴이 빨개졌다. 이인임은 마경수를 용서해주고 대신 군수용으로 귀속시키겠다는 토지를 가로채고자 한 것이었다. 최영은 사평부에서 마경수의 죄상을 신문한 후 도당에 보고했다. 도당에서는 보류해 둔 채 처결하지 않았다.

최영은 더 이상 도당에 나가지 않았다. 나가 봐야 아무 소용이 없었다.

최영의 분명한 태도에 마경수에게 곤장 107대를 치고 그의 아들 마치원과 마희원도 장형에 처한 후 모두 유배 보냈는데, 마경수는 가는 도중에 죽었다.

최영은 임금과 신하들 모두의 모습에 암울하기만 했다. 그로서도 어떻게 손을 쓸 수가 없었다. 그럴수록 고군기의 얼굴이 선연히 떠올랐다. 해야 할 일이 너무나 많은데, 이놈의 왜구를 막는 것이 급선무라고 여기고 나섰다가 이름도 없이 쓰러져 간 동지였다. 그가 옆에 있었다면 위로를 해주며 다시 활로를 열어 나가자고 힘 있게 고무해 줄 것이었다. 헌데 한단선사도 떠나고, 고군기 마저 곁에 없으니 외롭고 심지어 무력감마저 엄습해왔다. 허나 최영은 단호히 그런 마음을 떨치려 하였다. 홀로 남았기에 한단 선사 및 고군기와 함께 맹세했던 약속을 이제 그 자신이 지켜내야만 한 것이었다.

왜구는 1379년 2월에도 순천과 조양, 진원 등지를 침구하여 왔다. 전라도 순문사 정지가 맞서 싸웠으나 용맹하다던 그마저 패배하고 말았다. 도대체 이 고려의 앞날을 어떻게 풀어가야 할지 암담해지기만 했다.

최영이 도당의 처사에 불만을 품고 출근하지 않자, 경복흥과 황상, 우인열이 그의 집에 찾아왔다. 최영이 그들을 보며 호소하듯 얘기했다.

"왜적이 침구하여 이처럼 제멋대로 화란을 일으키는 지경에 이르렀는데도 재상들께서는 어찌하여 나라를 근심하지 않소이까? 정지가 아무리 용맹스럽다 한들 그 많은 적들을 어찌 혼자 당해낼 수 있겠소?"

최영의 질책에 그들은 아무 말도 하지 못했다.

왜구의 침구로 고려의 조정이 엉망이 되다시피 한 상황에서도 명의 압박은 계속되었다. 도리어 명은 이를 이용하고 나왔다. 1379년 1월 요동도지휘사에서 진무 임성을 파견해 공문을 보내왔다.

"1370년 11월에 고려군에 의해 포로가 되었던 요양 관민 남녀

1천여 명과 각 위의 군인 가운데 그곳으로 도망간 자를 적발해 모두 돌려보내주기 바랍니다.”

당시 요동 사람이 고려에서 군사를 보내 북원을 돕는다는 소문을 퍼뜨렸기 때문에 요동도지휘사에서 이 같은 핑계를 대고 임성에게 공문을 보내게 하면서 사실 여부를 정탐하게 한 것이었다. 허나 그 공문의 내용은 그렇게 단순하게 넘어갈 문제가 아니었다.

요동에서마저 명의 세력이 커지니 그 지배권은 추후 고려와 명의 대결로 결정될 일이었다. 이 때문에 명은 한사코 고려와 북원과의 협력을 가로막으면서 요동에 대한 그들의 지배권을 강력하게 주장하고 나온 것이었다. 1370년 11월 공민왕이 요동을 공략하게 하였지만 그 땅을 끝내 수호하지 못하고 퇴각하면서 고려 유민들을 대동하고 돌아왔다. 그런데 고려 핏줄을 가진 사람을 요양에 살았다는 이유로 명의 백성이라고 억지주장하며 돌려달라고 강박하고 나온 꼴이었다. 이건 공민왕의 요동 정벌 정책을 완전히 부정한 주장이었다. 명이 고려와 일부러 화친 관계조차 맺으려 하지 않는 것은 요동을 수복하려는 고려의 움직임을 제어하기 위한 것이었다. 고려와 화친 관계를 맺으면 공민왕이 행한 것처럼 그걸 기화로 북원을 공략해 고려가 요동의 영역을 잠식할 수도 있고, 그렇지 않더라도 고려가 북방의 경계에 한시름 놓게 되면 왜구의 침구에 적극 대응해 나라의 안정을 더 쉽게 찾을 것이고, 그러면 다시 요동을 넘볼 것이니, 그러지 못하도록 하기 위함이었다. 화친하려면 요동에 대한 소유권을 완전히 포기하라는 식의 압박이었다.

1379년 3월 명에 갔던 심덕부와 김보생이 귀국하였는데, 주원장은 공민왕의 시해사건과 채빈의 살해사건을 추궁하며 책임 있는 대신의 입조는 물론이고, 군마나 세공이 준비되었으면 바치라고 요구하였다. 그렇지 않을 경우 차후 병란을 금치 못할 것이라고 협박을 가해 왔다. 그것도 모자라 사신을 직접 보내 자신들의 눈으로 직접 사실 여부를 확인하겠다고 하였다. 고려로서는 북원과의 협력을 통해 명의 압박에 적절히 활용하여야 했으나, 무조건 친교하자는 저자세로 다가가니 명이 더욱 고압적 태도로 나온 것이었다.

주원장의 지시에 주차사 소루와 조진이 심덕부 등을 따라왔다. 허나 첨수참에 당도했을 때 고려에서 문천식과 오계남을 북원에 사신으로 보냈다는 소식을 접하고는 고려 땅에서 죽기보다는 차라리 자기 땅에서 죽는 게 낫겠다고 하면서 돌아가 버렸다.

그럼에도 조정에서는 고려가 아쉬운 듯한 태도를 보이며 명과의 관계를 풀기 위해 전 전공판서 이연과 호군 임언충을 요동으로 보내 총병 반경과 섭왕 등과 우호관계를 맺으려고 시도하였다. 허나 그들은 요동까지 갔다가 들어가지도 못하고 그냥 돌아왔다. 명의 요동도지휘사에서는 만나주지도 않고 계속 고려에 공문을 보내와 동지 이우루스테무르 등 33명의 송환을 독촉하면서 황성 등지로 이주해 온 자기 백성들을 돌려보내라고 요구해 왔다.

대륙의 정세에 적극 대응해야 하는 상황에서, 그 발목을 잡고 있는 왜적은 1379년 3월에도 전라도 도강현을 침구했다. 이후 곡성을 침습하고 다시 남원에 침입해 판관을 살해한 후 사흘 동안 머물다가 다시 순천부를 공격했다.

도당에서는 1379년 4월 평리상의 한방언, 밀직상의 김용휘, 동지밀직 경의를 양광, 전라, 경상도 조전원수로 삼고는 찬성사 양백연으로 하여금 싸움을 독려하게 하고, 지밀직 홍인계를 부원수로 삼았다. 또 만호 정용과 윤송에게 전함 20척으로 왜적을 뒤쫓아 포획하게 하였다. 허나 백성들은 양백연이 온다는 소문을 듣고는 소곤거렸다.

"차라리 왜적의 침구를 당할지언정 원수는 만나지 말아야 할 것이네."

양백연을 비롯해 파견된 원수들이 왜적을 막는다는 구실로 재물과 여색을 탐하는 짓들을 경계하는 말이었다. 원수들이 사욕을 추구하게 되면 백성들은 왜구의 약탈과 관리들의 수탈이라는 이중고를 겪게 되는 셈이었다.

왜적이 경기도 안산군을 침구하고, 서해도 연안부를 침략하므로 김해군 김유와 연안군 나세를 보내어 전함 52척으로 가서 치게 하였다. 경상도 합포에서는 원수 우인열이 싸워 물리치면서 적 4급을 베었으나 우인열 또한 유시에 맞고, 80여 명의 사상자가 발생하였다.

조정의 실세인 이인임은 이런 와중에도 자신의 권세를 더욱 탄탄하게 하고자 기민하게 움직였다. 이인임은 이림의 딸을 우왕의 왕비로 삼아 근비로 책봉하게 하였다. 이림의 아버지 이교는 행촌 이암의 동생이자 이조년의 사위였다. 이인임은 이조년의 손자였으니 이교는 고모부였고, 이림과는 4촌 형제지간이었다. 이림은 철성부원군으로 임명되었다.

우왕으로서도 실세와 가까운 혈족을 왕비로 맞이하게 되었으니 결코 마다할 이유가 없었다. 허나 권력은 나눠가질 수 있는 것이 아니었다. 우왕은 자신의 힘을 키우기 위해 사부들을 적극 후원하였다. 사부인 홍중선은 이인임과 임견미 등과 함께 정방 제조로 있었다. 이인임과 임견미는 우왕의 후원에 기대어 홍중선의 세력이 성장하는 것을 미리서 차단하려고 들었다. 그들은 홍중선을 계품사로 삼아 명으로 파견하도록 조치하였다. 우왕으로부터 떼어놓기 위한 술책이었다. 그런데 마침 나하추의 군사가 요동으로 진군하고 있었기에 길이 막혀 바로 출발할 수 없었다. 그것을 구실 삼아 간관 서균형 등이 탄핵하고 나왔다.

"홍중선은 선왕 때 석기의 모반 사건으로 죄를 받는 자이옵니다. 외람되게 주상의 은혜를 입어 졸지에 찬성사로 승진되고 사부로 발탁되었으니 나라를 위해 충성을 다해야 마땅할 것이옵니다. 그런데 홍중선은 네 명을 계품사로 임명하자, 사신을 면해 보려고 '네 명이 한꺼번에 명에 입조하면 필히 두 사람은 억류될 것이다.'라고 주장했습니다. 다시 두 사람을 보내기로 결정했는데 자신이 역시 벗어나지 못하자 이제는 '네 명이 함께 가야 한다.'고번복했습니다. 나라의 대사를 고려하지 않고 자신의 안일만 도모했으니 그 불충이 이보다 막심할 수는 없사옵니다. 바라옵건대 국문한 후 먼 지방으로 유배 보내고 다시는 기용하지 마시옵소서."

홍중선은 경상도 의령현으로 유배에 처해졌다. 홍중선과 가까운 밀직제학 김도도 파면되었다. 김도의 가노가 연경궁 옛터의 돌을 훔친 것을 대리가 붙잡았는데, 대관을 부추겨 탄핵한 것이었다.

우왕은 어쩔 수 없이 홍중선을 떠나보냈지만 그 대신에 곧바로 한산군 이색을 사부로 임명하였다.

홍중선의 유배 조치는 우왕과 대신 세력 간에 벌어질 싸움의 서막에 불과했다. 그 싸움은 점차 양백연 사건으로 확대되어 갔다. 우왕이 양백연을 노골적으로 우대하면서 발생한 것이었다. 우왕은 꼿꼿한 성품으로 간언을 올리고, 수도 이전마저 한사코 반대해서 나서는 최영을 탐탁해 하지 않았다. 그래서 자신의 군사적 지반을 확보하고자 장씨와 연줄을 가진 양백연을 적극 지원하고 나섰다. 양백연이 전공을 세우자 우왕에게는 좋은 명분이 되었다.

양백연이 전공을 세운 것은 왜구의 침구 앞에서 일어나는 대접전 중의 하나였다. 1379년 5월에 왜구는 경상도 진주에 기병 7백과 보병 2천여 명이나 되는 군사로 침입하여 왔다. 싸움을 독려하도록 명을 받고 내려와 있던 양백연은 우인열, 배극렴, 한방언, 김용휘, 경의, 홍인계 등과 합세해 반성현에서 왜적과 싸워 대파하였다. 적 13급을 베자 왜의 패잔병들은 모두 산골로 도망쳤다.

판사 김남귀와 중랑장 전오돈을 보내 승전보를 알리자 우왕이 크게 기뻐하며 김남귀와 전오돈에게 은 50냥씩을 내려주었다.

전오돈은 공이 없다고 사양하며 받지 않으려 하였다. 하지만 도당에서 왕의 하사품을 사양해서는 안 된다고 요구하자 전오돈이 다시 말했다.

"그러면 이미 내 물건이 되었으니 도당에 드리고 싶습니다."

전오돈의 행동에 사람들은 그의 청렴함을 칭찬하였다.

우왕은 양백연에게 금 50냥, 비단, 안장 얹은 말, 궁중의 술을 내려주고, 우인열 등 여섯 명에게도 은 각 50냥, 비단, 궁중의 술을 내려주었다.

양백연이 개선할 때에는 양부에 명하여 천수사에서 맞이하게 하였다. 양백연은 공은 적은데 상이 너무 많다고 하며 하사한 금을 사양하였다. 처음엔 이처럼 양백연도 겸손하게 처신하였다. 그렇지만 우왕은 양백연을 치켜세우기 위해 상이 오히려 공에 비해 부족하다며 다시 도당에 명해 잔치까지 베풀어 위로하게 하였다.

그런 중에도 왜구는 어김없이 침구해 와 또 서해도 풍주를 불지르고 노략질하였다. 나세와 김유는 용강현 목곶포에서 싸워 적선 2척을 포획하고 섬멸하였다. 1379년 윤5월에도 안주원수 최원지가 영청현에서 왜적을 공격해 격퇴시켰다. 왜적이 경상도 울주를 침구하고 또 계림부를 침구하자 왜의 해도포착군관 박거사가 싸웠다. 박거사는 전 사재령 한국주가 1379년 5월 왜 열도에서 돌아올 때 왜의 대내전 의홍이 군사 186명과 함께 보낸 자였다. 고려군을 지원해 왜구를 토벌하라는 것이었다. 왜국의 북조 조정은 추후에 맺게 될 고려와의 외교 관계를 원만히 가져가기 위해 소수의 병력이지만 성의를 보여준 것이었다. 허나 하을지가 구원해주지 않는 바람에 박거사의 군사가 크게 패해 50여 인만 남게 되었다.

1379년 6월에도 왜적이 경상도 청도군을 침구해오자 원수 우인열이 격퇴시켰다. 왜적이 계림으로부터 강릉도로 향하자 조인벽을 강릉도원수, 박수경을 안동도원수 겸 부윤으로 임명하여 대비하게 하였다. 용주와 의주를 침구하자 의주 만호 장려가 물리쳤다. 왜적이 또 경상도 울주와 청도, 밀성, 자인, 언양 등지를 침구하였는데, 우인열과 배극렴, 하을지가 울주에서 싸워 적선 7척을 포획하였다.

이렇듯 왜구와의 싸움이 도처에서 끊이지 않고 있었지만, 우왕과 조정 대신 간의 갈등이 터져 나왔다. 이인임과 임견미가 양백연을 제거하고자 선수를 치고 나온 것이었다. 우왕은 양백연을 정방제조로 임명하여 자신의 세력을 키우고자 시도하였다. 우왕의 지원에 힘입어 양백연도 처음과 달리 공을 믿고 교만한 행위를 보이기 시작했다. 이인임의 세력은 우왕과 양백연의 세력이 커지는 것을 사전에 막고자 하였다. 우왕의 사부인 홍중선이 유배에 처한 것도 이런 우왕의 움직임과 관계있었다. 이인임과 임견미는 헌사를 부추겨 양백연을 탄핵시키고자 나섰다.

"양백연이 몰래 처제와 간통하고, 전 판사 이인수의 첩을 간음하였으며, 심지어 밤에 기병 수십 명을 동원해 죽은 밀직 성대용

모친의 집을 포위한 후 성대용의 측실로서 여승으로 수절하는 여자를 강간까지 했사오니 이는 용납할 수 없는 죄이옵니다."

양백연은 관직을 삭탈당하고 합주로 유배되었다. 그렇지만 이들의 세력 또한 그대로 당하고 있으려 하지 않았다. 그날 저녁에 환자 임보와 한진 등이 왕명을 사칭해 양백연을 소환시키려고 한 것이었다. 그런데 그만 그들이 보낸 사자가 순작관에게 잡혀 버렸다.

최영은 이 사건을 어찌 대해야 할지 곰곰이 생각했다. 이것은 조정의 기강을 허무는 행위였다. 허나 이들의 움직임 뒤에는 우왕이 있었다. 이들을 내친다면 우왕과 척지거나 어그러지는 관계가 될 수 있었다. 하지만 최영은 묵과해서는 안 된다는 판단을 내렸다. 이들은 우왕 옆에서 왕권을 확립해야 한다고 아부하면서 천도를 계속 속닥거려 왜구에 대한 대책을 적극적으로 취하지 못하게 하는 자들과 관련되어 있었다. 이들은 주로 유모 장씨와 연결되어 외척 역할을 하면서 대신들과 갈등을 빚고 있었다. 그렇다고 해서 권신인 이인임이 맘에 든 것도 아니었다. 이인임 또한 뇌물을 탐해 그 악이 드러나고 있었다.

사헌부에서 남원 부사 노성달을 탄핵하고 나왔지만 이인임은 이를 무마하려 들었다.

"노성달은 왜적이 퇴각한 뒤에 왜구의 소행인 것처럼 창고에 불 지르고는 쌀 1백30여 석을 도둑질하였으며, 항상 창기들과 어울려 잔치를 벌여 백성의 일을 보살피지 않았으니 그 죄를 엄히 다스리시옵소서."

노성달은 도주하였지만 이인임은 법을 굽혀가며 끝내 감싸주었다. 이뿐만이 아니었다.

배중륜은 이인임의 첩에게 노비 5명을 바치고 전객시승의 벼슬을 받았는데, 뒤에 판사 김충견과 노비 문제로 시비가 붙게 되었다. 김충견도 역시 노비 10명을 이인임에게 바친 자였다. 두 사람 모두 뇌물을 바쳤는지라 이인임을 믿고 도관에 소송을 제기했다. 그 결과는 김충견의 승리였다. 그러나 이인임은 배중륜의 편을 들어 도관의 관리를 불러 꾸짖고는 판결문을 환수해 가 버렸다. 김충견이 다시 소송을 제기하려 하자 지전법사 이석지가 말했다.

"차라리 시중에게 송사하는 게 좋을 것이오."

이렇듯 쟁송하는 자는 반드시 전민과 금백을 이인임에게 바쳐야만 판결을 받을 수 있었다. 대간의 탄핵이나 법사의 판결도 먼저 이인임에게 은밀히 보고해야만 되는 식이었다.

최영은 조용히 이인임을 질책하며 제대로 처신할 것을 요구했다.

"국가에 어려움이 많은데, 공은 수상이 되어 어찌하여 그걸 걱정하지 않고 다만 가산만을 챙기려 든단 말이오? 제발 나라를 위해 앞장서 주시오."

이인임은 무안해하며 아무 말도 하지 못했다.

허나 이들 세력 모두를 제거할 수는 없는 노릇이었다. 우선 왜적에 대한 방어책을 적극 세워 나갈 수 있게 하는 것이 급선무였다. 우왕 옆에서 속닥거려 천도나 주장하며 훼방 놓은 자들부터 이번 기회를 통해 잘라내야 했다. 이것이 우왕을 바로 세워 왜적의 방어에 적극 나설 수 있게 하는 길이었다.

최영은 우왕 앞에 나섰다.

"상호군 전천길이 일찍이 신에게 말하기를, '양백연이 두 시중을 해치고 스스로 수상이 되려고 꾀한다.'고 하였으니, 청컨대 그 도당을 조사하여 다스리옵소서."

우왕이 마지못해 박보로와 양백익 등에게 명하여 치죄하게 하였다. 전천길과 임보, 한진, 전 제학 김도를 순군옥에 가두고 국문하자, 전천길과 임보, 한진이 자복하였다.

"양백연이 스스로 좌시중이 되고, 최영을 수시중으로 삼으며, 성석린은 대사헌을 겸하게 하고, 임보를 반주로 삼으려고 하였습니다."

김도는 자복하지 않다가 여러 번 고문을 받고서야 전천길 등과 같다고 대답하였다. 다시 전천길을 국문하자 성석린과 지문하 윤승순, 판밀직 김용휘, 동지밀직 유만수 등과 관련되어 있는지라 즉시 4인을 하옥시켰다. 사건이 급속도록 커져 나가자 우왕이 최영에게 부탁하였다.

"환관들의 망령된 말로 억울하게 여러 재상들을 해치지 마세요."

허나 옥사가 진행되고 그 수족을 잘라내기로 작정한 이상 그 끝을 맺어야 했다. 양백연의 동생인 삼사좌윤 양중연, 상호군 양계연, 밀직부사 양자연, 그의 친구인 밀직부사 임의와 신렴, 전법판서 안득희, 판사 김남귀와 조숙경, 이귀, 전 직문하 홍림, 전 소부윤 조희보 등을 수감하고 국문했다. 공술에 홍중선의 이름이 나왔으므로 판도판서 표덕린과 전법판서 유번을 유배지로 보내 양백연과 홍중선을 처형했다. 또 김도와 양계연, 한진, 김남귀, 홍림, 임보, 조숙경을 죽여 큰 거리에 목을 매달았다. 양백연과 홍중선, 김도, 한진의 가산을 몰수하고 자녀는 적몰해 노비로 삼았다. 성석린과 윤승순, 유만수, 임의, 이귀, 조희보는 장형에 처한 후 등급별로 수졸로 배치하고, 양자연과 양중연, 염득희는 고향으로 쫓아 보냈으며, 전철길은 옥 안에서 죽었다.

조정이 양백연 사건으로 시끄러운 속에, 왜적은 1379년 7월 전라도 낙안군을 침구했고, 또 울릉도에 침입하여 보름이나 머물다가 돌아갔다. 경상도 울주에 침입한 왜적은 벼와 기장을 베어 양식을 마련한 후 기장과 언양까지 침입하여 빗자루로 땅을 쓸어가듯 약탈하여 갔다. 우인열이 군사를 모집하여 경상도 동래현에서 싸워 7급을 참수하였다. 이자용이 왜 열도에서 돌아왔지만 왜적이 조정의 말을 듣지 않는다고 하니 별만 소득이 없었다.

왜구의 난입은 끝없이 이어져 1379년 8월에도 양광도 여미현을 침구하고, 다시 수주와 곽주를 침입했다. 사주에 왜적이 침구하자 경상도 원수 우인열과 배극렴, 박수경, 병마사 오언이 공격하여 크게 격파하였다. 이 싸움에서 한가물이란 사람이 힘껏 싸워 다섯 명을 죽인 후 전사하자, 도당에서는 그의 처자에게 쌀 15석, 베 150필을 부주하였다. 왜적이 다시 경상도 반성현으로 침구한 후 확산 꼭대기에 올라가 목책을 세우고 대항하자 우인열이 박수경, 오언과 포위 공격해 43급을 베었다.

왜적의 난입 속에서 우왕과 대신들 간의 갈등은 양백연 사건으로 일단 막을 내리는 것으로 보였다. 허나 우왕 세력은 그대로 있지 않고 반발하고 나왔다. 정당문학 허완과 동지밀직 윤방안은 내재추 임견미와 도길부를 참소하기에 이르렀다. 이들이 궁궐의 동향을 대신들에게 알려줬기 때문이었다. 우왕은 임견미와 도길부에게 사제에 돌아가라고 명하고 궁궐의 출입을 금지시켰다. 우왕의 반격이었다.

임견미와 도길부는 경복흥과 이인임, 최영에게 달려와 고하였다.

"허완 등이 우리 두 사람을 죽이고 제공에게까지 미치려 하니, 화란이 장차 일어날 것입니다."

이건 지금껏 곪았던 종지가 마침내 터뜨려지는 꼴이었다.

최영은 한숨을 내쉬었다. 아니나 다를까 그날 밤 허완 등이 왕명이라며 최영을 불러내고자 하였다. 왕명으로 부른 것은 좋게 생각하면 최대 군 세력인 자신을 그들 편으로 끌어들이려는 것일 수 있겠지만 그보다는 양백연 사건 처리에 불만을 품고 해하려고 하는 행위임이 분명했다. 허탈하기 짝이 없었다. 최영은 지금껏 조정의 권력 분쟁에는 가급적 개입하지 않으려 했다. 양백연 사건에 개입하는 것은 왜구의 침구에 적극 대처하기 위한 불가피한 선택이었다. 그런데 어찌하다 보니 이번엔 본인이 깊숙이 끼인 꼴이 되어 버렸다.

왕명이라며 부른 것이 벌써 두세 번에 이르렀지만, 최영은 그때마다 병 때문에 입궐하지 못한다고 알렸다.

이 모든 것의 원인이 유모 장씨에게 있다는 것을 직감했지만 임금을 키워 준 은인이기에 그냥 넘어가려 하였다. 허나 계속 이런 식으로 나오면 대응하지 않을 수 없었다.

최영은 휘하의 군사를 거느리고 경복흥, 이인임 등과 흥국사에 모인 다음 백관과 기로들의 의견을 모아 장씨를 국문할 것을 청하였다.

장씨는 궁중에 있으면서 뇌물을 공공연하게 받으며 우왕에게 자주 청탁하였다. 임금에게 청탁한 것이니 임금을 부정하지 않는 이상 그걸로 트집 잡을 수는 없었다. 대신에 우왕이 자주 비빈의 처소에 가는 것을 보고 장씨가 한 말을 가지고 시빗거리로 삼았다.

"예에 따르면 군왕은 반드시 날짜를 가려 비빈에게 임어하는 법인데, 어찌하여 주상께서는 들개와 같이 짝을 찾는 것이옵니까?"

이 말을 꼬투리로 삼아 불경죄로 탄핵한 것이었다. 우왕은 사태가 심각하게 흘러감에 따라 최영을 급히 불렀다. 최영은 분명하게 대답했다.

"지금 나라 전체에 실망하는 일이 생겼사오니, 주상께서 중의를 따르신다면 신이 장차 입궐해 뵈올 것이옵니다."

우왕이 다시 사람을 보내 뜻을 전했다.

"경이 질병을 얻어 여러 날 동안 조회하지 않기에 한번 만나볼까 생각하고 있습니다. 또 실망하고 있다고 하셨는데, 그 일을 물어보고자 합니다."

우왕의 처지를 생각함에 안타까운 마음이 들어 최영이 들어가고자 하였다. 그러자 재상들이 저지하고 나섰다.

"간인이 안에 있는데 경솔하게 나아가서는 아니 될 것입니다. 공이 가면 여기 군사가 반드시 어지럽게 될 것이고, 군사가 어지러워지면 나라가 안정되지 못할 것입니다."

최영은 대의를 따를 수밖에 없었다. 양부와 대간이 대궐에 나아가 장씨를 하옥시켜 조사해 다스릴 것을 청하였다.

우왕이 받아들이지 않자, 도당에서는 장씨의 족당인 강유와 권원순, 원보 등을 가두고 국문하게 하였다. 그 소식을 들은 우왕은 발끈하고 나왔다.

"궁중의 일을 양부와 대간에서 알 턱이 없을 터인데, 어찌 그런 것을 다 알고 있단 말이냐? 이건 분명 환시를 통해 새어 나간 것이 틀림없을 것이다."

우왕은 내시 정난봉을 하옥시키고 이득분과 김실을 각자의 집으로 내쫓았다. 그리고는 최영에게 군사의 해산을 종용하였다.

"경은 어떤 적을 방어하려고 군사를 끼고서는 궁궐에 들어오지 않는단 말입니까? 경은 일찍이 누대의 충신이라고 자처하더니 그 충성스러운 마음은 도대체 어디로 갔단 말입니까?"

민망스러운 일이었으나 최영은 여기서 물러설 수 없었다.

"신이 만약 소환에 응하여 들어간다면 군사들도 뒤따랐을 것이니, 신의 죄는 처형되어야 마땅하옵니다. 신이 어찌 궐하에 나아가서 죽을 각오가 되어 있지 않겠사옵니까마는 아마도 주상의 뜻이 아니라고 판단되어 감히 나가지 않을 따름이옵니다. 신이 비록 보잘것없는 몸이오나 매우 큰일을 담당하고 있으므로 만약 간악한 자의 손에 죽게 되면 국가가 위태로울 수도 있게 될 것이옵니다."

최영의 확고한 뜻을 확인한 우왕은 눈을 감았다. 우왕은 다시 경복흥과 목인길을 불러들여 울면서 호소했다.

"이 여인이 나를 길렀으니 곧 나의 어머니와 같습니다. 아들이 그 어미의 목숨을 어찌 구하고 싶지 않겠습니까? 경들이 이미 나를 임금으로 삼은 터에 내가 어찌 유모 한 사람조차 구하지 못한단 말입니까? 제발 놓아 보내고 죄를 묻지 말아 주세요."

안타까움에 경복흥도 눈물을 흘렸다. 허나 어찌할 도리가 없었다. 우왕이 사람을 시켜 명덕태후에게 유모를 내쫓은 사례가 있었는지 묻고 나왔다. 마지막 몸부림으로 명덕태후를 붙잡은 것이었다. 그러나 유모 장씨에 대한 불만이 있는데다가 대세가 어찌 흘러가고 있는지 잘 알고 있는 명덕태후의 대답 또한 뻔했다.

"고금에 그런 예가 있었는지 구태여 따질 필요가 있겠습니까? 상황에 맞추어 적절히 대응하세요."

경복흥과 목인길도 명덕태후와 똑같은 말만 되풀이했다. 유모 장씨를 내치라는 것이었으니 우왕은 거듭 고개를 저었다. 대성과 백관들이 장씨를 국문하라고 계속 요청해도 수용하지 않았다. 도리어 사람을 시켜 대사헌 우현보에게 백관들을 데리고 물러가라고 지시했다. 우현보가 대답하였다.

"신이 물러가더라도, 백관들이 필시 따르지 않을 것이니, 청컨대 속히 장씨를 하옥하시옵소서."

모든 조정 신료들이 하나같이 우왕을 겁박하는 꼴이었다. 백관들이 장씨의 죄상을 아뢰자 명덕태후가 결정을 내리듯 말했다

"어찌 한 여자 때문에 나라 전체를 실망시켜서야 되겠습니까? 장씨를 속히 내보내도록 하세요."

장씨가 우왕에게로 숨어들어 나가려 하지 않자, 우왕은 차마 내보낼 수 없었다. 그 모습을 본 명덕태후가 우왕을 향해 결정을 내리라는 투로 얘기했다.

"차라리 내가 별궁으로 옮겨가서 더 이상 이 일에 대해 듣지 않으려 합니다."

명덕태후가 별궁으로 가려고 수레를 대령시키게 했다. 우왕은 고개를 푹 숙였다. 눈에선 눈물이 줄줄 흘러나왔다. 도저히 자신의 힘으로 막기엔 역부족이었다.

우왕은 어쩔 수 없이 장씨를 이인임의 집으로 내보내기로 하고, 죽이지는 말아 달라고 부탁하면서 국대부인의 봉작만 삭탈했다.

우왕의 결정이 내려지자 최영이 대궐로 나아가 우왕에게 사례하였다. 우왕이 마음의 큰 상처를 받았을 것이지만 그의 진심만은 알려주고 싶은 것이었다.

"이 고려와 주상을 위한 신의 충심에는 전혀 변함이 없사옵니다. 주상께서 사악한 자를 물리치시고 신을 의심치 않으시니 천

만 다행일 뿐이옵니다. 다만 신에게 불충하다고 꾸짖으시니 참으로 난망하기 그지없사옵니다."

최영의 충심 표명에 우왕도 쓰린 가슴을 뒤로한 채 변명하고 나왔다.

"다급한 마음에 나온 실언이었습니다. 지금 깊이 후회하고 있습니다."

하지만 문하평리 김유가 최영의 행동이 옳지 못한 행위라며 힐문하고 나섰다.

"신하로서 임금에게 항거하는 것은 불가한 일이 아닙니까?"

김유의 말은 최영이 도리어 반역 행위를 행했다는 주장이었다. 대의가 짓밟아짐에 최영은 불같이 성을 내며 반박하였다.

"임금에게 충언을 올리지 않고 달콤한 아첨이나 일삼은 것이 간신이며, 그게 바로 이 나라를 좀먹게 한다는 것을 정녕 모른단 말이오?"

최영은 우왕에게 아뢰어 김유를 하옥시켰다. 허완과 윤방안, 강유, 권원순, 원보가 참수되었으며, 김유는 장형을 가하여 합포로 유배 보냈다. 장씨의 수양사위인 손원미도 참수하였다.

씁쓸하기 짝이 없었다. 허나 어쩔 수 없는 일이었다. 왜적을 방어하지 않고서는 그 무엇도 할 수 없는 처지였다. 요동을 수복하기 위한 대책을 수립하기는커녕 적극적인 대외 정책도 추진할 수 없도록 하는 것이 끝없는 왜구의 난입이었다. 왜적의 적극적 방어 대책에 훼방을 조성하는 자는 잘라내야만 했다. 어린 우왕이 이런 속마음을 알 턱이 없을 것이었다. 쉽진 않겠지만 이젠 다독여 나가며 하루빨리 왜적을 격멸하는 대로 나가야 했다.

여전히 왜적은 경상도 단계현과 거창현, 야로현 등지를 침구하였다. 가수현까지 공격받자 김광부가 맞섰으나 전사하면서 패전하였다. 또 산음, 진주, 사주, 함양을 침구하였는데, 진주의 호장 정만의 아내 최씨는 여러 아들을 이끌고 산속으로 피하여 숨었다. 최씨는 나이가 젊고 얼굴이 아름다웠는데 그만 적들에게 붙잡히고 말았다. 왜적들이 칼을 빼들고 위협하며 몸을 더럽히려고 하자 나무를 끌어안고 항거하였다.

"어차피 죽기는 매한가지다, 몸을 더럽히고 사느니 차라리 의롭게 죽을 것이다."

완강하게 반항하며 꾸짖는 최씨의 행동에 왜적은 악귀처럼 칼로 베어 죽였다.

우왕은 유모 장씨를 구하지 못한 아픔에 1379년 10월 원래 유방계의 집인 이현의 새 궁궐로 거처를 옮겼다. 그리고는 명덕태후를 찾아가 만수무강을 비는 술잔을 올렸다.

"제가 나이가 어린데도 나라가 그나마 편안한 것은 오로지 태후의 덕분이옵니다. 추동의 궁궐이 태후전과 멀기 때문에 없애버리고 여기로 거처를 옮긴 것이옵니다. 훈계를 내려주신다면 어찌 공손히 듣지 않겠사옵니까?"

명덕태후는 목이 메어 왔다. 여든이 넘어 죽을 날만을 기다리고 있는 늙은이에게 어디 기댈 곳이 없는 어린 손자가 찾아와 도와달라고 하소연하는 모습이었다. 자기 자식인 공민왕도 그토록 임금의 권위를 세우려고 몸부림쳤건만, 손자 녀석도 신료들 앞에 처참하게 무너져 도와달라고 손을 내민 것이었다. 참담한 모습이 아닐 수 없었다.

명덕태후는 죽기 전에 왕위의 안정만은 손자에게 꼭 마련해주고 싶었다. 명덕태후는 도당에 요청하여 1379년 10월 문하평리 이무방과 판밀직 배언을 명에 파견하였다. 그것도 금 11근 4냥, 은 1천 냥, 흰 세모시베 5백 필, 검은 세모시베 5백 필, 잡색마 2백 필을 가지고 가게 하였으며, 명덕태후의 명의로 쓴 표문까지 올리게 하였다. 그만큼 명덕태후는 흥기하는 명으로부터 죽은 아들인 공민왕의 시호를 받고, 손자인 우왕의 왕위 계승을 승인받게 해주고 싶은 심정이었다.

우왕도 대신들에게 둘러싸여 허수아비가 되는 임금의 꼴을 벗어나고 싶었다. 조정의 환경을 바꿔야만 했다. 서운관에서 도선이 좌소라고 말한 곳이 회암이라고 알려왔다.

우왕은 사부인 삼사좌사 권중화와 문하평리 조민수에게 회암으로 가서 택지를 살펴보도록 지시하였다. 그리고는 1379년 11월 새 수도로 옮길 회암에서 사냥판을 벌였다. 천도를 단호하게 밀고 나가겠다는 의지를 천명한 셈이었다.

우왕의 뜻을 확인한 조정 대신들은 1379년 12월 유모 장씨와 관련된 인물들인 종부부령 이의와 찬성사 상의 양백익 또한 처벌하였다. 이의가 유모 장씨와 함께 음모를 꾸몄는데 양백익이 알고도 보고하지 않았다는 것이었다. 이의는 장형에 처한 후 양광도 내상으로 유배 보내고, 양백익은 창녕으로 유배 보냈다.

우왕의 가슴은 쓰릴 듯 아팠다. 자신의 손발이 다 잘라나가는 형국이었다. 우왕은 그럴수록 자신의 세력을 구축하고자 버둥거렸다. 우왕은 이번엔 근비의 친척과의 관계를 돈독히 하고자 하였다. 근비의 아버지 이림과 그의 아내 홍씨, 모친 이씨를 불러 궁궐에서 잔치를 열어주었다. 홍씨에게는 변한국대부인의 인장을 내려주었다.

이림 등이 물러간 후에도 우왕은 쓰린 가슴에 환관과 어울려 연회를 즐겼다. 마음 한구석에서는 계속 억제할 수 없는 감정이 치밀어 올라왔다. 우왕은 정색하고 한마디 하였다.

"사람들이, '옷은 새 옷이 좋고 사람은 옛 사람이 좋다'고 하였는데, 지금 신료들이 곁에서 잘잘못을 일러주며 잘 이끌어 주고 있으니 비록 누가 참언을 하더라도 결코 곧이듣지 않을 것이다. 과거에 유모 장씨가 꾸짖고 회초리로 때리기까지 했으니 나라가 생긴 이래 나처럼 요물의 손에 곤욕을 치른 경우는 없었다. 다행히 사헌부에서 죄를 밝혀 낸 덕분에 요물이 멀리 유배되고 궁중이 편안하게 되었다. 밖으로는 원로들과 큰 덕을 갖춘 이가 있어 모든 정사를 맡아 하고 있으니, 안으로 너희들과 함께 술에 취하여 즐긴들 거리낄 게 아무것도 없구나!"

임금으로서 아무것도 하지 못하는 비참함과 그토록 각별한 정을 갖고 있었던 유모 장씨를 구하지 못한 회한의 감정을 뒤집어서 표현한 것이었다.

우왕의 이런 모습에 장씨의 죽음은 더욱 앞당겨졌다. 사헌부에서 장씨의 처형을 요구하는 상소가 올라왔다.

"장씨는 본래 시비인데 유모를 참칭하고선, 일찍이 지윤과 내통해 반란 음모를 꾸몄으며, 양백연과 홍중선, 김도 등과 서로 내응하다가 그 행적이 드러나는 바람에 다른 사람은 모두 처형을 당했는데도 장씨만은 요행히 죽음을 면했사옵니다. 그런데도 다시 심복인 원순을 허완과 윤방에게 보내 음모를 꾸미다가 발각되어 허완 등은 벌서 사형을 당했는데 장씨만은 외지로 유배되었습니다. 보고에 의하면 이의와 유보가 한 패가 되어 장씨를 개경으로 귀환시키려 한다니 부디 장씨를 처형해 아예 화근을 끊어 버리시옵소서."

장씨는 1380년 1월 참형에 처해져 개경에 머리가 올려 보내졌다.

왜구의 침구에 대한 대반격, 진포대첩과 황산대첩

우왕은 눈을 감았다. 귀도 닫았다. 어미와 같은 사람을 지키지 못했다는 자책감은 그의 뇌리를 떠나지 않았다. 왕이라고 하지만 왕이 아니었다. 찢어질 듯한 아픔은 그대로 상처로 남았다.

우왕의 아픔은 그것으로 끝나지 않았다. 명덕태후가 우왕을 불렀다. 죽음을 목전을 둔 명덕태후가 우왕의 손을 잡았다. 할미로서 아비 어미도 없는 어린 손자를 놓고 떠나는 것은 가슴 메이는 심정이었다.

"고려가 대대로 전해온 지 장차 5백년이 되어 갑니다. 대저 임금이 신료들의 말한 바를 듣지 않는 경우가 많은데, 원하노니 주상께서는 대의를 따지거나 대사를 결정할 때는 반드시 시중 경복흥과 이인임, 판삼사 최영 및 여러 재상들에게 자문하도록 하고,

삼가 감정에 얽매여 곧바로 행하지 말도록 하세요. 임금의 거조는 사관이 반드시 기록하는 바이니 자주 교야로 나가서 놀며 구경하는 것을 일삼아도 안 됩니다."

우왕의 얼굴은 일그러졌다. 죽을 때까지도 잔소리를 늘어 논다는 심사였다. 할머니도 대신들과 똑같이 어미나 다름없는 유모 장씨를 구하려고 한 자신을 도와주지 않았다는 데서 오는 불만 섞인 감정이었다.

명덕태후는 못마땅해하는 우왕의 얼굴을 그저 바라볼 뿐이었다. 국왕이라는 짐의 굴레는 어느 누가 대신 감당할 수 없고 오직 스스로 감내해야만 하는 자리였다. 그걸 일깨워주기 위한 마지막 안간힘인 듯 명덕태후의 손이 우왕의 손을 꼭 쥐었다.

명덕태후의 떨리는 손길이 전해지면서 우왕의 가슴에 묘한 감정이 파고들었다. 방금 전에 말한 것과는 전혀 다른 의미가 가슴 뭉클하게 전해져 온 것이었다. 딱히 뭐라고 끄집어낼 수는 없었다.

허나 그뿐이었다. 명덕태후의 손은 더 이상 움직이지 않았다. 이내 명덕태후는 힘없이 고개를 떨구었다. 1380년 1월 명덕태후가 세상을 하직한 것이었다. 명덕태후가 우왕의 듬직한 버팀목이 되어준 것은 아니었다. 하지만 어린 우왕으로서는 언제든지 마지막으로 기댈 수 있는 기둥뿌리 하나가 무너진 격이나 다름없었다.

이제 우왕은 스스로 서야만 했다. 더욱 안타까운 것은 명덕태후가 우왕에게 마지막으로 안배해 준 것 또한 무위로 돌아갔다는 점이었다. 1380년 2월 명은 고려에서 보낸 공물이 약속했던 바와 다르고, 배신(陪臣)도 오지 않았으니 돌려보낸다고 하였다. 명덕태후의 간곡한 부탁이었기에 고려 조정에서는 왜구의 침구를 당하는 와중에서도 최대의 성의를 다한 것인데, 명은 전에 약속한 바를 지켜야만 공물을 바치도록 허락하겠다고 나왔다.

우왕의 가슴엔 피가 끓어올랐다. 할미가 처음이자 마지막으로 자기에게 뜨거운 애정을 베풀어준 것인데, 그 은덕이 무참히 짓밟혀진 데에서 오는 분노였다. 허나 그 자신이 할 수 있는 것이라곤 아무것도 없었다.

1380년 2월 북원에서 예부상서 시라문과 직성사인 대도려를 보내와 우왕을 태위로 책봉한 사실을 알려왔다. 우왕은 백관들을 거느리고 도성 바깥에서 영접하며 맞아들였다. 북원과 가까이하겠다는 뜻을 명확히 밝힌 것이었다. 그런데 요동에서 온 어떤 자가 정료위에서 군사를 훈련시켜 나하추를 공격하려 한다는 소식을 전해왔다. 요동에서마저 명이 북원을 공격하는 태세로 전환되었다는 보고는 고려로서 그냥 넘어갈 수 없는 사안이었다. 북방마저 경계를 늦출 수 없는 사태로 치닫는 것은 고려로선 버거운 일이었다. 도당에서는 판사 최단과 부정 안천길을 서북면에 파견해 사실 여부를 살펴보도록 하였다. 아울러 1380년 3월 홍인계를 강계원수, 최원지를 이성 안무사, 한방언을 안주 도원수로 임명하여 대비케 하였다. 하루빨리 왜에 대한 대책이 마련되어야 했다. 단지 수동적인 방어전의 전개가 아니라 바다에서부터 적극 막아 나서서 퇴치하는 방식으로 시급히 전환되어야만 했다.

허나 유모 장씨 세력을 제거하고 나자 권신 이인임은 권력을 더욱 다지는 길로 나아갔다. 요동에서마저 명의 세력이 강화되자 이인임은 큰 위기의식을 갖지 않을 수 없었다. 이인임은 공민왕이 시해되고 난 이후 명덕태후의 지지를 받는 경복흥 세력, 군사적 지반을 갖는 최영 세력, 유모 장씨의 후원을 받는 우왕의 측근세력 등을 한데 모아 친명 일변도 정책을 시정하려고 하였다. 명의 가혹한 세공 요구와 간섭 책동에 견디다 못한 공민왕이 말기에 이르러서 친명 일변도 정책을 수정하려고 한 입장을 이어받는 것이었다. 이의 가장 강력한 지지자는 최영이었다. 이인임은 최영이 요동 수복을 꿈꾸고 있지만 권력과 재물에는 욕심이 없다는 것을 잘 알고 있었다. 이런 최영은 이인임의 군사적 지반을 지탱해주는 절대적 지지자로서 존재했다.

반면에 지윤이나 양백연 등은 친원 정책을 추진하려는 그의 입장을 지지하기는 하였으나, 권세를 탐하며 도리어 우왕의 지지를 받아 자신을 공격하는 방향으로 나왔다. 어쩔 수 없이 그들을 제거하기는 하였지만 그로 인해 조정은 친원 정책을 추진해 나가는 세력이 많이 약화되었다. 명덕태후가 죽음을 앞두고 명과의 화친을 이룩하기 위해 취한 조치는 친명 세력에 좋은 명분을 가져다 주었다. 더욱이 명이 요동의 북원을 공격할 정도로 세력이 강화되었다면 언제든지 그걸 기화로 고려 조정에 간섭하며 자신을 공격하고 나올 것이 뻔했다. 조정을 확고히 장악하지 않으면 훗날 어찌 될지 장담할 수 없었다.

이인임은 자신을 반대하고 나올 수 있는 세력을 제거하고자 결심했다. 거기에 먼저 걸려든 자는 목인길이었다. 비록 지윤의 편에 서지 않고 알려주어 그 일당을 제거하긴 하였지만 목인길은 점차 이인임의 맘에 거스르는 행동을 하고 있었다.

목인길은 1379년 10월 조정에서 큰 목소리로 외치고 나왔다.

"왜적이 제멋대로 주군을 침략하고 있는데, 제 배만 불리고 조금도 부끄럽게 여기지 않는다면 어찌 사람이라고 할 수 있겠소이까?"

조정을 장악하고서 뇌물을 받아 챙기는 이인임의 처사를 공격한 것이었다. 이인임은 목인길을 아니꼽게 여기고는, 그렇게 말하는 네가 왜적을 막으라고 하면서 찬성사 목인길과 밀직부사 목자안, 양제를 전라도로 파견해 왜적을 방어하게 조치하였다.

그러나 목인길이 계속 불만을 드러내자 이인임은 아예 제거하는 길로 나섰다. 1380년 2월에 대사헌 우현보 등이 목인길이 반역하려는 뜻을 가지고 있다고 탄핵하여 관직을 삭탈해 멀리 유배보내고 가산까지 몰수하였다.

목인길의 제거는 이인임에 있어서 권력을 독차지하기 위한 시작일 뿐이었다. 이인임의 칼끝은 경복흥 세력을 향하고 있었다. 경복흥은 명덕태후를 기반으로 하여 권력의 한축을 차지하고 있었다. 명덕태후가 죽었으니 경복흥은 자신의 강력한 후원자이자 권력의 지반을 잃어 버린 것이나 다름없었다. 그러나 명덕태후가 세상을 떠나기 전에 명과의 화친을 강력하게 주장하고 나왔기에 친명 세력은 명이 강성해지면 이들과 연계되어 언제든지 자신에게 칼날을 들이댈 세력으로 돌변할 수 있었다. 이인임은 그걸 경계하였다. 경복흥 세력이 제거되면 최영을 제외하고는 자신의 천하가 될 것이었다.

경복흥은 지윤과 이인임 세력이 서로 대립하여 싸우기 전부터 그들과 갈등을 빚었다. 관리를 선발할 때 지윤은 전쟁에서의 공로를 먼저 고려해야 한다고 주장했고, 경복흥은 도목정사(都目政事)에선 전쟁에서의 공은 나중에 고려할 요소라고 맞서며 의견대립을 빚었다. 경복흥은 지윤과 이인임 때문에 자신이 추천한 인재를 등용시킬 수 없었다. 그래서 자리를 박차고 나가 아예 참여하지도 않았다. 그들이 권력을 제멋대로 휘두르는 것을 막지도 못하고, 그렇다고 보고 있는 것도 혐오스러워 술 마시는 것을 낙으로 삼을 정도였다.

최영이 경복흥의 심사를 전혀 모르지는 않았다. 그 자신도 지윤과 이인임의 처사가 마음에 들지 않았다. 언젠가 재상들과 술을 마시면서 시를 주고받는 때가 있었다. 그때 경복흥이 먼저 시를 읊었다.

"하늘은 옛 하늘이되 사람은 옛사람이 아니고."

이인임과 지윤이 초창기와 달리 권세와 재물을 탐하는 것을 빗

댄 것이었다. 최영이 대구를 지어 그에 화답하였다.

"달은 밝은데 재상은 밝지 않구나."

이처럼 최영은 남의 의롭지 못한 행위를 보면 미워하고 배척하였다. 그렇다고 단순히 술안줏감으로 삼으려고 하지는 않았다. 그런데 경복흥은 거의 자포자기하며 회피하려고 들었다. 그게 맘에 들지 않았다. 도당에서 행성에 보낼 글을 의논하는 자리에도 경복흥은 술에 취하여 나오지 않았다. 최영이 도당의 서리를 불러 한마디 했다.

"아예 술을 금하는 포고를 내리든가 해야지, 어찌 수상이 이와 같이 할 수 있단 말인가?"

재상들이 경복흥의 집으로 갔더니 경복흥은 얼굴이 벌개져서 얘기했다.

"내가 약을 마셨기 때문에 취해서 나갈 수 없었소."

경복흥은 변명하며 미안해하였다. 그러나 그 생활을 버리지는 못하였다. 여전히 밤에 술을 마시고 시문을 주고받는 것을 낙으로 삼았다. 조정이 이인임 등에 의해 좌지우지되자 그가 할 수 있는 일이라곤 직인이나 찍어주는 것 외엔 거의 없었기 때문이었다. 보다 못한 전객령 김칠림이 경복흥에게 조언했다.

"제가 최근 외지에 나갔다 왔는데 백성들의 고생이 요즈음보다 심한 적이 없었습니다. 지금이 어찌 시나 주고받으면서 한가롭게 노닥거리고 있을 때입니까?"

이런 비판에도 명덕태후가 살아 있었을 때에는 대략 넘어갈 수 있었다. 그런데 장씨 세력도 제거되고 난 뒤에다가 명덕태후마저 세상을 떠났으니 방패막이가 사라진 것이었다.

1380년 2월 명의 요동군이 나하추를 공격한다는 파발 소식에 조정에서는 그 움직임을 정탐하게 지시하였다. 그 척후가 돌아와서 요동 총병이 출병했다고 보고하자 도당에서 다급히 회의를 열게 되었다. 이때도 경복흥은 술에 취해 참석하지 못했다. 이인임과 임견미는 이 기회를 놓치지 않았다. 술독에 빠져 정무를 보지 않는다고 탄핵하여 청주로 유배 보냈다. 경복흥과 어울려 술을 마시던 문하평리 설사덕, 밀직부사 표덕린, 판사 정용수, 배길, 이을경, 왕백, 상호군 설회, 총랑 설군, 설권, 중랑장 나흥준 등도 모두 유배에 처했다. 설사덕과 이을경은 도중에 죽고, 경복흥은 유배지에서 생을 마감하였다.

경복흥이 제거되니 이제 이인임의 천하가 되었다고 해도 과언이 아니게 되었다. 그중에서도 이인임의 손발 역할을 한 임견미가 크게 부상하였다.

최영은 길게 한숨을 내쉬었다. 지윤과 양백연, 장씨 일당을 제거한 것은 권세를 쥐기 위해서가 아니라 왜구에 대한 대책을 더 분명하게 수립하기 위함이었다. 그래야만 대륙의 정세에 고려가 대응할 수 있는 길이 열리기 때문이었다. 헌데 이인임은 이런 의도를 갖고 진행한 최영의 행동을 자신들의 정적을 제거하는 데

활용하고 있었다. 여우를 제거하니 늑대 새끼가 자기 본색을 드러내는 꼴이었다.

최영은 가슴을 씁쓸하게 쓸어내렸다. 그러나 지금은 무엇보다 우왕을 다독여 묵묵히 왜구를 격퇴하기 위한 싸움을 전개해야 했다. 왜구는 1월까지 조용하더니 2월 들어서자 경상도 영선현의 침구로부터 전라도 보성군을 침략하고 부유현까지 쳐들어왔다. 3월에도 순천 송광사를 침구하였으며, 광주와 능성현, 화순현 등지를 침습하여 왔다. 조정에서는 원수 최공철, 김용휘, 이원계, 김사혁, 정지, 오언, 민백훤, 왕승보, 도흥을 보내 전라도에서 방어하게 하였다.

우왕은 최영에게 사냥을 제안하였다. 최영은 우왕의 기분을 풀어주기 위해서 흔쾌히 받아들였다. 최영은 여러 장수들을 대동하여 우왕과 함께 도성 동쪽에서 사냥판을 벌였다. 사냥에서 최영은 일부러 우왕 앞으로 사냥감을 몰아주었다. 우왕은 활을 쏘아 짐승을 맞추었다. 기분이 좋아서인지 우왕은 그 다음 날에도 백안교에서 사냥판을 벌였다.

우왕의 기분을 전환시켜 준 다음 도당에서는 1380년 3월 문천식을 북원으로 보내 절일을 축하하고 책명을 내려준 데 대해 사의를 표하게 하면서 대륙의 정세를 면밀히 파악하도록 하였다. 그러면서 북원과의 화친 관계를 돈독하게 하기 위해 북원에서 평장자로 임명한 윤환을 문하시중으로 임명하였다.

그런데 윤환 등은 도리어 명과의 관계를 풀기 위해 명이 요구한 세공을 맞추기 위해 재상들로부터 평민에 이르기까지 베를 차등 있게 염출하여 바치자고 주장하고 나왔다. 요동에서마저 명이 더 강력해진 세력으로 성장한 현실을 반영한 것이었다. 명이 요구한 세공을 맞추어 주자는 주장이 이렇게 자연스레 터져 나오게 된 것은 주되게 명덕태후가 우왕의 왕위의 안정을 마련해주고자 명으로부터 왕위 계승에 대한 승인을 받아주기 위해 대대적으로 물품을 보내게 함으로써 그 물꼬가 터져버렸기 때문이었다. 명에게 물품을 보내게 된다면 명은 더 강해질 것이고 고려는 그걸 마련하고자 더 고통에 헤매게 될 것이었다. 게다가 고려가 굴복하는 모습을 보이면 명은 더욱 고압적으로 나올 것이 뻔했다. 더욱이 심각한 건 명에 대한 굴욕스런 태도는 명에 대적할 기세를 잃어 버리게 할 것이며, 이건 궁극적으로 눈 뜨고 코 베이듯 저 요동과 만주를 명에게 내주는 결과를 초래할 것이었다. 이것은 묵과할 수 없는 일이었다. 명과의 화친보다도 고려 내정의 안정이 우선이고, 그래야만 고려 중흥을 위한 발판을 마련하고 그 길로 나아갈 수 있을 것이었다. 최영은 단호히 반박하고 나섰다.

"지금 관리와 백성들에게 변고가 잦아 생업에 힘을 쏟을 수 없는데, 또 베를 내게 한다면 그 폐해가 이루 헤아릴 수 없을 것이오. 지금 우리 고려에서 왜구를 막아내고 백성을 안정시키는 것보다 더 중하고 시급한 것이 어디 있단 말이오? 게다가 명에서 요구하는 것이 끝이 없으니 어찌 죄다 들어줄 수 있겠소? 먼저 사신을 보내어 화친을 요청하며 상황을 파악하는 게 우선일 것이오. 선차적으로 내정의 안정을 이룩하는 데 노력하고, 만약 명과의 관계가 부득이하는 경우가 생길 경우는 그때 가서 판단해야 할 것이오."

그리하여 도당에서는 1380년 4월 승경윤 주의를 명에 보내 채빈 살해 사건에 대해 해명하게 하였다. 김의가 북원으로 도피한 후 감히 귀국하지 못한 것만 보아도 개인적으로 행한 것이지 고려 조정에서 관여하지 않은 걸 증명한다는 주장이었다. 공물을 바치기보다는 해명을 통해 명의 압력을 피하고자 함이었다.

왜구가 광주 등지로 또다시 침구해 왔다. 우왕은 1380년 4월 최영을 삼사좌사 겸 해도도통사, 유순을 한양도 도병마사 겸 한양윤, 조인벽을 강릉도 원수로 임명하였다.

최영은 해도도통사로 임명된 것을 계기로 우왕에게 나라의 실정을 토로하였다. 왜구에 대한 대책을 세우는 데 있어서 우왕이 상황을 파악하며 적극 나서도록 하기 위함이었다.

"신이 맡은 일이 많은데 지금 또 도통사까지 겸하게 되었으니 직무를 제대로 감당하지 못할까 염려되어옵니다. 지금껏 전함을 건조하기 위해 심혈을 기울였지만 백 척밖에 없고, 수졸도 겨우 3천 명에 불과한 형편이옵니다. 신이 일단 군사를 동원하게 되면 만 명 정도의 병력이 소요되는데, 창고가 고갈되었으니 무엇으로 물자를 공급할 수 있겠사옵니까?"

"왜적을 방비하는 일이 급해 부득이 경으로 하여금 겸하게 하는 것이니, 굳이 사양하지 마십시오. 현재 우리 고려의 군량으로 1만여 명의 군사를 먹이기는 진실로 어려우니, 제발 경은 3천 명의 군사로 일당백이 되게 하십시오."

우왕의 당부에 최영이 다시 간언했다.

"신이 이미 늙은 관계로 때맞추어 상알하지 못했는데, 이제 다행히 뵙게 되어 한 가지 말씀 올리겠사옵니다. 원컨대 주상께서는 매사에 조심하고 조금도 태만하지 마시옵소서. 백성의 안위는 모두 임금의 마음가짐에 달려 있사옵니다. 이를 항상 유념해주시옵소서."

우왕은 최영의 말을 진심으로 받아들이고는 최영의 공훈을 기록하게 하고 공신에게 나눠주던 녹권까지 내려주었다.

해도도통사로 임명된 최영은 최무선을 불러들였다. 화포의 제작 상태를 확인하고자 함이었다. 최무선이 대답했다.

"모든 것은 준비되었고, 지금 당장이라도 사용할 수 있는 상태입니다."

최무선은 화포, 신포, 화천, 철령전, 피령전, 질려포, 철탄자, 천산오룡전, 유화, 주화, 촉천화를 비롯해 대장군포와 이장군포, 삼장군포 등 여러 무기를 거의 완성시켜 놓았다고 말해 주었다. 지금 곧 출정해도 될 정도라고 덧붙였다.

"장하구려. 이제야말로 우리 고려가 방어에 머물지 않고 공격적으로 나아갈 수 있는 길이 드디어 열리게 된 것이오. 정말 고생이 많았소."

최영은 최무선의 노고에 거듭 치하했다. 그러면서도 고군기가 떠오른 것은 어쩔 수 없는 슬픔이었다. 이 성공을 보았다면 얼마나 얼싸안고 기분 좋아했을까? 고군기의 기뻐하는 목소리가 들려오는 것만 같았다. 고군기는 분명 이를 계기로 또다시 새로운 활로를 열어가자고 힘 있게 얘기할 것이었다. 고군기가 없으니 이제 모든 것은 그가 혼자 결정해야 했다. 이건 커다란 서글픔이었다. 하지만 최영은 이를 내색할 수 없었다. 최무선에게 아픔을 안겨주고 싶지 않기 때문이었다. 그렇더라도 고군기의 열망이 담긴 이 화포로 왜구에게 그 몇백 배의 복수를 안겨주고 싶은 마음이 간절했다. 이것이 그가 동지에게 해줄 수 있는 답례였다. 잠시 생각에 잠긴 최영이 다시 말을 이었다.

"왜놈들에게 화포의 맛을 톡톡히 보여주어야 할 것인데, 단지 몇 척을 부수는 것만으로 되어서는 아니 될 것이오. 왜놈들이 아직 고려에 화포가 있다는 것을 모르고 있을 터, 적선이 대거 집결할 때 아예 작살을 내버려야 할 것이오. 지금 이들이 서해도로 침입하는 것으로 봐서 왜놈들은 이후 분명코 고려의 최전선의 진입선인 경상도 진포 쪽으로 대거 배가 집결해 기어들어 올 것이오. 그때 본때를 보여주어야 할 것이니 지금부터 대비하도록 하시오."

최무선 또한 그걸 바라는 바였기에 단단히 결심을 밝히고 떠나갔다.

최영은 가슴을 다지고 다졌다. 이놈의 왜구가 기어들지 못하게 한다면 드디어 대륙의 정세에 한시바삐 대처할 수 있는 길이 열리게 될 것이었다. 그것을 최영은 물론이고 고군기 또한 얼마나 갈망해왔던가? 최영은 먼저 간 고군기에게 기필코 그 일을 해내고 말겠다고 거듭거듭 다짐했다.

왜적은 1380년 5월 배 100여 척으로 양광도 결성과 홍주를 침구해 왔다. 이번에 적을 막아내야만 추후 예상한 바대로 저 남쪽으로 대거 침입해 오는 적을 향해 전력을 기울여 격파할 수 있을 것이었다. 그런데 몸이 기동하기가 힘들 정도로 갑작스레 안 좋아졌다. 대반격을 앞두고 여기서 주저앉을 수는 없었다. 그만큼 최영으로서는 대반격을 이뤄내기 위한 싸움이 중요한 것이었다.

최영은 전혀 내색하지 않고 장수들과 함께 동·서강에 나가 진을 치고 왜구의 방어에 나섰다. 허나 쉬지 못하고 피로가 누적되자 몸 상태가 극도로 악화되었다. 장수들에게 숨기려 하였지만 그만 그들이 눈치 채고 말았다. 장수들은 최영의 병을 걱정하며 의원을 데려와 약을 올렸다. 허나 최영은 거부하며 단호히 말했다.

“장군이 군사들을 거느리고 전장에 나온 터에 적을 어떻게 격멸할 것인가를 생각하지 않고 어찌 병을 염려하겠는가? 게다가 나는 이미 늙은 데다 생사는 다 운명에 달려 있거늘 무엇 하러 약을 먹으면서까지 살려고 하겠는가?”

최영이 성치 않는 몸으로도 분투하는 모습을 보이자 군사들도 경계에 만전을 기하게 되어 쳐들어온 왜적들을 단호히 응징하였다.

우왕은 왜적을 격퇴시킨 최영에게 술을 내리고 다시 개경으로 불러들였다.

최영은 개경으로 다시 돌아왔다. 그리고는 남쪽으로부터 파발이 오기만을 기다렸다. 기필코 바다에서 승리를 거두어 왜구의 침구로부터 대반전을 만들어 내야만 했다. 거기에 그토록 고대했던 고려의 미래의 희망이 열리는 길이 있었다. 그런데 대장간 주인이 최영을 찾아와 하소연했다. 누군가 자기 대장간의 쇠붙이를 도둑질해 갔다는 것이었다. 최영은 조사를 해보고 어이가 없었다. 우왕이 평복차림으로 몰래 대궐을 나가서는 그 주인 대장간의 쇠붙이를 가져가다 궁중에 대장간을 차린 것이었다.

우왕의 기이한 행동은 이것만이 아니었다. 단옷날에 젊은 애들이 서로 패를 나눠 돌팔매질이나 몽둥이로 싸워 승부를 내는 석전놀이를 벌이는데, 우왕은 그것을 구경하려고 나선 것이었다. 지신사 이존성이 임금은 구경할 것이 못 된다고 간언하자, 우왕은 불쾌하게 여기고서는 이존성을 구타하게 하고, 이존성이 견디다 못해 뛰쳐나가며 도망치자 탄환으로 쏘기까지 하였다. 또 화원에서 오색장막을 치고 풍악까지 울리게 하면서 술을 마시고 노는 것도 예사로 진행하였다.

최영은 우왕의 행위가 소문나지 않도록 대장간 주인을 엄히 단속하고는 우왕을 찾아가 그런 일을 하지 말라고 간언을 올렸다. 사헌부에서도 우왕의 기이한 행동에 우려를 하며 상소를 올렸다.

"즉위 초에 서연을 열어 강독을 계속하신 것처럼 노숙한 대신들과 함께 치국과 안민의 도리를 강론하도록 하시옵소서. 정사를 듣고 명령을 반포하는 보평(報平)의 의례는 정무를 처리하고 정령을 선포하기 위해 필요한 것인데 요즘 와서 아예 시행하지도 않으니, 조정께서 좋은 법을 만드신 정신에 위배될 뿐 아니라 국가의 중요한 많은 정무를 지체하게 하는 요인이 되고 있사옵니다. 부디 보평의 의례를 다시 회복시켜 주시옵소서."

최영 등의 노력에 의해 우왕은 그 건의를 받아들였다. 우왕은 1380년 6월 처음으로 보평청에 나아가 정무를 처결하고 나서 재상들을 향해 말했다.

"국가 원로들에게 정사를 맡겨두고 그 결과를 듣고만 있습니다만, 가만히 살펴보건대 그 행정이 통일성도 없고, 그저 복잡하기만 하여 내가 맡긴 뜻과는 너무 어긋나고 있는 듯합니다. 금일 이후로 매달 초이튿날과 엿샛날에 각 관청의 수장들이 직접 자신들의 소관 업무를 보고하면 내가 그 행정능력을 평가할까 합니다."

이어서 찬성사 홍영통을 향해 꾸짖듯 얘기했다.

"기로를 임용한 것은 좋은 계책을 들으려는 것인데, 경은 내 곁에 있으면서 어찌 한마디 말씀도 없는 것입니까?"

홍영통을 통해 재상들을 질책한 것이었다.

우왕이 움직이자 조정이 쇄신되는 분위기가 되면서 지난번 왜적을 제대로 막아내지 못한 책임으로 전라도 조전원수 최공철과 양광도 도순문사 안익을 장형에 처한 후 유배 보내고, 그의 휘하의 도진무 두 명을 참형에 처했다. 대신에 전리판서 김사혁을 양광도 도순문사로 임명하였다.

허나 나라의 기강이 하루아침에 세워질 수는 없었다. 오언을 양광도 조전원수로 임명하였는데, 그는 백성들의 재물과 곡식을 빼앗아 자기 집으로 몰래 실어 보냈다. 그것이 무려 50바리나 되었다. 당시 장수를 지내는 자들은 이런 탐관오리 같은 짓거리를 다반사로 행하고 있었다. 허나 이들 자체가 조종의 실세에게 뇌물을 바쳐 그런 자리에 올랐는지라 거의 대부분 처벌되지 않았다. 조정 자체가 거의 끼리끼리 한통속이 되어 버린 격이었다. 조정에 부정과 비리가 횡행하게 되니 너도나도 자신의 욕망을 채우고자 하는 일이 발생하게 되었다. 전옥서령 김덕생은 검교(檢校)의 고신을 열다섯 통을 위조했다가 들통 나 장형에 처해졌다. 신주감무 신영을은 과거 국신녹사로 있으면서 관청의 물건을 훔치다가 탄로 나 장형에 처해진 후 전법사의 노비가 되었다.

왜구의 침구는 계속되어 1380년 6월 정읍현을 침구해와 전라도 원수 지용기가 막았으며, 1380년 7월에도 명량향에서 지용기가 왜적과 싸워 포로 1백여 명을 구출하였다. 조정에서는 전법판서 권계용을 양광, 전라도 찰리사, 전 판전농시사 황희석을 체복사로 임명해 파견하였다.

왜구가 또다시 양광도 서주를 침구하고, 이어서 부여현, 정산현, 운제현, 고산현, 유성현 등지를 침습한 후 계룡산으로 들어갔다. 이때 적을 피해 산으로 올라갔던 부녀자와 어린 아이들이 수없이 죽고 포로가 되었다. 왜적에 의한 피해가 속출하자 우왕이 환관 이득분을 최영에게 보내 질책하고 나왔다.

"백성과 사직이 있은 연후에 나라가 있는 법인데, 지금 왜적의 침구가 이 지경까지 이르게 된 것은 도대체 무슨 까닭입니까? 내가 친히 토벌에 나서야겠습니다."

자신을 허수아비 왕으로 만들어 놓고선 나라를 이 꼴로 만들었느냐는 비판이었다. 최영은 부끄럽기 짝이 없었다. 우왕의 비판이 아니어도 왜구에 대대적인 반격을 가하려면 고려로 침구해오는 왜구를 무조건 막아내는 것이 절실한 시점이었다. 최영은 단호히 노구를 이끌고 우왕에게 청했다.

"신이 나서겠사옵니다. 다만 제 이름이 다른 나라에 조금 알려져 있어 만약 적의 손에 죽는다면 나라 체통이 훼손될까 두렵기는 하옵니다. 허나 왜구들이 이처럼 포악하게 침략하여 백성들이 무참하게 죽임을 당하는 것을 도저히 좌시할 수가 없사옵니다. 국가의 안위가 신의 한번 행동에 달려 있사오니 부하 군사들을 이끌고 출정하게 허락해 주시옵소서."

허나 위급을 알리는 봉화가 개경으로 재차 올라오자, 우왕은 변경만 중요시하고 수도를 소홀히 해서는 안 된다고 하면서 최영의 출정을 금지시켰다. 우왕은 개경이 위협받는 것을 그만큼 두려워한 것이었다.

최영을 대신하여 양광도 원수 김사혁이 계룡산에 은거한 왜구를 공격해 그들을 패주시키자 왜적은 청양, 신풍, 홍산을 노략질하면서 달아났고, 도주하면서도 계속 옥주, 금주, 함열, 풍제 등의 현을 약탈하였다.

우왕은 자신이 지시를 내려도 최영 같은 몇몇 사람만 들을 뿐이지 나머지는 거의 복지부동이라는 사실을 깨달았다. 허수아비 왕일 뿐이었다. 측근을 내세워 왕권을 행사하고자 하면 그 사람은 권신에 의해 쫓겨 나거나 죽임을 당하기 일쑤였다. 할 수 있는 일은 거의 없었다.

우왕은 사냥이나 환희 거리를 찾아 나섰다. 임견미의 아들 임치 등 젊은 애들을 데리고 남산에 말을 달리기도 하고, 젊은 내수들을 시켜 대궐 뒤뜰에 허방다리를 파놓고 지신사 이존성을 유인해 거기에 빠지게 하는 등 이런 놀이로 낙을 찾았다.

1380년 7월에도 우왕은 또 사냥을 나가려 하였다. 조정의 기강을 세우고 침구하는 왜적에 대한 대반격 작전을 거행하자면 무엇보다 왕이 바로 서야 했다. 최영은 이인임과 함께 우왕의 사냥을 만류하고 나섰다. 그러자 우왕이 반문하고 나섰다.

"내가 본래 매와 사냥개를 좋아하지 않았는데, 재상들이 그리로 인도한 것이 아닙니까? 경들도 사냥을 좋아하는 터에 곡식을 밟지 않고 능히 날아다닐 수는 없지 않습니까?"

우왕은 1380년 8월에는 환관 이득분과 김실을 수성원수로 임명하고서는 아예 도성 남쪽에서 닷새 동안이나 사냥판을 벌였다. 자신이 직접 활과 화살을 차고서는 팔에 매를 얹고 나갔다. 환관과 젊은 내수들에게 호가를 부르고 호적을 불면서 따르게 했다. 지신사 이존성이 무장하지 않자 화를 내며 벌까지 내렸다. 그러고도 목촌 들판으로 또 나가려 하자 이인임이 간언했다.

"목촌으로 가노라면 필시 공민왕릉인 현릉을 지나야 하는데 제수를 올리지 않고 그냥 지나쳐서는 안 될 것이옵니다. 그런데 제수인들을 어디서 갑자기 조달할 수 있겠사옵니까? 또 제수를 올릴 때는 예복을 입어야 하는 법인데 그것은 또 어찌하실 것이옵니까?"

우왕이 최영에게 의견을 물었다. 최영 또한 이인임과 같은 어조로 대답하자 우왕은 어쩔 수 없이 행차를 중지하였다.

근비가 아들을 낳자 조정 신료들은 안도의 한숨을 내쉬었다. 아비가 되었으니 좀 달라질 것이라고 여긴 것이었다. 우왕은 아들의 이름을 왕창이라고 이름 짓고 사형 이하의 죄수를 사면했다. 그러나 여전히 전각에 올라가서 놀이판을 벌이다가 엿보는 자가 있으면 잡아다가 곤장을 치며 유희를 즐겼다.

최영은 한숨을 쉬지 않을 수 없었다. 왕이 바로 서야만 조정의 기강을 세우고, 저 요동과 만주 땅을 수복하기 위한 길로 나가기 위한 실타래가 풀릴 것이었다. 미래가 암울하게 다가오기만 했다. 그렇다고 우왕의 행위를 보고 낙심만 하고 있을 수는 없었다. 왜구의 침구에 대한 대반격 작전을 수립하고 기필코 승리로 이끌어 내야만 했다.

최영은 마침내 1380년 8월 왜적의 500여 척이나 되는 대적선이 진포로 향하고 있다는 파발을 받았다. 벼르고 벼렸던 때가 온 것이었다.

최영은 해도도통사로서 급히 최무선을 불러 신신당부하고서는 나세를 해도원수, 심덕부와 최무선을 부원수로 삼아 고려의 거의 전부의 전력이라고 할 수 있는 전함 1백여 척을 지휘해 왜적을 추포하여 나포하게 하였다.

고려 수군은 밤낮을 쉬지 않고 진포로 향해 나아갔다. 왜적은 배 5백 척을 진포의 어귀로 끌고 들어와서는 서로 얽어매고는 군사를 나누어 지키다가, 드디어 언덕에 올라 주군으로 흩어져 들어가서 멋대로 불 지르고 노략질하였다. 시체가 산야를 덮었으며, 그들의 배에 곡식을 운반하느라고 땅에 흘린 쌀이 한 자 두께나 될 정도였다.

나세와 심덕부, 최무선 등이 드디어 진포에 이르러 왜구의 선단과 맞닥뜨렸다. 여기서 고려군이 패배한다면 수군의 전력을 거의 다 잃어 버린 것이나 다름없었다. 어떻게든지 승리를 이룩해야만 했다. 이 왜구의 군사만 하더라도 500여 척이나 되니 거의 수만 명이나 되었다. 국운을 건 전투라고 할 수 있었다. 다행인 것은 왜적이 고려가 화포로 무장했다는 사실을 모르고 서로 배를 연결시켜 놓았다는 점이었다.

마침내 최무선이 만든 화포가 왜구의 배를 향해 불을 뿜었다. 순식간에 왜적의 배에 불이 붙어 연기와 불꽃이 하늘 가득히 치솟았다. 왜적들은 대항하지 못하고 불에 타죽거나 바다에 빠져 죽기에 이르렀다. 실로 대승이었다. 경인년의 왜구의 침구 이래 수전을 통해 고려가 대승을 거둔 첫 전투였다.

허나 배에서 빠져나온 적들이 포로로 잡은 백성들을 무참히 베어 죽인지라 시체가 산더미같이 쌓였고, 왜적이 지나는 곳마다 피가 물결을 이루었다. 오직 3백30여 인만이 스스로 탈출하였을 뿐이었다. 죽음에서 벗어난 적들은 양광도 옥주로 향하여 이미 육지에 올랐던 적들과 합세하여 이산과 영동현을 불 지르고 약탈하고 나왔다.

나세와 심덕부, 최무선 등이 돌아오니 우왕은 금을 50냥씩 하사하고, 비장 정용, 윤송, 최칠석 등에게도 은을 50냥씩 내려주었다.

이제 배를 잃고 고려 땅으로 기어든 왜적을 모두 소탕하여야 했다. 왜적은 양광도와 경상도 등의 황간, 어모, 중모, 화녕, 공성, 청리 등의 현을 불사른 후 경상도 상주로 기어들었다. 내륙의 이곳저곳에서 약탈을 벌이던 왜구들도 마찬가지로 상주로 집결하기 시작했다. 최영은 이 기회를 포착하여 원수 배극렴, 김용휘, 지용기, 오언, 정지, 박수경, 배언, 도흥, 하을지 등에게 이들을 완전 격멸하도록 지시하였다.

전라도 원수 지용기 휘하의 배검이 스스로 적을 정탐하기를 청하자, 여러 원수들이 허락하였다. 배검이 상주에 이르자 적이 붙잡고 죽이려 하므로 배검이 말했다.

"천하에 사자를 죽이는 나라는 없다. 우리 나라의 여러 장수가 셀 수 없을 정도로 정병을 거느리고 있으니, 싸우게 되면 반드시 이길 것이지만, 너희들을 전부 죽인들 무엇이 유익하겠느냐? 너희들은 한 고을을 차지하고 사는 것이 어떻겠느냐?"

배검이 회유하려 들자 왜구가 반문하였다.

"너희 나라에서 진실로 우리를 살리려고 한다면, 어찌하여 우리의 배를 전부 부쉈겠느냐? 우리를 속이려 하는 계책임을 나도 익히 아는 바이다."

왜적은 배검에게 술을 대접하고 철기로써 호송하였다. 왜적들은 군영에서 제사를 지내는데, 납치한 2~3세 된 여아의 머리를 깎고 복부를 갈라 깨끗이 씻은 다음 쌀과 술을 겸하여 차려놓았다. 그리고는 좌우로 나뉘어 서서는 풍악을 울리며 늘어서서 절하였다. 제사를 마치자 그 쌀을 움켜쥐어 나눠 먹고 술 석 잔을 마신 다음 그 여아를 불태웠다. 마침 창 자루가 갑자기 부러지자 점을 치는 자가 불안해하며 건의했다.

"이곳에 머물면 반드시 패할 것입니다."

그 말에 왜구들은 즉시 군사를 이끌고 경상도 선주로 향하였다.

왜적이 진포의 해전에서 패하고부터 대군으로 상륙하여 여러 군현을 공격하며 살육과 약탈을 잔인하게 전개하니 적의 기세가 더욱 불길처럼 치솟는 격이 되어 3도의 연해 지역은 텅 비어 버렸다. 왜구의 침구로 환란이 있는 이래 이 같은 참상은 일찍이 겪어보지 못할 정도로 처참하기 그지없었다.

최영은 마음이 놓이지 않아 다시 이성계를 양광 전라 경상도 도순찰사로 임명하면서 찬성사 변안열 및 왕복명, 우인열, 도길부, 박임종, 홍인계, 임성미, 이원계 등의 원수를 지휘하게 하여 즉시 지원하게 하였다. 고려의 핵심적인 군사력을 거의 다 동원할 정도로 추가 파병하여 대응하게 한 것이었다. 기어들어 온 적을 완전히 소멸하기 위한 마지막 수단이었다.

왜구와의 대혈전은 1380년 8월 경상도 사근내역에서 벌어졌다. 먼저 파견되었던 원수 배극렴, 김용휘, 지용기, 오언, 정지, 박수경, 배언, 도흥, 하을지 등이 왜구를 공격하여 나섰다. 허나 진격하던 고려 군사가 에돌아온 왜구의 포위망에 걸려 빠져나오지 못하고 박수경과 배언 등의 원수마저 죽고 5백여 인이나 되는 군사마저 떼죽음을 당하였다. 왜적은 함양까지 도륙하고 나왔다.

왜적은 더욱 기세를 높여 전라도 남원산성까지 공격하였으나 다행히 고려 군사가 힘을 다해 방어하였다. 왜적들은 물러나 운봉현을 불 지르고 인월역에 주둔한 후 목소리 높였다.

"광주의 금성에서 말을 먹이고 장차 북쪽으로 진격하여 나갈 것이다."

왜구의 기세 앞에 인심은 흉흉하기 짝이 없었다.

1380년 9월 이성계는 변안열 등의 추가 지원 세력을 이끌고 남원에 도착하였다. 고려 군사도 이제 전력을 더욱 보강하게 되었다. 그렇지만 여러 장수들이 하나같이 말했다.

"적이 험준한 곳에 의지하고 있으니, 그들이 나오기를 기다려 싸우는 것만 못할 것입니다."

고려 군사는 사근내역에서 단칼에 왜구를 격멸하려는 마음에 성급히 공격해 나섰다가 큰 낭패를 당하였다. 정예 군사를 이끄는 박수경과 배언 같은 원수마저 빠져나오지 못하고 죽음에 이르게 되었으니 저 왜구들을 만만히 보아서는 안 된다는 의견이었다. 공격해 들어오는 군사들을 뻘밭인 지형을 이용해 지원군이 돕지 못하도록 차단시켜 놓고 포위망을 형성해 몰살시키는 전술을 사용하는 것을 보면 병법에 꽤 밝은 자라는 것을 한눈에 알 수 있었다. 이 전투에서 패배하게 되면 고려는 국가적 위기 상황에 처하게 될 것이었다. 장수들이 뭘 걱정하는지 알았지만 이성계는 개연히 말했다.

"분개한 마음으로 군사를 일으켜 적과 싸우려고 나왔는데, 적을 만나지 못할까 봐 근심스러워해야지, 적을 만났는데 공격하지 않는 것이 어찌 옳다고 할 수 있겠습니까?"

이성계는 자신의 뜻을 분명히 밝히고는 여러 장수들이 맡을 부서를 정했다. 이튿날 아침에 동쪽으로 운봉을 넘었다. 적과의 거리는 수십 리 정도였다. 이성계는 황산의 서북쪽에 이르러 정산봉에 올랐다. 적의 군진과 이곳의 지형을 살펴보기 위함이었다. 적이 어떤 전법을 구사하려고 하는지 확인하기 위한 것이기도 했다. 이성계는 길 오른편에 길이 험한 지름길이 있는 것을 확인하였다.

"적이 반드시 저 길로 뛰쳐나와 우리의 뒤를 습격할 것이다. 내가 마땅히 그곳으로 향해 가야겠다."

여러 장수들은 모두 평탄한 길로 나아가다가 적의 선봉이 매우 날렵하게 움직이자 싸우지도 않고 물러났다. 이성계는 험한 지형으로 들어가 계속 진격하여 나갔다. 해는 이미 기울어져 갔다. 왜구는 고려군이 평탄한 길로 접어들면 샛길로 군사를 몰아쳐 포위망을 형성해 공격하려는 작전을 구사하려고 한 것이었다. 사근내역에서 전개한 군사 작전과 같은 이치였다. 왜적의 전술을 타산한 이성계는 그 샛길로 먼저 들어가 전진하면서 적이 튀어나오기를 기다린 셈이었다. 이성계의 예측대로 왜적의 정예한 군사가 갑자기 튀어나왔다. 이성계는 대우전 20개를 쏘고 계속하여 유엽전을 쏘았다. 50여 발의 활시위 소리가 울릴 때마다 왜적들은 그대로 거꾸러졌다. 이 샛길이야말로 이번 전투의 유리한 지형을 차지하느냐, 못 하느냐의 관건이었기에 왜적들은 계속해서 공격하여 왔다. 땅이 진흙땅이어서 서로 빠져 넘어지고 엎어져 싸웠는데, 그 속에서 빠져나오자 죽은 자들은 거의 대부분이 왜적들이었다.

이성계 군사에 의해 샛길이 장악되어 버리자 왜적들이 움쩍달싹할 수 없게 되어 고려군의 포위망 안에 들게 되었다. 왜적들은 산에 웅거하여 굳게 방어하는 자세로 전환하였다.

이성계는 군사들을 요해처에 나누어 지키게 하고는 휘하의 이대중 등 10여 인으로 하여금 공격하게 하였다. 고려 군사가 높은 곳을 향해 공격하는 것이었으니 매우 불리한 지형이었다. 적들이 궁지에 몰려 죽을힘을 내어 대항하는지라 군사들이 흩어져서 내려왔다. 허나 고려군이 승리한 기세로 몰아쳐야만 이 불리한 조건을 극복할 수 있었다. 이성계는 장졸들을 향해 엄히 명하였다.

"고삐를 단단히 당기어 말이 거꾸러지지 않도록 하라."

군사를 정돈한 후 이성계가 다시 소라를 불게 하여 개미처럼 달라붙어서 올라가 마침내 적과 격돌하게 되었다. 위쪽의 교두보를 마련하기 위한 싸움이었다. 적장 하나가 창을 끌고는 곧바로 이성계 뒤로 달려오는지라 사태가 매우 급박하였다. 편장 이두란이 말을 달리며 연거푸 크게 소리쳤다.

"장군, 뒤를 보시오, 장군, 뒤를 보시오."

이성계가 미처 돌아보기도 전에 이두란이 활을 쏘아 해결하였다. 이성계가 탄 말이 화살을 맞아 엎드러지매 바꾸어 탔고, 또 화살을 맞아서 엎어지므로 또 바꾸어 탔는데, 이번엔 날아온 화살이 이성계의 왼쪽 다리를 맞혔다. 이성계는 화살을 빼내고 더욱 분격하여 싸웠다. 적이 여러 겹으로 이성계를 에워쌌으나 두서너 기병과 함께 포위를 뚫고 나왔다. 또 적이 앞을 가로막고 나서자 즉시 8명을 죽이니 적들이 감히 앞으로 나오지 못하였다. 마침내 교두보를 확보한 셈이었다. 이제 몸과 몸이 부딪치고 무기와 무기가 부딪치는 혈전이 치러질 것이었다. 이성계는 전투를 더욱 독려하기 위해 하늘의 해를 가리키며 명세하고는 좌우의 군사들을 향해 소리쳤다.

"겁나는 자는 물러서라. 나는 싸우다가 적에게 죽을 것이다. 죽음을 각오하는 자는 자, 나를 따르라."

이성계의 단호한 명령에 장졸들이 분발하며 사력을 다해 싸워나갔다.

왜적의 적장은 나이가 겨우 15, 6세 정도였는데, 얼굴 생김새가 단정하고 수려하며 날래고 용맹스럽기가 비할 데 없었다. 백마를 타고 창을 휘두르며 내달으니, 향하는 곳마다 감히 당해 내는 자가 없을 정도였다. 고려 군사들이 "아지발도"라고 일컬으며 싸움을 피하는 자였다. 아지는 아기 곧 어린아이를 일컫는 말이고, 발도는 용감하다는 뜻이었다.

아지발도는 왜 섬에 있으면서 고려로 오지 않으려고 하였으나, 그의 용맹무쌍한 무용에 감복한 왜구 두목들이 굳이 청하므로 나오게 되었다. 여러 두목들도 그를 찾아뵐 때에는 반드시 종종걸음으로 달려가 꿇어앉았으며, 그의 지휘와 명령에 따라 모두 일사분란하게 움직였다. 아지발도는 이번에 온 고려 군사의 진이 잘 정돈된 것을 보고는 그의 병사들에게 명했다.

"이번의 병세를 보니 지난날의 여러 장수와는 비교가 안 된다. 오늘은 너희들이 마땅히 조심해서 싸워야 할 것이다."

아지발도의 명에 따라 왜구들은 매우 긴장하며 전투에 임하였으나 점차 고려군에 밀리고 있었다. 그렇지만 아지발도는 전혀 당황하지 않고 용맹스럽게 전투를 지휘하고 있었다.

한눈에 봐도 그냥 죽이기에는 아까운 인물이었다. 저자를 생포하여 투항만 시킬 수 있다면 왜구의 침구를 방비하는 데 큰 힘이 될 것이었다. 동녕부의 원정에서 장수 처명을 사로잡아 죽이지 않았는데, 항상 좌우에 따라다니며 큰 힘이 되고 있었다. 이번 전투에도 참여하고 있었다. 그걸 생각하며 이성계는 이두란에게 사로잡으라고 명했다. 이두란이 반문했다.

“만일 산 채로 잡으려고 하면 반드시 많은 사람이 다치게 될 것입니다.”

어쩔 수 없이 적장을 죽일 수밖에 없었다. 그런데 얼굴 위에까지 단단한 갑옷으로 가리고 있어서 활로 쏘아서 맞힐 틈새가 없었다. 이성계가 이두란을 향해 말했다.

“내가 투구의 꼭지를 쏠 테니, 투구가 떨어지거든 자네가 즉시 쏘도록 하게.”

이성계가 말을 달려 나가며 쏘니 바로 그의 투구 꼭지에 정확히 적중하였다. 투구를 맨 끈이 끊어져 기울어지자 그가 급히 바로 쓰는지라 이성계가 곧 쏘아 또 투구 꼭지를 맞추어 땅에 떨어뜨렸다. 그 틈에 이두란이 즉시 얼굴을 쏘아 쓰러뜨렸다.

적장 아지발도가 화살에 맞고 거꾸러지자 왜적의 사기가 순식간에 꺾였다. 이성계가 앞장서서 분발하여 공격하니 적의 날랜 선봉이 거의 대부분 살상당하게 되었다. 적의 통곡하는 소리가 1만 마리의 소 울음소리와 같이 들렸다. 왜적이 말을 버리고 산으로 도망치는지라, 여러 군사가 승세를 타고 달려서 올라가는데 북을 치며 떠드는 소리가 땅을 진동하였다.

적이 사면으로 무너지므로 드디어 크게 깨뜨렸는데, 냇물이 다 붉게 물들어 6, 7일간이나 빛깔이 변하지 않아 마실 수 없었다. 그릇에 담아 맑아지기를 기다렸다가 오래 된 뒤에야 마실 수 있을 정도였다. 말 1천 6백여 필을 노획하였으며, 병장기는 이루 셀 수 없었다. 삼도를 뒤흔들 정도로 휩쓸었던 그 많은 적들 중 오직 70여 인만이 간신히 살아남아 지리산으로 달아났을 뿐이었다.

이성계가 크게 군악을 울리게 하며 나희를 열었다. 군사들이 모두 만세를 부르며 수급을 바친 것이 산더미처럼 쌓였다. 이로써 고려에 기어든 왜적을 거의 전멸시킨 것이나 다름없는 대승을 거두게 되었다. 경인년 이후에 이룩한 최대의 승리였다.

이성계 일행이 개경으로 돌아오니 최영은 백관을 거느리고 채붕과 잡희를 베풀고 천수사 문 앞에서 반열을 지어 맞이하였다. 최영을 본 이성계가 말에서 내려 빠른 걸음으로 다가와 재배하였다. 최영도 역시 재배로 답례하고서는 앞으로 나와 이성계의 손을 잡고 기쁨의 눈물을 흘리며 치하했다.

"공이 아니면 누가 능히 이같이 하리오."

이성계는 가슴 뭉클하기 짝이 없었다. 이성계는 최영이 얼마나 조국과 영토를 아끼고 사랑하는지를 그 누구보다 잘 알고 있었다. 그런 최영이 비록 흰머리가 가득할 정도로 연배도 많았음에도 전혀 개의치 않고 서슴없이 나라를 구한 장수로 대접하고 나온 것이었다.

"삼가 명공의 지휘를 받들어 요행으로 승첩을 얻은 것이지, 제가 무슨 공이 있겠습니까? 이번에 왜적의 기세가 이미 꺾였으니, 혹시라도 다시 방자하게 날뛴다면 제가 마땅히 책망을 받겠습니다."

이성계의 사례에 최영이 다시 말했다.

"공이 그리해 줄 것이라고 난 믿었소. 정말 장한 일을 하신 거요. 이 고려가 다시 중흥의 길을 엿보게 된 것은 이 한 번의 거사에 있었으니, 공이 아니었으면 내가 어느 누구를 의지할 수 있었겠소?"

"너무 과찬이 지나치십니다."

이성계는 겸손하게 표현했지만 가슴 뿌듯하기 그지없었다. 일대의 영웅호걸인 최영 장군이 그를 전적으로 신임하고 있음을 거침없이 드러내 준 것이었다.

우왕은 이성계와 변안열에게 금을 50냥씩을 내리고, 왕복명 이하의 여러 장수들에게는 은을 50냥씩 내렸다. 그러나 모두 사양하며 말했다.

"장수가 적을 죽이는 것은 직분일 뿐인데, 신들이 어찌 감히 받을 수 있겠사옵니까?"

최무선의 화포로 왜구의 전함을 깨버린 데다가 내륙으로 기어든 적들을 거의 섬멸하다시피 한 것은 경인년 이후의 왜구 침구 이래 고려의 대대적인 반격이자 승리였다. 이제 왜구는 다시 전열을 정비하여 침구하여 올 것이었다. 그때 수군으로 제압하여 버리면 하늘 높이 치솟던 왜구의 공세는 꺾일 것이었다.

왜구에 대한 대책에 활로가 보이게 되자 최영은 점차 북방으로 시선을 돌릴 때가 점차 다가옴을 느꼈다. 허나 그렇게 하자면 무엇보다 우왕이 바로 서고 조정이 정비되어야 했다.

난국의 위기 속에 관음포 해전의 승리로 희망의 불씨를 살려놓다

우왕은 사냥놀이와 유희거리를 찾아 즐겼다. 그 앞에는 대신들이라는 거대한 장벽이 딱 버티고 서 있었다. 자신이 하는 것이라곤 대신들의 입맛에 따라 움직여야 하는 그림자 왕 노릇이었다. 그것은 별 재미가 없었다.

우왕은 길거리를 쏘다니면서 활로 개와 닭을 쏘아 죽였다. 사냥감 대용으로 한 짓이지만 하도 하다 보니 마을의 개와 닭이 씨가 말라버릴 정도였다. 또 군소배들을 데리고 궁궐 뒤뜰에서 말을 마구 몰면서 손으로 올가미를 던져 말을 붙잡는 놀이도 즐겼다. 전각 지붕에 올라가 지나가는 사람들에게 마구 기왓장을 던졌으며, 그것도 싫증이 나면 상호군 문달한과 지신사 이존성과 함께 다시 후원 뒤뜰로 가서 이존성의 갓을 과녁으로 삼아 활쏘기를 연습하였다. 환자 김실이 우왕에게 간언하였다.

"전하께서는 무엇 때문에 활쏘기와 말타기, 격구를 배우시옵니까? 친히 정벌에 나서신다면 나라꼴이 말이 되지 않을 것이옵니다. 원컨대 어진 이를 등용하시고 사특한 자를 물리쳐서 지극한 정치가 이뤄지도록 하시옵소서."

허나 우왕의 귀에는 들리지 않았다. 도리어 우왕은 임치 등을 데리고 민가에 나가 장대로 참새를 잡아 담장 밑에서 구워 먹었다. 닭과 개도 때려잡았는데, 동네 사람들이 왕인 줄도 모르고 욕설을 퍼붓자 피해 달아나기도 하였다.

우왕의 행위를 보다 못한 좌사의 백군녕이 1380년 11월 간언을 올렸다.

"임금의 한 몸에는 백성의 기쁨과 근심, 사직의 존망이 달려 있기에 좌사가 그 말씀을 기록하고, 우사는 그 행동을 기록하는 것이옵니다. 말 한마디라도 그릇되면 천하의 비웃음을 사고 행동 하나라도 실수하면 두고두고 우환을 끼치게 되는 법이니 어찌 조심하지 않겠습니까? 엎드려 바라옵건대 주상께서는 위로는 하늘의 뜻을 생각하시고 아래로는 백성들의 정서를 살피신 후, 국가의 만년 대계를 위해 불량배들을 쫓아내셔서 다시는 경거망동하지 못하게 하시옵소서. 또 직접 보평청에 가셔서 국가의 주요 사안들을 처결하시는 한편 날마다 경연을 열어 경력과 학식이 풍부한 사람들을 모두 불러들여 올바른 정치의 길을 강론하게 함으로써 유학을 성취하도록 하시옵소서. 만약 거둥하실 일이 있으시면 조종이 만든 규범에 따라 반드시 내외의 경계가 이뤄진 후 백관들이 열을 짓고 의장이 갖추어지며 사람들의 왕래를 금지시킨 뒤에 행차하도록 하시옵소서."

그러나 우왕은 못 들은 척 무시하였다. 도리어 1380년 12월부터는 황병사동에 놀러 갔다가 예쁜 여자와 마주치자 민가로 끌고 들어가 음행까지 저질렀다. 환희의 끝은 향락으로 치닫기 마련이었으니 그 방향으로 나아간 것이었다. 밀직 이종덕의 기생첩인 매화를 빼앗아 길가의 민가에서 간음한 후 곧 궁중으로 들였다. 이때로부터 우왕은 밤낮으로 놀러 다니다가 누가 예쁜 딸을 두고 있다는 소리만 들으면 그때마다 쳐들어가서 빼앗곤 했다.

이인임의 생일을 맞아서는 그 집으로 가 풍악을 울리고 거나하게 취하여 밤이 되어서야 자리를 파했다. 1380년 12월 사헌부에서 상소를 올렸다.

"요 몇 년 사이 왜적이 침구하는 통에 국가가 다사다난하며, 북원이 바로 북쪽 국경 지역에 자리 잡고, 명이 요심에 주둔하며 호시탐탐 고려의 사정을 감시하고 있으니 앞으로 어떤 환난이 벌어질지 알 수 없는 긴박한 상황이옵니다. 이때야말로 주상께서는 매사에 조심하고 힘껏 노력하며 모든 행동을 예법에 맞게 해야 함에도 날마다 군소배들을 데리고 함부로 밖으로 놀러 다니시며 좁고 위험한 길거리를 어디든지 찾아가십니다. 넘어지시기라도 해서 예측하지 못한 변고라도 생길까 우려되오니 그만 중지하시옵소서."

지속적인 간언에 우왕이 마음을 다잡은 듯 "통감" 한 부를 올리게 했다. 허나 그뿐이었다. 밖으로 쏘다니는 맛을 본 후에 들썩거리는 엉덩이를 꾹 참고 책을 보기란 매우 어려운 일이었다.

우왕은 1381년 1월에도 도성 동쪽 교외에서 사냥판을 벌였고, 또 궁전 지붕 위에 올라갔다. 1381년 2월에도 도성 서쪽 교외에서 사냥판을 열었다. 그러면서도 우왕은 국정을 생각하여 이인임을 문하시중, 최영을 수시중으로 임명하였다. 이인임이야 실세인 권신이었고, 최영은 융통성이 없기는 하나 충신이라 할 수 있었으니 이들에게 조정을 맡기면 자신이 유희를 즐겨도 걱정할 필요가 없을 것이었다. 지난번에 최영이 수시중의 자리를 사양했는지라 이번엔 그리하지 못하도록 최영의 부친을 순충아량염검보세익찬공신·벽상삼한삼중대광·판문하사·영예문춘추관사·상호군·동원부원군을 추증하고, 모친 지씨도 삼한국대부인의 관직을 내렸다.

최영은 조정을 정비하고 나라의 기강을 세워야 하는 절박한 시기여서 수시중의 자리를 사양하지 않았다. 저 요동과 만주 땅을 되찾자면 지금부터라도 철저히 대비해야만 했다. 헌데 국가의 재정은 왜구의 침구로 조운이 제대로 통하지 못해 재상의 녹봉이 두서너 곡에 지나지 않을 정도로 고갈된 상태였다. 이를 빨리 해결하여야 했다. 그런데 이인임은 정도의 길로 풀려고 하지 않고 약삭빠르게 대처하고자 하였다. 자신은 재상의 녹을 받지 않겠다는 것이었다.

"내 녹봉을 여러 위, 정들에게 나눠 주도록 하시오."

그러나 사람들은 이인임의 행동을 칭찬하기는커녕 비난하고 나섰다. 재물을 탐내어 개인 창고를 늘림으로써 국고를 줄어들게 해놓고선 그 조그만 녹봉으로 은혜를 베푼 척 생색이나 낸다는 비방이었다. 비난이 일자 이인임은 사직을 청하고 나섰다. 그러나 우왕이 권력의 실세인 이인임의 청을 윤허할 수는 없었다.

명과 엉킨 실타래는 여전히 풀리지 않았다. 명은 1380년 4월에 요동에 보낸 송경윤 주의를 억류하여 남경으로까지 끌고 갔다. 명의 조정에서 직접 고려의 상황을 캐묻고 확인하고자 함이었다. 그리하면서도 명은 약속대로 계속 공물을 바쳐야 한다고 압박하고 나왔다.

최영은 관료들의 녹봉도 제대로 못 주는 상황에서 명의 과도한 세공의 요구에 분통이 치밀었다. 약속대로라고 주장하지만 명이 일방적으로 요구한 것이지 고려가 그리 대답한 적이 없었다. 마음 같아서는 당장 칼날을 치켜세우고 저 요동과 만주 대륙의 땅을 수복하기 위해 나서고 싶었으나 북방으로 군사 전력을 온전히 기울일 수 없는 고려의 처지에서 가슴을 쓸어내릴 수밖에 없었다. 도당에서는 1380년 12월에 문하찬성사 권중화와 예의판서 이해를 명의 조정으로 보내 금 3백 냥과 은 1천 냥, 말 450필, 베 4,500필을 바치면서 공민왕의 시호와 왕위 계승을 요청했다. 어떻게 해서든 피해를 최소화하며 시간을 끌어야 했다. 명은 여전히 세공 액수에 차지 않는다며 받아주지 않았다. 요동에 대한 고려의 지배권을 절대 인정하지 않고 포기하라는 압박이었다. 명의 입장이 분명한 이상 그 위협에서 벗어나 옛 땅을 되찾자면 한시바삐 내정을 안정시키고 군력을 더 키워야 했다.

기어든 왜구가 진포해전과 황산대첩으로 거의 전멸되다시피 했으니 왜구의 침구는 당분간 뜸할 것이었다. 이 틈에 더욱 대비를 철저히 하여야 했다. 도당에서는 문하평리 나세를 동강도원수, 찬성사 황상을 서강도원수로 임명함과 동시에 연안의 15개소에 이르는 요충지에 모두 원수를 배치해 왜구의 침구에 굳건히 방비하게 하였다.

헌데 1381년 2월에 이르자 벌써 왜구는 경상도 영해부를 침구해오고, 3월에 강릉도에 침습해왔다. 엎친 데 덮친 격으로 그 지역에 큰 기근까지 겹치니 방어에 큰 힘을 기울일 수도 없게 되었다. 도당에서는 첨서밀직 남좌시와 밀직부사 권현용을 보내 적을 격퇴하게 하고, 동지밀직 이숭으로 하여금 교주도의 군사를 이끌고 가 그곳을 지원하게 하였다.

하루빨리 조정의 기강을 세워 내정을 완비해야 하는데 우왕은 1381년 3월에도 도성 동쪽 교외에서 불까지 놓으며 사냥놀이를 벌였다. 다시 호곶으로 가서 말떼를 풀어놓고 올가미를 던져 잡는 유희를 즐겼다. 그러고도 또 교외로 나가려 하였다. 신하가 조정의 기강을 세우려고 하면 임금이 그에 손발을 맞춰 주어야 하건만 도리어 어깃장을 놓고 있는 꼴이었다. 통탄스럽기 짝이 없었다. 최영은 도저히 안 되겠다고 여기며 우왕 앞을 가로막고 나섰다.

"지금 밖으로 나가서는 아니 되옵니다. 지금 흉년이 거듭 들어서 백성들이 편안하게 살지를 못하고 있사옵니다. 농사일이 한창 시작되었는데 절도가 없이 돌아다니면서 백성을 고통스럽게 하는 것은 불가하옵니다."

최영이 몸으로까지 막고 나서는 것에 우왕은 당황스러워하면서도 반문하고 나왔다.

"선조이신 충숙왕께서도 놀러 다니기를 좋아하였는데, 왜 내가 나가서 노는 것은 유독 불가하다고 말하시는 겁니까?"

"선왕 시대에는 백성들이 편안하고 풍년이 들었으므로 놀러 돌아다녀도 무방하였지만, 오늘날의 지금 형편에선 나가 노는 것은 불가한 줄로 아옵니다. 지금 왜적이 끊임없이 침탈해오고 있고, 북방에선 명과 북원이 노려보고 있다는 것을 절대 잊으시면 아니 되옵니다. 이 난국을 극복하고 고려를 중흥의 길로 이끌어낼 것인가는 임금의 마음가짐에 달려 있다는 것을 항상 유념해주시옵소서."

최영의 단호한 주장에 우왕이 고개를 끄덕였다.

한시바삐 내정을 정비하려 하는데, 하늘마저 도와주지 않는지 전라도에 기근이 들어 아사자가 속출하면서 절반이 넘는 수졸들과 백성들이 모두 도망쳐 흩어져 버리고 말았다.

최영은 백성들의 삶을 안정시키기 위한 긴급조치로 바다에 접해 있는 주군의 3년 조세를 면제할 것을 건의하여 시행하였다. 허나 우왕은 수창궁부터 지으라고 명했다. 이성림, 이자송, 염흥방 등과 함께 최영 또한 수창궁의 조성도감 판사로 임명하고 나왔다. 안 맡겠다고 할 수도 없고 참으로 가슴 미어질 노릇이었다.

최영이 내정을 정비하려 하면서 우왕의 사냥까지 강력히 제지하고 나오자 환관 이득분과 전 동지밀직 목충이 이인임과 최영을 헐뜯고 나왔다. 우왕 옆에서 아직도 귀에 대고 속닥거리는 자가 있는 것이었다. 최영은 한심하기 짝이 없었으나 대사언 안종원 등이 상언하였다.

"이득분은 선대의 조그마한 공으로 벼슬이 찬성사에까지 이르렀지만, 권세를 부려 뇌물을 받고 조신들을 참소하며 헐뜯고 있사옵니다. 그 도당이 함부로 관작을 받아 녹봉을 허비하고 있어 국가에 도움이 없고, 도리어 앞으로 닥쳐올 화가 실로 염려되옵니다. 청컨대 조종의 옛 제도에 의하여 총민한 자를 선발하되 10인을 넘지 않도록 해서 궁궐 안의 사령에 대비하게 하고, 나머지는 모두 파출토록 하시옵소서."

이리하여 환관 이득분은 계림에, 전 동지밀직 목충은 안동에 유배시키고, 이득분의 집은 적몰하였으며, 그의 양자인 환관 정난봉 등 20인을 축출하였다.

아울러 도당에서는 1381년 4월 전민변위도감까지 설치하여 권세가들에게 탈취한 전민을 원주인에 돌려주기 위한 조치를 취해 나갔다.

왜구의 잔당들에 대한 토벌도 적극 진행되었다. 황산대첩에 패배한 적들이 지리산으로 도주했다가 무등산으로 들어가 규봉사 바위 사이에 방어진지를 구축하자 전라도 도순문사 이을진이 결사대 1백여 명을 모집해 격파하였다. 왜적들은 3면이 깎아지른 절벽에 벼랑을 따라 좁은 길 하나에 한 사람이 겨우 통과할 수 있는 곳에 진지를 구축했으나 더 높은 곳에 올라가 돌을 굴려 내리고 불화살로 적의 진지를 불태워 버리자 수세에 몰린 적들이 벼랑에서 떨어져 죽었다. 나머지 적들은 달아나 작은 배를 훔쳐 도주하려 했으나 전 소윤 나공언이 쾌속선으로 추격해 모두 죽이고 13명을 사로잡았다.

왜구의 침구는 소규모로 계속 이어졌다. 1381년 5월에 이산수를 침구해오자 양광도 도순문사 오언이 싸워 여덟 명을 목 베고 한 명을 사로잡았다. 그런데 해도만호 최칠석은 왜적이 침입이 좀 뜸해지자 제멋대로 군사 30여 명을 귀향시켰다. 그들에게 지급된 군량을 착복하기 위해서였다. 그걸 자기 집으로 몰래 들여보내다가 들통 나는 바람에 하옥되었다. 계림원수 윤호는 침구해온 왜적 열한 명을 목 베었고, 안동병마사 정남진도 왜적을 공격해 16명을 죽였다. 왜적이 또 경상도 영해부를 침구해 왔다. 이때 경상도 고령군에는 기근이 드는 바람에 버려진 아이들이 길을 메우고 굶어 죽은 사람이 헤아릴 수 없을 정도였다.

1381년 6월에도 왜적은 양광도 비인현을 침구했다. 또 경상도 영주를 불 태웠고, 50척이나 되는 배가 김해부로 침입해 산성을 포위했다. 다행히 원수 남질이 공격해 물리쳤고, 다시 영해, 울산, 양산, 언양 등지에서 적과 다섯 차례 전투를 벌여 여덟 명의 목을 베었다. 경상도 울진현을 침구하자 권현용이 맞서 싸우다가 창에 맞았으나 더욱 분전해 적을 격퇴시키면서 20여 명의 적을 죽이고 70필을 노획하는 전과를 올렸다.

왜적과의 소규모의 전투가 치러지며 막아내고는 있었지만 지속적인 왜구의 침구를 받았던 데다가 가뭄까지 이어져 요물고를 비롯한 각 창고에 저장해 둔 물품이 고갈되어 갔다. 개경에도 물가가 폭등하고, 상인들은 이를 기회 삼아 폭리를 취하려고 획책하였다. 백성들은 물품을 구입하지 못해 극심한 고통을 겪어야 했다.

최영은 비상대책으로 1381년 8월 모든 시장 물건은 경시서에서 가격을 매기고 세인을 찍은 연후에야 매매하도록 조치하였다. 세인이 찍혀 있지 않고 매매할 경우에 해당 상인의 등줄을 갈고리로 꿰어 죽이겠다고 엄포를 놓으며 그 상징적 표시로 큰 갈고리를 경시서에 걸어 놓았다. 상인들은 혼비백산하며 조정의 조치에 응하게 되었다.

허나 조정의 기강은 여전히 세워지지 않아 주군의 관리로 권세가 있는 자들은 이런저런 핑계로 지방에서 부과하는 각종 요역을 회피하는 자가 태반이었다. 힘 있는 자는 빠지고 가난한 자만 더 혹독한 세를 물게 되는 잘못된 정책이 전혀 시정되지 못하고 있었다. 사헌부에서는 과거에 합격한 자와 전공을 세운 자를 제외하고는 지방의 요역에서 빠지는 것을 허락하지 말라고 상소하고 나왔다. 허나 권세가들이 뇌물을 받고 그리하고 있으니 쉽사리 바뀌질 턱이 없었다.

우왕은 계속 대궐 밖을 나돌아 다녔다. 그 와중에 말발굽에 차여 얼굴을 다치는 사고가 나기도 하였다. 사헌부에서는 우왕이 간언을 귀담아 듣지 않음에 왕 대신에 어구의 말을 관리하는 내승별감 변벌개 등을 탄핵해 징벌을 가했다. 그 때문에 내승에서는 벌을 받지 않으려고 규정에 맞지 않으면 우왕에게 말을 내주지 않게 되었다. 그러자 우왕은 남의 말을 강제로 빼앗아 타고 나갔다. 이제 대궐에 나아가는 자는 모두 말을 숨기게 되는 지경에까지 이르게 되었다. 그런데도 우왕은 계속 남의 말을 빼앗아 쏘다녔고, 술에 취해 용수산에서 말을 타고 달리다가 떨어져서 승여에 실려서 돌아오는 사태까지 벌어졌다.

최영은 침통하기 그지없었다. 내정을 빨리 완비해야만 북방에 신경을 쓸 수 있는데 임금이 저러고 있으니 대책이 서지 않는 것이었다.

최영이 우왕을 향해 눈물을 글썽이며 다시금 간언하였다.

"왜구의 지속적인 침구와 가뭄으로 백성들은 힘겨운 삶을 살아가고 있으며, 나라의 재정은 고갈되어 가고 있는데, 아직도 조정의 기강은 세워지지 않고 있사옵니다. 하루빨리 나라를 안정시키고 고려의 중흥을 일으켜야 할 때이옵니다. 주상께서는 이를 잊으시면 아니 되옵니다. 선왕이신 충혜왕도 여색을 좋아하였으나 반드시 밤에만 하여 눈에 띄지 않게 하였사오며, 충숙왕은 놀기를 좋아하였으나 반드시 적합한 때에만 하여 백성들이 원망하지 않도록 하였사옵니다. 지금 주상께서는 절도 없이 유희하여 말에서 떨어져 몸을 상하게 되었는데, 신등이 재상의 자리를 차지하고서도 능히 바로잡아 주지 못하였으니, 무슨 면목으로 사람들을 볼 수 있겠사옵니까?"

최영의 호소에 우왕이 이제부터 고치겠다고 대답하였다. 그리고는 최영에게 토지를 하사하며 교서를 내렸다.

"지난해 왜적들이 양광도와 전라도에 깊숙이 침구하자, 경은 장수들을 지휘하여 진포에서 적선을 불태웠으며, 운봉 전투에서도 승리했으니 산처럼 큰 그 전공을 길이 잊을 수가 없다. 과거 여러 차례 토지를 내려주었으나 경은 모두 버려두고 그 세를 거두지 않았기에, 이제 부친의 묘소 곁에 있는 고양현의 토지 230결과 장원정의 토지 50여 결을 내려 주노라."

최영의 눈물 어린 호소에 한동안 뜸 하는가 싶더니 어느새 우왕은 기생들을 궁중에 모아 놓고 밤새 풍악을 울려댔고, 환관 박원상은 우왕을 꾀어서는 16천마악을 연주하도록 하여 치장한 궁녀로 하여금 천마무를 추도록 이끌었다.

헌사에서 상소를 올려 이를 중지하도록 간언하자, 우왕은 다시 수시로 도성 교외로 나가 사냥판을 벌였다. 심지어 밤 2경에 환관

두세 명만 데리고 궁궐 담을 넘어 밖으로 나가는 바람에 숙직하는 신하들이 왕이 어디로 갔는지도 모르는 사태까지 벌어졌다. 사헌부에서는 일식이 발생하는 것을 계기로 상소하고 나섰다.

"변괴가 자주 나타나니 장차 재앙이 발생할 것이 우려되옵니다. 밤늦게 주무시고 새벽에 일어나셔서 두려운 마음으로 반성하고 수양하시기 바라옵니다."

허나 우왕은 여전히 귀담아 듣지 않았다. 기생, 환관들과 끊임없이 놀러 다니면서 뜬눈으로 밤을 새우고는 낮에 잠을 자 저녁에야 일어나는 것이 다반사가 되었다.

최영은 쓰려오는 가슴을 다독이며 어떻게든지 내정을 완비하려 하였다. 허나 왜적의 침구는 멈추지 않고 1381년 7월 경상도 김해부를 침구하였다. 또 고성현을 침구하자 남질이 맞서 여덟 명의 목을 베었다. 아직까지는 왜적의 침구가 간간이 이어지고 그것도 소규모의 전투였다. 허나 왜적은 필시 대선단을 이뤄 침략해 올 것이 분명했다. 그것을 대비해야 했다. 여기서 이들을 바다에서 격침시켜야만 왜구의 기세를 완전히 꺾어놓을 수 있었다. 더욱 전함의 건조를 다그쳐야 했다. 최영은 전 판사 이희춘을 양광도와 교주도에 보내어 전함의 건조를 감독하며 독려하게 하였다.

최영은 북방의 정세도 수시로 확인하였다. 1381년 5월 판전농사 이구철을 서북면으로 파견해 정요위의 군사 동태를 정탐하게 하였고, 7월에도 부정 정련을 정요위에 보내 군사정황을 살펴보게 하였다. 별다른 특이한 군사적 움직임은 발견되지 않는다는 보고였다.

명의 움직임이 보이지 않는다고 하여 안심할 수는 없었다. 최영이 가장 두려워하는 것은 명이 북원의 본진을 치는 것이 아니라 요동의 북원 세력을 먼저 공략하는 것이었다. 북원의 본진을 공격하는 것은 지금껏 한족이 북방 세력의 원정에 성공한 사례가 거의 없거니와 요동의 북원 세력으로부터 협공을 당할 가능성이 있었기에 만만치 않을 것이었다. 이미 명은 1372년 명이 북원의 카라코룸을 함락하기 위해 공격했다가 대패했고, 그로 인해 남쪽으로 밀린 것이었다. 명이 이런 전략을 다시 채택하지를 않을 것이었다. 명이 카라코룸의 원정 실패 이후 북원의 본진을 노리지 않는다는 것은 그들 주변의 세력을 먼저 제압하여 심장부를 고립시킨 연후에 대대적인 공격을 가할 심산이라고 볼 수 있었다. 운남의 북원 세력을 공격하는 것도 그런 전략의 일환이었다. 운남의 공격이 끝나면 주되게 요동의 북원 세력에게 화살을 돌릴 것이었다. 고려뿐만이 아니라 여진이나 다른 여타의 세력에게 북원과 나하추와의 교류를 막고자 계속 압박을 가하는 것은 그 때문이었다. 명이 요동에서 확보한 거점을 계속 강화하여 북원의 요동 세력을 먼저 공략한다면 고려로서는 큰 위기 상황에 처할 수 있었다. 요동은 고려와 국경을 접하고 있는 지역인지라 당장 고려와 명과의 전쟁도 발생할 수도 있었다. 북원의 요동 세력인 나하추에 대한 공격의 징후를 보이지 않는 것은 아직 그 준비가 못

되었기 때문일 것이었다. 명은 그 준비가 갖춰지면 곧 실행에 옮길 것이었다. 그 시기 동안에 고려도 그에 철저히 대비해야만 했다. 왜구의 침략적 기세를 완전히 꺾어놓아 내정의 안정을 이룩하는 것이 무엇보다 절실했다. 그래야 북방으로 전력을 기울이고 군사력도 더욱 강화하는 길로 나갈 수 있었다.

도당에서는 1381년 10월 북방에 대한 상황을 또다시 살펴보고자 문하평리 김수를 명의 조정에 보내 신년을 하례하게 했다. 그러면서도 1381년 11월 밀직사 이해를 명의 보내 말 933필을 바치게 했다. 대비가 되어 있지 못한 고려의 처지로서 압박을 피하기 위한 것이었지만 매우 고통스러운 일이었다. 그렇지만 그것조차 입국이 거부당해 그냥 돌아올 수밖에 없었다. 그런데 해양만호 토음불화가 사람을 보내 우왕에게 매를 바쳐왔다. 우왕은 동북방의 아주 작은 해양 세력이지만 고려에 화친을 요구하는 데다가 자신이 좋아하는 매를 주니 매우 기뻐하였다. 허나 그것은 북방의 상황이 점차 꿈틀거리려 하는 징조를 보여준 것이었다.

그 전조는 고려인의 반란으로 우선 드러났다. 1381년 11월 평안도 정주의 주리 구한석, 원익, 이송수 등이 난을 일으키더니, 요심 지역으로 들어가 백성들을 규합해 진지를 구축하고서는 창주를 침구해 왔다.

하루빨리 남쪽 지역을 안정시켜 북방으로 전력을 기울여야 하는 판에 도리어 내부 반란군이 발생했으니 고려로서는 큰 타격이 아닐 수 없었다. 이것은 조정의 기강이 해이해졌다는 것을 의미한 것이자 명이 고려의 백성들까지 회유하고 있다는 명백한 증거였다. 명이 북방에서 활발하게 움직이고 있다는 신호이니 그에 대비하는 조치가 취해져야 했다. 헌데 조정은 전혀 딴판으로 흘러가고 있었다. 또다시 조정 세력들 간의 권력 분쟁이 벌어졌다. 1382년 1월 이인임의 사위 강서 집에 익명서가 던져진 것이었다. 최영은 그 소식을 듣자마자 침통해하지 않을 수 없었다. 나라 사정이 절박한데 그 따위 짓이나 하고 있냐는 분통이었다. 그 내용은 이러하였다.

"왕의 즉위에 혐의가 없지 않는 데다 무도하므로 조민수와 임견미, 영흥방, 도길부, 문달한 등이 이인임과 최영을 제거하고 신종의 7대손인 정창군 요(공양왕)를 세워서 왕으로 삼으려고 꾀한다."

김극공이 이를 듣고 다른 사람에게 말했는데, 그 사람이 임견미에게 알려주었다. 임견미는 듣자마자 누군가가 자신과 이인임과의 사이에 갈등을 조장하여 그를 음해하는 것이라고 단정했다. 지금껏 이인임의 손발 노릇을 하면서 어떻게 자기 세력을 키워왔는데, 여기서 쓰러질 수는 없었다. 망설이고 있다가는 자신이 당할 것이었다.

임견미는 맨 먼저 소문을 퍼뜨린 김극공부터 다짜고짜 잡아넣어 국문하였다. 매서운 매질을 견디지 못한 김극공이 자복하고 나왔다. 옥관이 미심쩍은지라 고개를 갸웃거리며 글씨를 써보게 하였다. 허나 익명서의 필적과는 달라 보였다. 이인임은 고개를 저으며 의심스러워하였다. 허나 임견미가 김극공을 단죄하려고 이판사판으로 나오자 옥관도 감히 뭐라고 이의를 달지 못하였다.

김극공이 했다는 명확한 증거가 없었지만 임견미가 우왕을 폐하며 반역할 이유가 없는 것 또한 명확해 보였다.

최영은 난국에 처한 이 나라를 일으키기 위해 대신들이 앞장서서 합심하여야 할 판에 권력 싸움이나 하고 있는 게 심히 마땅치 않았다. 아니 분노가 치밀기까지 했다. 개입하고 싶지는 않았으나 하루빨리 매듭짓는 것이 상책이었다. 임견미와 이인임의 행동으로 보건대 두 가지 결론밖에 나오지 않았다. 이인임과 임견미를 혐오하는 어느 누군가가 그들 간의 갈등을 조장해 서로 물어뜯게 하는 것이거나, 그렇지 않으면 이인임이 임견미의 세력 확장을 경계하고 제거하고자 술책을 썼을 수 있다는 것이었다. 어떤 경우이든 빨리 봉합시키고 조정의 기강을 세우는 방향으로 나가야 했다. 최영은 결론적으로 말했다.

"김극공이 헛된 일을 만들어 국가를 경혹케 하고 대신을 해치려 꾀하였으니, 그 죄는 주륙을 당하여도 용납되지 않을 것이오. 장자충은 그 말을 듣고서 사사로이 정창군에게만 고하였고, 정구는 김극공의 사위가 되어 역시 알면서도 고하지 않았으니, 김극공은 그 처자까지 주륙시키는 것이 마땅하겠으며, 정구와 장자충은 장형을 가해 유배시키는 것이 옳을 것이오."

그에 따라 김극공은 환형을 당해 조리 돌려졌으며, 정구 등은 유배에 처해졌다.

최영의 목적은 무엇보다 백성들의 생활 안정책과 왜구의 방어

대책을 하루빨리 마련하는 데 있었다. 대신들이 서로 분쟁이나 벌이고 있어서는 안 되었기에 시급히 마감 지으려고 한 것이었다. 경상도와 강릉도, 전라도의 세 도에서는 왜구 때문에 백성들이 생업을 잃고 수두룩하게 굶어 죽어 가고 있는 형편이었다.

최영은 1382년 1월 세 도에 명령을 내려 구휼기구인 시여장(施與場)을 설치해 자비롭고 선량한 사람들을 선발하여 관리하도록 한 후 관청의 쌀로 미음과 죽을 쑤어 진휼하도록 했다.

조정이 이러고 있는 사이 서북방면에서 반란군이 일어나더니 드디어 요동의 호발도가 움직이기 시작했다. 1382년 1월 군사 1천 명을 거느리고 몰래 압록강을 건너 의주를 기습해 상만호 장려의 집을 포위한 것이었다. 여진의 추장인 호발도는 예전에 북원 세력으로 고려에 침입해 왔는데, 이제는 명의 힘이 커지자 명으로 귀복하여 고려를 침구한 것이었다. 사실상 명의 군사적 침략이었고, 고려의 대응을 떠본 격이었다.

장려는 아들 장사길, 장사충과 함께 힘껏 저항하다가 칼에 찔리고 아들 둘은 화살에 맞았다. 호발도가 장려의 재산과 말 15필을 탈취해가자 부만호 최원지가 추격해 20여 명의 머리를 베었다. 이제 북방에서도 전투가 벌어지게 된 셈이었다.

도당에서는 1382년 2월 문하평리 한방언을 서북면 도체찰사 겸 안주도 상원수, 전 지문하사상의 김용휘를 도안무사 겸 부원수로 임명해 정료위의 군사 행동에 대비하게 했다. 그렇지만 친명파들은 명과 전쟁의 위기까지 고조되자 두려움에 떨더니 화친을 추진해야 한다며 세공을 마련하자고 주장하고 나왔다. 당장 북방에 전력을 기울일 수 없는 처지에서 반대만 할 수는 없는 꼴이었다. 최영은 서글프고 분통한 마음에 눈물만 나올 뿐이었다. 재정도 궁핍한데 세공을 마련하기 위해 반전색을 설치하고 대소 문무 관리로 하여금 마필과 저마포를 차등 있게 내게 할 수밖에 없었다.

북쪽에서 정세가 점차 꿈틀거리니 나라를 걱정한다면 그에 대한 대비책을 세우자는 주장이 나와야 할 것이었다. 허나 1382년 2월 판서운관사 장보지 등은 이와 다르게 변괴가 자주 나타나니 도읍을 옮겨 재난을 피해야 한다고 건의하고 나왔다. 우왕은 천도를 다시 추구하려는 듯 도당에 그 글을 내려보냈다. 너무도 한심한지 이인임이 강력 반대하고 나왔다.

"지금 국경 부근에 있는 강한 적이 우리의 허실을 엿보고 있는 판에 내륙 깊숙이 수도를 옮기는 것은 우리의 약점을 보이는 것이옵니다. 흉년으로 창고가 고갈되어 천도하게 되면 그곳으로 식량을 지고 가야 하고, 남아 있는 자는 생업을 잃게 되는데 그것이 도대체 가능한 일이겠사옵니까? 주상의 행차가 도착하는 곳에선 엄청난 물자를 대어야 할 것이니, 천도하는 일은 백성의 원망만 살 뿐이고, 오래 존속할 안정적인 계책이 되지 못할 것이옵니다."

권력의 실세인 이인임이 단호히 반대하고 나오니 천도 논의는 잠잠하게 되었다. 이인임으로선 자신이 조정을 장악하고 있는데

다가 그 기반이 굳건히 다져져 있는 개경을 떠나 천도를 할 이유가 없는 것이었다.

우왕은 1382년 2월 석비를 의비로 책봉하고 부친 노영수를 대호군으로, 모친을 복안택주로 임명했다. 노영수의 딸인 석비는 근비의 궁녀였는데, 근비를 찾다가 도리어 석비와 눈이 맞아 더 총애하여 그리 조치한 것이었다. 의비에게 인장을 주어 의순고를 의비의 개인 창고로 만들어 주었고, 1382년 3월엔 의비를 위해 부를 설치해 덕창부라고 이름 짓고, 노영수를 밀직사로 임명했다. 모든 후궁 가운데 의비가 가장 총애를 받아 의복과 기명 등이 근비보다 더 사치스러울 정도였다. 그의 아비도 덩달아 높은 자리에 올라 며칠도 안 되어 군으로까지 봉해지자 그 기세가 하늘을 찌를 듯했다.

우왕은 여전히 환관과 내승, 악소배들과 함께 수시로 사냥판을 열었다. 그러면서 사관들의 접근까지 가로막았다. 자신의 잘못을 사관이 기록하지 못 하도록 하기 위함이었다. 어린 임금의 정신 차리지 못한 행위가 계속 이어졌다.

권력의 실세인 이인임은 조정의 기강을 세워나가려는 최영의 움직임에 처음엔 손발을 맞춰주는 듯싶더니 제 버릇 개 못 준다고 또 재물을 탐하며 법령을 굽혀서 적용하고 나왔다. 왜구가 1382년 2월 양광도 임주를 침구한데 이어 윤 2월에도 계속해서 임주와 부여, 석성을 침습해 왔다. 허나 주로 경상도와 동부 지역에 집중되었다. 경상도 평해군을 침구했고, 3월에도 삼척현과 울진현, 우계현 등지가 침습을 받았고, 계속해서 영월, 예안, 영주, 순흥, 보주, 예천, 안동 등이 침구 받았다. 사헌부에서는 경상도 도순문사 남질이 왜적을 제대로 방어하지 못했다고 탄핵하고 나왔다. 그런데 이인임은 남질과 친하다고 그저 의령현에 안치하는 것으로 끝내고 만 것이었다.

최영이 아무리 발버둥 쳐도 임금과 권신이 앞서거니 뒤서거니 나라의 법령을 좀먹게 하고 있으니, 조정의 기강이 세워지기는커녕 도리어 나라의 근간이 송두리째 흔들리는 현상이 나타나게 되었다. 그건 곧 남부 지역에서의 반란군의 등장이었다. 1382년 4월 도살업종에 종사하는 천민들인 화척들이 떼를 지어 왜적을 사칭하며 경상도 영해군을 침구하고 관가와 민가를 불태우는 사건이 발생한 것이었다. 지금껏 왜구의 침구가 있었으나 조정을 반대하여 반란을 일으킨 사건은 일어나지 않았다. 그런데 북쪽에서 반란이 일어나더니 남부인 경상도에서도 발생한 것이었다.

뇌물로 관직을 얻은 관리들이 왜구를 막아낼 생각보다는 투자한 재물을 뽑아내기 위해 극심하게 약탈하니 못 견뎌서 일어난 일이었다. 왜구의 출몰이 잦은 경상도 지역에서 신분이 낮은 화척들에 대한 수탈은 특히나 차별적으로 자행되어 가혹하기 짝이 없었다. 수탈을 못 견디고 일어난 민란 형태의 반란은 나라가 헤어 나올 수 없는 망국의 길로 가고 있다는 증좌였다. 허나 나라를 정비하고 바로 세우자면 하루빨리 이들을 진압해야 했다. 도당에서는 판밀직 임성미와 동지밀직 안소, 밀직부사 황보림, 전 밀직부사 강서 등을 보내 그들을 추격해 체포하게 하였다. 임성미 등은 포로로 잡은 남녀 50여 명과 말 2백여 필을 바쳤다. 서해도 안렴사 이무도 포로로 잡은 화척 30여 명과 말 1백 필을 바쳐왔다. 각 도의 안렴과 수령들이 각기 포로로 잡은 화척을 바치자 순군에 하옥시켜 국문한 다음, 그 가운데 주모자는 참형에 처하고 그 처자식들과 말은 적몰했으며 나머지는 모두 석방시켰다. 도평의사사에서는 각 도의 안렴사에게 공문을 보내 석방한 화척들을 여러 주에 분산 배치하게 하는 한편 반란의 원인으로 된 차별적 역을 수정하여 평민과 동일하게 역의 의무를 지우되 명령에 따르지 않는 자가 있으면 참형에 처하게 하는 조치를 엄하게 내렸다.

왜적의 침구가 주로 경상도 쪽의 동해안 방면으로 이뤄지고 있었고, 반란도 그쪽에서 일어나고 있었다. 1382년 4월 강릉도 상원수 조인벽과 부원수 권현용은 왜적과 싸워서 30여 명의 목을 베었다. 왜적이 죽령을 넘어 단양군을 침구해오자 원수 변안열과 한방언 등이 쳐서 깨뜨리어 80급을 참수하고 말 2백여 필을 노획하였다.

조정에서는 화척들을 다독이며 하루빨리 안정을 이룩하기 위해 밀직부사 이거인을 경상도 도순문사, 밀직부사 윤유린을 전라도 도순문사로 임명하여 대비하게 하였다.

하지만 이런 반란 조짐은 거기서 그치지 않았다. 1382년 5월에는 경상도의 합주에서 한 노비가 검대장군이라 자칭하고 일당 중의 한 명을 초군장군, 다른 한 명을 산군장군이라고 일컬으면서 무리를 모아 약탈을 하고 장차 자기들의 주인과 수령을 살해하고 난을 일으키려 하였다. 그 정보를 입수한 안렴사 안경공이 합주의 군대를 보내 그들을 체포해 목을 베었다.

사회가 불안하고 조정의 기강이 잡히지 않으니 고성 출신인 이금이라는 자는 미륵불을 자처하며 뭇사람들을 현혹시키고 나왔다.

"나는 능히 석가불을 이르게 할 수 있느니라. 무릇 천신과 지신에 빌고 제사 지내는 자, 말과 소의 고기를 먹는 자, 재물을 나누어 주지 않는 자는 반드시 죽을 것이다. 만일 내 말을 믿지 않으면 3개월이 되어 해와 달에 빛이 없어질 것이니라."

계속해서 주장했다.

"내가 법을 부리면 풀에 푸른 꽃이 피고, 나무엔 곡식 열매가 맺을 것이며, 한 번 심어서 두 번 수확할 수 있을 것이니라."

미륵의 화신이라는 말을 믿고 사람들은 다투어 미백과 금은을 시주하였다. 또 그의 말에 따라 소나 말이 죽어도 버리고 먹지 않았으며, 재화가 있는 자는 사람들에게 나눠주기까지 하였다.

이금이 또 말했다.

"내가 산천의 귀신을 신계하여 전부 왜국으로 보냈으니, 왜적을 쉽게 사로잡을 수 있을 것이니라."

이에 무당들이 더욱 존경하고 믿으며 성황과 사당에서 모시던 신위조차 철거하고 이금을 부처처럼 공경하며 복리를 기원하였다. 무뢰한 무리들이 따르며 그의 제자라 자칭하고 지역을 옮겨가며 그 주장들을 설파하고 다녔다. 주군의 수령 가운데에는 그들이 도착하면 손수 나와서 맞이하여 관사에 유숙시키는 자까지 나올 정도였다.

청주 목사 권화가 그들을 유인해 이르게 하고는 그 괴수 5인을 결박하여 가두었다. 도당에서도 여러 도에 공문을 보내어 모두 붙잡아 참수하도록 하였다.

이런 일이 벌어지는 것은 조정의 기강이 문란을 넘어 무너져 내렸기 때문이었다. 임금은 정사를 멀리하고 유희거리를 찾아 밖으로 나다니고, 권신은 뇌물이나 청탁을 받아 자기 욕심 챙기기 바쁘니, 그로 인해 등용된 수령이나 장수들이 왜적을 막고 백성을 보살필 생각은 아니하고 어떻게든지 제 본전 찾으려 하니 백성들의 고통만 가중되는 꼴이었다. 이 모든 것이 너무나 오랜 기간에 걸쳐 왜구의 침구가 이어지고, 그런 가운데 조정이 바로 서지 못하고 뇌물, 청탁으로 빚어진 관리들의 인사가 오랫동안 쌓이고 쌓여서 나타난 결과였다. 지방 관리들과 장수들의 기강 해이는 왜구의 침구를 집중적으로 받는 경상도 지역에서 더욱 두르러지게 드러났다.

1382년 5월에 왜적이 경상도 영춘현을 침구했고, 이어서 회양부도 침습하였다. 변안열과 한방언 등이 안동에서 왜적을 공격하여 30여 급을 참수하고 말 60필을 노획하였다.

그런데 6월 들어서 왜적이 경상도 경산, 대구, 화원, 계림 등지를 침구하고, 통구현까지 침습하고 나왔다. 왜적의 기세가 매우 강했으므로 주군이 어수선하고 혼란스럽기만 했다. 기강이 허물어져 버려 장수란 자들은 둘러보고 지켜보기만 할 뿐 싸우지를 않는 것이었다. 적들의 강한 기세 앞에 제 혼자 나섰다간 죽기밖에 더 하겠느냐는 식이었다. 그로 인해 왜적의 약탈이 더욱 거세지니, 백성들은 살기 위해 스스로 도망쳐 숨어야만 했다. 그 과정에서 엄청난 피해를 입게 되었다. 수성 사람 조희참은 왜적을 피하기 위해 어머니를 부축하고 경산부성으로 가려고 낙동강에 이르렀으나 배가 없어서 건너지를 못했다. 적이 뒤쫓아 오니 그의 어머니가 다급하게 말했다.

"나는 늙고 병들었으니, 죽더라도 후회될 것이 없다. 너는 말을 달려 화를 면하도록 해라."

조희참이 대답했다.

"어머니가 여기에 계시는데, 자식인 제가 어찌 어머니를 두고 떠나겠사옵니까?"

어머니와 함께 밭 사이에 엎드려 숨었다. 적이 그걸 알고 칼로 찌르려 하므로, 조희참이 몸으로 가로막아 어머니는 화를 면할 수 있었으나 조희참은 목숨을 잃었다.

경산부 배중선의 딸도 왜적에게 쫓기게 되어 아이를 업고 소야강에 이르렀다. 강물이 불어 건널 수 없었지만 곤경에서 벗어나지 못할 것을 헤아리고 물속으로 몸을 던져 들어가니, 적이 언덕에 이르러서는 화살을 팽팽하게 메우고서 소리치고 나왔다.

"네가 나오면 죽음을 면할 수 있을 것이다."

배녀가 대답하였다.

"죽을지언정 너희들에게 능욕 당하지는 않을 것이다."

적이 활을 쏘아 업은 아기를 먼저 맞혔다. 적은 팽팽하게 메운 화살을 당기며 또다시 회유하였으나, 끝내 나가지 않음에 왜구는 그녀마저 살해하였다.

영산 사람 낭장 신사천의 딸은 나이가 16세였는데, 왜적에게 쫓기어 아버지를 따라 강가에 이르러서 배를 타고 건너려 하였다. 그때 적이 들이닥치어 배 안에 있는 사람을 거의 다 죽였고, 그의 아버지 또한 해를 입었다. 적 한 명이 신녀를 붙잡고 배에서 끌어 내리니, 신녀가 소리쳤다.

"네가 내 아버지를 죽였으니, 한 하늘 아래에서는 함께 살지 못할 원수다. 차라리 죽을지언정 어찌 너를 따르겠느냐?"

신녀가 적의 목을 움켜쥐고서 발로 차며 대항하니, 왜적은 성을 내며 그녀를 베어 죽였다.

백성들이 왜적들에게 무참히 살해되어 가는 데도 막아 나서서 싸우려고 하지를 않으니 도당에서는 기강을 바로 세울 장수로 전법판서 조준을 경상도 체복사로 임명해 현지로 파견하였다.

조준은 도착하여 엄명하게 호령하며 기강부터 바로 세워 나갔다. 적들을 보고 멀거니 보고 있거나 막아내지 않는 자는 법령에 따라 엄히 처벌하겠다고 밝혔다. 그의 말이 얼마나 서슬 퍼랬는지 여러 장수들마저 벌벌 떨 정도였다.

조준의 명에 따라 관리들과 장수들이 움직이니 왜구는 급속히 척결되어 갔다. 잇따른 전투에 승첩을 보고하니 온 도의 백성이 편안하게 되었다. 왜적을 막을 군사가 없는 것이 아니라 기강이 세워지지 않아 해결되지 않는 것이었다.

최영은 어떻게 해서든지 우왕을 바로 세우려 하였다. 하루빨리 내정을 정비하여 북방에 전력을 기울이려 하였건만 모든 게 엇나가기만 하는 꼴이었다. 조정의 기강을 세우는 것도, 왜구를 막는 것도 모두 우왕을 바로잡지 않으면 안 되는 일이었다. 이건 최영만의 생각이 아니었다. 나라를 걱정하는 사람이라면 우왕의 거듭된 나들이를 그대로 보고 있을 수는 없었다. 간관 정이와 박의중 등이 상소하였다.

"근년에 오면서 왜적이 날로 그 기세가 치성하여 주군이 피폐해지고, 홍수와 가뭄으로 기근이 거듭 이어져 좀도둑까지 발생하여 사사로이 서로 도륙하고 있는 실정이오며, 명은 통호를 허락하지 않고 틈새만을 엿보고 있사옵니다. 주상께서는 깊이 통찰하시어 종묘사직을 위해 모든 행동을 예법대로 하시고 나들이를 절제하여 주시옵소서."

사헌부에서도 역시 간쟁하였으나 우왕에겐 전혀 소용이 없었다. 이인임이 적극 나서야 했지만 방관하기만 하였다. 아니 도리어 부채질하는 격이었다.

이인임은 자신이 부재중일 때 우왕이 자기 집에 왔다가 돌아갔다는 소식을 나중에 듣게 되었다. 그 사실을 알고서 이인임은 우왕에게 양마를 바쳐 올렸다. 이건 대놓고 사냥질이나 하라고 부추기는 것이나 다름이 없었다. 우왕은 그 뒤로 노영수와 이인임을 하루도 빠짐없이 찾아가 잔치를 베풀고, 사냥질을 대놓고 벌이게 되었다.

우왕의 절제 없는 놀음에 대간들이 경계하라고 주청을 올리자 이인임은 마지못해 사직을 간청했다. 이에 우왕은 1382년 6월 이인임을 영문하부사, 최영을 영삼사사, 홍영통을 문하시중, 이자송을 수문하시중으로 임명하였다. 이인임뿐만이 아니라 최영까지 변동시킨 것이었다. 겉으로 보기엔 더 높은 직급으로 올린 것이었으나 그것은 명예직이었다. 우왕은 최영이 밖으로 나돌아 다니는 것을 계속 간섭하며 하지 못하게 하자 그걸 싫어한 것이었다. 그 결과는 최영에게 큰 타격이었다. 이인임이야 자기 수족들이 조정을 장악하고 있으니 권세를 행사하기에 아무런 지장이 없었으나 최영은 사실상 조정에서의 실권을 잃은 격이나 다름이 없었다.

참으로 가슴 미어지는 일이었다. 어떻게 해서든지 저 요동과 만주 땅을 되찾기 위한 대비를 이룩하려고 하였건만 그조차 여의치 않게 되는 꼴이었다.

북방의 정세는 점차 파도가 일렁거릴 듯한 상황인데, 도무지 무엇 하나 제대로 갖춰가는 게 없었다. 1382년 2월엔 동북방면의 해양만호 금동불화가 자기 아들 부야개를 인질로 고려에 보내왔다. 급기야 1382년 윤2월엔 자기 관할의 백성들을 이끌고 투항해 오기까지 했다. 고려에서는 독로울에 거주하게 했으나 이런 행위야말로 명이 여진 세력에게까지 압력을 가하면서 북방 지역이 심상치 않게 꿈틀거린다는 징조였다. 하루빨리 대비책을 강구해야만 했다.

허나 도당에서는 명과의 화친에 더욱 골몰하였다. 1382년 4월 문하찬성사 김유, 문하평리 하상재, 지밀직 김보생, 동지밀직 정몽주, 밀직부사 이해, 전공판선 배행검 등을 명의 조정으로 보내 세공으로 금 1백 근, 은 1만 냥, 베 1만 필, 말 1천 필을 바치게 하면서 화친을 성사시키고자 하였다. 고려로서는 실로 큰 부담을 안고 추진한 것이었다. 명이 이것마저 수용하지 않아 1382년 6월 김유 등은 다시 고려로 되돌아올 수밖에 없었다.

내정을 안정시킬 때까지 명과의 파국을 막으려 했지만 명이 응하지 않으니 고려도 그에 대처를 해야만 했다. 북방에서의 싸움은 곧바로 고려의 안위와 직결되는 것이었다. 도당에서는 1382년 7월 장하를 각도산성순심사로 임명해 전국적인 산성의 군무 실태에 대해 파악하도록 하였고, 이성계를 동북면도지휘사로 임명해 그곳을 대비하도록 하였다.

그런데 명의 주원장은 1381년 운남을 평정하고선 양왕의 가속들을 1382년 7월에 제주로 보내 안치시키고 나왔다. 1381년 7월 제주 사람이 명의 해안 지역에 표류하다 도착하였는데, 그때 고려의 대외 정책을 확인했기 때문이었다. 그 행장 속에서 홍무라는 연호가 적힌 글을 발견하고서 고려가 북원을 추종한 것이 아니라는 것을 파악한 것이었다. 허나 그렇더라도 고려의 허락도 받지 않고 그리 행동한 것은 명의 안하무인격이고 패권적 행태를 짐작하게 한 행위였다.

주원장이 운남을 평정한 것은 북원의 남쪽 세력을 완전히 제압했다는 것을 의미했다. 이제 명은 모든 화력을 북쪽으로 돌릴 수 있게 된 셈이었다. 그것도 북원의 심장부보다도 요동의 북원 세력을 공략하기 위한 방향으로 나올 것이었다. 최영이 심히 우려하는 바가 진행되게 된 셈이었다. 조정에서는 밀직사사 유번을 명의 조정에 보내 운남 평정을 하례하게 하면서 명의 상황을 살펴보게 하였다.

명의 움직임을 볼 때 하루빨리 나라를 정비시켜 북방에 대비해야 하는 이 중차대한 시기에 우왕은 1382년 8월 한양 천도를 논의하게 하더니 순식간에 결정지었다. 가장 적극적인 자는 임견미였다. 임견미는 자신의 세를 확산하는 데 있어서 왜구의 침구를 대비해야 한다면서 군권을 장악해가고 있는 최영을 가장 큰 걸림돌로 여긴 것이었다. 최영과 이인임이 명예직으로 자리를 옮긴 상황을 이용해 임견미는 우왕 옆에서 속닥거리며 권세를 강화하기 위해 숨겨둔 발톱을 드러낸 꼴이었다. 조정 신료라는 작자들이 어찌 하나같이 나라는 생각지 않고 권력만을 탐하는지 한심스러움에 최영은 긴 한숨을 토해 낼 수밖에 없었다.

"수도를 옮기는 것은 나라를 안정시키고자 하는 것인데, 왜구의 침탈이 끊어지지 않고 북방에서 명의 움직임이 심상치 않는 터에 갑자기 천도하려는 것은 도리어 국내 사정을 어지럽게 할 뿐이옵니다. 원컨대 주상께서는 이 일을 함부로 하지 마시고 밤낮으로 염려하여 선대의 업적을 이어가도록 노력 하시옵소서."

최영이 반대하고 나섰지만 이번엔 이인임마저 동참하고 나왔다. 이인임도 우왕의 비위를 맞춰주고 나온 것이었다. 예전 같으면 반대했을 것인데, 임견미의 입김이 세진 데다 이인임 또한 임견미처럼 최영이 경계가 된 모양이었다. 최영은 나라를 걱정하는 것이 아니라 일신의 안위부터 먼저 생각하는 이인임의 처사에 심한 배신감을 느꼈다. 이인임이 탐욕과 권세에 밝다는 것을 모르는 바는 아니었다. 하지만 나라의 운명을 가를 만큼 중대한 결정이라는 것을 알 만한 사람이 그리 행동한다는 데에서 오는 분노였다. 간관들이 한양 천도를 중지하라고 상소를 올리고, 백주 수령 홍순도 남경의 진산인 삼각산이 화산이라 도읍하기엔 적합하지 못하다고 반대하고 나섰다. 허나 우왕은 꿈쩍도 하지 않았다. 이인임까지 동조했으니 그걸 막을 수 있는 사람이 없었다.

우왕은 시중 이자송에 명하여 개경을 유수하게 하고, 이인임과 우왕의 장인 이림, 임견미, 염흥방, 도길부, 이존성, 최렴 등을 대동하고 한양으로 떠나갔다.

우왕 일행은 9월에 한양에 도착하였다. 시급히 나라를 안정시켜야 하는 판에 천도한다고 하면서 재물을 낭비하고 대비해야 할 시간을 허비하는 꼴이었다. 게다가 우왕을 따라갔던 신료들은 하나같이 겸종을 먼저 보내어 백성들의 토지와 집을 빼앗는 데에 혈안이었다. 한심스럽기 짝이 없는 짓이었다.

우왕은 1382년 11월 조민수를 수시중, 이색을 판삼사사로 임명하였는데, 이색은 질병을 칭탁하고 일을 보지 않았다. 1382년 12월에는 조민수에게 송경을 지키도록 지시했다.

우왕은 천도하고 나서도 교외에서 사냥판을 벌여놓고 날이 저물도록 돌아오지 않는지라 신하들도 왕의 소재를 파악하지 못할 정도였다. 또 술에 취해 말을 달리다가 떨어져 얼굴을 상하기도 하였다. 우왕이 밖으로 놀러 다니다가 사고를 내자 백관들은 걱정되어 일제히 왕을 따라나섰다. 나돌아 다니는 우왕의 행위를 막고자 한 것이었다. 우왕은 자기 맘대로 행동하기가 제약되기에 돌아가라고 지시하였으나 백관들이 듣지 않고 계속 따름에 어쩔 수 없이 환궁하였다. 이건 천도해서 나라를 잘 이끌어가자는 것이 아니라 경치 좋은 곳에 놀러온 판이었다. 문하부에서는 다시 송경으로 돌아가자고 주청을 올리기에 이르렀다.

철저한 준비 없이 이뤄진 천도였으니 1383년 2월 다시 개경으로 돌아갈 수밖에 없었다. 우왕이 한양을 출발했는데, 군사와 백성들은 들판에서의 노숙이 너무 고통스러운 나머지 떠날 즈음엔 오두막을 다 불태워 버렸다. 다시는 오지 않으려는 마음에 그리 행동한 것이었다.

이런 조정에서 무슨 획기적인 조치가 나올 수가 없었다. 그저 지금까지 해왔던 정책을 관성대로 시행할 뿐이었다. 명과 화친한다는 명목으로 1382년 11월에 동지밀직사사 정몽주와 판도판서 조반을 명에 보냈다. 허나 명은 예물만 받아 처먹고 사신들은 받아들이지 않았다. 도리어 1383년 1월 또 호발도를 시켜 이성을 침구하고 나왔다. 다행히 고려군의 반격에 호발도가 화살을 맞고 도주하였다. 북원의 나하추는 1383년 1월 문카라부카를 고려에 보내 과거의 우호관계를 회복할 것을 요청하였다. 요동도사는 그 정보를 어떻게 입수하였는지 고려가 나하추의 사신을 받아들이지 말고 압송하라고 압박을 가해왔다. 명의 태도로 보아 요동 방면에서의 일대 격돌이 이뤄질 조짐이 점차 증대되고 있는 모습이었다.

하루빨리 내정을 안정시켜 저 요동과 만주를 수복하기 위한 만만의 대비를 하려고 하였건만, 임금과 권신이 도와주지 않으니 최영의 가슴은 피멍이 들 듯 타들어가기만 했다.

왜적이 1382년 10월 남원을 침구하자 경상도 조전원수이자 지병마사 심우로가 왜적 세 명의 목을 베었다. 그런데 다시 왜적이 50척이나 되는 배를 이끌고 진포로 침구해 들어왔다. 이것을 막아내야 했다. 다행히 해도 원수 정지가 공격하여 패주시키고 군산도에까지 뒤쫓아 4척을 노획하였다. 왜구와의 수전에서도 고려가 우세를 보여 가는 증조였다.

조준이 장수들의 기강을 세워내자 적을 격멸하였고, 정지가 해

전에서까지 수군을 동원해 왜적을 몰아냈으니 고려군이 왜적을 충분히 막아낼 수 있다는 것이 증명된 셈이었다. 수시로 침략해오는 왜적을 막아내고, 그 이후 대대적으로 준비해 침략해오는 전함을 바다에서 격침시켜 버린다면 전력을 북방으로 돌릴 수 있는 여력도 생길 것이었다. 이를 위해 도당에서는 유만수를 경상도 원수 겸 합포도순문사, 나세를 해도 원수로 임명했다. 허나 무엇보다 중요한 것은 신료들의 기강 확립이었다. 신료들이 나라를 위해 나서주지 않으면 아무 것도 되지 않는 것이었다. 나라의 기강을 문란하게 하고 좀먹게 하는 관리들은 과감히 도려내야 했다. 좌사의 권근 등이 상소하였다.

“첨설직이 너무 많아 경멸받고 천하게 여길 정도가 되었사옵니다. 원컨대 지금부터 공이 있는 자에게 상주기 위하여 첨설한 관직은 선왕께서 정한 수효에 좇아 공이 있는 군관을 제외하고는 제수하지 마시옵소서. 주현의 이속배들마저 모두 역을 면제하여 모두 분수에 넘치는 일을 바라고 있으니 동당의 잡업과 감시의 명경과를 모두 파해 역을 부담하도록 하시옵소서. 전쟁이 그치지 아니하고 홍수와 가뭄이 서로 연이어져 백성들은 굶주림에 몰려 들판에는 굶어 죽은 시체가 널려 있사옵니다. 그런데 한 전지에 주인이 두셋씩이나 되어 각각 그에 대한 도조를 징수하여 백성을 해치는데도 그곳의 관사에서는 꾸짖어 금하지를 못하고 있사옵니다. 원컨대 본국의 전법에 의하여 서울 안의 판도사와 외방의 안렴사로 하여금 백성들이 다시 살아나게 조치하게 하고 만일 어기는 자가 있으면 엄금하여 다스리도록 하시옵소서. 주상께서는 서연을 열었던 처음의 뜻을 잊지 마시고 신민의 기대에 부응하도록 하시옵소서."

사헌부에서도 주청을 올렸다.

"근래에 간사하고 아첨하며 탐욕스럽고 포악한 무리들이 권세 있는 자에게 부탁하여 수령이 되어서는 불법한 짓을 멋대로 행하므로 주부군현이 날로 피폐되어 가고 있사옵니다. 이제부터는 대성과 6조로 하여금 청렴 정직하고 근검한 자를 천거하여 군현에 나누어 보내도록 하고, 도순문사와 안렴사로 하여금 어진 자는 승진시키고 그렇지 못한 자는 물리쳐 상벌을 분명히 하도록 하시옵소서. 만일 잘못 천거하였다면 천거한 사람에게도 그 죄를 묻도록 하시옵소서."

우왕은 말로만 시행하라고 대답하고 관심을 두지 않았다. 우왕은 자신이 나서 보았자 따라줄 신료도 없거니와 되지도 않는다는 것을 잘 알았다. 권신들은 그에게 그들의 꼭두각시 역할을 요구하고 있는 것이었다. 그 짓을 하기 싫으니 차라리 그들에게 정사를 다 맡겨버리고, 자신은 유희거리나 찾아 탐닉하는 것이 속 편한 것이었다.

이번엔 정비가 맘에 들어 정비의 전(殿)이나 자주 찾아가는 것이었다. 정비는 안극로의 딸로 공민왕의 왕비였으니 우왕에게는 어머니뻘이었다. 생모인 한씨는 어린애였을 때 죽고, 유모인 장씨와 할머니인 명덕태후마저 세상을 떠났으니 그를 품어줄 수 있는 사람이었다. 우왕은 그리운 사람을 만나서 즐거운 양 정비를 향해 스스럼없이 농조로 말했다.

"아들의 궁인은 어찌하여 어머니의 안색만 못하는지를 모르겠습니다."

우왕이 정비궁에 들르는 등 조정 일에 관심을 두지 않고 계속 밖으로만 싸돌아다니며 유희거리를 찾아 헤매는 처사에 좌사의 권근 등이 다시 상소하고 나왔다.

"지금 사방에 병란이 일어나고 기근이 거듭 닥쳐와서, 백성의 생업이 죄다 없어지고 나라의 형세가 장차 위태롭게 되어가고 있사옵니다. 그런데 어찌하여 주상께서는 이를 염려하지 않으시고 밤늦도록 놀고 아침 늦게 일어나, 안에서는 주색에 빠져 즐기고 밖에서는 말을 달리어 돌아다니며 시시한 오락을 구경하고 계신 것이옵니까? 종묘사직을 위해 삼가 자중하시고 경계하여 주시옵소서."

아무리 충언을 올려도 우왕의 귀는 마이동풍 격이었다. 우왕은 수시로 임치 등과 함께 말을 타고 혜비전으로 갔다가 다시 노영수 집으로 찾아가며 유희를 즐겼다. 가는 도중에 개라도 보면 사냥감인 양 말을 달려 활로 쏘았다. 또 비구니가 사는 절인 안일원에도 가 주색을 즐겼다.

왕이 이러니 나라의 기강이 세워질 턱이 없었다. 경상도 안념사 여극인이 하양과 영주, 보령, 화령 등지에 놀리는 땅이 있으니 그곳을 둔전으로 삼아 군량을 보충하게 할 것을 건의하였다. 제

법 나라를 걱정하는 듯한 모습이었다. 허나 여극인은 우왕의 허락을 받아내자 남의 조업전이나 밭갈이 소까지 빼앗고 나섰다. 나라의 명을 빙자하여 자신의 잇속을 챙기려 한 것이었으니 백성들의 원망만 더 가중시키는 꼴이었다. 전 낭장 정원보는 과거에도 천령 안집사라고 사칭하다 투옥되어 도주한 일이 있었는데, 또 거창 안집사를 사칭하며 부임해 잇속을 도모하다 발각되어 처형되었다. 이건 어찌할 수 없을 정도로 도처에 국가의 기강이 무너져 버렸다는 것을 보여준 사건들이었다.

대신들이라도 바로 서 있으면 되건만 권신들이 도리어 자신들의 세력을 확장하기 위해 혈안이었다. 그 대표적인 이가 임견미였다.

임견미의 인사 독점으로 더 이상 조정에서 아무것도 할 수 없다고 본 홍영통은 문하시중에서 물러나기를 요청하였다. 그 전에는 시중이 전주를 맡았는데, 홍영통과 조민수가 시중이 되어서는 임견미가 권력을 멋대로 휘둘러 그들이 참여하지 못하게 되었기 때문이었다. 그래서 홍영통은 아예 사직을 청하고 나온 것이었다.

우왕은 1383년 3월 조민수를 문하시중, 임견미를 수문하시중으로 임명하고 임견미, 도길부, 우현보, 이존성을 제조정방으로 삼았다. 도길부는 이인임의 인척이라 대언 벼슬을 받았는데, 관청들에서 올라오는 글들을 읽어낼 능력도 없으면서 졸지에 오재에 뛰어오르게 되었다. 이존성은 이인임의 형인 이인복의 손자였다. 이인임이 여전히 세를 유지하면서 임견미의 세력이 급속히 확산된 꼴이었다. 임견미는 우왕이 호출해도 병을 핑계로 가지 않다가 재차 불러서야 갈 정도로 그 권세가 강화되었다.

최영은 우왕과 권신들의 형태에 참을 수 없을 정도로 분노가 치밀었다. 모조리 쓸어버리고 싶은 충동마저 일었다. 저 요동과 만주 땅을 되찾자면 지금 전력을 기울여도 부족할 판이었다. 헌데 권신들이 자신들의 사욕만 챙기려 하니 고려의 미래에 희망이 보이지 않았다. 허나 그로선 어찌해 볼 도리가 없었다. 그에겐 사람이 없었다. 고군기가 있으면 어찌해야 할지 상의라고 할 수 있으려만 이 모든 걸 혼자 감당해야 했다. 고군기의 말대로 하릴없이 인내하고 인내할 수밖에 없는 게 그의 처지였다.

그렇더라도 왜구의 침구가 창궐하지 못 하도록 마지막 결정타를 가해야 하는 것은 그가 꼭 해내야 할 일이었다. 나라의 기강이 완전히 무너져 위난에 처한 상황에서 그래도 포기하지 않고 한가닥 희망의 불씨라도 살려두려면 어떻게 해서든지 다시 기어들어 침구하려는 왜구의 준동을 막아내야만 했다. 여기에서 무너지면 고려는 더 이상 북방에 전력을 기울일 수 없을 것이었고, 미래의 희망은 사라지는 것이었다.

최영은 최무선에게 끊임없이 화포를 제작해 전함에 장착하도록 주문했다. 해도 원수 정지에게는 왜적이 대선단이 침입할 시 기필코 바다에서 격멸하라고 지시하고 있었다. 재정이 궁핍하였기에 최영은 서슴없이 집의 가산까지 다 떨어내어 쌀 200석을 군량으로 보충하도록 하였다. 희망의 불씨를 살리기 위해 자신이 할 수 있는 모든 것을 다 건 것이었다.

마침내 1383년 5월 경상도 합포 원수 유만수가 위급함을 알려 왔다. 왜구가 대선단을 이끌고 침입해오고 있다는 소식이었다. 왜구는 경상도에서 전라도로 들어가는 진입구인 합포를 그 첫 대상으로 삼을 것이었다. 거기는 고려의 수군 진영이 있는 곳이었다. 예상대로 왜구는 그들의 선단의 항해를 자유롭게 보장받기 위해 고려 수군을 깨뜨리고자 그곳부터 침습해 왔다. 적선이 120여 척이었는데, 이건 지난날의 전함과는 달랐다. 이전에 고려의 수군에 대패해 전함이 다 불타버렸기 때문에 다시 고려와의 수전을 전개하기 위해 대함선을 건조하여 단단히 준비하여 나온 것이었다. 그 전력이 만만치 않았다.

정지는 이번 전투가 어떤 의미를 가지고 있는지 잘 알고 있었다. 이 전투를 승리로 이끌어 내면 당장 고려는 해전에서의 우위를 확보할 수 있고, 왜구의 침구를 완전히 막을 수 있는 길이 열리는 것이었다. 바다에서 격침시키지 못한다면 왜구로부터 또 국토와 백성이 유린당할 것이었다. 적들이 아예 육지로 기어들지 못하게 하여야 했다.

정지는 이미 최영으로부터 명을 받았기에 주저 없이 움직였다. 정지는 전함 47척으로 나주와 목포에 머물러 있었다. 정지의 수군 진영은 그 당시 상황이 별로 좋지 않았다. 봄에 전염병이 크게 창궐해 죽은 자가 태반이나 된 상태였다. 정지는 바다에서 죽은 자가 있으면 그때마다 육지로 나가 장사를 지내주었다. 군사들은 다들 감격하여 울며 정지를 잘 따랐다. 그렇지만 군사들이 적잖이 보충되지 못한 상태에서 적을 향해 나가니 그리 만만치 않았다.

정지가 직접 노까지 저어가며 밤낮으로 독촉해 행군하니 노 젓는 군졸들도 더욱 힘을 다해 섬진강에 이르렀다. 다행히 늦지 않는 때에 도착하였다. 정지는 부족한 군사들의 수를 보충하고자 합포의 사졸을 징집하고자 하였다. 허나 왜적들은 고려 수군의 군세를 정찰하고서는 얼마 되지 않는다는 것을 파악하고 남해 관음포에 이르러 공세로 나왔다.

날씨는 짓궂게도 비가 내렸다. 화포로 공격해야 하는 고려로서는 불리하기 짝이 없었다. 그래서 지리산 신사에 사람을 보내 기도하게 하였다.

"나라의 존망이 이번 싸움에 달려 있으니 바라옵건대 고려 군사들을 도와서 신령께서는 스스로 수치를 만들지 마소서."

기도 소리에 하늘이 감읍했는지 과연 비가 그쳤다.

멀리서 적의 깃발이 하늘을 가리고 칼과 창이 온 바다에 번쩍이며 적이 사방으로 에워싸고 전진해왔다.

비를 멈추었으나 바람은 아직 고려에 불리하였다. 정지가 머리를 조아리고 하늘에 절을 하였다. 고려 수군을 도와달라는 간절한 기도였다. 하늘이 그 바람을 들어주었는지 갑자기 바람의 방향이 바뀌어 아군에 유리하게 불어댔다. 바다 가운데에서 돛을 올리니 배가 날아가는 것처럼 빨리 달려 박두양에 이르렀다.

왜적들은 큰 배 20척을 선봉으로 삼고 배마다 강한 군사 140명씩을 태우고 있었다. 이건만 해도 2800여 명이나 되는 숫자였으니 나머지 100척을 더하면 어마어마한 왜구의 침구였다. 이들이 고려에 상륙하게 되면 엄청난 피해를 입힐 것이었다. 이들을 모조리 바다에 수장시켜야 했다.

정지는 굳은 결의를 세우고 진공하면서 적선과의 거리를 가늠하다가 드디어 화포를 쏘도록 명하였다. 화포가 불을 품으면서 적선 17척이 순식간에 화염에 휩싸였다. 그것을 시작으로 고려 수군의 전면적인 공격이 개시되었다. 적선들을 쳐부수자 적의 시체가 바다를 뒤덮었다. 남은 적을 활로 쏘니 쏘는 족족 거꾸러졌고, 마침내 적을 격파하였다. 이 전투가 얼마나 치열했는지 병마사 윤송도 화살을 맞고 전사하였다. 그렇지만 고려 수군의 완벽한 대승이었다. 정지조차 주위의 군사를 향해 승리를 기뻐하며 얘기할 정도였다.

"내가 일찍이 말에 땀이 젖도록 달리며 싸워 적을 여러 번 격파하였지만 오늘처럼 통쾌하게 이긴 적은 없었다."

승전보가 보고되자 우왕은 크게 기뻐하며 이극명과 안소련을 보내어 궁중에서 빚은 술을 내려 위로하였다. 군기윤 방지용도 이 싸움의 승리로 왜의 포로에서 풀려나게 되었다. 그는 일본에 사신으로 파견되었다가 돌아오는 길에 왜적을 만나 붙들린 상태였다, 왜적은 그의 목을 쇠사슬로 묶어 배 밑에 가둬 놓고 말했다.

"만일 이기지 못하면 먼저 참할 것이다."

허나 왜적들이 전부 섬멸되어 방지용은 죽음을 면하였다.

이제 당분간 왜구가 대대적으로 침구하기는 어려울 것이었다. 더욱이 수전에서 고려가 우세한 것이 확인된 이상 남해와 서해 방면으로 왜구가 선단을 이용해 끼웃거릴 수 없게 되었다. 경상도와 동해 방면으로 소규모로 침구해 온 적을 격멸하면 될 것이었다. 바야흐로 최영이 그토록 바라마지 않았던 북방에 점차 나라의 전력을 기울일 수 있는 상황이 조성되어 가는 모습이었다. 관건은 임금이 바로 서고 조정의 기강이 세워지냐 하는 것이었다. 일을 풀어나가야 할 사람이 그 의지를 굳세게 세우고 전개하지 않으면 안 되기 때문이었다. 최영의 근심은 바로 그것이었다.

조정 쇄신을 위해 도통사 직까지 내걸고

대간에서 간언을 올렸다.

"바라옵건대 위로는 천명을 두려워하고, 아래로 선조들을 본받아 나들이를 절제하시고, 시위에 의장을 갖출 것이며, 외출하는 일을 삼감으로써 신민들의 여망에 부응하시고, 종묘사직이 오래 존속되도록 하시옵소서."

우왕은 여전히 요지부동이었다. 도리어 그 옆에서 시중드는 환관들마저 우왕을 닮아갔다. 내시 김강은 1383년 6월 황보가의 딸을 처로 삼으려다가 실패하자 그 분풀이로 엉뚱한 일을 트집 잡아 우왕에게 청을 넣어 황보가를 순군에 수감하게 하였다.

왕이 정신을 차리지 못하면 그 주변 인사들이 그걸 바로잡기 위해 나서야 하건만 도리어 환락에 빠져들도록 더욱 조장하는 격이었다. 임금은 환희거리를 탐닉하고, 권신들은 제 탐욕 찾기에 빠져 있으니 몇몇 사람들이 무너진 나라의 기강을 세우려고 노력한들 그 성과가 나타날 리 만무하였다. 또다시 왜적을 가장한 자들이 준동하게 되었다. 왜적은 우세한 고려의 수군 때문에 전라도와 서해로는 감히 침구하지 못하고 경상도와 강원도 방면의 동해로 기어들어와 노략질을 감행했다. 이런 상황을 이용해 1383년 6월에 교주강릉도의 화척과 재인들이 평창과 원주, 영주, 순흥, 횡천 등지에서 왜적으로 행세하며 약탈하고 나온 것이었다. 도당에서는 긴급하게 이들의 진압을 명했다. 원수 김입견과 체찰사 최공철은 그들 50여 명을 체포해 참수하고, 그들의 처자식을 각 주군에 분산해 예속시켰다.

왜적은 관음포 해전의 패배에도 불구하고 한 달도 안 돼 1383년 6월 경상도의 길안, 기계, 영주, 신녕, 장수, 의흥, 의성, 선지 등지를 침구해 온 데 이어 단양, 제주, 주천, 평창, 횡천, 영주, 순흥 등지를 침습해왔다. 남해와 서해로가 아닌 동해 방면으로 소규모로 진출하여 내륙으로까지 파고든 것이었다. 왜구는 바다로의 항해가 자유롭지 못하게 되자 첩자까지 파견해 고려의 내정을 살필 정도로 치밀하게 움직였다. 1383년 7월 한양부윤 장하가 왜적의 첩자 세 명을 체포하는 데서 드러난 것이었다.

왜구의 침구가 의연히 발생하고 있었지만 소병력으로 기어들어 온 것이기에 철저히 대비하고 있다가 완전히 격멸해 버리면 그 기세가 꺾일 것이었다. 도당에서는 왕안덕을 양광도 조전원수, 전의령 우하를 경상도에 파견해 원수들이 왜적을 제대로 방어하고 있는지 감찰하게 하였다. 그리고 나세를 경상도 조전원수로 임명하여 지원케 하였다. 아울러 한산과 봉익, 통헌들에게도 정벌에 나서도록 명이 하달되었다. 허나 조정에서 내린 지시는 제대로 이행되지 않았다. 그만큼 도처에서 기강이 허물어져 버린 것이었다. 지순주사 황인신이라는 자는 군량의 수송을 감독하는 자리에 있었는데, 도리어 그자가 쌀 75석을 도둑질하고 나왔다. 해당 관청에서 의법 조치하려 했으나 의비의 친척이라 관직만 박탈하는 데 그치는 식이었다.

소규모의 침구에도 고려의 대응이 변변치 못하자 왜구는 또다시 대구, 선주, 지례, 금산 등까지 침입해 왔다. 우왕은 태실이 걱정되는지 안동부사 이충부에게 어구의 말을 내려주며 힘을 다해 적을 막으라고 지시했다. 다시 윤가관을 경상도 조전원수로 임명하여 지원하도록 조치했다. 전의령 우하의 독려에 병마사들이 경상도 예안에서 왜적과 싸워 여덟 명을 죽이고, 순흥에서도 여섯 명을 목 베었다. 교주강릉도 도체찰사 최공철도 왜적과 방림역에서 마주치자 여덟 명을 죽이고 병장기와 말 59필을 노획했다.

그런데도 왜적의 침입은 끊이지 않았고, 1383년 8월엔 경상도 비옥, 의성 등지를 침구해 왔는데, 이번엔 그 수가 만만치 않는 상황이었다. 부원수 윤가관이 안동, 예안 등지에서 싸웠지만 패배하고 말았다. 왜적이 전라도의 거령현과 전주까지 침구하려 하자 전주 부원수 황보림이 여현에서 싸워 다행히 패퇴시켰다. 조정에서는 문하평리 문달한을 양광도 도찰리사, 지문하사 안경을 도안무사, 보안군 박수년을 도순위사로 삼아 대비케 하였다.

왜구의 침구가 사그라지지 않자 그토록 나돌아 다니기만 하던 우왕이 여느 때와 달리 심각한 표정을 지으며 밀직제학 조준을 불러들였다. 그리고는 단호히 말했다.

"양광도와 경상도에 왜적이 크게 치성한데도, 원수와 도순문사가 나약하고 겁이 많아 싸우지를 않고 있소이다. 경이 가서 군사의 상태를 살펴보고 바로잡도록 해야 하겠소."

우왕 또한 관리와 장수들의 기율이 엉망이라는 것을 익히 알고 있는 것이었다. 그래서 지난번 기강을 엄히 세워 왜적을 막아낸 조준에게 다시 그 일을 맡기고자 한 것이었다. 조준이 조심스럽지만 분명한 어조로 되물었다.

"전하의 하명을 어찌 받들지 않겠사옵니까? 하지만 만일 신에게 두 도를 제어하도록 명하시려고 한다면, 그곳의 장수가 싸움에 패했을 때 소신의 일 처리에 그 장수들이 모두 따르게 하명하셔야 하옵니다. 그렇지 않으면 원수와 도순문사는 신보다 더 지위가 높은데, 어찌 신을 두려워하여 제 명을 따라 사지에 나가려고 하겠사옵니까?"

조준의 확답 요구에 우왕은 대답할 수가 없었다. 지위가 낮은 사람의 지휘를 받는 조치를 장수들이 좋아할 리 없었다. 아니나 다를까 어떻게 알았는지, 장수들은 곧장 우왕이 취하려고 하는 조치는 군사의 지휘 계통의 문란을 초래하는 일이라면 반대하는 입장을 전달해 왔다. 우왕은 하는 수 없이 양광도 도찰리사를 맡고 있던 문하평리 문달한을 양광 경상도 도체찰사로 겸하게 하고 엄히 명할 수밖에 없었다.

“지금 당장 내려가서 군사의 기율을 확고히 세우도록 하시오. 장수의 근태와 군용의 성쇠를 살피어 한곳에 머물러서는 앞으로 나아가지도 않고 왜구의 침구에 적극 대응하지 않는 자가 있거든 원수의 경우는 즉각 구금하여 아뢰도록 하고, 그 나머지는 조율하여 직접 단죄하여도 좋소.”

우왕의 조치에 힘입어 왜적 2백여 기가 괴주, 장연현을 침구하자 원수 왕안덕과 김사혁, 도흥이 그들과 싸워 3급을 베었다. 그러나 왜적 1천 3백여 명이 춘양과 영월, 정선 등지를 또 침구해 왔다.

북방의 상황 또한 우려를 자아내고 있었다. 1383년 7월에 요심의 초적 40여 기가 단주를 침구해 온 것이었다. 단주만호 육려, 청주만호 황희석, 천호 이두란 등이 서주위와 해양 등지까지 추격해 괴수 여섯 명을 죽였지만 나머지는 모두 도주하였다. 문제는 초적이 아니라 이것이 명의 움직임을 보여주는 신호라는 점이었다. 명은 요동에 지배권을 강화하기 위해 북원과 고려 간의 교류를 철저히 차단하려고 들었다. 북원과 고려의 중간 지대에 자리하는 몽골인과 여진인, 고려인들을 회유하고 압력을 가해 명에 귀부하도록 하면서 고려를 침구하도록 유도하는 것은 그 때문이었다. 도당에서는 문하찬성사 조인벽을 동북면 도체찰사, 판개성부사 한방언을 상원수, 문하찬성사 김용휘를 서북면 도순찰사, 전 판도판서 안은조를 강계만호로 임명해 만일의 상황에 대비케 하였다.

왜구가 침구하고 북방의 전운이 감도는 상태에서 군량을 안정적으로 보장하는 것은 병사들의 생명선이었다. 그런데 조운의 책임을 맡은 만경의 안집사 김서원과 진무 한복은 조운선이 풍랑에 침몰했다는 핑계를 대고 쌀과 베를 빼돌렸다. 참으로 한심스런 작태였다. 이게 왕과 대신들이 제 역할을 못해 조정의 기강이 너무도 오랜 기간 문란해졌기 때문에 일어난 일이었다.

보다 못한 좌사의 권근 등이 나라가 위급한 지경에 이르렀으니 함부로 놀러 다니지 말고 몸을 닦고 더욱 분발하여 다스려야 한다고 또다시 경계의 글을 올렸다.

우왕은 지금껏 간언을 따르지는 않았으나 그래도 눈치 정도는 살피는 식이었다. 그런데 그마저도 거추장스럽다는 듯 환관들이 우왕 옆에서 꼬드기고 나왔다.

"대간도 모두 주상께서 임명하는 것이 아니옵니까? 뜻에 거슬리면 갈아 치우는 게 뭐 그리 어렵겠사옵니까?"

환관들이 부추기는 통에 우왕은 대간의 간언도 점차 가볍게 여기게 되었다. 하긴 스물 살에 가까운 19살에 이르렀으니 이제 자기주장을 펼칠 나이도 된 것이었다. 권근 등이 강경한 자세로 간하자 우왕은 잔뜩 술에 취해서는 활로 쏘려고까지 행동하였다.

우왕이 제 정신을 차리지 못하는 중에 급기야 1383년 8월 북방에서 호발도가 단주를 침구해 왔다. 초적들의 움직임에 이어서 나온 명의 침공이었다. 고려에 귀부해 왔던 부만호 금동불화는 이들과 내응하고서는 재물을 전부 실어 가지고 나와 일부러 뒤처져 붙잡힌 척하였다. 내통까지 이뤄졌으니 상만호 육여와 정주 상만호 황의석 등이 이길 수 없었다. 여러 번 싸웠으나 모두 패배하고 말았다.

이제 이성계가 나서야 했다. 조정의 기강이 무너진 상황에서 중앙의 지원군도 별반 도움이 될 수 없었다. 이성계는 상황의 심각성을 느끼고 이두란을 급히 불렀다. 여진족 출신인 호발도와의 싸움인지라 그들의 특성을 잘 아는 여진인 이두란의 도움이 필요한 것이었다. 이두란은 이때 어머니의 상 때문에 청주에 있었다.

"나랏일이 위급한 이때에 자네가 상복을 입고 집에만 있을 수는 없네. 상복을 벗고 나를 따르도록 하게."

이성계의 부름에 이두란은 하늘에 배곡한 다음 상복을 벗고 곧바로 나섰다. 활과 화살을 차고 이성계와 함께 움직이다가 호발도와 길주평에서 대치하게 되었다. 이두란이 선봉이 되어 먼저 나섰으나 그 또한 패배하고 말았다.

마침내 이성계가 나아가자 호발도가 두꺼운 갑옷을 세 겹으로 입은 데다 붉은 갈의까지 껴입고는 흑빈마를 타고서 호기롭게 진을 가로막고 나섰다. 이성계를 보자마자 기세 높이며 칼을 뽑아 들고 단신으로 앞으로 나왔다. 나하추도 맥을 추지 못할 정도로 명성이 자자한 이성계에게 자웅을 겨뤄보자는 태도였다. 이성계도 칼을 뽑아들고 단기로 맞섰다. 허나 번쩍하는 사이 서로 지나치게 되었는데, 호발도가 미처 말을 제어하지 못하는 사이 이성계가 급히 말을 돌리며 활을 끌어당겨 그의 등을 쏘았다. 정통으로 맞았으나 갑옷이 두꺼운 바람에 화살이 깊이 들어가지 못했다. 이성계가 다음 화살을 꺼내어 말을 쏘아 거꾸러뜨렸다. 또 쏘려는 순간 호발도의 휘하 군사들이 몰려와 에워싸고 나왔다. 고려 군사도 진격하여 달려옴에 이성계가 칼을 치켜들며 소리쳤다.

"공격하라!"

이성계의 명에 군사들이 함성을 지르며 크게 격파하니 호발도가 겨우 몸만 빠져 도주하기에 바빴다.

이성계는 승전보를 보고하며 국경 수비에 관한 전략을 조정에 올렸다. 최영이 요동을 공략하려는 의지를 갖고 있음을 누구보다 잘 알고 있는 그였기에 지난날 공민왕 때처럼 다시 퇴각하는 일이 없도록 만전을 다해 대비하라는 진언이었다.

"북계는 여진과 몽골, 요심 등의 땅과 맞붙어 있어 실로 국가의 요충지인데, 그냥 방치해 둔 결과 사탕발림의 말에 우리 오읍초, 갑주, 해양의 백성들이 그들의 꼬임에 빠져드는 사태가 발생하고 있사옵니다. 한시바삐 군량을 비축하고, 군사를 훈련해 지휘체계를 세워 불의의 사변에 대비하여 일시에 동원할 수 있게 하여야 하옵니다. 그런데 각 관아와 원수들이 파견한 접대가 수시로 이뤄지고, 또 얼마 안 되는 쌀과 베를 빌려주고는 나중에 마치 빚을 받듯이 수십 배로 마구 거둬들이는 반동(反同) 때문에 백성들이 그 고통을 견디지 못해 유랑하며 떠돌고 있는 상황이옵니다. 한시바삐 사자의 파견을 엄격히 제한하고 반동을 폐지하여 주시옵소서. 아울러 민호의 숫자로 세를 정하다 보니 그 폐해가 너무 크옵니다. 앞으로는 토지의 크기로 세를 거두고, 백성들이 이탈되지 않도록 군호를 정해 함께 통괄 소속시켜 주시옵소서. 백성들의 애환은 수령이 얼마나 정치를 잘하고, 군대의 강약은 장수가 얼마나 지휘를 잘하느냐에 달려 있사옵니다. 유능한 인재로 백성들을 다스리게 하고, 장수의 자질을 갖춘 사람으로 하여금 군대를 지휘하게 하여 국가를 보위하게 하시옵소서.

이성계의 진언은 고려가 지금 전반적으로 안고 있는 문제였다. 높은 관직에 있는 자들이 현지의 관리나 장수들에게 침략해오는 적들을 막고 백성을 안정시키도록 그 대책을 지시하는 것이 아니라 사자나 파견해 접대받고 재물이나 뜯어내려고 하는 꼴이었다. 현지의 관리나 장수들은 그 비용 마련과 자신의 탐욕을 채우기 위해 더욱 백성들을 못살게 쥐어짜는 식이었다. 최영이 조정의 기강을 세우고자 하는 것은 바로 이런 현상을 바로잡고자 함이었다. 이번엔 이성계가 다행히 호발도의 침입을 막아냈지만 이를 풀지 않고서는 나라의 앞날이 깜깜할 뿐이었다. 임금과 신료들을 움직여 나라의 기강을 세워야 하는데, 임금인 우왕은 제 정신 차리지 못하고 있고, 사실상 조정의 실권을 장악한 임견미와 이인임은 자신들의 탐욕을 채우려고 이를 방치하거나 조장하는 꼴이었다.

최영은 속만 태울 수밖에 없었다. 아무리 주장을 해도 복지부동이니 그로서는 두손 두발을 다 들어야 하는 상황이었다. 쓰린 가슴을 안고 어찌해야 할지를 침잠하고 있는 터에 단고승이 찾아왔다.

단고승은 20대 중반의 혈기왕성한 열혈청년이 되어 있었다. 단고승을 보니 가슴이 아파왔다. 앞가림을 해줘야 하는데, 그러지를 못해 하릴없이 초야에서 계속 은둔생활을 하게 하고 있는 꼴이었다.

"왜 같이 오지 않고……. 모두들 잘 있겠지?"

"큰아버님 덕분에 저희들은 모두 잘 지내고 있사옵니다. 요즘 큰아버님의 심중이 편치 못하실 것 같아 이번엔 저 혼자 왔사옵니다."

고려의 중흥을 이룩하기 위해 혼자서 이리저리 분주히 뛰는 최영의 모습이 조카들에게 안타깝게 보인 모양이었다.

"그게 쉬운 일이었으면 지금껏 선인들이 그 기나긴 세월을 기다려 왔겠느냐? 꼭 그런 날이 올 것이라고 마음 단단히 먹고 그 준비를 해야 한다. 게을리하면 안 될 것이야."

조정의 한심한 꼴을 얘기하고 싶지 않아 최영은 단고승에게 단도리부터 하고 나왔다. 단고승은 최영의 말을 정중하게 받아들였다. 허나 단고승의 모습은 그런 다짐이나 받고자 하는 태도가 아니었다. 조정 돌아가는 상황에 자신의 의견을 피력하고 싶은 듯했다. 단고승이 마음의 준비를 단단히 한 듯 조심스럽게 입을 열었다.

"큰아버님께서는 뜻이 깊으시니 잘 아셔서 대응하실 터이지만 하도 조정 돌아가는 게 한심스러워 한 말씀 여쭙고자 하옵니다."

조카에게 책망까지 듣게 된 꼴에 최영은 민망스럽기 그지없었으나 고개를 끄덕였다. 단고승이 말을 이었다.

"지금 고려를 중흥시키자면 분위기를 쇄신시키는 것 이외에는 달리 방도가 없을 것으로 생각되옵니다."

최영도 그리 생각하고 우왕을 바로 세워 조정의 기강을 확립하려고 한 것이었다. 허나 그의 주장에 따라주는 자가 없으니 어찌해 볼 도리가 없었다. 최영이 반문했다.

"너의 말이 맞다. 그래, 너는 그 방법이 있단 말이냐?"

최영이 그리 나올 것을 예측이나 한 듯 단고승의 답변이 이어졌다.

"쉽지는 않을 터이지만 그리하자면 우선 지금의 사태를 어떻게 바라보아야 하는지 그것부터 가늠해 보아야 한다고 봅니다."

최영은 어이가 없었다. 이 사태가 벌어지는 것은 임금이 임금 노릇을 아니하고 권신이 신하 노릇을 아니하고 그들의 탐욕을 일삼고 있기 때문이라는 것은 세 살 먹는 아이도 알 만큼 명백하거늘 새삼스레 그 문제를 따져보자고 하니 우습게 여겨진 것이었다. 최영은 아무래도 아직 나이가 어려 조정의 실상을 잘 모르기에 그런다고 여기며 그만 얘기를 끝내려고 하였다. 그걸 예상하기라도 한 듯 단고승이 다시 말을 이었다.

"큰아버님께서 제 말씀을 어찌 받아들이실지 짐작 못하는 바는 아닙니다. 하지만 제가 여쭈는 말은 고군기 스승님의 뜻이옵니다."

"뭐라고? 너의 스승 고군기의 뜻이라고? 내가 잘못 들은 것은 아니겠지?"

최영은 너무나 당혹스러워 되물었다. 단고승이 다시 입을 열었다.

"스승님께서는 화약 제조 과정에서 큰 상처를 입고 몸져누우신 후 항상 입버릇처럼 걱정하셨사옵니다. 큰아버님께서 외롭고 힘드실 터이니 너희들이 잘 도와주어야 한다고 말입니다. 그리고는 저에게 언명하셨습니다. 고려 조정을 보아하니 앞으로 언젠가 너의 큰아버지께서 힘들 때가 있을 터인데, 그때 고려 중흥의 잣대를 잃지 말고 나가시도록 네가 곁에서 꼭 얘기해 주어야 한다고 말입니다. 그러시면서 아마 너의 말을 잘 안 들을 수도 있을 터이니 그때는 나의 언명이라고까지 얘기하라고 말씀하셨사옵니다."

단고승의 입에서 고군기의 얘기가 나옴에 최영은 그리움에 벌써 눈물이 글썽거려졌다. 스승인 한단 선사가 세상을 떠나셨어도 고군기가 있었기에 그나마 위안을 갖고 버텨내었다. 그런데 고군기마저 떠나고 없으니 그는 외톨이 신세가 되었다. 어느 누구 하나 자신의 마음을 토로할 자가 없었다. 당장 어찌 풀어나가야 할지 그 길마저 막막하기 짝이 없었다. 고군기가 옆에 있었다면 그 활로를 명확히 밝히고 제시해주며 힘내자고 고무해 줄 것이건만 그 옆에는 그런 사람이 없었다. 그렇더라도 동지들과 한 약속을 저버릴 수 없어 안간힘을 내어 버티고 있는 중이었다. 그런데 죽어가면서까지 자기를 걱정하고 안배해 주려고 했다는 사실에 눈물이 앞을 가렸다. 고군기 동생만 있다면 이 세상 그 어떤 것도 못 할 일이 없을 것이었다. 그런 생각 때문인지 더욱 서글퍼지는 심정이었다. 허나 그 제자 앞에서 나약한 모습을 보일 수는 없었다. 어떻게 해서든지 동지들과의 약속을 지켜내야 했다. 최영은 동생 고군기가 자신에게 무얼 말해주고자 하였는지 듣고자 단고승의 얘기를 차분히 기다렸다.

"스승님께서는 큰아버지께 고려의 중흥이라는 잣대를 꼭 견지하도록 하시라는 말씀을 전해 올릴 때가 올 거라고 하셨는데, 저도 그 깊은 뜻은 정확히 잘 모르옵니다. 허나 스승님께서는 고려를 중흥시켜 단군조선과 고구려의 옛 영화를 실현하자면 저 요동과 만주 대륙을 차지하려는 입장과 그렇지 않는 입장을 대치 전선으로 보고 그 기준으로 세력 관계를 갈라 보아야 한다고 말씀하셨사옵니다. 스승님의 말씀도 있고, 저 또한 작금의 고려의 현 조정 상황을 살펴볼 때 고려의 중흥이 아니라 단지 현 상황을 좀 개선하자는 측면으로 접근한다면 그 해결이 난망하지 않을까 하는 판단이 드옵니다."

"'고려의 중흥'과 '현 상황의 개선'을 두고 접근하는 것이 차이가 있다는 말이지?"

최영이 나직이 읊조렸다. 조정이 쇄신되고 개선이 되어야 고려의 중흥을 이뤄갈 수 있는 길이 열어질 것인데, 그게 서로 다른 입장이 될 수 있다고 주장하니 최영으로서는 좀 어리둥절한 소리였다. 허나 이것이 다른 누구도 아닌 고군기가 죽어가면서 안배해준 논지라는 얘기에 최영은 더 반박하지 않았다. 고군기의 주장은 한 번도 틀린 적이 없을 만큼 정확했고, 그런 고군기를 최영은 절대적일 만큼 신뢰했기 때문이었다. 단고승이 다시 말을 이었다.

"만약 현 상황을 개선하자는 각도로만 보면 지금 조정의 사태는 우왕을 비롯한 권신과 유자 간의 대립으로 봐야 할 것이옵니다. 권신들이야 자신들이 권세를 차지하고 있으니 그걸 계속 누리려고 하니 현상 유지책이 가장 좋겠지요. 하지만 유자들은 유학적 질서를 세우는 것이 궁극적 목표가 아니옵니까? 임금이 자신들의 말을 잘 따르고, 자신들이 요구한 정치 질서가 세워져야 하니까요. 따라서 현 상황을 개선하기 위해 임금에게 간언하면서 권신들을 반대하고 나설 것이옵니다."

실상 우왕에게 임금 노릇을 하라고 간언하는 자는 권신이 아니었다. 최영과 유자들이었다. 최영과 유자들이 한편의 세력으로 되는 상황이었다. 그런데 저 유자들이 요동과 만주 땅을 수복하기 위한 길로 함께 나간다는 것은 거의 불가능하다고 봐야 할 것이었다. 그러면 이 고려의 조정을 누가 이끌어가야 할 것인가? 최영은 뭔가에 뒤통수를 얻어맞는 듯한 기분이었다. 그 의문에 단고승이 어찌 대답하는지 최영은 궁금해졌다. 최영은 단고승의 다음 말을 기다렸다. 단고승이 다시 말을 이었다.

"허나 유자들이 현실을 개선시키기 위해 나선다고 해서 과연 고려 중흥의 기치를 들고 저 요동과 만주 땅을 되찾기 위해 나서겠사옵니까? 큰아버님께서도 아시겠지만 성리학에 도취된 자들일수록 친명 사대에 빠져 있으니 그리 나오지 않을 것입니다. 국제 질서 속에서 볼 때 그들은 현실 안주 세력으로 봐야 한다는 것이옵니다. 명의 유자가 아니라 고려의 유자로서의 길을 걷지 않는다면 십중팔구는 그리될 것이옵니다."

이건 고군기가 성리학을 받아들이는 유자들을 지극히 경계하면서 했던 말과 상통하였다. 최영 또한 그리 여겼기에 유자들을 별로 신뢰하지 않았다. 유자들도 믿지 못하고, 권신들도 믿지 못하면 믿을 사람이 없었다. 최영이 답답해 한 게 이것이었다. 단 남은 사람이 있다면 우왕일 것이었다. 허나 최영은 우왕 또한 신뢰할 수가 없었다. 우왕을 바로 세우기 위해 쓰린 가슴을 안고 얼마나 간청했는지 몰랐다. 그만이 아니었다. 사헌부에서도 수시로 상소를 올렸지만 받아들이지 않았다. 도리어 우왕은 신하의 딸까지 취하려는 망나니 행동까지 버젓이 자행하고 나왔다.

1383년 9월 우왕은 전 전공판서 왕흥의 딸이 예쁘다는 소리를 어디선가 듣고 그 집에 찾아갔다. 왕흥이 자기 딸을 변안열의 아들인 변현에게 시집보내려는 하루 전날이었다.

"그대가 딸을 시집보낸다고 들었는데, 내 명이 있는 연후에 시집보내도록 하시오."

그리고서는 왕흥의 딸을 자기에게 보여 달라고 억지를 부리고 나왔다. 왕흥은 뜰에 엎드려 고했다.

"신의 딸은 나이가 어리고 우둔하며, 어미까지 병들어 밖에 나가 살고 있는 상황이옵니다. 그런데 지금 어떻게 사위를 맞아들일 수 있는 형편이 되겠사옵니까?"

왕흥이 위기를 모면하려고 둘러댔다. 그러자 우왕이 눈을 부라리며 추궁하고 나왔다.

"네놈이 나를 속이려고 든단 말이냐?"

다음 날에도 우왕은 왕흥을 불러 으름장을 놓았다.

"경의 딸을 시집보내지 마시오. 명을 따르지 않으면 처자들까지 처벌할 터이니 잘 알아서 처신해야 할 것이오."

우왕의 행동에 시중 조민수 등이 간언했다.

"변안열은 나라의 명장으로 그 공적이 매우 크옵니다. 지금 그의 며느리 될 사람을 빼앗으면 장수와 신하들 그 누가 실망하지 않겠사옵니까? 주상을 위해 드리는 말씀이오니 부디 그 혼인이 이루어지도록 허락하시옵소서."

그럼에도 우왕은 저녁이 되자 다시 왕흥의 집으로 행차했다. 왕흥은 집을 비우고 피해 버렸다. 이에 우왕은 대노했고, 왕흥은 어쩔 도리 없이 명령대로 따르겠다고 대답하지 않을 수 없었다.

우왕은 강압적으로 혼례 약속을 받아내고서는 왕흥의 부친인 왕복명을 불러 그 길일을 택하라고 지시했다. 그러나 왕복명이 변명하고 나왔다.

"손녀가 병에 걸려 요양차 떠났는데 어디로 갔는지를 모르고 있사옵니다."

"이미 왕흥과 결혼을 약속했는데, 경이 어찌 명을 거역하려고 하시는 겁니까?"

우왕이 다시 윽박지르고 나왔다.

이에 사헌부에서는 왕을 보좌하는 측근을 탄핵하고 나왔다. 입직사 한복경과 각 성중애마, 설리별감이 임금 혼자서 시가지를 쏘다니게 했다는 죄목이었다. 환관으로 예의판서를 지내고 있는 조순 또한 전라도 내상으로 유배 보냈다. 우왕 옆에서 왕을 황음하게 만들었다고 그 책임을 묻는 격이었다. 이건 왕이 신료들로부터도 배척당하고 있음을 드러낸 것이었다.

이런 현실에서 우왕을 믿는다는 것은 어리석은 짓이었다. 최영이 조심스럽지만 단정 짓는 어투로 입을 열었다.

"저 요동과 만주 땅을 되찾으려고 하는가, 그렇지 않는가의 입장으로 조정의 세력 관계를 살펴보아야 한다는 너의 말은 옳다. 너의 스승 고군기가 어련히 알아서 말했겠느냐? 하지만 그 주장의 연장선상에서 너는 설마 내가 손잡고 나가야 할 사람이 우왕이라고 보는 것은 아니겠지? 나 또한 그리 생각하고 수많은 노력을 기울였다. 허나 그건 헛된 바람이었다. 그런 주장이라면 네가 잘못 본 것일 게다."

단언하는 최영의 말에 단고승이 잠시 침묵을 지켰다. 숱한 노력을 기울이며 간언했지만 전혀 소용없는 최영의 입장으로서는 당연히 그리 판단할 것이었다. 허나 우왕의 입장에 서 보면 그럴 수밖에 없는 처지였다. 최종 판단은 큰아버지 최영이 하시겠지만 우왕의 처지만큼은 분명코 아뢰어야만 했다. 이 난국에 빠진 고려를 구할 방안은 그 길 외에는 없어 보였기 때문이었다. 단고승이 다시 조심스럽게 입을 열었다.

"큰아버님께서 그리 말씀하신 까닭을 제가 왜 모르겠사옵니까? 다만 그래도 우왕은 고려의 왕이지 않사옵니까?"

"너는 왕이면 제 맘대로 행동해도 괜찮다고 보는 게냐?"

최영이 어이없다는 듯 반문했다. 그만큼 우왕에 대한 실망이 큰 것이었다. 단고승이 다시 말을 이었다.

"선인의 뜻을 이어받으시려는 큰아버님 앞에서 어찌 제가 그리 생각하겠사옵니까? 단지 제가 말씀 여쭙고자 하는 것은 왕이기에 권신들과 유자들과는 달리 생각할 수밖에 없는 처지에 놓여 있다는 점이옵니다. 그러면 우왕이 왜 유자들의 간언을 그토록 귀가 따갑게 들으면서도 외면하는 이유를 한번 생각해 보셨사옵니까? 우왕은 저들이 정말 나라를 위한다면 침입해 오는 왜적을 막는 데에 힘을 쏟으라고 말하고 있는 것이옵니다. 그런데 저들은 그에는 관심이 없고, 그 무슨 왕의 도리니, 예법이니 이런 것만 주구장창 읊어대고 있느니 우왕의 입장으로선 한심스럽게 여겨질 수밖에 없을 것입니다."

단고승의 주장에 최영은 잠시 우왕의 행위를 천천히 더듬어보았다. 우왕이 대궐 밖을 싸돌아다니는 것은 맞지만 왜적의 침입에 대해 결코 방심하려고 한 적은 거의 없어 보였다. 도리어 왜적에 대한 방어를 가장 적극적으로 행하라고 지시한 사람이었다. 지금 현 사태의 대처에 있어서도 마찬가지였다.

왜적 1천여 명이 1383년 8월 옥주와 보령 등의 현을 함락시키고 개태사로 들어가 웅거하고 나왔다. 그러자 문달한을 비롯해 왕안덕, 도흥, 김사혁, 안경, 박수년 등이 산으로 도주한 적까지 추격하여 그들을 몰아냈다. 그런데도 우왕은 왜적의 방비를 강화하도록 하기 위해 대호군 정승가를 오도체복사로 임명해 군사들의 기율과 병기의 허실 및 전투 준비 태세를 감찰하게 하였다. 그리고 관음포 해전 이후 주로 왜적이 동해로 기어드는 관계로 이에 대비하기 위해 지문하사 이을진을 강릉도 도원수로 임명하였다.

우왕의 지시에도 왜적은 강릉부의 속현을 침구하고 회양부를 함락시켰다. 다시 금화현을 침습하고 평강현도 함락시켰다. 도당에서는 우선적으로 개경을 엄중히 경비하게 하고 평양과 서해도로부터 징발한 정예군을 개경으로 들여다 경비하도록 하였다. 아울러 전 정당상의 남좌시, 지밀직 안소, 밀직상의 왕승귀, 왕승보, 정희계, 인해, 개성군 왕복명, 판개성부사 곽선 등을 파견해 왜적을 공격하게 했다.

고려의 대반격이 이뤄진 후에도 소규모라지만 왜구 침구가 계속 이어지자 우왕은 나라의 병란을 진압시켜 달라는 진병법석까지 열었다. 판서운관사 최융에게는 명의 도사 서사호가 세웠던 비석도 부숴 버리게 명했다. 그 비석을 세운 뒤로 전쟁이 끊이지 않고 수재와 한재가 번갈아 닥쳐왔다는 이유였다. 그러고도 병란이 그치지 않자 전국 151군데의 사찰에 진병법석을 열게 하였다. 그에 소요된 비용이 이루 헤아릴 수 없었다. 왜적을 방어하기 위해 출정하는 군사들은 스스로 양식과 말을 준비해야 하는 상황에서 보면 그건 한심스러운 짓이었다. 허나 우왕이 그만큼 왜적의 방비를 우선시 여기고 있다는 점만은 분명한 사실이었다.

진병법석을 연 보람도 없이 왜적은 강원도 홍천현을 함락시켰다. 원수 김입견과 이을진이 전투를 벌여 다섯을 죽이는 전과를 올렸으나, 출정하였던 남좌시 등이 금화현에서 패배하고 왕승귀는 적의 화살을 맞고 말았다. 1383년 10월엔 파견된 강릉도 도체찰사 최공철이 낭천에 당도하자마자 왜적의 기습을 받아 아들까지 납치당하는 사태가 벌어졌다. 체복사 정승가가 양구에서 싸웠으나 패배하고 춘주에 진을 쳤으나 왜적이 그곳까지 추격해 함락시키고 가평현까지 침습하였다. 원수 박충간이 맞서 싸워 여섯 명을 죽이니 왜적은 청평산에 들어가 웅거하기에 이르렀다. 찬성사 우인열을 도체찰사로 삼고 전 밀직 임대광을 조전원수로 임명해 청평산의 적을 공격하게 하였다.

이렇듯 동해 방면으로 침구해 온 왜적들이 활개를 쳐도 적극적으로 막아내는 사람이 없었다. 교주도 안념사 정부는 길에서 왜적 백여 기와 마주쳤는데, 기습을 당하자 숲속으로 피신했고, 적들은 그를 따르던 관리를 포로로 잡고 휴대품과 인장 등을 깡그리 약탈해 갔다. 왜적은 강원도 안변부와 흡곡현을 침구하고 사방으로 퍼져 노략질했는데, 가로막는 자가 없어 무인지경을 가는 듯하였다.

우왕은 대노하며 밀직제학 조준을 직접 불러 강릉 교주도의 도검찰사로 임명해 막도록 지시하였다. 장수와 관리들을 믿을 수가 없었기에 규율을 엄격히 세워 막아 내었던 조준을 또다시 직접 내세운 것이었다.

조준이 파견된 이후 1383년 10월 강릉도 원수 이을진과 부원수 권형용, 병마사 곽충보가 동산현에서 왜적을 공격해 20여 명을 죽이고 말 72필을 노획하는 전과를 올렸다. 진무와 김광미를 보내 승첩을 보고하자 우왕은 이을진, 권현용, 곽충보에게 백금 50냥, 힘껏 싸운 군사 3명에게 은그릇 1개, 김광미에게는 말 1필을 내려주며 치하하였다.

그러나 왜적들은 잔당을 수습해 강원도 고성포로 퇴각해 정박했고, 1383년 11월 이을진으로부터 급보가 올라왔다.

"고성포의 왜적이 낮에는 배에 머물러 있다가 밤이 되면 해안에 상륙해 노략질을 벌이고 있사옵니다. 현재 도내의 병력이 적고 군량이 떨어져 제대로 전투를 벌이지 못하고 지구전을 펴는 바람에 백성들이 큰 고통을 겪고 있사오니 응원군을 보내 주시옵소서."

왜적이 동해 방면으로 기어들어와 내륙으로까지 계속 침구하는지라 비록 소규모라고 해도 침탈 자체를 막기가 무척 힘들었다. 사후약방문 식이었다. 왜적이 청풍군에 침구하자 도순찰사 한방언이 금곡촌에서 전투를 벌여 여덟 명을 죽이는 전과를 올렸지만 이 또한 침습하고 난 다음의 대처였다.

이에 대한 대책으로 지문하부사 정지가 건의하고 나섰다. 각 도에서 전함을 건조하여 바다에서 왜적의 침구를 방어하게 하자는 것이었다. 최영의 정책을 각 도에까지 추진하자는 주장이었다. 수전에서 우위를 보이자 더욱 현실성을 갖게 된 제안이었다. 우왕은 누구보다 이를 적극 지지하였다. 그에 따라 호군 진여의, 총랑 신운수, 전 판사 송문례, 전 소윤 황성길을 양광도, 서해도, 전라도, 경상도에 각각 파견해 전함의 건조를 감독하게 하였다. 아울러 1383년 12월 정지를 해도도원수, 양광 전라 경상 강릉도 도지휘처치사로 임명하여 추진하도록 명하였다.

우왕의 행동을 헤아려보면서 최영은 스스로 놀라지 않을 수 없었다. 지금껏 그는 이 나라가 제대로 서지 않는 것은 우왕과 권신들의 잘못이라고 보고 있었다. 그런데 다른 건 차치하고 왜적의 침입에 가장 적극적인 대응을 주문하고 있는 사람은 몇몇 장수들을 빼고는 우왕이었다. 반면에 권신들은 사후약방문식의 대응으로 일관했고, 유자들 또한 왕의 도리를 간언하긴 했지만 조준 같은 몇몇 사람을 제외하고는 외적의 침입엔 거의 소극적인 대응에 머물고 있는 격이었다. 이건 여태껏 그 자신이 바라본 조정의 실태에 대한 이해가 뭔가 잘못되었음을 의미했다. 우왕이 정사에 등한시하는 잘못이 있긴 하지만 외적의 대처에 있어서만큼은 우왕보다는 권신들과 유자들의 책임이 더 크다는 의미였다. 혼란스러운 사태 파악에 최영은 적잖이 당황스러웠다. 그런 최영을 보며 단고승이 다시금 말을 이었다.

"우왕이 잘하고 있다고 생각하지는 않습니다. 하지만 지금의 우왕은 옛날 왕권을 행사하려고 하는 그때의 왕이 아닙니다. 왕이 왕권을 행사하려고 하는 것이야 당연하지 않사옵니까? 하지만 이미 그로 인해 대신들에게 처절히 깨져 버려 지금 왕은 아무것도 할 수 없는 처지에 빠진 것이옵니다. 모든 것을 다 잃어 버린 것이지요. 그 상황에 처하게 되니 유희와 여색에 빠지게 된 것이옵니다. 허나 왕이기에 외면하려고 해도 왜적의 침입을 막아야 한다는 그 사명이 그를 붙잡고 있는 것이지요. 그런데 이를 위해 나서는 신하가 별로 없다는 점이옵니다. 그래 놓고 자신이 밖에 싸돌아다니는 것을 보고 그에 대한 책임 추궁이나 하고 있으니 우왕으로서는 그게 자신에게 책임을 전가하기 위한 면피용으로 보인다는 것이옵니다. 한마디로 같잖아 보인다는 것이지요."

우왕은 실로 지속적으로 밖으로 쏘다니고 유희를 즐겼다. 궁녀를 데리고 남산에서 놀다가 노빈의 집을 자주 찾아갔다. 노빈은 노영수의 동생인데, 노영수의 집에 갔다가 노빈의 부인이 예쁜 것을 본 후 그 집을 찾는 것이었다. 이런 우왕의 행위에 재추들은 해명전과 현릉에 제사를 지내며 빌기까지 하였다. 그럼에도 우왕은 또 기생 용둔에 빠져 자주 용둔의 집에 가고 또 폐행인 반복해의 집에 드나드는 식이었다.

도저히 안 되겠다고 여긴 도당에서는 우왕이 밖으로 나갈 때 백관들로 하여금 호위하게 하였다. 우왕이 어이없어하며 예무좌랑 이여량을 불러 조용히 말했다.

"단기로 밖으로 나가니 그걸 걱정해 백관들을 딸려 보내는 것이야 예법으론 맞겠지요. 허나 구중궁궐에 박혀 지내는 것이 너무 무료해서 바람이나 쐬며 쓸쓸한 심사를 풀려고 하는 것뿐입니다. 도성 밖에까지 나간다면 마땅히 호종해야겠지만 길거리에 나갈 때마다 따를 필요가 있겠습니까? 차라리 대성과 각 관청의 공무가 매우 바쁘니 각자의 업무를 잘 처리해 지체되는 일이 없도록 하는 것이 더 나라를 위한 길일 것입니다."

그리고는 말을 달려 남산으로 올라갔는데 백관들이 역시 호종하자 다시 이여량을 불러 호령하고 나왔다.

"왜 지시대로 하지 않고 감히 이같이 하는 겁니까? 이제부터는 따라오지 마세요."

허수아비 왕인 자신을 타박하지 말고 그냥 신료들의 일이나 잘 처리하라는 주장이었다. 자신에게 핑계 대며 면피하려고 하지 말라는 뜻이었다.

우왕의 시각으로 바라봄에 최영의 눈에 조정의 현실이 새롭게 보이기 시작했다. 그런 시각을 더욱 확인시켜 주기라도 하듯 단고승이 다시 말을 이었다.

"권신과 유자들이 얼마나 현실에 안주하고 있는가는 명에 대한 대처에서 적나라하게 드러나고 있사옵니다. 명은 북원을 몰아내어 요동을 차지하고 아예 고려를 속국으로 만들려고 하고 있사옵니다. 요동의 관할권을 포기하고 북원을 몰아내는 데 도움이 되도록 세공이나 바치라는 식입니다. 그렇다면 고려가 어떤 입장을 취해야 하겠사옵니까? 고려의 중흥을 이룩하자면 요동을 차지하기 위한 그 대책을 세워야 하지 않겠사옵니까? 명은 어차피 자신들의 요구를 관철시키기 위한 차원에서 고려를 대할 것이니 말입니다. 그렇다면 뭐 때문에 그렇게 세공마를 바쳐서까지 화친하려고 안달하는지 그 이유를 알 수가 없사옵니다. 당장 왜구 때문에 북방에 신경 쓸 수 없기에 시간을 벌려고 한다면 그냥 형식적으로 하면 되는 것 아니옵니까? 그런데 그렇지 않고 재정도 고갈된 상태에서마저 부득불 세공마를 바치려고 나선다면 그것을 어찌 보아야 하는 것이옵니까? 명이 강력한 세력으로 성장할 때를 대비해 자신들의 지위를 그대로 유지하려고 하는 속셈이거나 그렇지 않으면 명에 사대하고 사는 것이 외교 정책이라고 보는 것 외에 또 다른 무슨 이유가 있느냐 하는 것이옵니다. 저는 작금의 외교 처사를 이해할 수가 없사옵니다."

최영은 할 말을 잃었다. 친명 세력인 유자들이야 말할 것도 없고, 권신들도 왜구의 침구라는 이유로 북방에 신경을 쓸 여력이 없다는 핑계를 대며 명과의 화친에 동참하고 있었다. 특히나 정세가 북방에서 격랑이 일어날 조짐이 보이자 더 열을 올리는 격이었다. 실상 언제 일어날 것인가의 문제이지 명과 북원이 한판 붙고, 고려와 명도 일전을 겨뤄야 하는 것이 당연한 이치였다. 요동의 영토를 둘러싸고 결정짓는 일이기에 그 대결은 피할 수 없을 것이었다. 명도 이 이치를 알고 있기에 손쉽게 고려와 화친을 맺으려 하지 않는 것이었다. 요동 땅을 포기하고 굴복하면서 세공이나 바치면 봐주겠다는 심보였다. 그런데도 도당에서는 명과의 화친을 이룩하려는 시도가 요동에서 번번이 저지당하자 1383년 8월 문하찬성사 김유 등을 아예 배편으로 가도록 조치하였다.

조정에서 명과의 화친에 적극적인 것은 명의 세력이 요동에서 북원 세력에 비해 압도적으로 우세하기 때문이 아니었다. 북방의 정세는 그렇지 않다는 것을 보여주고 있었다. 1383년 10월 이성만호 조민수는 요동에서 소요가 일어나자, 병마사 박백안을 시켜 요동의 군사 정세를 살펴보도록 하였다. 박백안이 돌아와서 안산백호 정송의 말을 듣고 조정에 보고하였다.

"요동총병관이 명의 황제에게 구원병을 보내 달라고 요청하였다 하옵니다. 북원이 문카라부카를 고려에 파견해 두 나라가 요동을 협공하려고 하기 때문이라는 것이었습니다. 명 황제는 손도독 등을 시켜 전함 8,900척을 지휘해 고려를 정벌하게 명했고, 손도독이 요동에 도착해 군사를 세 부대로 편성해 고려를 향해 함선을 출발시켰다고 하옵니다. 그때 북원의 요동 군사가 혼하구자를 공격해 명의 군사를 몰살시키고 혼하에 진을 쳤는데, 손도독의 부대가 공격했으나 결국 패배하고 돌아갔다라고 했사옵니다."

아직도 요동에서는 북원 세력이 만만찮게 버티고 있다는 소식이었다. 우왕은 보고를 받고는 도당으로 하여금 국경수비의 작전을 세우게 하였다. 허나 고려 조정은 이미 중흥의 길을 포기하고 현실에 안주하려는 흐름이 대세로 자리 잡은 상황이었다. 이인임이 처음과 달리 그 방향으로 나가고 있었기에 유자들과 한통속이 된 꼴이었다. 현실적으로 왜적의 침구로 고려의 내정이 안정되어 있지 못한 측면도 있었지만 북원과 명의 관계에서 명의 우위가 점차 명확해지자 명과 화친하여 고려의 안정을 도모하려는 방향으로 나아간 것이었다.

그런데 1383년 11월 통역관 장백이 명으로부터 귀국하여 바닷길로 떠났던 김유와 이자용이 억류되었다는 소식을 조정에 전달하여 왔다. 화친하려면 지난 5년 동안 세공으로 바치지 않은 말 5천 필, 금 5백 근, 은 5만 냥, 베 5만 필을 한꺼번에 바치라고 한다는 것이었다.

보다 못한 우왕이 직접 양부의 백관들에게 명에 보낼 세공에 대해 의견을 묻고 나섰다. 허나 이미 현실 안주 세력으로 한통속이 된 백관들은 명의 요구대로 해야 한다고 대답했다. 백성들은 기아에 허덕이고 있고, 재정 또한 바닥난 상태에서 동해 방면으로 왜구의 침구가 여전히 이뤄지고 있기에 하루빨리 대비책을 강구하는 것이 시급하이건만, 그걸 외면한 것이었다. 명에게 세공이나 바치는 것은 고려에 더 큰 어려움을 가중시키는 꼴이었다. 그렇지만 권신들과 유자들에겐 명과의 화친이 이뤄져야 현상 유지가 되는 길이었다. 백관들은 하나같이 고려를 중흥시켜 나가려는 의지를 보일 대신에 이후에 있을 명의 침략을 방비한다는 구실하에 자신들의 안일한 길을 찾는 식이었다. 허나 고려를 침략하고 안 하고는 고려의 희망이 아니라 명의 결정에 달린 것이었다.

그럼에도 조정에서는 세공 비용을 본격적으로 마련하기 위해 진헌반전색을 설치하였다. 그리고는 1384년 1월 김구용을 행례사로 요동으로 보냈다. 명과 화친의 길을 찾으려고 안간힘을 쓰고 있는 상황 속에서 의주천호 조계룡이 요동에 갔다가 명의 도지휘 매의 등의 꾀는 말에 속아 넘어갔기 때문이었다.

"우리는 너희 고려에 늘 성의껏 대해 주는데, 너희 나라는 어째서 감사 표시를 하지 않는가?"

이것은 고려가 어찌 나오는지 그 대응을 떠보려는 수작이었다. 그런데 조정은 요동의 명의 세력이 고려와 화친할 의사가 있는 것으로 받아들이고 그들과 친교를 쌓기 위해 김구용을 파견했다. 총병 반경과 섭왕, 매의 등은 고려가 명과의 화친에 애달아한다는 것을 확인하자, 태도를 갑자기 돌변시키고서는 김구용에게 강압적으로 대하고 나왔다.

"신하들끼리는 사적인 교류를 하지 않는 법이거늘, 어찌 이런 얄팍한 수작질을 벌이려 한단 말인가?"

그들은 김구용을 체포해 명의 수도로 데려갔다. 주원장은 그를 대리위에 유배 보냈는데, 가는 도중에 노주 영녕현에 이르러 병사하였다.

고려의 저자세를 확인한 명은 가릴 것 없다는 듯 군사적 압력도 가해왔다. 1384년 1월 요동 군사 1백여 기가 강계에 침입해 별차 김길보와 백호 홍정을 사로잡아 간 것이었다. 이는 명백히 항의하고 따져야 할 문제였다. 그런데 그러기는커녕 왜적의 포로가 되었다가 도주해 온 등주 사람 왕재보 등 두 명을 요동에 돌려주는 조치를 취하면서 공문을 보내 명과 화친을 성사시키려고 하였다.

도당에서 명에 대한 저자세의 외교 정책이 계속 추진되어 나가자, 그 흐름에 반기를 들고 나온 사람은 다름 아닌 우왕이었다. 명의 세공으로 바치려고 설치한 진헌반전색에 가서 좋은 말을 빼앗아 사냥판을 벌인 것이었다. 왕의 처사로는 꼴사나운 짓이었지만 명의 세공으로 바치며 화친을 추구하는 정책을 싫어한다는 것을 우왕은 그리 행동함으로써 간접적으로 자기 의사를 표시한 것이었다.

명에 대한 대외 정책에 이르기까지 우왕의 행위를 살펴보게 되자 조정 실태가 새삼 달리 파악되었다. 당황스럽긴 하지만 우왕이 권신들과 유자들과는 달리 명에 굴복하는 도당의 정책에 불만을 품고 있다는 점만은 명확했다. 허나 유희와 여색을 탐하는 우왕이 과연 제 정신을 차릴지는 여전히 의문이었다. 최영은 차분한 어조로 단고승을 향해 물었다.

"그래, 너는 내가 어찌했으면 하느냐?"

최영이 우왕의 처사를 제대로 이해하지 못했다는 것을 허심탄회하게 인정한 것이었다. 그 모습에 단고승이 황송해하며 말을 이었다.

"큰아버님께서 그리 말씀하시니 송구스럽사옵니다. 그런데 물으시니 한 말씀 드리겠사옵니다. 먼저 명분을 쌓으십시오. 시간이 얼마나 걸릴 줄 모르겠사오나 우왕도 명분이 필요할 것이옵니다."

최영이 단고승의 말에 고개를 끄덕였다. 우왕을 잡으려고 하지 말고 우왕이 다가오게 하라는 뜻이었다. 힘이 없는 우왕이 할 것이라곤 아무것도 없었다. 최영이 고군분투하는 것과 아무런 차이가 없었다. 명분을 형성해 함께할 수 있는 분위기를 만들어 가야 한다는 주장이었다. 최영이 단고승을 향해 말했다.

"무슨 뜻인지 알겠다. 하여튼 호랑이 새끼도 호랑이라고 하더니만, 고군기가 제자 하나는 잘 키웠구나. 앞으로도 자주 찾아와서 나에게 서슴없이 진언해 주려무나."

"큰아버님께서 그리 말씀하시니 몸 둘 바를 모르겠사옵니다. 필요하시다면 언제든지 불러 주십시오."

단고승은 쑥스러워하면서도 자신의 진언이 도움 되었다는 생각에 가슴 뿌듯이 여기며 떠나갔다.

최영은 분위기를 쇄신시키기 위해 어찌해야 할지 곰곰이 따져 보았다. 다행히 왜구의 기세는 진포해전, 황산대첩, 관음포 해전 이후로 그 기세가 점차 꺾여가는 추세였다. 동해 방면으로 기어들었던 왜구도 점차 퇴치되어 나갔고, 1384년 2월에 진포에 침입했던 왜구는 격퇴되어 포로로 잡혀 있던 부녀자 25명까지 석방시키기에 이르렀다.

이제야말로 북방에 대한 대비책을 점차 세워나가기 위해 조정의 분위기를 조성해 나가야 했다. 먼저 군량이 보급되어야 그 일을 추진해 나갈 수 있을 것이었다. 판문하부사였던 최영은 솔선수범하여 1384년 3월 곡식 80석을 출연해 군량을 보충하게 하였다. 군사적 역량을 강화해 고려를 다시 중흥시켜 내려는 분위기를 이끌어 내기 위함이었다.

최영은 과거에도 우왕이 토지를 내려주었지만 나라의 창름이 비었다면서 사양하고 받지 않았다. 오히려 쌀 2백 석을 내어 군량으로 사용하도록 하였다. 이번에도 다시 자신의 집에 있는 거의 대부분의 양식을 내놓은 것이었다. 군량을 보충하여 북방에 대비하고자 함이었고, 조정 대신들이 그의 뜻에 따라주기를 바라는 마음이었다. 허나 조정 대신 어느 누구도 그를 따라 행동에 나선 자는 없었다.

도리어 도당에서는 그와 반대로 명과 화친하기 위해 더욱 열을 올렸다. 1384년 4월 판밀직 강서, 당산군 홍징, 전 밀직 유원, 정몽주 등을 동북지역으로 파견해 군사적 상황을 면밀히 살펴보게 했는데, 북방의 정세가 심상치 않게 돌아가고 있음을 확인했기 때문이었다.

유자들은 유학적 질서를 내세우며 고려에서 자신들의 관료적 위치를 굳히려고 하였지, 고려를 중흥시켜 요동을 장악하려는 입장 자체가 없었다. 그 때문에 강성한 세력으로 성장하는 명에 화친해야 한다는 주장은 그들로선 당연했다. 그런데 권세가로 등장한 이인임마저 현실에 안주하려고 하니 명과 화친하려는 조정의 흐름을 막을 수가 없었다. 이인임으로선 명의 추궁을 받지 않고, 권신으로서의 자리가 온전하기만 하면 되는 것이었다. 명이 화친하려고 나오지 않는 데도 친명 세력의 움직임에 반대하지 않는 것은 그 이유였다. 권신세력과 친명 세력의 짝짜꿍이 잘 맞아 들어가는 조합이었다.

도당에서는 1384년 5월 명과의 화친을 추진하기 위해 판종부시사 김진의를 요동에 보내 세공으로 말 1천 필을 바치도록 결정하였다. 단지 고려에서는 금은이 산출되지 않는다는 이유를 들어 사복정 최연으로 하여금 그 수량을 줄여달라고 요청하는 식이었다. 최연 등이 요동에 당도하자 요동도사의 연안후와 정녕후가 명의 조정으로 급히 사자를 보내어 주원장의 명을 받아 답변을 보내왔다.

"지금까지 바친 말 5천 필은 숫자가 충분하지만 금은은 부족하니 황제께서는 은 3백 냥은 말 한 필로, 금 50냥은 말 한 필로 인정해서 받으라고 명하셨다. 하지만 황제를 알현할 필요까지는 없으니 돌아가도록 하시오."

명의 태도는 세공만 받아 처먹겠다는 것이었다. 그런데도 훗날 있을 명의 위협을 방지해야 한다는 주장 아래 1384년 6월 전 판종부시사 장방평을 명에 보내 세공으로 말 2천 필을 바치게 하였다. 1384년 7월에도 명과의 관계를 풀고자 성절을 하례하고 왕위 계승과 시호를 내려 줄 것을 요청하도록 하였다.

이런 결정이 내려졌지만 어느 누구도 명의 사신으로 가려고 하지 않았다. 명에서 5년 동안의 세공이 약속과 같지 않다면서 사신으로 간 홍상재와 김보생, 이자용 등을 곤장을 쳐서 먼 지역으로 유배 보내니 꺼리는 건 당연한 반응이었다. 잘해봤자 세공이나 바치고 잘못하면 억류되는 식이니 사신으로 가는 보람도 없을 것이었다.

그러면 조정의 정책을 재고해 보아야 할 것이건만, 이미 현실에 안주해 버린 권신들과 유자들의 찰떡궁합은 명에 갈 사람을 강제로 간택하고 나왔다. 도당에서는 삼망 중에 한 명으로 밀직부사 진평중이 뽑히게 되었다. 힘깨나 있고 돈깨나 있는 자들이 사신에서 다 빠져나가듯, 진평중도 임견미에게 노비 수십 명을 뇌물로 바치고서는 병을 이유로 사직하였다.

임견미는 즉시 정몽주를 천거하였다. 친명 정책을 주장했으니 나서라는 강요였다. 우왕이 정몽주를 불러 말했다.

"진평중이 병으로 갈 수가 없게 되었는데, 경은 고금에 통달하고, 또 내 뜻을 잘 아는지라 경으로 대신 정하였는데, 경의 뜻은 어떠합니까?"

정몽주는 서슴없이 대답하였다.

"군부의 명은 물불 속이라도 피하지 않는 것인데, 하물며 명에 가는 것이야 무슨 대수로운 일이겠사옵니까? 다만 고려에서 남경까지가 대저 8천 리여서, 발해의 순풍을 기다리는 기간을 제외하고도 90일의 노정이 걸리옵니다. 지금 성절까지는 겨우 60일이 남았는데, 순풍을 기다리는 열흘 동안을 뺀다면 남은 날이 겨우 50일뿐이니, 이것이 신이 걱정하는 바이옵니다."

우왕이 다시 물었다.

"그러면 어느 날 길을 떠나실 것입니까?"

"시간이 촉박하온데 어찌 머물러 있겠사옵니까?"

정몽주는 곧바로 명으로 출발하였다. 도당에서는 다시 1384년 8월 예의판서 김진의를 요동에 보내 세공으로 말 1천 필을 또 바치게 하였다. 그리고는 명의 세공을 마련한다는 명목으로 문하부와 밀직사의 양부에서 6품에 이르기까지 금, 은 등을 차등 있게 내도록 하고, 또 여러 도에서 긁어모아 거두어 충당하였다. 심지어 도당에서는 노국공주전의 금, 은그릇까지 가져다 보충하였다. 공민왕이 이걸 알았다면 분기탱천할 일이었다.

왜적은 잠잠하더니 1384년 7월 들어 전라도 구례를 함락시켰고, 다시 영동현과 주계현, 무풍현 등지를 침구하여 왔다. 1384년 8월엔 경상도 양산현을 침습하였고, 서해도의 노도를 침구해 군용 선박 두 척을 불살랐다. 위협적인 것은 아니었으나 왜적들의 침구는 참으로 질기고 질겼다. 왜의 북조 조정에서는 1384년 9월 사신을 보내 포로로 잡혀 갔던 남녀 92명을 돌려보냈다. 북조 조정은 고려에서 진포해전과 황산대첩, 관음포 해전의 승리로 인해 왜구를 격멸시켜내자 더 유리한 조건에서 남조를 공략할 수 있게 되었다. 그들은 고려가 왜구를 격멸한 이후 나중의 고려와의 관계를 원만히 가져가고자 끊임없이 사신을 파견하고 포로를 돌려주는 조치를 취하고 있었다. 1382년 윤2월엔 남녀 15명을, 1383년 9월에도 백성 120명을 돌려보내는 등 고려와의 관계에 계속 성의를 드러내고 있었다.

왜구의 침구가 아예 사라진 것은 아니지만 일정하게 숨을 돌릴 수 있는 상황에서 북방의 문제에 심혈을 기울이기에 좋은 기회였다. 허나 명과 화친만 추구하는 형편이니 군사력을 강화하기 위한 실질적 대책이 수립될 수 없었다. 최영은 고개를 절레절레 흔들 수밖에 없었다.

우왕은 세공마를 바치며 화친을 추구하는 조정의 모습에 더욱 밖으로 나돌아 다녔다. 하도 나돌아 다니는 통에 궁중 마구간의 말이 비쩍 말라버리자 명의 세공으로 바치려고 설치한 진헌반전색에 가서 좋은 말을 빼앗아 나갔다. 동쪽 교외에 사냥판을 벌여놓고는 직접 뿔피리를 잡고 봉가이, 수정, 초생 등에게 남자 옷을 입히고 팔에는 활을 걸고 허리에는 화살을 차고 뒤따르게 하였다. 기생이나 궁녀로 하여금 군사 같은 차림의 시위를 하도록 지시한 것이었다. 그리고는 자신의 모습이 한심스러운지 가슴속의 말을 뱉어 내었다.

"이 세상의 사람살이는 풀에 맺힌 이슬과 같구나."

우왕이 스스로 탄식하고 눈물을 흘렸다. 우왕은 자신의 마음을 주체할 수 없었다. 우왕은 밤에도 환관과 기녀를 데리고 길거리를 제멋대로 쏘다니면서 놀았다.

이런 우왕의 행동에 대해 옆에서 경계하며 삼가하도록 하여야 하건만 권력의 실세라고 하는 자들은 그저 못 본 체했다. 아니 은근히 조장하였다. 염흥방은 우왕이 집에 들르자 간언하지 않고 그저 황공히 대접할 뿐이었다.

이인임도 마찬가지였다. 조영길이 이인임의 여종에게 장가들어 봉가이라는 딸을 두었는데, 우왕이 이인임 집에 갔다가 그 여자와 정을 통하고 후궁보다 총애하였다. 그렇지만 이인임은 충언을 올리기는 고사하고 그저 자리를 피해주며 집에서 잠까지 자게 만드는 식이었다. 우왕은 조영길에게 말을 하사하고 전농부정의 벼슬까지 내려주었다.

우왕은 이인임이 바친 봉가이를 총애했기 때문에 이인임을 아비라고 불렀고, 이인임 처 박씨 또한 어머니라고 존대하였다. 이인임은 우왕을 마치 데릴사위같이 대우하는 식이었다. 그런 힘을 바탕으로 국고의 재정은 고갈되어 가는데도 이인임은 전원과 노비를 온 나라에 걸쳐 소유하게 되었다. 그가 이런 짓을 계속하고 있었으니 그의 힘으로 고위관직에 오른 자들도 덩달아 국사에는 관심 밖이고 남의 전민을 빼앗는 일에 혈안이었다. 사람들은 그런 그들을 두고 노비를 제조한다고 하여 "제조노비"라고 불렀다.

이인임의 손발 역할을 하다가 자신의 세를 형성한 임견미도 마찬가지였다. 우왕이 내재추를 설치하여 모든 일을 내재추에 보고한 후 시행하게 하였는데, 그때 임견미는 홍영통, 조민수와 함께 궁중에 상주하여 그 일을 맡아보았다. 우왕의 신임을 받고 세력을 형성하더니 수문하시중에 올라서는 도길부, 우현보, 이존성과 함께 정방제조가 되자 제멋대로 인사행정권을 행사하였다. 임견미의 인척 되는 성수항이란 자는 지평주사로 나가 온갖 방법으로 백성을 수탈하고 사복을 채웠다. 만기가 되어 돌아올 때는 재물을 실은 수레가 길을 메웠을 정도였다. 그런데도 또다시 철원부사로 부임하여 나갔다. 이상원이란 자는 임견미의 아들 임치를 양자로 삼고서는 추밀의 벼슬을 얻기도 하였다.

조정의 권력 실세들의 탐욕적 모습에 어떤 자가 찾아와 최영에게 어떻게 하면 벼슬을 구할 수 있겠느냐고 묻고 나왔다. 최영이 대답해주었다.

"공장이나 장사꾼의 일을 배웠다면 절로 벼슬을 얻을 수 있을 것일세."

정권을 잡은 자들이 뇌물이나 받아먹는 족속들이라고 비꼰 것이었다. 이런 자들이 조정을 좌우하고 있으니 고려의 미래를 기대할 수가 없었다.

도당에 나가 정색하고 고려의 중흥을 위해 조정을 쇄신하고 군력을 강화할 절호의 기회라고 말을 해도 어느 누구 하나 호응하는 자가 없었다. 도리어 그 무슨 홍두깨 같은 잠꼬대를 지껄이냐는 식이었다. 절로 한숨과 탄식이 나올 뿐이었다.

고군기가 인내하고 인내하면 한 번 기회가 올 것이라고 했고, 그의 제자인 단고승은 명분을 쌓으라고 했다. 선인의 맥을 이어받는 사람으로서 마지막까지 최선을 다해야 했다. 하지만 최영에게 그런 희망은 부질없어 보였다. 이대로 가다가는 끝내 이뤄지지 못할 꿈이었다. 마지막으로 자신의 모든 것을 걸어야 했다. 최영은 도당에 있는 사람에게 나직하게 흉금을 털어놓았다.

"밤중에 나라 일을 생각했다가 이튿날 아침에 동료들에게 말해보았지만, 여러 재상들 가운데 나와 마음을 같이하는 이가 한 사람도 없구려. 이럴 바에는 차라리 벼슬을 그만두고 한가롭게 지내도록 해야겠소."

최영은 우왕에게 사직을 청하고자 했다. 그런데 우왕 또한 권신들에게 불만을 드러내고 나왔다. 대궐 밖으로 쏘다녀도 나이 스물 살에 이르렀으니 왕으로서의 위치를 생각하지 않을 수 없는 것이었다. 우왕이 특히 불만을 품은 자는 최고의 권세가 임견미였다. 우왕은 임치에게 아버지 임견미의 탐욕스러운 형태를 못마땅하게 여기고 있다는 뜻을 넌지시 일렀다. 임견미는 마지못해 병을 핑계로 퇴직을 청했다.

최영은 호기라고 여기며 그 또한 판문하부사를 그만두겠다고 퇴직을 청했다. 이렇게 되니 영삼사사 이인임, 시중 조민수도 어쩔 수 없이 물러나기를 청했다.

우왕은 임견미와 조민수의 퇴직을 받아들이고서 임견미는 평원부원군, 조민수는 상성부원군으로 봉했다. 그리고는 1384년 9월 이인임은 그대로 영삼사사에 유임시키고 홍영통을 판문하부사로 삼고 최영을 문하시중, 이성림을 수문하시중, 환관 김실을 문하찬성사 상의로 임명하였다.

허나 최영은 분위기 쇄신이 이뤄지지 않는 상황에서 조정에 나가보아야 무익하다고 보고 병을 이유로 사양하고 부임하지 않았다. 아예 도통사의 인까지 봉하여 올리면서 병권 또한 내놓겠다고 청원하였다. 모든 것을 다 내던진 격이었다. 최영의 단호한 태도에 우왕은 지신사 염정수를 보내어 거듭 위로하고 나왔다.

"나라가 위급한 시기에 물러나신다면 누굴 믿고 의지할 수 있겠습니까? 거듭 청하는 바이니 한번 믿어주시고 맡아 주시기를 바랍니다."

1384년 10월 최영은 마지못한 듯 받아들였다. 그걸 기화로 최영은 도당에 나가 재상들이 백성들의 토지를 겸병하는 폐해를 극렬하게 성토하였다.

"지금 이 나라는 안팎으로 위기에 처해 있소이다. 허나 위기는 또 다른 기회가 될 수 있소이다. 조정 신료들이 오직 나라를 위한 충심의 마음으로 나서 주시기만 한다면 우리 고려를 다시 중흥의 길로 이끌어 낼 수 있을 것입니다. 이리하자면 무엇보다 조정의 쇄신이 이뤄져야 하고, 백성들의 삶을 안착시켜야 할 것입니다. 조정 대신들이 그 누구보다 앞장서서 이리 나서야 할 것인데, 도리어 조정 대신들이 더 백성들을 수탈하고 겸병하는 일이 비일비재하게 벌어지고 있습니다. 그 때문에 백성들의 한숨과 원망이 하늘을 치솟고 있는 실정입니다. 이래 가지고서 어찌 나라가 안정되기를 바랄 수 있겠으며, 위기에 처해 있는 이 고려를 구할 수 있단 말입니까? 재삼재사 부탁하건대 이런 일이 다시는 절대로 일어나지 않도록 해 주시기를 바랍니다. 모두들 충심의 마음 하나로 기꺼이 나서 주셔서 이 고려를 기필코 중흥시켜 보도록 합시다."

최영은 이리 말하고서 자신이 마련한 서약서를 제출하였다. 조정 대신들이 충심의 마음으로 솔선수범하여 앞으로는 절대 백성들의 토지를 수탈하거나 겸병하지 않겠다는 맹약이 담긴 글이었다. 조정의 분위기를 쇄신시키고 이 나라를 중흥의 길로 이끌어 내자면 단순히 말로 끝내서는 되지 않을 것이었다. 조정 대신들의 탐욕적 행동을 제약할 수 있는 뭔가가 필요했던 것이었다.

최영이 다함께 서약하자고 하면서 선참으로 먼저 서명하자 재상들은 불만스러웠지만 대놓고 반대할 수 없는지라 그 서명에 따르지 않을 수 없었다. 모두들 서명이 끝나자 최영이 다시 단호히 말했다.

"이 문안에 서명했으니 다시는 예전처럼 겸병하는 일은 절대로 있어서는 아니 될 것이오. 다들 아시겠지요?"

최영의 확고한 다짐에도 재상들은 묵묵히 듣고만 있었다. 최영이 재상들의 협조를 부탁하고자 다시 말을 이었다.

"내가 늙어서 사리에 어두우니 내 행동이 의에 합당하지 않거든, 입을 다물고 있지 말고 이 늙은이에게 경고해 주시기 바라오."

조정의 분위기를 쇄신시켜 나라의 기강을 세우려는 최영의 필사적인 몸부림이었다.

방황 속에서 요동 수복의 꿈을 벼르는 우왕

최영이 문하시중으로 임명되어 처음으로 명과 맞닥뜨린 사건은 명과의 교역 문제였다. 1384년 10월 정료위에서는 주원장의 지시를 받아 압록강을 건너 교역을 시도하고자 하였다. 그곳 주민들을 안착시켜 자신들의 땅이자 백성임을 확고히 하려는 계책이었다. 명의 의도를 눈치 챘지만 화친하자고 사신을 파견하고 있는 터에 교역 자체를 거부할 수는 없었다. 이에 제한적으로 의주에 머물러 교역하는 것은 허용하지만 금, 은과 우마의 교역은 금지시켰다.

북원에서는 1384년 10월 고려에 사신을 파견해 협력하자는 의사를 타진해 왔다. 당장 명과 대적할 준비가 되어 있지 못한 고려의 처지로서는 북원의 주장을 수용할 수 없었다. 호군 임충언을 보내어 잘 설득해 돌려보내도록 조치할 수밖에 없었다.

이 모든 게 최영으로서는 가슴 쓰려 내리는 일이었다. 명이 요동의 주민까지 효유하는 차원으로 나왔다는 것은 요동의 북원 세력에 대한 공략이 멀지 않았다는 뜻이고, 이건 곧 고려와 명과도 일전을 불사해야 할 시기 또한 곧 도래하고 있음을 의미하는 것이었다. 고려의 안위를 위해서는 북원과 협력의 길을 추구하며 거기에 힘을 실어주어야 했다. 하지만 왜구의 침구에 대한 차단은 고사하고 백성들의 삶 자체도 안착시키지 못하고 있는 처지였다. 북방에 전력을 기울일 수 있는 상황이 되지 못했다. 너무도 오랜 기간 허송세월하며 보낸 탓에 진정 움직여야 할 때 손발이 묶인 꼴이었다.

최영은 우선 명의 세공 문제나마 다시 조정하고자 시도하였다. 명과 부당한 관계를 고쳐나가기 위한 분위기를 만들어가면서 저 요동 땅을 수복하는 것이 고려가 추구해야 할 길임을 명백히 하기 위함이었다. 그런데 권신들과 유자들이 한사코 반대하고 나섰다. 훗날 고려의 안위를 위해서는 명의 요구를 다 들어주어야 한다는 식이었다. 최영은 반박하려다가 그만 두었다. 실권을 쥔 문하시중이었지만 외교 정책을 놓고 벌이는 싸움은 거의 외톨이나 다름없었다. 저들은 목숨을 걸고 싸울 의지가 없었다. 백성들은 쌀 한 톨 지키기 위해서 왜적과 싸우고 있는데, 저들은 저 만주와 요동을 되찾으려는 의기는커녕 그나마 있는 고려의 것조차 지키려 하지 않고 세공이나 바치려 들고 있었다. 어찌하여 북진정책을 추진하여 요동을 되찾으려는 태조 왕건의 정신은 다 사라져 버리고 이 모양 이 꼴로 되어버렸는지 한숨만이 새어 나왔다. 이처럼 엄청난 세공 부담을 안으며 계속 바치게 된 것은 명덕태후가 명에게 성의를 보이기 위해 크나큰 공물을 바치도록 한 게 계기가 된 것이었다. 죽음을 앞둔 명덕태후가 우왕의 안위를 걱정하여 명으로부터 왕위 계승을 승인받고자 하였고, 그때 그 할미의 마음을 받아들여 추진하게 한 것이었는데, 그때 보인 성의가 꼬투리가 되어 어떻게 바꿀 수 없는 흐름으로 되어버린 격이었다. 사적인 정을 뿌리치지 못하고 한번 고개를 숙이고 양보를 했더니 간, 쓸개까지 빼 줘야 하는 가련한 처지에 빠져든 격이었다. 후회해 봐야 소용없는 일이지만 최영으로서는 통탄스럽기 짝이 없었다.

도당에서는 연산군 이원굉을 명의 조정으로 보내 세공을 바치게 했다. 은천군 조림에게는 신년을 하례하게 했다. 이들이 가게 된 것은 모두 산직(散職)이었기 때문이었다. 돈 있고 힘 있는 자들은 자신들의 안위를 도모하고자 명과 화친하자는 주장을 내걸면서도 정작 자신들이 명에 가는 것은 기필코 가지 않으려 했다. 어떻게 해서든지 권세가에 빌붙어 사신의 명단에서 다 빠져나간 것이었다. 도평의사사에서는 명의 예부에 세공에 대한 표문을 보냈다.

"다섯 해 동안 세공으로 바친 금 5백 근 가운데 지금 96근 14냥을 보내며, 미처 마련하지 못한 403근 2냥은 말 129필로 환산해 대납합니다. 은 5만 냥 가운데 1만 9천 냥을 보내며 미처 마련하지 못한 3만 1천 냥은 말 104필로 환산해 대납합니다. 베 5만 필 가운데 백저포 4,300필과 흑마포 24,100필과 백마관포 21,300필을 보냅니다. 말 5천 필 가운데 앞서 보낸 4천 필은 요동도에서 이미 수령했으며 지금 1천 필을 보냅니다."

국가의 재정은 고갈되고 백성들은 기아에 허덕이고 있는데, 세공을 바쳐야 하는 현실에 최영의 가슴은 미어터지는 듯했다. 더욱이 세공을 바치는 행위는 고려의 목숨 줄을 더 단축시키는 짓이었다. 단고승에게 차마 얼굴도 들 수 없는 심정이었다. 그럴수록 최영은 하루빨리 조정의 기강을 세워야 한다는 마음을 굳혔다. 이 따위 굴욕을 계속 당하면서 사직의 존망을 눈앞에 두고서 가만히 지켜보고 있을 수는 없었다. 기필코 일으켜 세워야 했다.

최영이 쓰린 가슴을 쓸어내리며 하루빨리 내정을 정비하려고 하는데, 우왕은 여전히 사냥놀이를 나갔다가 밤늦게야 돌아왔다. 그 소식을 전해 듣자 최영의 눈에서는 눈물이 절로 흘러 나왔다. 왕이 앞장서서 신료들을 다독이며 움직여나가도 벅찬 이 절박한 시점에 저리 한가롭게 허송세월을 보내고 있으니 한탄의 눈물이 나오지 않을 수 없었다.

수창궁이 1384년 윤10월 완성되자 조성도감 판사로서 최영과 이성림, 이자송, 염흥방 등이 대궐에 나아가 낙성되었음을 하례하게 되었다. 우왕이 환관 이광을 보내 사례하였다.

"대궐을 5년 만에 완성하였는데, 무엇으로 경들에게 보답해야 하겠습니까?"

최영은 우왕이 제 정신을 차리도록 하기 위해 이광에게 솔직한 심정을 토로하고 나왔다.

"왜구가 오랫동안 나라를 잠식하고 전제가 날로 문란해져 백성들의 생활은 곤궁하고 초췌하기 그지없사옵니다. 오랜 시일이 걸리지 않아 나라마저 잃게 되는 존망의 상황에 처한 실정이옵니다. 그런데 나라를 걱정하는 신료들과 국정을 도모해 의논하지 않으시고, 뭇 소인들을 가까이하여 절제함이 없이 놀며 유희만 즐기시고 있사오니, 신이 장차 어디를 우러러보고 신하의 직분을 다할 수 있겠사옵니까?"

이광이 최영의 말을 그대로 전하자 우왕이 미안한 듯 답변을 보내왔다.

"앞으론 삼가 가르침을 받아드리도록 하겠습니다."

우왕은 그리 약속해 놓고도 여전히 사냥놀이를 하고 용덕의 집에 자주 들렀다. 용덕은 가야지라고 불렀는데 최천검의 첩인 여자의 소생이었다. 당초 의비의 궁인이었지만, 오히려 의비보다 더 총애를 받았다. 의비가 이림의 딸인 근비의 궁인이었다가 더 총애를 받는 것처럼 이번엔 의비보다도 용덕이 더 총애를 받는 꼴이었다. 이때부터 우왕은 수시로 용덕의 집을 찾았고, 그것을 본 환관 김실과 이광이 도당에서 요구하고 나섰다.

"용덕의 집이 누추하고 비좁아 지존인 임금께서 갈 곳이 못 됩니다. 궁실에서 음식을 장만하는 자들이 길거리에 오가는 것은 나라의 수치라 할 만하니 아예 용덕을 대궐 근처에 두도록 함이 마땅할 것입니다."

그에 따라 판서 이성중의 집을 수리해 용덕의 거처로 삼게 되었다.

우왕은 여전히 계속 유희거리를 찾아 저잣거리를 쏘다녔다. 봉가이를 찾아 이인임의 집에 들렀다가 다시 용덕의 집을 가는 식으로 일상사를 이끌어 나갔다. 1384년 11월엔 용덕을 숙비로 책봉하고 그 아비 최천검을 밀직사로 임명했다. 총애를 잃은 의비는 화원으로 쫓겨났다. 최천검은 딸의 총애를 권세 삼아 유혜강의 집도 빼앗고 나왔다. 딸 때문에 졸지에 벼락출세하게 된 최천검에게 포백과 우마, 노비를 뇌물로 보내는 자들이 줄을 이었다. 시정잡배들은 그를 연줄로 삼아 거리낌 없이 궁궐을 드나들기도 하였다.

그러나 우왕은 한 여자에 만족하지 않았다. 용덕을 그리 대접하면서도 우왕은 봉가이를 여전히 좋아해 자주 이인임의 집에 들렀다. 이인임이 권력의 중추이니 우왕으로서도 소홀히 대할 수 없었다. 용덕은 시샘한 나머지 평리 도길부가 과거 봉가이와 정을 통했다고 참소하고 나왔다. 우왕은 그 즉시 도길부를 서북면 도체찰사로 내쫓아 보냈다.

왜적은 이 와중에도 1384년 10월 장연현을 침구했고, 서해도 상원수 왕승보가 전투를 벌였으나 패했다. 또 경상도 청하현을 침구했다. 1384년 11월에도 함양군을 침구했는데 도순문사 윤가관과 진주 목사 박자안이 그들과 싸워 18급을 베었다. 전라도 동복현을 침습해오자 도순문사 윤유린과 광주목사 김준, 장흥부사 유종이 전투를 벌여 아홉 명을 죽이는 전과를 올렸다. 수원의 공이향을 침구하자 부사 허조가 적의 첩자 세 명을 사로잡았다. 1384년 12월엔 해도만호 윤지철이 덕적도에서 마주친 왜적을 격퇴시키면서 배 두 척을 노획하고 포로로 잡혀가던 남녀 80명을 되찾아 왔다. 왜적의 침구가 틈틈이 진행되었지만 큰 우환거리로 될 만큼 대대적인 침략은 없었다. 도리어 수전에서 고려군의 우위가 거듭 확인되고 있었다.

최영은 급변하는 대륙의 정세를 타산하며 어떻게 해서든지 조정의 기강을 세우고자 하였다. 요동을 수복하기 위해서는 멀지 않아 진행될 명과의 대결에서 이겨야 했고, 그러자면 그걸 준비해야만 했는데, 무엇보다 조정의 진용을 그 대비 체계로 바꿔내야 했다. 일차적인 진행은 우선 우왕부터 바로 세우는 것이었다. 우왕으로 하여금 어떤 식으로든 정사에 임하게 해야 했다. 1384년 11월 최영은 이성림과 함께 환관 김실로 하여금 우왕에게 반드시 전달하게 하였다.

"선왕 때에는 한 달에 여섯 번 조회를 보았사옵니다. 그런데 지금은 두 번 밖에 없는 조회마저 열리지 않아 백관들이 자기 서열도 모를 지경에 빠져 있사옵니다. 내일 조회 모임에는 꼭 참석하도록 하시옵소서.."

김실이 그대로 보고했으나 우왕은 대답도 없이 용덕의 집으로

가 밤을 보냈다. 새벽에 백관들이 모두 모여 기다렸으나 우왕은 용덕의 집에서 나와 그대로 사냥놀이를 즐겼다. 김실이 궁궐에서 달려와 꼭 조회를 보아야 한다고 전달하니 우왕이 미안한 듯 대답했다.

"재상들이 국사를 의논하는데도 아직도 어린 마음으로 그저 함부로 장난질이나 치고 있으니 정말 부끄럽구나. 술을 가지고 가서 재상들을 위로하도록 하라."

김실이 다시 도당으로 와서 그 말을 전하자 재상들이 한마디씩 토해 냈다.

"비록 정식으로 조회는 못 했지만 주상의 말씀이라도 들었으니 그래도 옛날보다는 많이 일취월장했소이다 그려."

모두들 무안했지만 그 자위하는 말에 "허허허!" 소리 내며 헛웃음을 억지로 자아냈다. 최영은 한숨을 내쉬지 않을 수 없었다. 한스러울 뿐이었다.

최영이 우왕을 바로 세우고자 추진한 노력은 우왕의 반감을 사 더 안 좋은 결과를 빚어냈다. 우왕은 1384년 11월 최영을 문하시중에서 판문하부사로 옮기고, 임견미를 문하시중으로 임명한 것이었다. 최영이 우왕의 조회 참석을 종용하며 왕으로서의 제 역할을 다하라는 식으로 강요하고 나오자 그걸 귀찮게 여긴 것이었다. 게다가 이미 조정의 실권이 많은 부분 임견미 세력에게 넘어간 상태였다. 우왕은 최영에겐 당류가 없어 조정 신료 중에 그의 편이 없다는 사실을 이미 파악하였다. 최영 혼자서 고군분투할 뿐 어느 누구도 도와주는 자가 없었다. 최영의 충심을 모르는 바가 아니니 내칠 수는 없지만 문하시중의 자리는 아예 권력의 실세를 내세우는 것이 그에게 더 속 편한 일이었다. 임견미는 퇴직한 지 채 2달도 되지 않아 문하시중으로 권세를 다시 휘어잡게 되었다. 그만큼 임견미의 권세는 탄탄했다.

아들 임치가 우왕의 폐행이었고, 딸이 이인임의 서자인 이환과 혼인한 관계로 이인임과 사돈관계였다. 우왕의 신임을 받고 있는 반복해도 임견미의 사위였다. 임견미는 신분의 미천함을 극복하고자 자신의 집안과 염제신의 아들인 염흥방의 집안과 혼인을 청해 성사시키기까지 하였다. 이로써 임견미는 가문의 문벌 또한 권세가의 위세를 확보하게 되었다. 염흥방이 이리 나온 것은 1375년 7월 김의의 채빈 살해 사건을 계기로 친명 정책을 주장하다 쫓겨난 이래로 권세가와 결탁하는 것이 출세의 지름길이라고 여기고 이인임과 임견미의 세력을 추종하는 방향으로 선회했기 때문이었다.

임견미가 다시 복직되었으니 최영이 도통사직까지 내걸고 조정 신료들에게 서약서의 서명까지 강요하며 조정을 쇄신시키려 했던 시도는 아무런 성과도 없이 끝나버리게 되었다.

우왕은 밖으로 나돌아 다니면서도 자신의 비위를 거스르는 자는 철저히 배제하려고 하였다. 우왕이 운중포의 한 물가에 놀러간 적이 있었다. 물이 불어나 그 물속의 깊이를 헤아릴 수 없음에도 무작정 말을 타고 건너려고 시도하였다. 평리 문달한이 우왕의 옥체가 걱정되어 시급히 제지하고 나섰다.

"물이 얼마나 깊은지 알 수 없사온데, 그렇게 다짜고짜 들어가시는 게 마땅하겠사옵니까?"

우왕은 잠시 망설였다. 그런데 잠시 후 어떤 사람이 물 건너편에서 활로 짐승을 쏘고 있는 모습이 보였다. 그걸 본 우왕이 크게 화를 내며 말했다.

"과연 물이 깊었다면 저 사람이 날아서 건넜단 말이오? 문 평리가 내 행선을 가로막고자 거짓으로 나를 속인 것이구먼."

우왕은 기망한 죄로 문달한을 집으로 돌려보내 출입을 금하더니 관직까지 삭탈하였다. 자신의 행동을 제약하려고 하는 자는 결코 용서하지 않으려 한 것이었다. 그렇지만 최영은 얼마간 기간이 흐른 뒤 밀직부사 최단으로 하여금 아뢰게 하였다.

"문달한이 우직하여 명을 거슬렀사오나 집에 있으면서 근심하고 우울하게 지내고 있사오니, 바라옵건대 출입을 허락해 주시옵소서."

장수들과 관리들의 기강을 잡으며 왜적을 방어하려고 노력했던 문달한을 최영은 복직시켜 주고자 한 것이었다. 허나 우왕은 비목의 문안에 문달한의 이름을 보자 마땅찮은 표정으로 얘기했다.

"지난번에 최단이 김실을 시켜 문달한을 용서해 달라고 청하더니, 지금 벌써 면하게 되었단 말이오?"

그리고는 붓을 가져다 지워 버리고는 최단과 김실마저 벼슬을 삭탈하여 순군옥에 가두었다. 또 권근이 대언으로 된 것을 보고도 단호히 말했다.

"이 사람이 일찍이 간관이었을 때 대궐 밖으로 행차하지 못하도록 그토록 방해하더니, 어떻게 근시하여 대언이 된단 말이오? 이 자는 왜적을 방어하게 함이 합당할 것이오."

역시 삭제해 버렸다.

이처럼 조정의 인사는 한심하기 짝이 없었다. 권세가들은 뇌물을 받치는 자들을 관리로 추천하고, 임금은 자신의 기분을 상하게 했다고 내치는 식이었다. 관리의 임명이 엉망진창이니 조정의 기강이 설 리 없었다.

허나 우왕은 1384년 11월 북방에서 화급한 파발이 도착하자 기민하게 대응하였다. 명으로 세공을 바치기 위해 떠났던 이원굉이 정료위의 움직임을 파악해 몰래 사람을 보내 알려온 것이었다. 요동도사가 합라와 쌍성으로 군사를 파견해 북원의 사신을 중간에서 막으려 한다는 첩보였다. 도당에서는 만호 김득경에게 공문을 보내 대비하게 하였다.

우왕은 마음이 안 놓였는지 이성계를 동북면 도원수, 문하찬성사 심덕부를 상원수, 지밀직 홍징을 부원수로 임명해 북청주로 보냈다. 우왕이 이성계에게 당부의 말을 전했다.

"동북지역 군사들과 백성들에 관한 일은 전적으로 경에게 맡기겠소."

이원굉이 보고한 대로 1384년 11월 명의 요동도사는 여진 천호 백파파산으로 하여금 기병 70여 명을 거느리고 북청주를 기습하여 왔다. 만호 김득경은 이미 조정의 지시에 따라 대비하고 있었는지라 군사를 이끌고 피하는 척하다가 밤에 기습하여 적의 군영을 불사르고 마흔 명을 죽이니 백파파산이 패하여 퇴각하였다. 김득경이 패주시켰다는 소식에 고려에서는 북청주에 보냈던 군사들을 되돌리도록 지시하였다.

명이 고려와 북원과의 연계를 막기 위해 사신의 왕래를 하지 못 하도록 군사적 행동에까지 나섰다는 것은 멀지 않아서 북원 세력에 대한 대대적인 공격을 벌이겠다는 의중을 보여준 조짐이었다. 요동에서 전쟁의 불길이 치솟게 될 만큼 북방 정세가 요동치게 된 격이니 국경을 맞대고 있는 고려로서는 시급하게 대비해야만 했다.

허나 임견미 세력이 장악하고 있는 조정은 무사 안일에 빠져 별반 대책을 세우지 않았다. 도리어 이인임과 임견미의 세력에 가담한 염흥방까지 점차 권세를 장악해 나가자 전민을 포탈하는 행위가 더욱 격하게 진행되었다. 배원룡은 본래 유능한 관리로 명성이 높은 자였다. 그런데 염흥방에게 의탁하여 양부로 모시고 가옥을 바치더니 계림부윤의 직임을 얻게 되었다. 아첨과 뇌물로 관직을 얻자 염흥방의 모습을 그대로 따라하며 백성의 재물을 빼앗았다. 얼마나 지독했는지 쇠스랑까지 집으로 싣고 간 자였다.

얼굴 형상이 문어처럼 생긴데다 악착같이 포탈하니 고을 사람들이 "철문어 부윤"이라고 부를 정도였다.

우왕은 왜적의 방어와 북방의 방위에는 각별히 신경 쓰는 듯했으나 권세가들의 전민포탈 행위는 못 본 체하였다. 아니 따져 물을 힘 자체가 없었다. 우왕이 사냥놀이를 자주 하는 것은 권신들과 간관들에 대한 우왕 나름의 반발이었다. 남쪽에선 왜구의 침구를 받고 북방에선 명의 압박을 받고 있는데 군사적 역량을 키우려고 하지 않는 것에 대한 불만의 표출이었다. 장인 송부개가 화살을 잘 만든다는 소식을 듣고는 술과 면 다섯 근을 내려주고 직접 그의 집까지 찾아가 그의 뛰어난 재주를 칭찬하며 송안이라는 이름까지 하사했을 정도였다. 허나 우왕의 행동은 거기까지였다. 그저 기생이나 궁녀들을 남장을 시켜 활을 매게 하며 돌아다니는 식이었다. 그러다가 예쁜 여자에 색이 동하면 그걸 탐하는 식이었다.

우왕은 1385년 1월 전 판삼사사 강인유가 사위를 맞이한다는 말을 듣자 그 집에 들이닥쳐서는 강제로 딸을 빼앗아 정비궁에 두고 늦도록 잠자리에서 일어나지 않았다. 그 이후로 강인유의 딸을 만나러 정비전에 자주 들러 자고 오곤 했다. 이런 일이 벌어지자 딸을 둔 사람들은 왕에게 딸을 빼앗길까 봐 혼례를 법식대로 치르지도 않고 몰래 사위를 맞이하는 소동까지 벌어지게 되었다. 호군 송천우가 지문하 도길봉의 딸을 처로 맞았는데 진작 왕에게 정조를 잃었다는 소문이 파다하게 나돌았다. 하지만 왕의 권세 때문에 감히 쫓아내지는 못했다.

우왕의 난봉 행위는 거기서 멈추지 않았다. 환관 김실이 처를 버리고 다시 사족의 딸과 혼인하려고 혼렛날 휴가를 청하게 되었다. 우왕이 눈빛을 빛내며 말했다.

"혼인하려거든 나에게 먼저 보인 다음에 하도록 하라."

김실은 혼인하려고 할 여인을 뺏기지 않기 위해 우왕의 총애를 받고 있는 용덕인 숙비에게 부탁해 간신히 왕의 허락을 받아냈다. 그렇지만 우왕은 김실의 행위를 못마땅하게 여기고 딴 일을 핑계로 삼아 그를 순군옥에 수감하려 하였다. 그걸 재빠르게 눈치 챈 김실은 도주해 버렸다. 우왕은 대대적으로 수색을 벌이게 하고는 못 찾자, 그때 당직을 선 천호 유극서를 하옥시키고는 단호히 말했다.

"만일 김실을 다시 잡아들이지 못한다면 그놈의 죄를 네가 대신 져야 할 것이야."

최영은 우왕의 행위에 한숨밖에 새어 나오지 않았다. 고군기가 인내하고 인내하면 언젠가 한 번의 기회가 온다고 했고, 그의 제자인 단고승이 명분을 세우고 기다리면 우왕이 함께할 것이라고 하였지만, 그건 다 부질없는 짓이었다. 그토록 충언을 올리고 바로잡으려 시도했건만 도리어 반감만 사는 꼴이었다. 최영으로서는 더 이상 어떻게 할 도리가 없었다. 최영은 본의 아니게 마음을 접을 수밖에 없었다. 안 되는 일을 억지로 할 수는 없는 일이었다. 선인의 계승자로서 참으로 처참한 심정이었다.

최영은 1385년 1월 우왕의 부름에 따라가 회빈문 밖에서 사냥을 하게 되었다. 착잡하기 그지없었다. 헌데 우왕은 사냥놀이에 얼마나 신났는지 화색까지 돈 얼굴에 생기가 충천하였다. 그런 우왕의 모습에 최영은 우왕을 향해 간언하였다. 마음을 접으려 해도 선인의 계승자로 포기할 수 없는 것이 최영의 위치인지라 단지 우왕이 외세의 침입에는 적극적이니 그런 마음이나 한번 불러일으켜 보자는 게 그의 마지막 한 가닥 희망 사항이었다.

"전하! 지금 비록 남쪽의 왜적, 그리고 북방의 명과 북원으로부터 시달림을 당하고 있사오나, 우리 고려는 대륙의 강국이었던 단군조선과 고구려를 이어받은 나라라는 것을 절대 잊으시면 아니 되옵니다. 다시 나라를 중흥시켜 저 요동과 만주 땅을 되찾으려는 꿈을 절대 포기하시면 아니 되옵니다."

최영의 간언에 우왕은 최영의 얼굴을 한참 동안 바라보았다. 눈에는 뭔가의 일이 떠오르며 회한에 젖은 듯 촉촉한 물기까지 젖어들고 있었다. 최영은 우왕의 얼굴 변화에 당혹스러울 수밖에 없었다. 그런데 우왕이 다짜고짜 최영에게 다가와 두 손을 꼭 잡았다. 그리고는 기쁨을 못 참겠다는 듯 소리쳤다.

"옳으신 말씀입니다. 이제야말로 내가 듣고 싶은 소리를 모처럼 처음으로 들은 것 같습니다."

우왕의 급작스런 행동 변화에 최영은 어리둥절할 수밖에 없었다. 우왕이 이리 나올 줄은 전혀 예상하지 못한 바였다. 최영은 당혹스러움에 그저 우왕을 지켜보기만 하였다. 우왕이 다시 말을 이었다.

“어렸을 때 백문보 사부께서 말씀하신 것들이 제 기억에는 아직도 뚜렷합니다. 우리 동방은 단군으로부터 지금까지 3천6백 년이 경과하여 지금 대주원을 맞았다고 말입니다. 그 얘기를 들으면서 얼마나 가슴이 쿵쿵 뛰었는지 모릅니다. 헌데 지금 조정의 대신 중에는 그런 마음을 갖고 있는 사람이 하나도 없는 줄 알았습니다. 장군께서 이리 말씀 해주니 가슴에 맺혔던 답답함이 이제야 뻥 뚫린 것만 같습니다.”

우왕의 말에 최영은 의문의 실타래가 풀리기 시작했다. 한단선사가 백문보에게 기대하겠다고 말했는데, 백문보가 우왕의 어린 시절 사부로서 단군조선에 대해 설명하며 가르쳐 준 모양이었다. 그걸 우왕은 지금껏 잊지 않고 가슴에 새겨 두었던 모양이었다. 이 기회를 절대 놓칠 수 없는지라 최영은 다시 우왕을 향해 진언을 올렸다.

“주상께서 그리 말씀하시니 소신 또한 너무 기쁘옵니다. 헌데 이 고려를 진심으로 중흥시키고자 한다면 상무정신의 기상을 세워야 하옵니다. 그렇다고 단순히 활을 메고 말 타고 다닌다고 해서 형성되는 것이 아니옵니다. 모두가 다 상무정신을 가지면 좋겠으나 우선 군대부터 그 정신을 세워야 하옵니다. 병사들을 나라에 대한 충심으로 무장시켜 군대의 규율과 기강을 세웠을 때에 비로소 형성되기 시작하는 것이옵니다.”

"알겠습니다. 내 그리 만들어 나갈 것입니다."

귓등으로도 들은 척도 않던 우왕이 선선히 대답했다. 그리고는 그 자리에서 최영에게 안장 딸린 말을 하사하였다. 최영은 그런 우왕의 태도가 신기할 뿐이었다. 허나 그렇다고 해서 우왕을 전적으로 믿을 수는 없었다. 지금껏 행해 왔던 우왕의 행동들을 보건대 그것을 단번에 고친다는 것은 거의 불가능에 가까웠기 때문이었다. 그저 지켜보면 알 것이었다.

우왕은 사냥에서 돌아오더니 구정에서 열병식을 거행하겠으니 준비하라고 지시하고 나왔다. 그러자 대사헌 임헌이 도당에서 반문을 제기했다.

"구정은 오직 선왕께서 대조회하고 행례하던 장소이고, 또 경령전이 가까워 태조와 열성의 어진이 구정 위에 있사옵니다. 그런데 어찌 군사를 내놓아 그 사이에서 말을 달리게 할 수 있겠습니까? 그건 불가하옵니다."

하지만 삼사좌사 염흥방이 제지시키고 나왔다.

"선왕이신 공민왕께서도 일찍이 그곳에서 5군을 열병하셨소이다. 그곳이 한적하고 탁 트인 곳이었기에 그리한 것입니다."

염흥방은 우왕의 비위를 맞추기 위해 강행하듯 밀어붙였다. 그리하여 우왕은 구정에서 크게 열병식을 거행하였다.

열병식을 거행한 이후에도 우왕은 마암에서 무예 연습을 지켜보기도 하였다. 그러다가 훈련을 제대로 시키지 못한다고 무예도

감사 성중용과 이빈을 채찍으로 때리기까지 하였다. 훈련 분위기가 살벌해지면서 부대가 북을 울리고 함성을 지르며 전투 훈련을 하느라 많은 부상사가 속출하기까지 하였다.

그래 놓고 우왕은 며칠 후 지신사 염정수를 시켜 무예도감에 술을 하사하고 위로하게 하였다.

"얼마 전에 이빈과 성중용을 처벌한 것은 사적인 감정 때문에 그리한 것이 아닙니다. 국가대사를 생각해 훈련을 실전처럼 엄중히 하라고 그리한 것입니다. 경들은 더욱 노력하고 분발해 주시기 바랍니다."

우왕은 이렇게 마암에서의 무예 훈련을 지켜보다가 직접 말을 몰며 활을 쏜 후 날이 저물어서야 정비궁으로 돌아오는 식이었다.

그렇다고 우왕의 바깥나들이가 끝난 것은 아니었다. 우왕은 왕흥의 집으로 가 변안열의 아들과 결혼하려는 왕흥의 딸과 끝내 동침하고선 왕흥에게 말 두 필을 내려주었다. 밤에는 공민왕의 왕비인 정비가 거처하는 곳이자 강인유의 딸을 데려다 놓은 정비궁을 필두로 이림의 딸 근비, 노영수의 딸 의비, 최천검의 딸 용덕인 숙비 등의 궁전에 둘렀다가 마지막으로 왕흥의 집으로 가는 식으로 일상사를 이어나갔다.

허나 우왕이 군사적 훈련에 열의를 보이자 장수들의 움직임은 한층 민첩해졌다. 1385년 1월 해도부원수 전 개성윤 조언은 여주도에서 왜적을 공격해 배 한척을 나포하고 세 명을 사로잡아 왔다. 우왕은 백금 50냥을 하사했다. 안동원수 황보림도 왜적 두 명의 목을 베는 전과를 올렸다. 경상도 안렴사 이문화는 경상도 안에는 도적과 기근, 질병의 재난이 진작 사라졌다고 보고까지 올렸다. 이건 왕에게 아첨하려고 거짓 보고를 올린 것이었다. 사람들은 지금 백성들의 상황이 어떤지를 모르지 않을 것인데, 어떻게 그런 보고를 올릴 수 있느냐며 비난하고 나왔다.

허나 고려의 가장 큰 근심은 바로 북방에 있었다. 명은 벌써 1385년 2월 요동도사로 하여금 백호 정여를 파견해 지난번 고려를 침공한 백파파적 일당을 살해한 이유가 뭐냐고 따지고 나왔다. 국경을 침범했으니 당연히 적을 격퇴한 것인데, 적반하장 격으로 따지고 나온 것이었다. 허나 고려 조정에서는 정당하게 반박할 의지조차 갖지 못했다.

우왕은 이런 신료들의 모습에 21살의 혈기왕성한 젊은 나이로서 심히 불만스러워하였다. 그럼에도 내심 꾹 참으며 대신들의 의견에 따라 임견미, 이성림과 함께 정여를 극진히 대접하고, 몰래 장자온을 시켜 금 50냥을 뇌물로 주었다. 입막음용으로 겸종 세 명에게도 은 30냥씩 쥐어주었다.

고려 조정이 명에게 선처를 바라는 식으로 처신하니 이제 그 모든 책임을 김득경 개인에게 뒤집어씌워야 했다. 참으로 기가 막힌 현실이었다. 나라를 위해 싸웠는데, 그걸 나라가 지켜주지 않으면 앞으로 어느 누구도 나라를 위해 목숨 바치지 않게 될 것이었다. 김득경이 장차 압송되어 출발하게 될 때 도당에서는 달랠 수밖에 없었다.

"북청주 사건은 그대가 책임지고 나라에 누를 끼치지 말도록 해야 할 것이오."

김득경이 반문하고 나왔다.

"나는 다만 도당의 통첩을 받들어 실행하였을 뿐입니다. 명에서 만일 그 실상을 묻게 될 것인데, 그 사실이 끝까지 숨겨질 수가 있겠습니까?"

김득경의 말에 문하시중 임견미는 근심에 휩싸여 전전긍긍하였다. 명은 그 책임을 고려 조정에 묻고 나올 것이었다. 밀직제학 하륜이 임견미에게 은밀하게 소곤거렸다.

"일이란 그때그때의 형편에 따라 맞게 처리하는 것이 최고일 것입니다. 지금 서북 지역에도 왜적이 들끓고 있는데, 어찌 적을 만나 죽는 자가 없겠습니까?"

하륜의 계책에 임견미가 음흉한 미소를 지었다. 죽은 자는 말이 없을 것이었다. 일행이 철주에 이르렀을 때 김득경은 한밤중에 살해되었다. 그리고는 왜적을 만나 그리되었다고 명 황제에게 아뢰게 하였다.

이 일이 있는 후 우왕은 최영과 이성림 등을 대동하고 해주로 사냥을 떠났다. 명의 압박을 받는 그 비루한 모습에 화가 난 모양이었다. 최영에게는 군사까지 대동하게 요구하였다.

우왕은 매를 팔에 얹은 채로 신월, 봉가이와 나란히 말을 달렸다. 요동도사에서 보낸 정여에게 굽실거려야 했던 가슴의 울분을 토해내 듯 이번 사냥을 통해 군사들의 기세를 세워보려는 태도였다. 허나 개경에서 바닷가까지 필요한 물건을 수송하는 수레가 백 리나 이어졌으니 엄청난 재정적 낭비가 이뤄졌다. 게다가 환관과 내수들이 왕의 총애 하에 안념사와 수령들을 함부로 짓밟고 모욕을 주니 서해도의 향리들이 모두 고통을 견디지 못해 흩어져 달아나 버렸다. 안렴사인 이수도 말을 잃어 버려 도보로 진흙땅을 걸어가야 했다. 온 도의 백성들이 탄식하고 원망했으나 우왕은 사냥을 통해 군사의 사기를 진작한다고 여기며 환궁하려고 하지 않았다.

최영은 우왕의 철없는 행동에 억장이 무너져 내렸다. 군력을 강화해 나가자면 정사를 잘 이끌어나가야 한다는 것을 전혀 이해하지 못한 행동이었다. 보다 못한 최영은 이번 사냥으로 겪은 사정을 진언하며 환궁을 요청하였다.

우왕은 마지못해 환궁을 받아들여 배천에 이르렀으나, 또 연안부의 큰 못에서 물고기를 구경하고자 하였다. 최영은 앞을 막아서며 아뢰었다.

"제 휘하의 군사 수천 명 가운데 말이 죽어버린 자들이 많고, 필요한 물품도 공급할 길이 없사옵니다. 이런 상황에서 갑자기 조그만 고을에 행차하시면 백성들이 말할 수 없는 피해를 입게 될 것이옵니다."

최영의 말에 우왕이 중지하고 돌아오게 되었다. 권신들과 신료들은 이런 우왕의 행위를 그저 일탈 행위로 몰아세웠다. 모든 잘못이 왕에게 있다는 식의 면피용이었다.

왕은 왕대로 군사적 기풍을 세운다면서 사냥놀이를 즐기거나 여색을 탐하고, 신하들은 신하들대로 아부, 아첨에 뇌물을 받고 제 욕심을 채우는 꼴이었다. 법도가 아니라 왕과 권세가들이 휘두르는 말 한마디에 좌지우지되는 형국이었다.

대언 윤취가 385년 3월 성균시를 관장하였는데, 모두가 권세가들의 젖내 나는 어린아이들이 뽑혔다. 청탁에 의해 당락이 결정된 것이었다. 뽑힌 자들이 하나같이 애들이어서 분홍색 옷 입기를 좋아하니 사람들은 그들을 "분홍방"이라고 기롱하였다.

1385년 4월에도 우홍명 등 33인에게 급제를 내렸는데, 이 시험에서 의비의 동생 노구산과 환관 이광의 종자인 문윤경 등도 응시하였다. 시험 규칙에 의하면 한 시험장마다 번번이 상고한 후 초장에서 합격하지 못한 자는 중장에 들어가지 못하고, 종장도 마찬가지로 중장에서 합격하지 못하면 들어갈 수 없었다. 노구산은 아직 어리고 잘 몰라서 "노(魯)"와 "어(魚)"를 분별하지 못하여 중장에서 불합격 판정을 받았다. 우왕이 크게 노하여 과거 시험을 파하려고 하였다. 그러자 이성림과 염흥방 등이 노구산의 아비인 노영수의 집으로 찾아가 노구산을 종장에 응시시키라고 요청했다. 노영수가 혼자만 들어갈 수 없다고 사양함에 불합격자 10여 명을 함께 종장에 올렸고, 시관인 염국보와 정몽주 등이 결국 노구산을 급제시켰다. 문윤경은 초장에서 친구의 책문을 훔쳐 썼으므로 정몽주가 내쫓았는데, 염국보가 불가하다며 아울러 뽑았다.

최영은 너무 어이가 없어 뼈 있는 농을 던졌다.

"지난달에 감시 학사 윤취가 빈한한 선비는 버리고 어리석은 아이들만 뽑았다가 하늘에서 큰 우박이 내리게 하여 내 삼밭의 삼을 다 죽게 만들었는데, 이번 동당시에서는 학사가 또 어떤 천재지변을 불러올지 걱정이구만."

참신한 인재를 뽑아야 하는 과거 시험에서마저 이러했으니 조정 곳곳은 부정과 비리가 횡행하였다. 1385년 4월 전 서운부정 방흡과 낭장 이문계가 인장을 위조한 죄목으로 참수를 당했고, 그 일당인 정안진은 옥에서 죽었다. 이런 상황에서 나라가 망하지 않는 것이 더 이상할 정도였다.

우왕은 조정의 기강을 세우는 것에 대해서는 별다른 모습을 보이지 않았다. 다만 군사적 문제와 무기에 대해서는 큰 관심을 보였다. 화통도감에 들러 직접 화약심지에 불을 붙여 보기도 하였다. 명의 움직임이나 북방의 방어에 대해서도 외면하지 않았다. 1385년 4월 명의 요동도지휘사에서 사람을 보내 농우를 사들이겠다는 뜻을 밝혀 왔다. 그곳의 백성들을 안착시켜 완전히 명의 영토로 하겠다는 뜻을 또다시 명확히 한 셈이었다.

우왕은 이에 대해 적극적인 대책을 요구했다. 우왕의 주문에 도당에서는 어차피 명의 요구를 거부하지 못할 바에는 농우를 팔아 군량미라도 마련하자는 의도로 점우색을 설치하도록 하였다. 그리하여 소 5백 두를 마련해 도순문사가 낙인을 찍어 보내어 서북 지역의 백성들에게 교역하게 하였다. 그런데 요동도지휘사에서는 낙인이 찍힌 소는 고려의 관청에서 바친 것이라며 값을 쳐주지 않았다. 쓸모없는 짓이 되고 말아 점우색을 폐지하고, 도당에서는 1385년 4월 찬성사 심덕부를 동북면 상원수, 지밀직 홍징을 부원수, 판덕창부사 김입견을 교주도 부원수로 임명하여 대비하게 하였다.

이런 때에 명의 주원장은 지금껏 억류되어 있던 사신 김유와 홍상재, 이자용, 황도, 배중륜 등을 석방하여 1385년 4월 고려로 돌려보내어 화친하겠다는 태도를 보여 왔다. 지속적인 세공 압박으로 받을 만큼 받은 데다 더 계속 했다가는 고려의 반발을 살 것을 염려한 것이었다. 게다가 요동에서의 공략도 점차 무르익어 가니 고려를 명의 편으로 확실히 끌어당길 필요가 있었다. 그렇지만 주원장은 그 명분을 정몽주 일행이 절일에 맞추어 표문을 올렸기 때문이라고 둘러댔다.

정몽주는 성절을 하례하러 갈 때 기일에 쫓겼기에 새벽부터 밤늦게까지 재촉하여 이틀 길을 하루로 당기는 식으로 노력하여 그 날짜에 간신히 맞춘 것이었다. 주원장은 표문을 보고 날짜를 세어보며 말했다.

"그대 나라의 배신이 반드시 연고를 핑계하고 오기를 즐겨하지 않다가 날짜가 임박하여서야 그대를 보낸 것이 틀림없구먼. 그리고 보아하니 그대는 지난날 촉을 평정하였을 때 하례하러 왔던 사람이 아닌가?”

주원장이 알아보매 정몽주가 그때에 파선된 상황을 다시금 설명해주었다. 홍사범은 익사했고, 겨우 열두 명이 살아남았는데, 정몽주도 거의 죽다 살아나 13일 동안 말다래를 베어 먹으며 버텨냈다는 얘기였다. 당시의 사정을 다시 들은 주원장은 특별히 위무하도록 하고 예부에 후하게 예우해서 보내라고 명을 내렸다. 홍상재 등도 방환하도록 지시하고 조빙도 허락했다. 그러나 이자용은 고국 땅을 밟지 못하고 죽었다.

명의 사신으로 떠났다가 고려로 돌아온 사람들은 정몽주 집에서 술자리를 가지며 타국에서 겪었던 서글픈 심정을 서로 달랬다.

우왕은 그 소식을 듣고 정몽주 집에 기꺼이 방문하였다. 그리고는 김유 등을 인견하고 술을 내려주며 말했다.

“경 등이 사명을 받들고 가서 2만 8천여 리나 떨어진 곳으로 귀양 갔다가 3년 만에 살아서 돌아왔으니, 민망하기 그지없습니다.”

우왕은 위로의 말을 전하며 이들에게 안마를 내려주었다.

정몽주는 또다시 명에 다녀온 상황을 보고하기 위해 원로들과 기로들을 초대해 잔치를 열었다. 그 자리에는 최영을 비롯해 이인임, 윤환, 홍영통, 조민수, 이성림, 이색 등이 참석하였다. 한쪽 자리에는 기녀들이 풍악을 연주하고 있었다. 정몽주는 먼저 간략하게 자신의 의견을 피력하였다.

"명은 북원의 심장부가 아니라 요동을 먼저 공략하려는 방향으로 전환한 것이 확실하였습니다. 이런 명의 흐름을 볼 때 명과의 화친을 하루빨리 성사시켜 내는 것이 고려의 안위를 지키는 길일 것입니다."

정몽주의 의견에 모두들 그 방법밖에 없다는 듯 고개를 끄덕였다. 싸우려고 해도 고려에 힘이 없다는 인식이었다. 최영이 반박하고 나왔다.

"화친이라고 하지만, 그게 어디 화친인가? 명은 우리 고려를 속국으로 만들려는 것이고, 원이 차지했던 땅과 백성은 다 자기들의 땅이고 백성이라고 주장하는 것이 아닌가? 저들이 나오는 행태로 봐서 과연 요동만 먹겠다고 하겠는가?"

정몽주가 다시 대답하고 나섰다.

"그런 우려를 불식시키기 위해서라도 선제적으로 명과 화친을 이뤄내야 한다는 것입니다. 만약 명이 요동의 북원까지 장악한 상태에 이르기까지 화친을 성사시키지 못한다면 명과 국경을 맞대는 상황이 되는지라 그때는 그야말로 고려의 안위가 심히 위태롭게 될 것입니다."

요동에서의 전쟁의 먹구름이 몰려오는 것은 시간문제라는 인식이었다. 그러면 시급하게 북방에 대한 군사적 대책을 세워야 할 것이건만, 그에 대해서는 대비할 생각은 하지도 않고 그저 명의 비위를 맞추어 해결하자는 것이었다. 한심스럽기 짝이 없는 주장이었다. 얼마나 무사안일에 젖어 있는지 알만했다. 최영은 단호히 반박하고 나섰다.

"우리 고려가 명과 화친하기 위해 노력하지 않았단 말인가? 명이 과도하게 세공 부담을 요구하기에 그런 것이지. 만약 우리 고려가 간, 쓸개까지 다 빼주면서 화친하자고 노력해도 명에서 맘에 안 든다고 계속 압력을 가하고 침공해오면 그때는 어떡할 것인가? 그때도 화친만이 살 길이라고 하면서 화친 타령을 할 것인가? 그걸 막을 수 있는 길은 단 하나 우리 고려의 힘밖에 없지 않는가? 이 명백한 사실 앞에서 지금이라도 조정의 정책을 바꿔서 그리 대비해 나가야 할 것이네. 여기에 있는 우리부터 그리 나가도록 노력해보자는 것이네. 언제까지 우리 고려가 이 같은 수모와 능멸을 받아야 하겠는가? 사실 명이 언제부터 그렇게 큰 나라가 되었단 말인가? 저들도 따지고 보면 홍건적의 무리로부터 출발한 것이 아닌가? 그렇다면 왜 이 고려를 강국으로 만들려는 생각을 하지 않는가 말일세. 저 요동의 땅은 우리 단군조선과 고구려의 옛 땅이란 말일세. 그래서 고려의 외교가 서희는 거란의 적장 소손녕과 담판을 지을 때 고려가 고구려를 이어받은 나라라고 당당하게 주장하면서 강동 6주를 돌려받았지 않는가? 어찌하여 그런 의기를 세우려고 하지 않는가? 우리가 그 땅을 수복하면 우리가 강국이 되는 것이란 말일세."

최영의 강경한 주장에 잠시 침묵이 흘렀다. 그 어색함을 달래고자 이인임이 웃으며 말했다.

"판문하부사는 나이를 거꾸로 드시는 모양입니다. 늙지도 않고 기개가 더욱 강개해지시니 말입니다 그려.

이인임의 농조에 모두들 호탕하게 웃었다. 허나 그 웃음 이면에는 그리만 되면 얼마나 좋겠는가마는 그건 현실성이 없는 주장이라는 판단들이 심중에 깔린 것이었다.

이때 갑자기 인기척이 들려 왔다. 우왕이 찾아온 것이었다. 불만스러워하는 얼굴 표정으로 보아 문밖에서 여기서 오간 얘기들을 다 들은 모양이었다. 우왕이 자리에 앉자, 최영이 잔을 들어 올렸다. 우왕이 씁쓸한 표정으로 말했다.

"술을 마시러 온 것이 아니고 부왕 때의 원로 재상들이 모두 모였다는 말을 듣고 부왕을 뵙는 심정으로 여겨서 온 것입니다."

이어서 다시 말을 이었다.

"나무가 먹줄을 따르면 곧게 되고 임금이 간함을 따르면 밝아진다고 합니다. 그런데 경은 어찌하여 이롭고 해로움을 진달하지 않는 것입니까? 술을 마시는 것은 진실로 좋은 일이 아닐 것입니다."

우왕이 자신의 속뜻을 밝혔음에도 움직여주지 않는다고 최영을 질책하고 나오자, 최영이 갓을 벗고 사죄하였다.

"방금 하신 주상의 말씀은 나라의 복이 될 것이옵니다. 어제 신이 글을 올렸사온데, 곰곰이 생각하고 거행하시기를 청하옵니다."

최영의 말에 우왕이 사뭇 진지한 표정으로 입을 열었다.

"어제 저녁에 꿈을 꾸었는데, 그게 참 기이하였습니다. 그 꿈에 경과 더불어 적을 상대하여 싸워 이겼는데, 내가 탄 말을 보니 갑자기 당나귀였지 뭡니까? 이게 무슨 꿈인 줄 모르겠는데 혹시 이 꿈의 의미를 아시는 분이 있으시며 말씀을 해 주시지요."

윤환이 이인임, 홍영통, 조민수, 이성림, 이색 등과 더불어 기쁜 표정으로 아뢰고 나섰다.

"그 꿈은 매우 상서로운 꿈인 줄 아옵니다. 옛날 원 세조는 당나귀 꿈을 길하다고 여겨 항상 전정에 당나귀를 매어 두고 꿈꾸려 하였사옵니다. 그런데 그리되지 않았다는데, 지금 주상께서 그 꿈을 꾸셨으니, 얼마나 길하겠사옵니까? 태평성대의 왕업을 기다릴 수 있게 되었사옵니다. 다만 신등이 늙어서 미처 보지 못할까 그게 아쉬울 따름이옵니다."

우왕이 아주 맘에 든다는 듯 단숨에 술을 들이켰다. 그리고는 최영에게 활을 하사하고는 힘주어 말했다.

"꿈속에서 예시해 주었으니, 나는 경과 더불어 사방을 평정하려 합니다."

우왕은 기로들과 원로들 앞에서 그의 솔직한 심정을 그대로 표출하고 나왔다. 자신의 뜻을 알고 그리 움직여 달라는 요청이었다.

우왕은 다시 잔을 잡고 꿇어앉아 사부인 이색에게 올리며 반문하는 목소리로 물었다.

"사부께서도 역시 여악을 즐겨 보십니까?"

우왕은 자리에서 일어나더니 못마땅한 듯 좌중에서 노래 부르는 기녀들을 밖으로 내 보냈다. 자기에게는 여색을 좋아한다고 그렇게 비판하고서는 이렇게 연회를 벌이고 있으니 그 불만스러움을 대놓고 표출한 것이었다. 그리고는 그 기녀들을 데리고 환궁하였다.

도당에서는 최영의 의견을 따르지 않고 정몽주의 외교성과를 화친으로 연결시키고자 하였다. 1385년 5월 문하평리 윤호와 밀직부사 조반을 명에 보내 감사를 표하게 하면서 선왕의 시호와 왕위 계승에 대한 승인을 요청하게 하였다. 또 왜적의 배 20여 척이 축산도에 정박하자 김사혁을 양광도상원수, 이화와 안주를 교주삭방강릉도의 조전원수로 임명하여 대비케 하였다.

우왕은 기로들에게 자신의 뜻을 분명히 밝혔는데도 도당에서 별다른 반응이 없자 심히 불만스러워하였다. 뭔가 하기는 해야겠는데, 어찌해야 할지 몰랐다.

답답한 마음에 우왕은 교외에 나가 말을 타고 연거푸 내달렸다. 그런데도 꽉 막힌 가슴은 쉬 풀어지지 않았다. 우왕은 화원으로 돌아와 논어와 맹자 등의 몇 편의 책자들을 뒤적이며 글을 읽었다. 허나 그 또한 그에게 도움을 주지 못했다.

우왕은 최영이 올린 서찰을 다시금 펼쳐 읽어 보았다.

"고려는 단군조선과 고구려를 이은 나라이옵니다. 단군조선과 고구려, 발해는 대국이었사옵니다. 저 만주와 요동을 장악하고 있었기 때문이옵니다. 태조 왕건에서는 이를 일찍이 간파하시고 발해가 차지한 땅을 수복하기 위하여 북진정책을 단호히 추진하셨사옵니다. 주상께서는 이런 태조 왕건의 뜻을 받들어 고려의 중흥을 이룩하시옵소서. 왜구의 침구와 명의 압박은 고려가 단군조선과 고구려의 옛 땅을 수복하면 다 해결되는 문제이옵니다. 단군조선의 옛 영화를 실현하려는 뜻을 확고히 세우시옵소서. 고구려가 강성한 것은 단군조선의 뜻을 이어받고 상무정신의 기풍을 세웠기 때문이옵니다. 허나 상무정신의 기풍을 세우기 위해서는 조정의 기강을 바로 세워야 하옵니다. 지금 백성들은 이리떼 같은 관료들의 수탈에 안착하지 못하고 참담한 고통을 겪고 살아가고 있사옵니다. 백성들을 삶에 안착시키지 못하고서는 군량미도 마련할 수 없을뿐더러 나라를 위한 충심을 불러일으켜 상무정신의 기풍을 세울 수도 없사옵니다. 지금 고려는 위난에 빠져 있사오나 이 위기를 어찌 수습할지는 주상의 뜻에 달려 있사오니 통촉하여 주시옵소서."

우왕은 큰 뜻을 세우고 대국이 되어야 한다는 말에 가슴이 울렁거렸다. 정몽주의 집에 갔을 때 최영과 함께 세상을 평정하고 싶다고 말했던 것도 그 꿈의 열망을 내비친 것이었다. 허나 최영 말고 그 어떤 조정 신료도 그의 뜻을 따르려 하지 않았다. 왕이라고는 하지만 실상 아무런 힘이 없었다. 최영의 말대로 이 조정은 처참하게 무너져 내린 형국이었다. 우왕은 밤새도록 큰대(大) 자를 쓰고, 또 쓰고, 또 써 내렸다. 가슴에 새기고자 함이었다.

도당에서는 명과의 관계 문제로 또 시끄러운 사건이 터져 나왔다. 사신으로 명에 다녀온 김유가 조정의 입장을 명에 제대로 대변하지 못했다는 책임 추궁이었다.

김유가 명에 도착했을 때 주원장이 책망하듯 물었다.

"지난날에 너의 나라에서 우리 사신을 살해하였고, 또 너의 임금까지 죽였는데, 권신이 도대체 누군가?"

"권신이 누구인지는 모르겠사오나 조정을 이끄는 시중의 직책을 맡은 사람은 이인임이옵니다."

주원장이 다시금 김유를 달래듯 물었다.

"고려의 선왕에게 아들이 없는 것이야 짐이 다 아는 바인데, 지금 임금은 누구의 아들인가? 신돈의 첩인 반야의 아들이라는 소리도 있던데……. 사실대로 말해 보오."

"선왕께서는 현 주상이 자신의 아들이라고 분명하게 밝히셨사옵니다."

김유는 조정의 뜻에 따라 대답하였지만 강력하게 주장하지는 않았다. 그 태도에 의심을 품은 명은 이튿날 고려인으로서 명의 환관으로 있는 최안이 흥성사에 이르자, 김유의 종자 단득춘에게 거짓으로 속여 말했다. 단득춘의 입을 통해 또다시 확인하고자 한 것이었다.

"너희 임금의 출생한 바를 김유가 이미 황제에게 다 아뢰었는데, 너는 어찌하여 숨기려 드느냐?"

단득춘이 말도 안 된다고 단호히 반박했다.

"김유의 말은 망령된 소리입니다."

단득춘이 물러나와 통역관 정연에게 이 사실을 말했는데, 이인임의 가노가 그 일행 속에 있다가 그 소리만 듣고서 돌아와 이인임에게 고한 것이었다.

이인임은 우왕에게 아뢰어 국문하게 하여, 김유를 청주에 유배 보내고, 정연 또한 한양에 귀양 보내었다. 명이 고려와 화친하려고 하지 않는 것은 그들의 책략에 따른 것일 뿐이었다. 그러면 그에 대비해야 할 것인데, 그렇지 않고 대신들은 자기 책임만 면피하고자 한 것이었다. 10년 이상에 걸친 노력에도 화친이 성사되지 않았으니 그 누군가가 책임을 져야 하는 꼴이었다. 사람들은 이를 알고 속닥거렸다.

"김유가 돌아올 때에 비단과 사라를 많이 가지고 왔는데, 이인임 등에게 뇌물을 주지 않았기에 죄를 얻었고, 홍상재는 바다에서 왜적에게 약탈을 당하여 낭탁이 텅 비었기 때문에 화를 면한 것이여."

김유의 처벌을 계기로 사헌부에서는 이를 정당화하기 위한 상소가 올라왔다.

"판사 손용진은 명의 사신으로 가 그곳에서 고려에 의심을 품고 국문했지만, 오직 나라를 위해 죽을 때까지 굴복하지 않았으니 그 충의를 포상해야 마땅하옵니다. 그에게 관작을 추증하고 시호를 내리시며 자손에게 벼슬을 내려 후세 사람들의 본보기로 삼으시옵소서."

우왕은 이 상소에 따라 그리 조치하였다. 도당에서는 1385년 6월에도 다시금 밀직사 안익과 밀직부사 장방평을 명에 보내 황제의 생일을 축하하게 하였다.

우왕은 도당의 요구에 따르기는 하였으나 도무지 그 처사를 이해할 수가 없었다. 최영의 주장대로 요동을 장악하면 모든 문제가 해결되는 것이었다. 고려가 강국이 되면 명의 눈치도 볼 필요가 없는 것이고, 왜구도 맘 놓고 침구하지 못할 것이었다. 허나 조정 대신들이 자신의 요구를 받아주지 않으니 그걸 어떻게 추진할 길이 없었다. 최영은 조정의 기강을 세우라고 하였지만 그로서는 힘이 없었다. 왕실의 재물도 없어서 이인임과 임견미에게 부탁하여 총애하는 기생 개성에게 쌀을 주라고 부탁해야 하는 처지였다. 이들은 탈점하여 재물이 많다는 것을 우왕은 잘 알고 있었다. 우왕의 부탁에 이인임은 쌀과 콩 각 다섯 석을, 임견미는 열 석씩을 기생 개성에게 주는 식이었다.

우왕은 홧김에 왕의 위세를 뽐내고자 시도하였다. 호곶에 누각까지 세우고 봉천선이라고 이름 지으며 온갖 사치를 부린 큰 누선을 만들게 한 것이었다. 재정이 없는데도 이제 사치스러운 행각까지 벌인 것이었다.

우왕이 가슴속에 품은 열망을 어떻게 실현할 길이 없어 여전히 밖으로 나돌자, 좌사의대부 이지 등이 1385년 6월 상소를 올렸다. 우왕이 지신사 염정수에게 그 글의 뜻을 풀이하게 하였다. 사냥하지 말라는 간언이라는 말에 우왕이 마침내 화가 폭발한 듯 대노하며 소리치고 나왔다.

"시국이 한창 위태롭고 어지러운 터에 이자들이 나더러 말 타기도 익히지 말라니, 이보다 더한 불충이 어디 있단 말이냐? 엄하게 징계를 내려야 마땅할 것이오."

사냥에 대한 뜻이 어디에 있는지를 우왕이 직접 밝힌 것이었다. 지금껏 간언을 해도 못 들은 척 넘어갔는데, 이제는 사냥을 금지하라고 말한 간관들의 이름까지 쓰고선 분명한 어조로 지시했다.

"앞으로 말만 앞세우는 이런 자들을 시켜 왜적을 막도록 해야 할 것이오."

재상들은 우왕의 단호한 태도에 아무 말도 하지 못했다. 간관들은 우왕의 분명한 의지를 확인하자 병을 핑계로 사직하고 나왔다. 나라를 위해 전장에 나서라고 하니 그걸 피하려고 한 신료들의 모습에 우왕은 괘씸하기 그지없었다.

엎친 데 덮친 격으로 명의 요동도지휘사에서 상린을 보내 원 말기에 고려로 흘러 들어왔던 이도리부타이 등 47명을 데리고 갔다.

백성을 지키지 못하고 빼앗기는 현실 앞에 우왕은 속이 부글부글 끓어올랐다. 그런데 이 부당한 명의 요구에 맞서 싸우며 따지고 드는 신하가 아무도 없었다.

1385년 6월 지진이 발생하자 사람들은 두려움에 떨며 밖으로 대피해야 했다. 전쟁터에서 수천 마리 말들이 달리는 것 같은 소리가 무서울 정도로 연속적으로 울려나왔다. 그 소리와 함께 담장과 집이 우지직 무너져 내렸다. 송악의 서쪽 고개에서는 큰 바위까지 굴러 떨어졌다. 이를 보고 우왕이 가슴속의 분을 토하듯 소리쳤다.

"이 지진은 요동도지휘사를 짓뭉개버리라고 하늘이 그 뜻을 내 보인 것일 게야. 그게 아니라면 어찌 이리 요란스러운 변고를 보여준단 말이냐."

이것이 우왕의 속마음이었다. 우왕은 명의 압박에 참지 못하겠다는 듯 그 불만을 분명하게 드러낸 격이었다. 그런데 주원장은 김유와 함께 명에 갔던 전 전공총랑 등 38명도 석방해 돌려보냈다.

우왕이 그들에게 갓과 베를 내려주고, 일행 중 죽어서 돌아오지 못한 사람은 소재지의 관원에게 명해 그 처자에게 곡식을 지급하도록 지시했다.

북방의 대책을 적극적으로 요구하는 우왕의 뜻은 조정에서 여전히 관철되지 않았다. 도당의 실세인 임견미가 적극 움직이지 않기 때문이었다.

그의 권세가 어느 정도인가는 아비 임언수가 죽어 장례를 치르면서 확연히 드러났다. 스무 번이나 운구를 멈추고 그때마다 제물을 올렸다. 이성림과 우현보, 염흥방, 이인민(이인임 동생) 등이 건의하자 우왕은 임언수에게 충정이란 시호를 내려주어야 했다. 상중인데도 기복하여 임견미를 문하시중으로 삼아 지문하사 안소를 보내 의복 한 벌까지 하사하였다. 임견미가 대궐로 찾아가 사례하자 우왕이 당부하듯 부탁했다.

"이제 국사를 경에게 맡기니 힘써 이끌어가 주세요."

허나 임견미는 지금까지의 도당의 정책을 변화시킬 의사가 없었다. 단지 1385년 8월 동지밀직 최원지를 서북면 도안무사로 임명하여 대비케 할 뿐이었다. 그런데 1385년 9월 들어서자 명과의 관계가 풀어질 조짐이 보이기 시작했다. 역관 곽해용이 명에서 귀국하여 시호와 왕위 계승을 승인하는 조서를 내려줄 것이라고 보고한 것이었다.

"명 황제가 조서사로 국자감학록 장보와 행인 단우를, 시책사로 국자감저부 주탁과 행인 낙영을 파견했다 하옵니다."

명과 화친하기 위해 10년이 넘게 수많은 사신이 억류당하고, 궁핍한 재정과 백성들의 고달픈 삶 속에서도 세공을 바친 결과가 이제야 나온 것이었다.

우왕은 기뻐하며 곽해용에게 은으로 만든 띠 한 개와 어구의 말 한 필을 내려주었다. 그러면서 최영을 교외로 나가 둔치게 하고, 이성계를 동북면 도원수, 홍징을 부원수 임명하여 밖으로 내보냈다. 최영과 이성계의 명성이 명에까지 알려졌고, 명에서 조서를 가지고 온 장보 등이 최영과 이성계의 안부를 물으며 그 동향을 탐지하려 했기에 그리 못하게 하려는 조치였다.

장보와 단우 등이 고려로 들어와서 황제의 조서를 전했다. 고려가 그토록 요구한 화친에 대한 명의 화답이었다. 선왕에게 공민이라는 시호를 내리고 우왕의 왕위 계승을 승인한다는 내용이었다.

우왕이 기꺼이 직접 명의 사신을 맞이하였다. 신료들은 우왕이 말 타기만을 일삼고 예도를 익히지 않았기에 내심 걱정하였다. 그런데 막상 사신을 접대함에 있어 그 행동거지가 절도에 맞는지라 다들 기뻐하였다. 명나라 사신 장보 등도 우왕의 행동을 보고 들은 것과 다르다고 말했을 정도였다.

명의 사신을 맞이하는 일은 순조롭게 진행되는 듯했다. 그런데 그걸 훼방 놓기라도 한 듯 먼저 왜구의 침입이 대대적으로 전개되었다. 왜적이 150척이나 되는 선단을 몰고 와서 동북계의 함주와 홍원, 북청, 합란북 등지를 침구하여 백성을 도륙하고 포로로 잡아가는 사태가 발생한 것이었다.

실상 소규모적인 왜구의 침투는 계속 이어지고 있었다. 1385년 6월에도 웅진과 기린도를 침구하자 해도만호 정룡이 추격하여 세 명을 사로잡았다. 또 평해부를 침습하자 강릉도 도체찰사 목자안이 격퇴시키고 다섯 명을 죽이는 전과를 올렸다. 해도 만호 정룡과 윤지철 등은 전함을 거느리고 바닷가의 섬으로 들어가 왜구를 수색하며 체포하기 위해 나설 정도였다. 이런 상태로 보아 왜구의 침구에 얼마간 대비가 이뤄진 듯 보였다. 그런데 고려의 대반격 이후 또다시 대대적인 침구가 이뤄진 것이었다.

원수 심덕부, 홍징, 안주, 황희석, 정승가 등이 홍원의 대문령 북쪽에서 싸웠으나 모두 패하고 말았다. 심덕부가 적진으로 돌진하여 홀로 들어가 싸우다가 창에 맞아 말에서 떨어지자 적이 다시 찌르려 하였다. 휘하의 유가랑합이 달려 들어가 활을 쏘아서 3

명을 연달아 죽이고 적의 말을 빼앗아 심덕부에게 타게 하여 이리저리 자리를 옮겨가며 간신히 적진을 빠져나올 정도였다. 왜적의 형세가 더욱 성해졌다.

왜적이 남부도 아닌 동북지역에서 날뛰게 되자 도당에서는 당황스러울 수밖에 없었다. 명의 사신이 와 있는 조건에서 고려의 치부를 드러내서는 절대 안 되는 일이었다. 하루빨리 왜적을 퇴치해야만 했다. 이성계가 출전을 자원하고 나왔다. 자신의 기반인 동북면이 유린당하고 있으니 이성계로서는 결코 간과할 수 없는 일이었다. 이성계는 곧바로 함주로 나아갔다.

이성계는 여러 장수에게 부서를 정하고 나서는 의기소침한 군사의 분위기를 고양시키고자 시도하였다. 그는 진영 안에 있는 70보쯤 되는 소나무를 향해 유엽전을 일곱 번이나 쏘아 정통으로 관통시켰다. 그의 명중 실력에 감탄하는 함성 소리가 군중에서 자연스럽게 솟아져 나왔다. 그로 인해 분위기가 순식간에 전변되고 기세가 되살아났다.

이튿날 적들이 둔치고 있는 토아동으로 향하여서는 동네의 좌우에 군사를 배복시켜 놓고 대라를 크게 불게 하였다. 적들로 하여금 이성계의 대라 소리임을 알게 하려는 의도였다. 운봉전투에서 거의 몰살당했던 기억을 떠올리게 함으로써 적들의 기세를 억눌러 놓으려는 뜻이었다. 적들은 아연 긴장하며 경계를 강화하였다.

이성계는 적들에게 보란 듯 이두란, 고여, 조영구, 안종검, 한

나해, 김천, 최경 등 1백여 기를 거느리고 고삐를 당기며 천천히 행군하여 매복시켜 둔 군사 사이를 지나갔다. 왜적은 군사가 적은데도 천천히 행군하여 오자 그 목적을 헤아리지 못하고 감히 공격하지 못했다. 도리어 동쪽에 있던 적이 서쪽의 적 진영으로 자리를 옮겨 한 군데로 합쳐 방어하는 태세로 나왔다.

이성계는 적이 둔치고 있었던 동쪽으로 올라가 진을 치고는 호상에 의지하여 군사들에게 안장을 풀어놓고 말을 쉬게 하였다. 왜적들은 이성계의 행동을 유심히 관찰하였다. 왜적이 보거나 말거나 한참을 쉰 후, 이성계는 말에 오르려다가 말고 1백 보쯤에 이르는 곳쯤에 있는 마른 등걸을 향해 연달아 세 개의 화살을 쏘아 모두 적중시켰다. 왜적들은 이성계의 명궁 시위에 놀라워하며 두려워하였다. 그것을 눈치 챈 이성계가 왜어를 할 줄 아는 자로 하여금 소리쳐 말하게 하였다.

"지금 주장은 이 만호이시다. 속히 항복하도록 하라. 그렇지 않으면 후회해도 소용이 없을 것이다."

"명대로 따를 것이니 잠깐만 시간을 주십시오."

적의 우무머리가 두려움에 휩싸여 엉겁결에 대답하고 나왔다. 하지만 그의 부하들과 의논하여 쉬 결정짓지 못했다. 이성계가 다시 나서며 말했다.

"적들의 기세가 허물어졌으니 공격해야 하겠소."

이성계가 말에 올라 이두란, 고여, 조영규로 하여금 적을 유인하게 하니, 적의 선봉 수백이 추격하고 나왔다. 이성계도 패한 척 달아나며 후진으로 물러나 후퇴하였다. 그러다가 매복시킨 군사가 있는 지점에 이르자 돌연 반격 명령을 개시하였다. 이성계가 선참으로 적 20여 인을 향하여 쏘매, 활시위 소리와 함께 모두 넘어져 죽었다. 이두란, 안종검과 함께 말을 달려 공격하는데 적의 복병이 달려듦으로 직접 적과 맞붙어 싸우며 목을 베었다. 적들이 무너지며 달아나자, 고려 군사가 승리의 기세를 타고 호령하는 소리가 천지를 진동했고, 적들의 넘어진 시체가 들판을 가득 덮었다.

남은 적이 천불산으로 들어갔지만 그 적들 또한 모두 사로잡았다. 우왕은 이성계의 승전보를 듣고 크게 기뻐하며 백금 50냥과 안팎 옷감 다섯 벌에다 안마를 내리고, 정원십자공신의 호를 내려 주었다.

이성계가 왜구를 단호히 징벌하였으니 이제 명에서 온 특사를 잘 대접하면 될 것이었다. 허나 그건 고려의 희망 사항이었다. 고려에 선왕의 시호를 내려주고 왕위의 계승을 승인한 교서를 가져왔으니 명의 특사들이 고려를 아예 속국처럼 여기고 나올 것은 당연했다. 고려에서야 그건 형식적인 것으로 치부하고 화친에 방점을 두는 모양새였지만 명이 그렇게 받아들일 리 없었다. 이건 어쩔 수 없는 입장 차이였다.

명에서 온 장보 등은 먼저 옛날 서사호가 고려의 산천에 제 맘대로 세웠던 비석에 대해 묻고 나왔다. 그리고는 그것을 도성 남쪽 교외로 옮기겠다는 것이었다. 그 비석은 벌써 사라지고 없는 것이었다. 그걸 세운 뒤로 병란과 수재, 한재가 계속 이어진다고 해서 우왕이 직접 부숴 버리라고 명한 것이었다. 조정에서는 부랴부랴 몰래 다시 세울 수밖에 없었다. 그러나 자리가 마땅치 않다는 이유로 옮기지는 못했다.

아예 속국의 신하 대한 양 거만하게 나오는 명의 사신의 태도에 우왕은 매우 불쾌하였지만 꾹 참고 태묘에 분향하였다. 그리고 동지밀직 최을의로 하여금 제육을 장보에게 보내주라고 하였고, 그걸 장보가 직접 맞이하여 받았다. 밀직부사 구홍에게도 제육을 가지고 가 주탁에게 전해주게 하였는데, 마침 주탁이 식사 중이어서 구홍은 알리지도 않고 그냥 부엌에 두고 돌아왔다. 그것을 안 주탁이 대노하고 나왔다.

"왕이 천자의 분부에 따라 태묘에 고하고 분황(焚黃)하는 것은 예법에 따른 것이고, 제사가 끝난 뒤 사신에게 제육을 보내는 것도 예법에 따른 행사인 것이오. 제육이 도착하면 존귀한 천자마저도 오히려 예복을 갖추어 입고 직접 맞이하는 법이거들, 어찌하여 나에게 알리지도 않고 그냥 부엌에 내팽개쳐 둔단 말이오? 그 죄목이 세 가지니, 천자의 분부를 잘 받들지 않고 태만히 한 것이 첫째이며, 국왕의 지시를 소홀히 한 것이 둘째이고, 조종들께서 내려주시는 제물을 함부로 다룬 것이 셋째이니 반드시 사형에 처해야 하오."

속국의 예를 명확히 취하지 않는 태도에 대해 죄를 따져 묻겠다고 나온 것이었다. 장자온이 변명할 수밖에 없었다.

"구홍이 밀직 벼슬에 있긴 하나 무인이라 예를 알지 못해 그런 것입니다."

"알지 못했다는 것이 변명거리로 될 수는 없소. 반드시 책임을 물어 자기 잘못을 깨닫게 해야 할 것이오."

주탁이 계속 고집하고 나오니 고려는 마지못해 죄를 묻는 척하지 않을 수 없었다. 그걸 계기로 장보 등은 이것저것 더욱 기고만장하게 간섭하고 나왔다. 그들은 문묘를 참배한 후 생원 맹사성으로 하여금 시경을 강론하게도 하였다. 성리학에 근거하여 중화사상과 패권적 질서를 확립하고자 하는 의도를 드러낸 것이었다. 주탁 등은 고려에서 제사를 지내는 전당도 보여줄 것을 요구하였다. 사직과 전적, 풍백 운사에 관련된 의궤를 써서 보여주었더니, 주탁은 충신과 열사, 효자, 효손, 의부, 열녀도 제사하라고 가르치고 나왔다. 천자의 세계 질서에 따라야 한다는 주장이었다. 그리고는 관반을 맡고 있는 하륜을 보고 지시하듯 말했다.

"홍무 16년에 천하에 조서를 내릴 때, 황태자에게 올리는 모든 전문에도 신을 칭하게 했으니 고려에서 전문을 올릴 때에도 그렇게 써 올려야 할 것이오."

모든 것을 중화의 유일적 패권 질서에 따라야 한다는 주장이었다. 장보 등은 사직단을 찾아가 살펴보고는 재실을 만들어 두지 않았다고 힐책하고 나왔다. 그리고는 성황도 살펴보려고 하였다. 명의 시시콜콜한 간섭에 일부의 조정 신하들마저 불만을 표출하고 나왔다.

"다른 나라 사람들이 높은 곳에 올라가서 나라의 도읍을 두루 탐지하게 해서는 아니 될 것이옵니다."

이에 도당에서는 별에 초제를 지내는 장소인 정사색을 성황이라고 속여 사신들에게 보여주었다. 장보 등이 적전도 보려고 하자 역시 도당에서는 의논한 후 그것을 막았다. 장보 등이 대궐을 찾아가려 하자 객관의 관리가 일부러 시간을 끌며 말을 내주지 않았다. 우왕이 명의 사신들의 거만한 행위에 맘이 상해 왕궁을 비우고 숙비궁으로 가 버렸기 때문이었다. 장보 등이 화를 내며 그냥 걸어가겠다고 나오자 염흥방이 서둘러 나서서 둘러댔다.

"왕의 몸이 편찮아 아직 몸단장을 하지 못했습니다. 지금 상국의 사신이 갑자기 도착하면 왕이 미처 예를 차리지 못할까 우려되니 조금 기다려 주시기 바랍니다."

우왕이 마지못해 대궐로 돌아와서 그들을 맞이하여 잔치를 베풀어 주었다.

명의 속국으로서 그들의 유일적 패권 질서에 따라야 한다는 식의 온갖 간섭을 하면서 고려의 실정을 파악하고 나서야 장보와 단우 등은 1385년 10월 먼저 돌아가고, 그다음 날 주탁과 낙영 등도 귀국길에 오르게 되었다. 우왕이 서보통원에서 전송하면서 주탁에게 술을 권하며 입을 열었다.

"과인이 십 년 넘게 나라를 다스렸으나 황제의 승인을 받지 못해 간절한 소원이 제대로 상국에 전달되지 못함을 늘 한탄해 왔습니다. 이제 왕위 계승을 허락받고 부왕의 시호까지 받았으니 감격을 이기지 못하겠습니다."

말이 끝나기도 전에 우왕의 눈에는 눈물이 가득 고였다. 명과 화친하기 위해 10년 이상 동안 온갖 수모와 능멸을 겪은 것이었다. 신하들은 명에 가서 억류되었으며, 백성들은 왜구의 침구로 허덕이면서 그들에게 세공을 바쳐온 것이었다. 그러면 이제라도 잘 풀려야 하건만 사신이 와서 한다는 행동이 기고만장하게 이것 저것 온갖 간섭을 일삼고 나오니 실로 서러움과 분통의 눈물밖에 나올 것이 없었다. 이건 공민왕이 채빈 일행을 맞아 어쩔 수 없이 최영 등에게 제주를 원정하게 명한 다음 그들을 명으로 떠나보낼 때 느낀 심정이나 아무 다를 것이 없었다. 부왕이 겪었던 설움을 그 아들인 우왕이 또다시 겪은 셈이었다.

허나 이런 우왕의 심정을 하나도 이해하지 못한 주탁은 그저 명이 시혜를 베풀어 준 것에 감격에 겨워 눈물을 보인 것으로 받아들였다. 주탁은 상국의 사신답게 환하게 웃으며 즐기다가 이별하였다.

도당에서는 명과의 화친이 성사된 것을 계기로 이를 돈독히 하기 위하여 판문하부사 조민수와 찬성사 장자온, 우현보, 첨서밀직사사 하륜을 명의 사은사로 보내면서 책력과 부절을 보내 줄 것을 요청하게 하였다. 공물로 과거 원이 역말을 이용하기 위해 고려에 내려주었던 몽골문자로 작성된 포마문서 여덟 통을 바치도록 하였다. 명과의 친교가 확고한 입장이니 이제 고려를 압박하지 말라는 취지의 요구였다. 그러면서도 또다시 명이 트집을 잡지 못 하도록 하기 위해 문하찬성사 심덕부와 밀직제학 임헌을 명으로 보내 신년을 하례하게 조치하였다.

명과 화친이 성사되었다고 하나 이것은 고려로서 한시름 놓은 것에 불과하였다. 현 상황에서의 임시적 화해일 수밖에 없기 때문이었다. 요동 땅의 소유권은 애매모호했고, 그 부분을 결정짓는 담판이 이뤄져야만 했다. 그때에 전쟁으로 화할지 아무도 모르는 일이었다. 이건 명도 고려도 다 직시하는 바였다. 도당에서는 화친을 계기로 원만히 해결되기를 바라며 명의 요구를 들어주려고 하지만 그 또한 고려 백성들의 피땀을 짜내야 하는 일이었다. 명에 바칠 세공에 충당하기 위해 1385년 11월 관품에 따라 말을 내게 조치할 수밖에 없었다. 그마저도 고려의 의도대로 된다고 장담할 수 없으니 다른 경우도 상정해야 했다. 도당에서는 문하찬성사상의 우인열을 서북면 도순문사, 지문하사 안소를 동북면 도순문사, 동지밀직 지용기를 양광도 순문사로 임명하여 만일의 경우에 대비케 하였다.

우왕은 도당의 모습을 보면서 왜 최영이 조정의 기강을 세워야 한다고 주장하는지 그 이유를 알 것 같았다. 북방의 대책도 그러하지만 왜구의 침구도 제대로 대응하지 못하는 이유가 다 거기에 있었다. 신료들이 하나같이 안일하게 대응하고 몸을 사리기만 하는 것이었다.

우왕은 뭔가 획기적인 전환이 이뤄져야 한다는 것을 실감하지 않을 수 없었다. 조정이 이런 식으로 흘러가서는 요동을 수복하려는 꿈은 이룰 수 없었다. 허나 그에겐 당장 힘이 없었다. 그걸 이룩하자면 뭔가 준비를 해야만 했다.

우왕은 조정을 쇄신시키려는 의중을 가슴 깊이 품으면서도 아무 일 없다는 듯 다시금 밖으로 나돌아 다녔다. 왕흥의 딸을 취했으니 자주 그의 집으로 향했다. 또 전 판사 신아의 집을 찾아가 그 딸을 데려오게 해 살펴보고는 가슴에 품는 행동을 벌였다.

우왕이 이렇게 여전히 여색을 탐하는 행동을 보이는 것은 무력한 왕의 처지를 반영한 것이었다. 허나 한편으론 그것이 자신의 세력을 키우는 한 방편이기도 했다. 그 딸을 취하면 그 집안이 왕의 세력으로 편입되는 방식이었다. 그 때문에 우왕은 왕의 세력에 대한 침범은 매우 엄하게 대했다. 좌대언 윤취가 최천검의 가노가 무례하게 군다고 매질을 가한 사건이 발생하였다. 숙비가 우왕에게 이를 고자질하자 우왕은 윤취를 순군옥에 수감하게 하고는 서인으로 강등시켜 버렸다.

하지만 우왕으로 하여금 결단을 재촉하는 사건이 발생하였다. 조정의 쇄신을 추진하고자 벼르고 있는데, 자기 여자들의 인척이 비리를 저지른 사건이 터진 것이었다. 문천주는 본래 관직이 없었지만 의비의 친척이어서 강화만호의 자리에 임명된 자였다. 그는 의비의 권세를 믿고 백성들의 재물을 마구 침탈하였는데, 포악하기가 이를 데 없었다. 얼마나 악독했는지 보다 못한 그 고을 출신 환관 김석이 그의 불법행위를 낱낱이 적어 고발하였다. 다른 때 같았으면 우왕은 무마하려고 나올 것이었다. 그런데 우왕은 고민을 거듭하였다. 그리고는 마음의 결정을 내린 듯 그 자신이 직접 문천주를 문초하고 나섰다.

“왜구의 침구는 끝없이 이어지고, 북방의 정세는 요동치고 있어 나라의 안위마저 위태로운 지경이다. 이 난국을 헤쳐나가자면 백성들을 하루빨리 삶에 안착시켜야 할 것이건만, 어찌하여 백성들의 재물이나 탐하며 도탄에 빠지게 한단 말이냐? 아무리 내 인척간이라 해도 이를 절대 용서할 수가 없다.”

그리고 단호히 문천주를 순군옥에 수감시켜 장형에 처하게 한 후 유배에 처하게 명했다. 백성들을 수탈한다면 자신의 측근이라고 봐주지 않겠다는 것이었다. 이건 권신들의 탈점 행위에 대해서도 묵과하지 않겠다는 의지를 서서히 드러낸 것이었다.

우왕의 일차적인 대상은 권력의 실세인 임견미의 당류일 수밖에 없었다. 요동을 되찾고 세상을 평정하는 것이 자신의 꿈이라면서 그토록 요구했건만 임견미가 적극 움직여주지 않으니 그에 대한 불만이 가장 자연스럽게 표출된 것이기도 했다. 그뿐만이 아니었다. 조정을 쇄신시키지 않고는 요동과 만주를 되찾기 위한 싸움을 할 수 없다는 것을 차차 인지하게 된 것이었다. 최영이 왜 조정의 기강을 세워야 한다고 그렇게 간언했는지 그 연유를 이제야 깨달은 것이었다. 우왕은 화원에서 말을 조련하다가 잘 안 되자 짜증 내듯 한마디 내뱉었다.

“수정목 공문을 가져 오거라. 그래야 내가 이 말을 제압할 수 있을 것 같구나.”

그리고는 임치를 향해 말했다.

"네 아비가 수정목 공문을 즐겨 사용한다지?"

우왕이 임견미를 놀리는 말이었지만 거기엔 그의 의중이 담겨져 있었다. 임견미와 염흥방은 악질 종놈들을 시켜서 좋은 토지를 가진 사람들을 죄다 수정목으로 무자비하게 때린 후 탈취하곤 했다. 이인임이 권세를 장악하여 전민을 탈점했지만 이렇게 몽둥이까지 들고 빼앗지는 않았다. 그런데 임견미와 염흥방은 아예 드러내놓고 망나니짓을 벌인 것이었다. 관청에서 발행한 증서를 보여주고 항의하더라도 아무 소용이 없었으므로 사람들은 이를 수정목 공문이라고 불렀다.

우왕이 이를 듣고 못마땅하게 여기는 속마음을 은연중에 내비친 것이었다. 우왕이 권신들을 향해 다시금 칼을 빼들려고 하는 격이었다. 초창기 자신의 왕권을 세우려다가 대신들에게 무참히 깨져 사냥이나 하고, 여색이나 탐하면서 보낸 세월 이후 다시금 자신의 왕권을 세우려는 뜻을 내보인 것이었다. 허나 거기엔 지난날과 달리 저 요동의 땅을 수복하려는 웅대한 뜻이 담겨져 있었다. 이게 지난날과 다른 측면이었다.

요동을 장악하려는 명의 움직임은 가속화되고

우왕이 임견미의 탈점 행위에 노골적으로 반감을 드러낸 것으로 보아 뭔가 결심을 세운 것처럼 보였다. 최영은 우왕의 행동을 주의 깊게 지켜보았다. 허나 우왕의 태도는 최영의 기대와는 사뭇 달랐다.

우왕은 1385년 12월 강인유의 딸을 안비로 책봉하고 봉가이를 숙녕옹주로, 기생 칠점선을 영선옹주로 각각 봉했다. 봉가이야 권력의 중추인 이인임의 손녀로 여겨지니 그렇다고 쳐도 칠점선까지 옹주로 임명한 것이었다. 칠점선은 밀직 남질의 첩인데, 우왕이 그녀를 불렀을 때 남질이 병을 핑계하며 보여주지 않다가 도당에서 그의 가노 10여 명을 수감하기에 이르자 어쩔 수 없이 보낸 여자였다. 이건 사비와 관기까지 옹주로 임명한 것으로써 자신의 행위를 정당화시키는 것 이상 아무것도 아니었다.

우왕은 거기서 머물지 않았다. 숙녕옹주인 봉가이에게 주옥장을 주려고 하다가 보원고의 별감인 황보가 그것이 없다고 대답하자 그를 바로 순군옥에 하옥시키고, 또 제조 박천상과 서균형, 이환검의 가노 10명도 수감시켰다. 그리고 전공판서 권주의 집을 수리해 숙녕옹주의 궁으로 만들게 하여 왕의 거처로 삼더니, 자신이 무리들을 직접 인솔해 앞에서 인도하며 이사를 거행했다.

이로써 후궁 가운데 숙녕옹주가 가장 총애를 받게 되었고, 그 위세 또한 가장 높아지게 되었다. 이건 곧 이인임의 권세가 더욱 도드라지게 된 격이었다. 그 때문에 임견미와 이성림, 염흥방 등은 우왕이 거처하는 숙녕옹주의 궁으로 가 1386년 1월 신년 하례를 올렸다. 그러고도 염흥방은 우왕에게 잘 보이기 위해 다시 재상들과 함께 왕의 만수무강을 축원하는 술잔을 올렸다. 이때부터 양부의 관리들이 업무를 보고할 때는 숙녕궁으로 가게 되었다.

최영은 두 눈을 감아 버렸다. 북방의 정세가 요동을 치게 되어 나라의 존망까지 위협받고 있는 이 절박한 시점에 너무도 한심하기 짝이 없는 짓이었다. 도무지 어떻게 해야 할지 활로가 보이지 않았다. 우왕은 요동을 수복하고 세상을 평정하자고 그 의기를 드러내기는 하였으나, 그리하자면 어떤 준비를 해야 하는지 전혀 모르는 것이었다. 조정을 쇄신시켜 기강을 세우라고 하는 뜻이 무엇을 의미하는지 인지하지도 못한 모양이었다. 임견미가 맘에 안 드니 이제 이인임에게 의지하려는 심사 같았다. 그런 우왕의 태도는 1386년 1월 이인임의 딸인 강서의 처가 죽자, 그걸 대하는 모습에서 확연히 드러났다. 우왕은 직접 화공을 데리고 가 그 여자의 영정을 그리게 했다. 그 어미 박씨가 통곡하자 우왕은 큰 잔에 손수 술을 따라서는 그 앞에 꿇어앉아 만류하고 나섰다.

"대모께서는 제발 통곡을 그치십시오."

우왕은 그리 당부하고서는 스스로 흰 천을 찢어 허리에 두르고 환관들도 모두 그렇게 하도록 명했다.

우왕이 이리 행동하는 것은 임견미 대신에 이인임을 내세워 자신의 뜻을 실현하려고 하는 의도이겠지만, 이인임도 법을 굽히기는 마찬가지였다. 전 부령 장연이 그의 아내와 사통하였던 호군 김장을 잡아서 헌부에 고하였는데, 이인임은 헌부로 하여금 그 죄를 묻지 못하게 하였다. 장연의 아내는 전공판서 김극공의 딸이었는데, 이인임의 집으로 피신해 오자 그리 조치한 것이었다. 공공연하게 뇌물을 받고 법 집행을 어지럽히는 꼴이었다,

최영의 가슴은 답답함을 넘어 피를 토할 것 같은 심정이었다. 어떻게든 선인의 맥을 이어 그 뜻을 펼치려고 노력하려 하지만 도무지 그 해결책이 보이지 않는 것이었다. 한단선사와 고군기에게 맺은 약속을 지켜야 한다고 가슴 한편에선 말하고 있지만, 그건 울림이 없는 메아리에 지나지 않았다. 절대 포기해서는 안 된다는 의지와는 다르게 이제는 그 자신 어떻게 할 수 없는 상황으로 치

달아 그만 실기하는 상황에 처했다는 느낌을 떨쳐버릴 수 없었다.

그럴 수밖에 없는 게 도당에서는 그의 판단과는 너무도 다른 정책을 계속 추진하고 있었다. 명과의 화친이 성립되었다고 1385년 12월 밀직부사 강회백을 명으로 보내 세공마 1천 필과 베 1만 필, 금과 은 대신에 말 66필을 바치는 식이었다. 화친이라고 하지만 엄밀히 말하면 세공을 바치는 꼴이었다. 이것은 1385년 12월 명으로부터 귀국한 안익과 장방평이 주원장의 지시를 전달한 내용에서도 확인되고 있었다. 주원장은 세공마를 바치는 고려의 정성이 부족하다며 매년 세공을 바칠 필요가 없다는 식으로 얘기하더니, 자신들이 왜적들을 공격할 것이라면서 고려로 하여금 길안내를 하라고 하고, 그 후 귀환할 때에는 그 군함들을 고려의 요충지에 군영을 세워 왜적들을 방어하게 할 것이라고 하면서 고려에 협박을 가하고 나온 것이었다. 군사적 지배까지 고려가 받지 않으려면 세공을 잘 바치라는 엄포였다. 고려가 외교 정책에 저자세를 취하니 그걸 이용해 고려의 골수까지 빼먹자는 태도였다. 이걸 바꾸자면 무조건적인 명과의 화친에 목을 매는 저자세의 외교 정책에서 벗어나야만 했다. 고려의 이익이 무엇인가를 명확히 타산하고 그 길로 나가야 했고, 그러자면 그런 입장을 세운 조정의 진용이 갖춰져야만 했다.

최영은 안타깝고 서러운 마음에 하늘을 올려다보았다. 정녕 하늘은 이 고려를 버릴 것이냐고 따지고 싶었다. 허나 그것은 부질없는 짓이었다. 하늘이 고려를 버리는 것이 아니라 고려 조정이 하늘의 뜻을 어긴 것이었다. 하늘을 탓할 수도 없는 노릇이었다. 차라리 그 자신을 탓해야 했다. 애초부터 고려 왕실을 끼고서 추진할 것이 아니라 오직 단군조선의 얼과 혼을 지키려고 하는 사람들의 힘으로 저 요동과 만주 땅을 되찾겠다는 방식으로 일을 진행했다면 이렇게 되지는 않았을 것이었다. 그리했으면 한단 선사도 돌아가시지 않았을 것이며, 그 세 사람이 뜻을 모아 사람들을 규합시켜 나갔다면 더 승산이 있었을 것이었다. 헌데 공민왕을 설득하려는 헛된 욕망에 사로잡혀 스승이자 동지인 한단 선사를 잃게 되었고, 동지의 가장 중심축인 사람을 잃게 되니 더욱 피동에 빠져 왜구의 침구를 막는 데에 급급하게 되어 또 소중한 동지인 고군기마저 떠나보내게 된 것이었다. 이제 나이 일흔 살이 넘어 뜻을 이뤄보려 하나 그의 주위엔 사람이 없는 것이었다. 그나마 조그만 희망을 기대할 수 있는 사람이 한심하기 짝이 없는 고려왕인 우왕이라고 하는 사실 앞에 목이 메어 올 뿐이었다.

허나 후회해 봤자 부질없는 일이었다. 젊은 때야 다시 일어서면 되지만 나이 일흔 살이 넘은 이 나이엔 너무 늦어 버린 것이었다. 어쩔 수 없이 지금까지 살아왔던 삶에 끝까지 충실해야만 했다. 더욱이 북방 정세가 심상치 않게 돌아가는 이때에 회한에 빠져 있을 수만은 없는 노릇이었다. 요동의 상황을 정확히 파악하여 냉철하게 판단 내려야 했다. 그게 선인의 계승자로서 자신이 마지막까지 최선을 다하는 모습이었다.

실타래가 엉킨 것처럼 꼬여버린 이 난국을 어찌 풀어갈지 여러모로 고뇌하고 있는데, 단고승이 최영을 찾아왔다. 긴 여행을 다녀온 듯 단고승의 옷차림은 꾀죄죄하였다. 그런 단고승을 보며 최영은 급히 안으로 이끌었다. 실상 최영은 단고승을 계속 기다리고 있던 참이었다. 최영은 이대로 주저앉을 수 없다고 보고 단고승에게 요동에 직접 다녀와 명의 상황을 명확히 파악해올 것을 부탁한 상태였다. 단고승이 아직 올 때가 안 되었다고 여기면서도 요동을 향한 그의 강한 의지가 단고승을 찾게 된 셈이었다. 단고승은 최영의 물음에 대답이라도 하듯 먼저 명의 정책적 특성부터 밝히기 시작했다.

"명은 중화의 부흥을 주장하며 유학을 자신들의 정책적 기조로 삼고 있었사옵니다. 주자학의 특성으로 보자면 중화 패권을 행사하겠다는 뜻이겠지요."

이미 알고 있는 내용이었지만 명의 속국으로 전락하지 않으려면 명과 피할 수 없는 일전을 불사해야 한다는 사실이 더욱 확연해진 것이었다.

주원장은 홍건적의 무리인 곽자흥의 수하로서 출발하였지만 처음부터 홍건적과는 일정한 거리를 두고 처신했다. 약탈이나 일삼은 비적 집단과는 다르다는 입장이었다. 홍건적이 원의 대도를 향해 공격할 때에도 동참하지 않고, 도안과 유기, 송렴, 장익 등 절동 4선생을 비롯하여 명성 있는 유자들을 초빙하여 내정을 다져나갔다. 그리고는 가장 강력한 상대인 진우량을 파양호에서 대파하였고, 그 다음 강자인 장사성을 꺾음으로써 사실상 중화를 통일시킨 후 원의 대도를 공략하여 무너뜨림으로써 천하를 걸머지는 방향으로 나가게 된 것이었다.

자신들이 중화의 부흥을 내걸었으니 송의 땅만 차지하려는 의향을 보인다면 그건 이해할 수 있는 일이었다.

허나 그들은 자신들이 원의 계승자라면서 원이 차지한 땅과 백성은 다 자기네 것이라고 주장하였다. 통치의 근본 사상으로 유학을 내걸었으니 사상적으로 봐도 그들이 세계의 중심이고 다른 나라는 오랑캐가 되기 때문에 그들이 세상을 지배해야 한다는 것은 그들로선 당연한 귀결이었다. 주희에 의해 주자학으로 발전한 유학은 이제 사상에서의 유일 패권 차원을 넘어 실질적인 국제 정치 질서에서의 천하 패권까지 행사해야 한다는 주장으로 확장되고 있는 셈이었다. 중화가 아닌 나라는 굴복하든가 대항하든가 그 선택 이외에 다른 출구가 없게 된 것이었다. 헌데 고려의 유자들은 이념적으로 명과 같고, 또 명이 대국으로 흥기한다는 이유로 그들에게 사대의 예를 갖추고자 하였다. 원에 사대하나, 명에 사대하나 그 사대하는 본질이 서로 다를 수 없었다. 허나 그 둘 사이에는 엄청난 차이가 숨겨져 있었다. 원에 대한 사대는 힘 앞에서의 굴복이었지만 명에 대한 사대는 자신들 스스로가 오랑캐라고 인정하는 것이었다. 이건 고려인 자신을 비하시킨 것으로 고려를 중흥시켜 단군조선과 고구려의 옛 영화를 세우려는 입장에서는 결코 받아들일 수 없는 일이었다. 단고승이 명의 주자학적 통치를 중화 패권으로 단정 지어 언급하는 것은 고려를 중흥시키려는 입장과 중화 패권의 추구는 서로 화해할 수 없는 관계라는 점을 분명히 하고자 함이었다.

최영은 조정 대신의 한 사람으로서 부끄러웠지만 고려의 대외 정책이 잘못 전개되고 있음을 인정하지 않을 없었다. 최영은 고개를 끄덕이며 단고승의 다음 얘기를 기다렸다. 단고승이 다시 말을 이었다.

"주원장은 새로운 나라의 건국자답게 나라의 통치 체계를 엄히 수립해 나가고 있었사옵니다. 특히 관리들의 부정부패는 절대 용서하지 않고 엄단하고 있었사옵니다. 백지인장 사건이나 곽환의 횡령 사건 같은 것들이 터져 나왔는데, 주원장은 그에 관련된 사람들을 모조리 엄벌했다 하옵니다. 그 결과 관리들의 부정과 비리는 잡혀가고 있는 듯하옵니다."

1376년에 일어난 백지인장 사건은, 지방의 재정 상황을 상부에 보고하는 지방의 관리들이 백지인장을 사용하는 것을 주원장이 우연히 알게 되어 그와 관련된 수백 명의 관리들이 처형된 사건이었다. 지방에서 남경까지의 거리가 너무 멀기에 때맞춰 보고하자면 그 자리에서 고쳐 처리해야 했기에 백지인장을 주어 해결하도록 하는 것이 그동안의 관행이었다. 그런데 주원장이 그걸 부정부패를 저지르는 행위로 보고 그에 관련된 자들을 모조리 처벌한 것이었다. 1385년의 곽환의 횡령사건은 어사 여민이 북평 포정사 이욱과 안찰사 조전덕, 호부시랑 곽환이 서로 결탁해서 관아의 식량을 횡령했다고 고발함에 따라 발생한 사건이었다. 그에 관련해서 몇천 명도 아니고 수만 명의 사람이 가혹하게 처벌받았다. 주원장이 이토록 부정비리에 대해 엄단한 것은 매우 빈한한 한족의 가문에서 태어나 거의 거지나 다름없는 유랑 생활을 하면서 살아왔던 주원장의 삶의 배경이 가로놓여 있었다. 백성들이 가난하게 살고 원이 망하게 된 연유가 관리들의 부정부패에 있다고 여긴 그는 부정과 비리의 혐의에 대해서는 절대 타협하지 않으려고 한 것이었다. 비록 명이 고려와 일전을 벌여야 하는 나라라도 해도 주원장이 부정부패를 일소하려고 노력하는 점에 대해서만큼은 인정하지 않을 수 없었다.

최영은 한숨을 내쉬었다. 고려 조정 관리들의 부정비리가 얼마나 심각한가는 그 누구보다 그가 잘 알고 있는 바였다. 부정부패가 나라를 좀먹게 한다는 것은 아버지 최원직의 분명한 입장이었다. 그래서 아버지 최원직은 최영에게 나라를 진실로 구하려는 관리로서의 사명을 제대로 하려면 황금을 돌같이 여기라고 유명을 내려준 것이었다. 탐욕을 철저히 경계하라는 뜻이었다. 최영은 이 점만큼은 어떤 경우에 있어서도 지키려고 노력하였다. 조정에서 자신의 당류조차 키우려고 하지 않는 것은 그 때문이었다. 그 결과 그에게는 조정의 세력이 없었고, 그의 말에 귀 기울여주는 자도 없었다. 그로 인해 조정의 기강을 세우려고 온갖 애를 썼지만 왕과 권신들은 그에 뜻에 따라 움직여주지 않았다. 명은 바로 조정의 기강을 세워가고 있는 반면에 고려는 그 상황에서 여전히 벗어나지 못하고 있는 형국이니 국력의 차이가 더 벌어질 수밖에 없었다. 그 차이가 고려가 요동을 공략하지 못하는 가장 큰 요인이 된 격이었다.

이 대비는 명과의 일전을 벌일 때 고려의 불리한 측면이었다. 그렇다고 해서 이대로 주저앉아 있을 수는 없을 것이었다. 단고승이 다시 말을 이었다.

"명이 새롭게 흥기해 나가고 있지만 그들에게도 약점은 있었사옵니다. 새 왕조를 개창한 초기에 으레 일어나는 것이긴 하지만 황제와 공신들 간의 알력 싸움이 발생하고 있었사옵니다. 주원장은 자신의 뒤를 이어 왕조가 안정적으로 이어지도록 황제의 권력을 강화하는 조치를 취하면서 공신들을 대거 제거하고 있었고, 심지어 자기 아들들에게는 변방으로 내보내는 분봉 제도까지 실시하고 있었사옵니다."

명을 건국한 주원장의 주된 고민은 새 왕조가 오랫동안 안정적으로 통치해 나가도록 하는 것이었다. 그 걸림돌 중의 하나가 수도가 남경이라는 점이었다. 남경에서 중국 대륙을 통치하다 보니 너무 남쪽에 치우쳐 있어 전국을 통일적으로 통치하는 데에 여러 불편한 요소가 제기된 것이었다. 수도를 옮기는 것도 고려하였으나 당장 그리 조치할 수가 없었다. 그런데 그보다 더 마음에 걸린 것은 황위를 이어야 할 첫째 아들 주표가 유약하다는 점이었다. 공신들을 그대로 놔두었다가는 황제권이 위협받을 수 있다고 여긴 주원장은 공신들을 제거하기 시작하였고, 자신의 아들들 또한 9왕으로 임명해 변경으로 내보냄으로써 황위 다툼의 소지를 아예 없애고자 하였다. 그러면서도 9왕에게 군사적 지휘권만을 주었을 뿐 행정권이나 조세권은 부여하지 않았다. 하지만 1376년 엽백거는 주원장의 그런 정책을 비판하고 나왔다. 한에서 일어난 오초칠국의 난이나 서진에서의 팔왕의 난 등에서 보듯 분봉제의 실시가 지방에 독자적인 군사 역량을 성립시켜 반란이 일어날 소지를 갖춰줌으로써 도리어 중앙집권제와 황제권의 강화에 걸림돌이 될 것이라고 주장한 것이었다. 그러나 엽백거는 이 주장으로 인해 주원장의 분노를 자아내 죽음을 맞이하였다.

주원장이 공신들을 제거하는 과정에서 1380년에는 좌승상 호유용이 역모를 꾀했다 하여 처형당했고, 그와 연루되어 죽은 자만도 1만 5천 명이나 되었다. 그러면서 일반 행정을 총괄하는 기관인 중서성을 완전히 폐지하는 한편, 6부의 사무결재 권한 역시 직접 전담함으로써 6부의 상서들을 사실상 황제의 자문관으로 전락하게 만들었다. 1384년 봄에는 자신의 외조카이자 건국 1등 공신인 조국공 이문충도 독살되었다. 이문충은 문무에 출중했으나 외숙부인 주원장에게 고언을 자주 하다가 황제권을 강화하려는 주원장의 뜻에 의해 죽임을 당한 것이었다. 1385년에는 건국공신이자 넷째 아들 연왕 주체(명의 3대 영락제)의 장인이기도 한 노장 서달도 석연치 않게 죽었다. 이것은 왕조 창업 시기에 비일비재하게 벌어지는 왕과 공신들 간의 권력 갈등 양상이었다.

최영은 별반 중요하지 않다고 여겼지만 단고승이 이를 지적하고 나오는 태도에 넌지시 물었다.

"주원장이 황제권을 강화했다는 것인데, 그건 국력의 약화가 아니라 더 일사불란한 지휘계통을 세웠다고 볼 수도 있을 것이다. 그런데 네가 이리 보지 않고 달리 말하고자 하는 것 같은데, 그리 얘기하는 데에 또 다른 무슨 이유가 있어서인 것이냐?"

"큰아버님의 말씀이 옳으십니다. 단지 제가 여쭙고자 하는 것은 주원장이 황제로 있을 때는 별 탈이 없을 것이나 그가 죽은 사후에는 문제가 대두될 것입니다. 그만큼 주원장은 다음 황위를 이를 황태자가 걱정된다는 것 아니옵니까? 그 점을 말씀드리고 싶었던 것이옵니다."

단고승이 최영의 말에 선선히 동의하고서는 다시 말을 이었다.

"그런데 우리 고려에 안 좋은 소식은 주원장이 분봉제를 실시하면서 자신의 아들 중에서 문무를 겸비하고 가장 뛰어난 넷째 아들 주체(명의 3대 영락제)를 북경의 연왕으로 임명해 파견했다는 점이옵니다. 그만큼 명도 이 요동과 북방을 중시하고 있다는 뜻일 것이옵니다."

최영은 고개를 끄덕였다. 지금껏 대륙의 북방과 요동을 장악하고 있는 나라가 대륙의 정세를 주도해 온 것이 역사적 사실이었다. 그만큼 이 지역의 위치가 중요했다. 그 때문에 고려도 북방을 중시하고 인재들을 거기에 배치하는 격이니 명 또한 그리 나올 것은 당연한 이치였다. 그렇다면 명이 추진하고 있는 요동 정책의 움직임을 구체적으로 파악해야 했다. 최영이 물었다.

"명에서 요동을 공략하기 위해 어떤 움직임을 보이고 있더냐?"

명의 구체적인 움직임을 파악해야 고려에서 그 허점을 파고들어 대응책을 마련할 수 있었다. 단고승이 신중하게 다시 입을 열었다.

"명의 여러 움직임을 추산해 볼 때 그들은 요동지역에서 자급자족적 환경을 조성하려고 하는 것이 분명하였사옵니다. 명이 요동을 경영하는 데 있어서 가장 큰 애로점은 산동반도의 등주를 거쳐 요동의 여순 지역으로 군량을 보급시키는 것이었사옵니다. 해로를 통한 과정에서 수시로 익사자가 나오는 등 그 피해가 속출하고 있었습니다. 그 해결책으로 군사적인 측면만이 아니라 경제적으로도 자급자족적 체제를 구축하려고 시도하는 것이옵니다. 북원과의 대결로 군마가 필요한데 초원으로부터 군마를 보급받지 못해 지속적으로 부족한 형편이었습니다. 경제 대책으로 둔전제를 실시해 양식을 마련하고자 하지만, 전쟁으로 땅이 황폐화되어 있고 인구가 감소한 상태인데 북원과의 군사 대결로 주민을 군역에 계속 동원하고 있는 실정인지라 사실상 성과가 나오기 어려운 상황에 빠져 있었사옵니다. 게다가 둔전제는 정착생활을 해야 효과가 있는 법인데, 요동의 주민 중 고려인을 제외하고 여진인과 몽골인은 유동적인 생활 풍속을 가지고 있는지라 그 자체가 어렵지 않겠사옵니까? 그런데도 그들은 나하추의 요서 지역을 계속 공략해서는 압록강에서부터 저 요서 지역에 이르기까지 25위 체계를 세우려고 온갖 힘을 기울이고 있었사옵니다. 이로 보건대 명은 멀지 않는 시기에 나하추에 대한 대대적인 공격을 감행할 것으로 보였사옵니다."

명이 왜 고려에 군마를 거듭 강요해서 요구하고, 요동에 살았던 고려인의 백성마저 소환을 요구하는 이유가 명백해진 것이었다. 고려의 부담을 통해 대륙의 본토로부터 공급을 받지 않고도 요동 자체적으로 해결할 수 있도록 함으로써 그곳을 그들의 통치 영역으로 완전히 장악하려는 의도였다.

명은 원래 요동을 자기 땅이라고 주장할 아무 근거도 없었고, 그들의 세력 또한 존재하지도 않았다. 그들이 이 지역에 발을 붙이게 된 것은 1371년 2월 요양 평장성 유익이 명에 투항한 것이 그 계기가 되었다. 그렇지만 그 지역은 요령성의 일부 지역에 한정되고 있었다. 그러나 그들은 요남에 정료도위를 설치하여 요동 점거에 1차적으로 성공하였고, 1372년 9월에 또 요양의 노아산채에 주둔하고 있던 고가노가 명에 투항함으로써 요남과 요북으로 세력을 점차 확장하게 되었다. 이를 기반으로 1375년 8월 명은 전국적으로 각처에 설치한 도위를 도지휘사사 체제로 변경하면서 정료도위 역시 요동도지휘사사로 바뀌게 되었다. 명은 황제의 직속 관할 하에 5군도독부를 두고 그 밑에 도지휘사사와 위소라는 명령 계통을 두었는데, 요동도지휘사사는 좌군도독부 산하에 소속된 것이었다.

명은 요동도지휘사사의 군사적 기반을 강화하기 위해 금주, 복주, 개주, 해주, 우장, 요양 등 6개 지점에 방어 거점을 설치하였고, 이제 심양을 새로운 방어체계의 중요 지점으로 삼아 북원의 나하추에 대한 공략을 준비하고 있었다. 이것은 명이 제국의 패권을 행사하기 위해 일차적으로 요동의 북원 세력을 몰아내기 위한 모든 체계를 세워 나가고 있는 것으로 여겨지는 행동이었다. 허나 명이 요동을 완전히 장악하기에는 아직 여러 조건이 걸림돌이 되고 있었다. 여진의 경우에도 호발도의 일부 세력이 명에 투항하기는 하였지만 저 북쪽의 건주 여진은 여전히 독자적인 세력을 유지하고 있었다. 몽골의 북원 또한 원래 카라코룸으로 물러나면서 부족 간의 내부 다툼이 벌어지고 있기는 하지만 여전히 건재하고 있었다. 이런 형편에서 요동은 그 교통로가 되는 지점이었으니 명이 제국의 패권 체제를 수립하자면 이곳의 공략을 포기할 리 만무했다. 그 시기가 언제 도래할 것인가만 남아 있는 형국이었는데, 그 시점이 멀지 않았다는 게 단고승이 요동의 정세를 살펴보고 보고한 내용의 핵심이었다.

최영은 신음 소리를 내뱉지 않을 수 없었다. 명이 흥기하고 원이 쇠락하는 상황에서 고려가 요동 땅을 찾기 위해서는 명이 요동에 손을 뻗치게 못하게 막는 것이 가장 옳은 방안이었다. 유익 등은 요동은 고려의 땅이라고 하면서 고려의 관할권을 인정한 사람들이었다. 그런데 공민왕과 신돈은 대륙의 정세 속에서 어떻게 해야 고려가 요동을 수복할 수 있는 방안인지를 면밀히 따져보지도 않고 성급하게 명과 화친하면서 요동의 북원 세력을 공격하는 정책을 추진하는 바람에 유익이 명에 투항하고 나올 때 아무런 대처를 할 수가 없었다. 그로 인해 정세의 유동성 속에서 고려는 요동을 수복할 절호의 기회를 맞이하였지만 전혀 그걸 이용하지 못하고, 도리어 명과 북원의 양쪽으로부터 압박받게 된 꼴이 되어 이런 난국에 처하게 된 것이었다. 요동의 북원 세력인 나하추가 건재해야 고려가 명의 압박을 견제할 수 있는 요소가 되는 것인데, 명이 나하추를 공격할 준비를 착착 갖춰가고 있으니 시간이 촉급할 수밖에 없는 상황이었다. 단 한 가지 희망적인 사실은 명이 북원의 나하추에 대한 공격에 전력을 쏟다 보니 고려의 국경 지대인 압록강과 명의 요동도지휘사사가 위치한 요양 사이에는 역참과 위소를 정비할 틈이 없어 거의 무인지대라고 할 만큼 대비가 되어 있지 않다는 점이었다. 고려가 공략할 때 이것은 유리한 지점으로 작용할 것이었다. 허나 이런 객관적 조건보다도 요동을 수복하려고 하는 의지가 가장 중요했다. 이 점에서 최영은 답답해하지 않을 수 없었다. 해답이 보이지 않기 때문이었다.

최영이 무거운 어조로 단고승에게 물었다.

"너는 요동과 만주 땅 수복에 가장 함께할 수 있는 사람이 우왕이라고 하였는데, 아직도 그 생각에는 변함이 없느냐?"

이 촉박한 시기에 고려는 과연 그 준비를 갖추고 요동 수복의 기치를 내걸고 싸울 수 있을지, 아니면 지난날의 선인처럼 또 다른 선인의 후예들이 또다시 훗날을 기약하며 길고 긴 인고의 세월을 기다려야 할지에 대한 단도직입적인 물음이었다.

"그리 말씀하시니 뭐라고 말씀드리기가 어렵사옵니다. 우왕이 의지를 갖고 있다는 것은 분명하지만 과연 목숨을 내걸고 그리할 것인지, 저 또한 장담할 수가 없사옵니다. 실상 우왕은 요동을 수복하고 세상을 평정하고 싶다는 자신의 뜻을 이미 조정 신료들에게 밝혔잖습니까? 허나 그에 따라주는 신료가 없는 것이지요. 우왕이 임견미를 내치고 이인임을 내세워 추진하려고 하는 모양인데, 이인임이 임견미와 뭐가 다른지 저는 잘 모르겠사옵니다. 차라리 이인임과 임견미, 염흥방 등은 서로의 이해관계가 탄탄하게 얽혀 있다고 보는 것이 이치에 맞지 않겠사옵니까? 그렇다면 단 하나의 방법은, 그들을 일거에 모조리 제거해야 한다는 것일진대, 그런 마지막 비상수단을 쓰는가 안 쓰는가 하는 것은 우왕의 의지에 달려 있겠지요. 설사 그걸 깨닫고 결정을 내린다고 해도 과연 실기하지 않을 수 있을지 그것조차도 지금으로선 솔직히 장담하기 어렵사옵니다."

최영은 깊은 한숨을 내쉴 수밖에 없었다. 우왕의 모습을 보면 그리 생각하지 않을 수 없었다. 우왕은 요동을 공략하려는 뜻을 분명히 밝힌 이래 더 자주 사냥을 나가고 있었다. 자신의 뜻을 알고 조정에서 그리 움직여주라는 요구였다. 1386년 2월 해주로 사냥을 나갔는데 거의 25일 간이나 머물렀다. 도순문사 왕안덕과 안렴사 배구, 해주목사 이숙림, 연안부사 안준 등은 그런 우왕에게 그저 잘 보이기 위해 술과 음식을 잔뜩 마련해 왕을 대접하고 나왔다. 우왕과 신료들의 이런 모습들을 보고 기대를 건다는 것 자체가 한심스럽기 짝이 없을 것이었다.

최영은 진작부터 마음 한편에 요동 수복을 위한 싸움이 실기되어 가고 있다고 느끼고 있었는데, 단고승의 대답은 그 우려에 쐐기를 박는 말처럼 들렸다. 어떻게든 기회를 살리자면 조정을 쇄신시켜야 하는데, 이인임과 임견미, 염흥방, 이성림 등의 일파가 고려의 조정을 확고히 장악하고 있어서 최영 또한 어찌할 수가 없는 것이었다. 그렇다고 포기할 수도 없는 노릇이니 한탄스럽고 울분만 쌓이기만 하였다. 단고승이 다시 조심스럽게 입을 열었다.

"그나마 지금 시급하게 처리해 나가야 할 바는 어떻게 해서든지 명에게 군마를 바치지 않는 방향으로 조정의 입장을 선회하도록 해야 한다는 점이옵니다. 세공이라는 명목으로 지금껏 계속 고려에 군마를 강요해 왔는데, 그것은 고려의 피땀을 요구하는 것이고, 명이 요동을 장악하도록 일조하는 행위가 되는 것 아니옵니까? 어찌하든지 세공을 줄이거나 없애 나가야 하옵니다. 명의 무리한 세공 요구에 무조건 수용하지 않고 따지고 들어야만 그걸 계기로 삼아 조정의 분위기를 전환시킬 수 있을 것이옵니다. 더욱이 명은 군마가 부족한 형편이어서 요동의 북원을 공략하려는 시점에 이르면 세공이 아닌 다른 형식으로라도 군마를 요구하고 나올 것이 분명하옵니다. 미리 그에 대비해서 움직여야만 그때에 거부할 수 있는 명분이 세워질 것이옵니다. 설사 군마의 지급을 거부하지 못하더라도 그 과정에서 조정의 움직임을 우왕이 깨우치게 되면 비상한 결심을 더 빨리 내릴 수도 있지 않겠사옵니까?"

한 가닥 희망도 기대할 수 없는 처지이지만 그래도 자포자기하지 말고 할 수 있는 한 최선을 다해보자는 의견이었다. 최영으로서도 그 길밖에 없으니 순순히 고개를 끄덕이고는 단고승을 향해 단도직입적으로 물었다.

"그래, 너는 앞으로 어찌할 생각이냐?"

이 조정의 현실에서 최영이 단고승에게 해 줄 것은 없었다. 기재라고 할 수 있는 단고승을 챙겨주지 못한 것이 최영에게는 너무나 안타까웠다. 세상을 떠난 고군기에게는 고개도 들 수 없는 심정이었다.

"제 걱정은 하지 마시옵소서. 솔직히 저는 조정에 나갈 생각이 없사옵니다. 이 조정에 출사하자면 유학에 기초하여 관리가 되어야 한다는 것인데, 거기엔 단군조선과 고려에 대한 역사관이 없사옵니다. 논해 봤자 왕과 신하의 예법이나, 그것도 중화의 예법을 가지고 격론을 벌인다는 것인데, 그런 진흙탕 싸움을 하기 싫사옵니다. 그저 저는 큰아버지 곁에서 보좌하는 정도로 만족하겠사옵니다."

최영은 수긍할 수밖에 없었다. 고군기의 출사를 막았던 것도 최영 자신이었다. 단고승의 말마따나 부정비리는 차치하더라도 고려는 참다운 관리를 뽑는 체계 자체가 잘못되어 있었다. 나라에 공훈을 세우거나 권신의 집안으로 음서로 나가는 것이 아니라면 과거에 합격해 관리로 등용되는 것인데, 거기엔 단군조선과 고려의 정신이 없었다. 그 정신과 혼이 없으니 관리들이란 게 웅혼했던 단군조선과 고구려 정신과 사상이 있을 수 없었다. 도리어 그런 말들을 무슨 귀신 신나락 까먹는 소리로 여기는 형편이었다.

앞으로 닥쳐 올 고려의 위난을 생각하니 한단선사와 고군기가 더욱 그리워졌다. 한단선사가 곁에 있어 단군조선의 얼과 혼을 일으켜 세우고, 고군기의 혜안에 따라 최영의 무공을 펼쳐 나간다면 저 요동을 수복할 수 있을 것이었다. 헌데 그들은 떠나가고 자기 혼자만 남아 해결하고자 하니 힘의 한계를 느끼고 그저 한숨만 토해내는 격이었다. 쓰디쓴 가슴만이 최영의 마음을 달래줄 뿐이었다. 그런 최영을 보고 단고승이 다시 입을 열었다.

"사실 큰아버지께 진작 말씀을 올렸어야 하는데, 미처 말씀 드리지 못한 게 있사옵니다. 실은 고군기 스승님으로부터 행촌 이암 선사에 대해 말씀을 들은 바가 있어 언젠가 그 집에 찾아간 적이 있었사옵니다. 행촌 이암 선사의 아들인 이강도 안타깝게도 돌아가셨더라고요. 하는 수 없이 무덤이나 찾아보았는데, 그때 범장 복애거사를 만났사옵니다."

최영은 단고승의 얘기에 조용히 귀를 기울였다. 이 고려의 현실에서 단군조선의 정신과 얼이 부족하다는 것을 깨닫고 그걸 찾고자 여기저기 찾아 나선 모양이었다. 단고승의 말이 이어졌다.

"그런데 범장 복애거사께서 말씀하시기를, 행촌 이암 선사께서는 청평 이명과 복애거사 범장을 불러 우리 겨레의 정신과 혼을 세우자고 주장하셨고, 그리하여 세 분이 서로 그렇게 하기로 의기투합 하셨다고 합니다. 행촌 이암 선사는 「단군세기」를, 청평 이명은 「진역유기」를, 복애거사 범장은 「북부여기」를 집필하기로 말입니다. 헌데 연배가 많으신 행촌 이암 선사와 청평 이명은 글만 쓰시고 돌아가시는 바람에 자신이 이제 「북부여기」를 완성하면서 이걸 전부 알려야 하는 책무를 지게 되셨다고 말씀하시더이다. 아마 그분이 말씀하신 걸로 봐서 분명 해내실 것으로 보였사옵니다."

한단선사께서 행촌 이암에게 부탁하자 그것을 해결하고자 이암이 청평 이명과 복애거사 범장을 끌어들인 모양이었다. 아직도 단군조선의 정신과 얼을 지키고자 하는 사람들이 알게 모르게 곳곳에서 움직이고 있음이었다. 누가 알아주지 않아도 그저 자신이 수행해야 할 일이라고 여기고 묵묵히 추진해가는 모습이었다.

단고승이 이런 얘기를 꺼내는 것은 최영에게 눈에 보이지 않더라도 뜻을 같이 하는 사람이 이곳저곳에 있으니 힘을 내라는 말이었고, 또 다른 한편으로 그 또한 그런 길을 가겠다는 뜻을 암시한 것이었다. 그런 날이 살아생전에 오면 좋지만 그렇지 않더라도 그날이 올 것임을 믿고 그 길을 묵묵히 가겠다는 의지를 표현한 것이었다.

최영이 단고승을 한참 동안이나 그저 지긋이 바라보았다. 고균기만큼의 지략을 가진 애가 그 뜻을 펼친 기회도 많을 것이건만 오직 단군조선의 영화를 위해서만 가겠다고 말하니 너무도 가슴이 아파 오는 것이었다. 그 어떤 말보다도 그저 쓰디쓴 눈물이 저 깊은 가슴속으로 흘러내렸다. 최영이 잔잔한 음성으로 입을 열었다.

"네가 나에게 좋은 말을 해주었구나. 하긴 나라를 위해 목숨 바쳐 충성하는 것이 어찌 부귀와 공명을 탐해서 그리하겠느냐? 그게 단군족을 위한 길이자 정의로운 길이기에 그리 행하는 것이지. 비록 우리 대에 그 승리의 날을 보지 못한다고 해도 끊이지 않고 그 길을 추구하는 사람이 있다면 언젠가는 그날이 반드시 올 것이야. 그걸 믿자구나. 아무리 어렵고 힘들지라도 우리는 우리 몫을 다하기 위해 힘을 내어 최선을 다해 보자구나."

차분하게 울려나오는 최영의 결심 서린 말에 단고승은 목이 메어 오는 심정이었다. 패배할지를 안다면 그 길을 가지 않는 것이 현명한 지혜일 것이었다. 허나 선인의 길은 살아있는 한 결코 포기할 수 없는 길이었다. 지는 길이라고 해도 초연히 목숨을 바쳐가며 꿋꿋이 걸어가야 했다. 그게 선인에게 지워진 책무였다. 지금껏 선인들이 목숨 바쳐가면서까지 인고의 긴 세월을 참아왔던 것도 그 때문이었다. 끊이지 않고 그 길을 이어 계승해 나가면 끝내 승리할 날이 올 것이라는 믿음은 단군조선과 고구려에 대한 믿음이었고, 이 인간세상을 널리 이롭게 한다는 홍익인간 사상에 대한 믿음이었다. 최영은 바로 이 선인으로서의 길을 갈 것이라고 단고승에게 명확하게 밝힌 것이었다. 그 뜻을 알았기에 단고승은 자신의 모르게 눈물이 흘러내렸다. 단고승이 뚜렷한 어조로 대답하였다.

"저도 큰아버님의 길을 따를 것이옵니다."

단고승의 분명한 대답에 최영의 눈시울도 붉어졌다. 나라가 위기에 처한 상황 앞에서 설사 실패한다고 해도 후회하지 않고 목숨 다 바쳐 단군조선과 고구려의 옛 영화를 실현하기 위한 그 길을 끝끝내 걸어가겠다는 다짐의 약속이었다. 그 때문에 최영과 단고승은 한참 동안이나 서로 말 없는 눈물을 삼켰다. 그렇지만 그 어떤 것도 범접할 수 없는 숭고한 이상 세계의 꿈이 가슴속 깊숙이 파고들었다.

단고승이 떠나가고 난 뒤 최영은 차분한 어조로 도당에 명에 대한 세공 문제를 또다시 제기하고 나섰다.

"지금 우리 고려는 안팎으로 존망의 위기에 빠져 있소이다. 백성들은 생업에 안착하지 못하고 굶주림에 시달리고 있는 실정이오. 그런데 명은 계속해서 우리 고려에 무거운 세공 부담을 강요하고 있단 말입니다. 언제까지 우리가 그 고통을 감내해야 하겠소? 이제 명은 고려를 인정하고 화친의 길로 나온 상황이오. 그토록 고려의 화친 제의를 수용하지 않다가 이제야 받아들인 이유가 도대체 무엇 때문이겠소이까? 이제 그들이 요동의 북원 세력을 공략할 시점이 얼마 남지 않았다는 뜻일 겁니다. 그래서 우리 고려가 북원과 손잡고 뒤에서 협공할 것을 두려워한다는 것이지요. 이런 상황에서 만약 우리가 세공으로 군마를 바친다면 그건 명이 요동의 북원 세력을 공략하도록 도와주는 것이고, 요동의 북원 세력이 명에 제압당하면 우리 고려에 대한 명의 압력은 더욱 거세지게 될 것입니다. 이를 알고도 명에 계속 세공을 바친다면 그 얼마나 어리석은 짓이 되겠습니까? 이제 명과 화친을 성사시켰으니 세공을 줄이거나 없애는 방향으로 나가야 합니다. 명이 요동의 북원 세력을 공략하려고 하는 상황에서 고려의 요구를 함부로 거절하지 못할 것이니 이 기회를 잘 활용하자는 것입니다. 이게 우리 고려를 위한 길일 것이니 모두 한마음 한뜻으로 함께 해주시기를 부탁합니다."

최영이 세공 문제를 들고 나왔던 것은 단고승의 말대로 세공이 아니더라도 또 다른 명목으로 명이 부족한 군마의 수요를 채우고자 요구하고 나올 때 그것을 거부하기 위한 사전 포석이었다. 게다가 세공이 줄어들면 그만큼 고려의 피해는 감소될 것이었다.

대신들은 최영의 주장에 반대할 명분이 없었다. 이미 공민왕의 시호와 왕위 계승도 승인받는 마당에 나라가 어려워서 세공을 줄여달라고 요청하는 것이니 만약 그게 실현되면 더 좋을 수밖에 없는 방안이었다. 사실 조정 신료 또한 무리한 명의 세공부담에 불만스러워하기는 마찬가지였다. 하지만 화친이라는 말에 반론을 펴지 못했는데, 명이 요동의 북원을 공략하려는 정세를 이용하면 더욱 승산이 있어 보인지라 하나같이 좋은 방안이라며 찬성하고 나왔다.

이로써 도당에서는 1386년 2월 정당문학 정몽주를 명의 조정으로 보내 세공의 감액을 요청하도록 하였다. 그러면서도 임금의 편복과 신하의 조복 및 편복을 보내줄 것을 요구하여 명이 고려의 요구에 응할 수밖에 없도록 조치하였다. 명이 어찌 나오는지를 보면 그들의 입장을 분명히 확인할 수 있을 것이었다.

그런데 한심한 것은 명과 외교적 담판을 벌여 꼭 성공시켜 할 임무를 안고 출발하는 사신들에게 권세가들은 그 사행 길을 이용해 계속 자신들의 사욕을 채우려고 한다는 점이었다. 문하평리 안익과 밀직부사 유화가 1386년 6월 명의 황제와 황태자의 생일 축하 사절로 파견되기에 이르렀다. 안익은 어떻게 해서든지 고려에서 필요한 방안을 명으로부터 받아내기 위해 그 준비에 전념하고자 하였다. 그런데 그는 사신으로 갔다 오게 되면 집정 대신들은 사신들이 바치는 뇌물의 양을 보고 관직을 높이거나 낮추기도 하고, 마음에 차지 않으면 중상 비방 당하게 된다는 사실을 알게 되었다. 그 때문에 사신들은 그 화를 피하기 위해 부득이 장사꾼 노릇을 하지 않을 수 없었던 것이었다. 안익은 그걸 알고서 눈물을 흘리고 탄식하였다.

"과거엔 재상이 사신으로 가는 것을 보고 나라를 위해 위험을 무릅쓰는 것으로 여겨 존경하였는데, 사실은 그게 아니라 권세가들의 재물을 늘리기 위한 수단이었구나. 이런 한심한 일이 어찌 벌어질 수 있단 말인가?"

권세가들이 이런 형국이었으니 사신들이 고려의 국익을 위해 몸 바칠 마음이 생겨날 리 없을 것이었다.

최영은 한숨을 쉬면서도 마음을 비운 듯 차분히 우왕의 모습을 관찰했다. 시시각각 명과의 결전이 다가오고 있지만 그의 의지대로 할 수 있는 것은 없었다. 지금 상황에서의 관건은 우왕의 결정이었다. 어찌 처신하는지 지켜볼 수밖에 다른 도리가 없었다.

우왕은 이인임과 관계를 돈독히 하기 위해 더욱 열을 올렸다. 그건 이인임의 여종의 딸인 봉가이, 즉 숙녕옹주를 가까이하는 것이었다. 그 때문에 최천검의 딸인 숙비는 왕의 총애가 식어 홀로 화원에 거처하게 되었다. 숙녕옹주와 숙비와의 관계는 이인임과 임견미의 사이 관계를 어느 정도 반영하고 있는 격이었다. 그런데 숙녕옹주가 질투심에 숙비와 그 어미를 참소하고 나왔다. 방술을 써서 숙녕옹주 자신을 저주한다는 것이었다. 이것은 지난날 숙비가 우왕의 총애를 받을 때 과거 도길부와 정을 통했다고 봉가이를 참소했던 행위에 대한 복수이기도 했다. 하지만 우왕에게는 그 참소의 내용이 이인임에게 힘을 실어주어 요동에 대한 정책을 바꾸려고 하는데, 그걸 훼방 놓은 행위로 보였다.

우왕은 화가 솟구쳐 숙비를 찾았다. 마침 숙비가 시비를 시켜 거문고를 타게 했는데, 우왕이 들어오자 연주를 그만두게 하였다.

"내가 오니 거문고를 타지 않는 것은 무슨 이유냐?"

우왕이 화부터 내며 시비를 때리려 하였다. 그러자 숙비가 우왕의 허리를 껴안고서 하소연하였다.

"첩이 이제 총애가 식어 허전하기만 하온데, 거기에 시비까지 때리시오면 소첩은 장차 어찌하옵니까?"

숙비가 말리고 나서자 우왕은 숙비의 뺨마저 후려쳤다. 그러고도 분이 풀리지 않는지 숙비를 폐출하고 최천검의 집으로 보내더니 끝내 숙비와 최천검을 전주로 유배 보냈다. 아울러 숙비의 어미와 그 족형 해아 및 시녀 4명을 목 졸라 죽였다. 숙비와 연계된 임견미와 이성림, 염흥방 등이 그 억울한 사정을 애석하게 여겨 구원을 간청했으나 우왕은 요지부동이었다.

이것은 우왕이 마음속에 뜻한 바가 있어 내린 결정이었다. 임견미와 염흥방 등 전민을 포탈하는 세력을 멀리하고 이인임을 자기편으로 끌어안으려는 노력이었다. 그것은 1386년 5월 삼사좌사 염흥방과 이림의 사위인 판밀직사사 최염의 두 집 종들이 방자하게 횡포를 부리자 그들을 처벌하는 것에서 확연히 그 모습을 드러내었다. 그 종들은 부평에 살고 있었는데, 부사 주언방이 아전을 보내 군사를 징발하려고 하였다. 그 종들은 권세를 믿고서는 아전을 거의 죽을 지경이 되도록 구타하여 내보냈다. 그러자 주언방이 직접 4도 도지휘사의 발군첩을 가지고 그 집에 이르렀는데, 부사인 주언방마저 구타하고 나왔다. 이 소식을 전해 들은 우왕은 대노하며 직접 순군제공 신귀생을 부평에 보내어 포악한 짓을 저지른 종들을 체포하여 국문하지도 않고 참하게 하였다.

이 일이 있는 후 우왕은 상황을 지켜보다가 1386년 8월 전격적으로 임견미를 파직시키고 이인임을 좌시중에 임명하였다. 그리고는 숙녕옹주로 임명했던 봉가이를 헌비로 높여 봉하고 숙녕부를 설치했다. 임견미가 요동 수복에 적극적이지 않자 이인임을 좌시중에 임명하고서 밀고 나가라는 의지를 내보인 것이었다.

우왕이 이리 단호한 태도를 내보인 것은 1386년 7월 정몽주가 명에서 돌아와서 보고한 내용을 들었기 때문이었다. 정몽주는 유능한 협상가답게 이것저것 조목을 들어 따지면서 고려가 처한 어려운 처지를 설득력 있게 설명하여 명으로부터 5년 동안에 바치지 않은 것과 증액해서 정한 세공을 삭제하였으며, 3년에 한 번 조회하면서 좋은 말 50필로 바쳐도 좋다는 대답을 받아내 세공을 대폭 줄여온 것이었다. 우왕은 정몽주의 공을 치하하며 의대와 안마를 내려주었다. 명으로부터 왕의 계승도 승인받았고, 세공도 줄였으니 명과 화친하려는 분위기로 나아갈 것이라고 모두들 그리 예상하였다. 하지만 우왕의 뜻은 그게 아니었다. 도리어 임견미를 반대하고 이인임에게 다시 실권을 부여하여 그런 분위기를 가로막고자 나선 것이었다. 어떻게든지 우왕은 요동 수복에 대한 꿈을 포기하려고 하지 않는 것이었다.

우왕의 속뜻을 알 것 같았지만, 최영으로선 아직도 우왕이 사태 파악을 제대로 하지 못하고 있는 격으로 보였다. 이인임이 임견미와 달리 우왕의 뜻을 받들어 줄 것이라고 보지 않았기 때문이었다. 실상 임견미와 염흥방 등의 대부 격은 바로 이인임이었다. 임견미도 처음엔 나라를 개혁하고 요동에 대한 꿈을 가지고 있었지만 권력의 달콤한 맛을 보면서 탐욕을 추구하고 현실에 안주하는 방향으로 나간 것이었다. 그걸 가장 먼저 대표적으로 보여준 이가 이인임이었다. 허나 우왕은 이인임을 내세워 자신의 뜻을 단호히 밀고 가려 하였다.

우왕은 1386년 10월 서해도에 사냥을 나가게 되었는데, 특별히 이인임과 최영을 동행하도록 요구하였다. 옹진에 이르러 사냥이 시작되었다.

우왕은 최영 일행이 몰아준 멧돼지를 향해 활을 쏘았다. 허나 화살이 빗나가는 바람에 멧돼지가 달려들어 우왕의 말을 들이받아 버렸다. 그 충격으로 우왕은 말에서 떨어지게 되었다. 그것을 본 반복해가 지체하지 않고 말을 달려 곧장 나아가 화살 한 발로 멧돼지를 쏘아 죽였다. 그로 인해 다행히 우왕은 위험을 피할 수 있었다. 반복해는 우왕의 폐행으로 거듭 승진해 밀직부사가 되어 따라오게 된 것인데, 이때부터 반복해에 대한 우왕의 총애와 대우가 더욱 높아지게 되었다. 마침내는 왕씨 성을 하사받고 우왕의 양자로까지 되었다.

우왕은 다치지는 않았지만 말에 떨어진 충격으로 크게 놀랐을 법도 한데, 아무렇지 않다는 듯 최영과 이인임을 불렀다. 그리고는 여기로 사냥 온 이유를 밝히고 나섰다.

"이미 여러 번 밝힌 바가 있으니, 경들께서는 제 뜻을 잘 아실 것입니다. 지략과 군무에 출중하신 두 분이 힘을 합쳐 도와주신다면 그 꿈을 실현할 수 있고, 세상을 평정할 수 있을 것입니다."

우왕의 단도직입적인 얘기에 최영이 거들고 나왔다.

"주상께서 뜻을 굳건히 세워 대신들의 중심에 서 계시고 이인임 좌시중께서 적극 움직이신다면 분명 그리될 것이옵니다."

이인임은 난처하기 짝이 없었다. 우왕과 최영 두 사람은 요동 수복에 대해서는 거의 일치된 입장이었다. 두 사람이 하나 된 뜻으로 그에게 압박을 가하고 나온 꼴이었다. 허나 고려의 처지로서는 그만한 여건이 되지 못했고, 거의 불가능에 가까운 일이었다. 그렇다고 간절히 부탁하는 왕명을 대놓고 거부할 수도 없는 노릇이었다.

"명이 강대해지고 있는지라 조정에는 명과 화친하자는 세력이 많사옵니다. 하오나 주상의 뜻이 정 그러하신다면 이 몸을 바쳐 그 분부를 받잡겠사옵니다."

이인임이 마지못해 동의하고 나왔다. 그 말을 기다렸다는 듯 최영이 다시 조심스럽게 입을 열었다.

"좌시중께서도 명백히 동의하셨으니, 그럼 이번에 팔관회를 대대적으로 거행하여 여는 것이 어떻겠습니까? 우리 고려가 천손의 나라임을 분명히 밝힌다면 꺾였던 기세도 되살아나고 활력도 돌게 될 것입니다. 그럼 나라의 분위기도 쇄신되고 전환되지 않겠습니까?"

최영의 제안에 이인임이 신음소리를 내뱉었다. 최영이 그로 하여금 핑계 대며 발을 빼지 못하게 하기 위해서라는 걸 알아차린 것이었다. 예상대로 우왕은 그 제안이 맘에 든다는 듯 적극 동조하고 나섰다.

"역시 최영 공이십니다. 그리만 해주신다면 조정은 물론이고 나라의 분위기도 일신될 것입니다. 이제야말로 막혔던 가슴이 뻥 뚫린 것처럼 시원합니다. 두 분만 믿겠습니다."

우왕이 적극 찬성하고 나오니 이인임도 따를 수밖에 없었다.

최영은 1386년 11월 도당에서 팔관회를 대대적으로 거행하자고 제기하고 나왔다. 이인임은 최영의 제안에 손발을 맞춰줄 수밖에 없었다. 연등회와 팔관회는 태조 왕건이 훈요십조에서 밝힌 바와 같이 왕과 신하 모두가 함께 즐기면서 공경하는 마음으로 행하도록 하라고 후대 왕들에게 유훈으로 남긴 것이었다. 연등회는 고려가 불교 국가로서 부처에게 복을 비는 불교행사였지만, 팔관회는 하늘과 오악, 명산, 대천, 용신께 제사 지내는 행사였다. 팔관회는 사실상 황제 국가로서의 위상을 확립하고 확인하는 의식이었다. 그 때문에 군신의 헌수와 지방관의 선물 봉정이 이뤄진 것은 물론이고 송의 상인이나 여진과 탐라의 사절이 축하의 선물을 바치는 조하의식도 행해졌다.

명과 화친하기 위해 속국으로 자처하는 마당에 고려의 독립성과 그것도 황제국으로서 위엄을 선포하는 행사를 대대적으로 벌이자는 것은 서로 배치되는 격이었다. 그렇다고 지금까지 고려가 관례대로 해왔던 행사를 무조건 거부할 수는 없었다. 신료들은 떨떠름하다는 표정이었으나 최영은 물론이고 이인임까지 나서며 국왕의 확고부동한 뜻이라는 말에 모두들 거부하지 못하고 따르게 되었다.

조정에서는 팔관회를 대대적으로 거행하기 위한 준비가 진행되었다. 처음엔 분위기가 어색하기만 하였다. 지금껏 명과 화친하려고 세공이나 바치며 사대해야 한다고 주장해 왔는데, 고려는 원래 황제국이었다고 그 위상을 제고시키게 되니 선뜻 받아들이기가 혼란스러운 것이었다. 원래대로라면 국제사신과 상인들의 조하까지 받으며 흥청거렸을 것이지만, 그런 것은 고사하고 왜구의 침구도 제대로 대응하지 못하는 있는 것이 고려의 현실이었다. 탐라 지역도 최영에 의해 정벌한 이후에도 명에서 탐라의 말을 계속 바치라고 강요한 관계로 자주 반란이 일어나고 있었다. 그래서 조정에서는 성주의 자제를 불러다 효유하고 있는 형편이었다. 이런 실정이었으니 황제국의 위상을 확립하려는 팔관회 행사를 형식적으로가 아니라 대대적으로 거행하는 것은 과도한 조치였다는 주장들이 자연스레 나타나기도 하였다.

하지만 그 준비가 본격적으로 진행되면서 개경의 사방에 윤등과 향등을 달고 행사장의 양쪽에 장엄한 채붕과 비단으로 만든 장막이 화려하게 장식되면서 축제의 분위기가 되살아났다. 팔관회가 거행되는 사흘 동안에는 옛 제천행사에서 남녀노소의 백성들이 맘껏 마시고 춤추고 놀았듯이 야간 통행금지가 해제되고 술과 귤, 유밀, 유자 등을 먹으면서 광대들과 놀이패들이 노래 부르고 춤추면서 신분의 구분 없이 행사를 즐기게 되었다. 궁궐의 구정도 개방되어 야간에 백희가무가 공연되자 이를 구경하기 위해 사람들이 몰려들자 개경 성내가 북적거렸다. 그러면서 흥성거려지는 축제의 기운들이 절로 스며들었다.

허나 황제국가의 위상은 무엇보다 국왕의 위상에 달려 있는 것이었다. 우왕이 기생과 궁녀를 거느리고 사헌부의 북쪽 산에 올라가 팔관회를 관람하려고 하면서 순군과 근시가 길을 다투다가 뒤엉키게 되었다. 거기서 근시들이 창에 찔려 부상을 입은 자가 속출하였다. 우왕의 위상을 가늠하게 하는 사건이었다. 우왕은 심히 불쾌하였으나 어찌할 수 없었다.

우왕을 더욱 화나게 한 것은 팔관회가 끝난 뒤 얼마 되지도 않아서 명에서 귀국한 안익과 유화의 보고였다. 명의 주원장이 고려에 비단 1만 필과 베 4만 필로 말 5천 필을 사려 한다는 것이었다. 말로야 사겠다는 것이지만 속국으로 취급한 상태에서 사실상 강탈하겠다는 것이나 다름없었다. 군마는 군사력과 직결된 문제로 고려에서도 군마가 많이 부족한 상태인데, 계속 그것을 요구하니 매우 불쾌하고 못마땅할 수밖에 없었다.

도당에서 논의가 이뤄졌는데, 고려가 명과 대적할 수 없는 상황에서 어쩔 수 없이 바쳐야 한다는 것이 대체적인 의견이었다. 최영이 단호히 반박하고 설득에 나섰으나 조정의 대세를 눌러 놓기에는 역부족이었다. 그로 인해 최영이 단고승의 의견을 받아들여 명이 북원의 요동 세력을 공격할 때 절대 군마를 내주지 않기 위해 세공마를 줄이도록 하면서 외교적 전환을 시도해 나가고, 또 팔관회를 열어 고려의 위상을 제고시키면서 나라의 분위기를 쇄신시키려고 노력했던 것들이 모두 다 도로 아미타불이 된 격이었다. 도리어 조정신료들은 간신히 화친이 성사된 조건에서 값을 받을 수 없는 노릇이니 그저 말을 준비해서 보내야 한다는 식이었다. 공짜로 해 주자는 것이었다. 자신들의 사소한 권세와 탐욕을 위해서는 목숨까지 내걸며 덤비던 자들이 나라의 근간이 되는 영토와 백성들의 재산에 대해서는 자기 일 아닌 양 보살 타령하고 있는 식이었다. 나랏일은 크고, 개인의 것은 작은 것이건만, 자신의 탐욕에 빠져 도무지 무엇이 크고 작은 일인지조차 구분하지 못하는 꼴이었다. 명은 자기 땅도 아닌데도 그것을 삼키기 위해 치밀하게 움직이고 있는데, 선대 조상들의 피와 땀이 서려 있는 그 땅을 되찾으려고 하지 않고 나 몰라라 하면서 전혀 부끄러움도 느끼지 못하는 격이었다. 그것이 곧 명으로부터 더 큰 압박을 초래하게 되고, 궁극적으로 온 단군족에게 불행과 고통을 안겨줄 화근이 될 것이라는 것은 조금도 생각하지 않는 것이었다. 참으로 답답하기 짝이 없는 노릇이었다.

결국 조정에서는 전객령 곽해룡을 보내어 고려에는 말이 많지 않고 몸집도 작아서 어찌 값을 받겠느냐고 하면서 마땅히 힘을 다해 마련해 보겠다는 식으로 알리도록 조치하였다.

허나 명의 요구는 그것으로 끝나지 않았다. 주원장은 1386년 12월 지휘첨사 고가노와 서질을 고려에 보내와 1359년과 1361년 홍건적의 1~2차 침입 때 고려로 피난 왔던 심양의 군사와 주민 4만여 호를 쇄환하겠다고 강박하여 왔다. 고려로 왔던 백성은 얼마

되지도 않았고, 게다가 그들은 당연히 고려인인데 그들의 쇄환을 요구한다는 것 자체가 횡포였다. 그뿐 아니라 명은 말 5천 필을 사겠다고 하는 것에 대해 말 3천 필을 당장 바치라고 요구하고서는 말 1필마다 베 8필과 비단 2필씩을 줄 것이니 말을 보내고 난 다음에 요양에 와서 값을 받아 가라는 식으로 강요하고 나왔다.

명의 강도적 요구에 대해 이인임이 시중에 올랐지만 도당은 하나도 달라지지 않고 그저 명의 압박 그대로 따르는 모습이 계속 연출되었다. 최영이야 이미 하늘의 뜻에 따르기로 하고 온 몸을 맡겨버렸으니 마음을 비우듯 일희일비하지 않았지만, 우왕은 울분과 분노를 누를 길이 없었다. 이인임도 아니라면 또 다른 방법을 찾아야만 했다. 불편한 심기를 그대로 드러내 보인 우왕은 이인임이 보기 싫다는 듯 두 눈을 꼭 감아 버렸다. 그와 동시에 그의 두 손에는 두 주먹이 굳게 쥐어졌다.

우왕의 결단

이인임은 하늘을 쳐다보았다. 진퇴양난의 난감한 상황에 빠져들게 된 것이었다. 칠십 대 중반을 넘어 팔순에 다가가는 그동안의 삶의 이력에서 드러나듯 인생의 쓴맛 단맛을 다 겪어 보았고, 고비마다 잘 버티고 용케 살아남아 온 그였다. 그리할 수 있었던 것은 그 누구보다 대세의 흐름을 잘 간파하고 대응했기 때문이었다.

이인임은 이조년의 손자로서 음서로 관직에 나아갔고, 처음엔 젊은 혈기로 공민왕이 반원정책을 펴며 개혁정책을 추구할 때 적극 찬동하며 움직였다. 허나 정의롭다고 하여 정치가 그에 따라 움직여지는 것이 아니라는 것을 일찍 깨달았다. 공민왕 또한 반원정책을 추구하다가 좌절되자 다시 원에 굴복할 수밖에 없었다.

다시 재기하여 기철 일당을 척결한 후 공민왕이 개혁정책을 철저히 실시하기보다는 우선적으로 왕권강화 과정으로 나아가자 개혁을 원하는 많은 대신들은 조정을 떠나갔다. 그러나 이인임은 버들가지가 바람 타듯 넉넉히 흔들거리며 그 자리를 꿋꿋이 지켜냈다. 신돈을 등용시켜 대신들이 유배와 목숨을 잃은 과정에도 신돈과 거리를 두는 듯하면서도 시대의 부류에 편승해 더욱 승승장구하였다.

대세가 흘러가는 요체를 파악하고 그에 편승하다 보니 공민왕이 시해되는 상황을 맞아 조정을 손아귀에 꿰차게 되는 호기까지 맞이하게 되었다. 그때까지 조정의 일을 해오면서 자기 밑의 관리들에게 온화한 눈길을 보내어 자신을 믿게 만드는 것이 매우 중요하다는 것을 잘 알았다. 그의 주위에는 항상 많은 인사들로 들끓었다. 허나 그보다 더 중요한 이치는 자신의 힘을 키우지 않으면 권력 투쟁에서 패하게 되어 쫓겨 나게 된다는 사실이었다. 그 때문에 자신의 심복들과 부류들로 채워 조정을 장악하였다. 지윤과 임견미, 염흥방 등을 내세운 것도 그 때문이었다. 허나 아무리 심복이라 하더라도 권세의 맛을 한번 보게 되면 개구리가 올챙이 시절 모르듯 덤비게 된다는 것 또한 잘 알았기에 그런 기미가 보일 때마다 단호히 조치하였다. 지윤을 제거한 것도, 임견미의 안하무인을 경계한 것도 다 그런 이유였다.

허나 원이 쇠락하고 명이 신흥 강국으로 부상하는 것은 대륙의 정세였고, 그 사실을 부정할 수 없었다. 처음엔 등거리외교를 펴면서 고려의 이익을 추구하려 하였으나 명이 대륙을 장악해 나갈 것이 점차 명확해짐에 따라 그에 대한 대처가 불가피하게 되었다. 이 난국을 헤져 나가자면 친명세력을 내세우는 것이 필요했다. 일부러 친명세력을 일정 정도 조정에 키워 내었던 것도 그 이유 때문이었다. 고려의 독립성과 요동의 수복이라는 대의명분은 자신이 걸머쥐고, 명과 화친하는 현실적 정책은 친명세력이 주장하게 하여 부득불 그에 따라가는 모양새를 취하게 하기 위함이었다. 지금껏 우왕이 즉위한 이래 그 방향하에서 대내외 정책을 추진해 왔고, 이제 안정적으로 자리매김하고 여전히 권세를 장악할 수 있는 단계로 진입한 듯했다.

그런데 그가 예상치 못한 상황이 전개된 것이었다. 우왕과 최영이 서로 결탁하려는 움직임이었다. 최영이야 요동을 정벌해 고려를 새롭게 중흥시켜야 한다는 입장을 분명히 견지하고 있는 호걸이었다. 권세에는 관심이 없어 패거리도 없었다. 오직 고려의 국력을 키워 요동을 수복하려는 데에 목을 매는 우직하기 그지없고, 융통성도 없는 사람이었다. 가히 고려의 진정한 장수라 칭할 만했다. 그 때문에 이인임은 최영만큼은 항상 정중하게 대했다. 최영은 그에게 재물을 탐하지 말라고 직접 충고까지 하며 불만을 표시하기도 했다. 하지만 친명 세력을 일정하게 내세우는 조정의 세력 편제 덕분에 최영은 그에게 적대하는 관계로는 나오지 못했다. 그런 최영의 존재는 요동의 수복이라는 명분을 자신이 차지하게 하는 좋은 호재로 작용했다. 이건 두 사람이 서로 인지하고 있는 바였다.

그런데 우왕이 최영의 가슴에 불을 지피고 나오는 격이었다. 최영은 아직 우왕을 믿지 못하는 눈치로 쉽사리 움직이려고 하지 않는 모습이었다. 하지만 최영의 가슴 깊은 곳에 도사리고 있는 열망을 꿈틀거리게 할 것은 시간문제였다. 최영은 설사 자신이 죽음에 이른다고 해도 요동을 수복하기 위한 길이라면 기꺼이 한 목숨 내던질 사람이었다. 벌써 최영은 1387년 1월 왜적이 강화에 침입하자 도통사로서 직접 해풍에 주둔하여 방비하기 위해 움직였다. 왜구로 인해 요동의 공략에 차질이 빚어질까 봐 72살의 노구의 나이에도 그 자신이 직접 나선 것이었다.

이 모든 흐름의 변수에 우왕이 자리 잡고 있는 격이었다. 이인임은 권세를 자기 뜻대로 움직이기 위해 처음부터 우왕의 기를 꺾어 놓으며 왕의 친위 세력의 형성을 원천부터 차단해 왔다. 지윤을 심복인 양 등용했지만 우왕의 뜻에 따라 움직이자 그를 내치면서 그 뿌리인 유모 장씨와 우왕의 사부까지 내쫓아낸 것도 다 그런 이유에서였다. 그 결과 우왕은 손바닥 위에 올려놓은 물고기 신세나 다름없었다. 우왕이 자신의 노비 출신의 딸인 봉가이를 숙비로 봉하고 자기를 아비라고 부르는 것도 그의 탄탄한 권세를 인정하기 때문이었다.

그런 우왕이 점차 자신에게 직접 요동의 공략을 강요하는 방향으로 나오고 있었다. 우왕이 언제부터 이렇게 변했는지 알 수 없었다. 처음엔 우왕이 궁녀와 기생, 근시들을 데리고 활을 쏘고 말

타기를 배우자 차라리 조정 일에 무관심한 것이 권세를 부리는 데에 유리하다고 여겼다. 일부러 말까지 바치며 은근히 조장하기까지 하였다. 헌데 그렇게 사냥을 하면서 그의 가슴 속에 의협심이 생긴 모양이었다. 요동을 공략하자는 최영의 주장에 적극 찬동하면서 도리어 최영보다 더 적극적으로 나선 것이었다. 임금으로서의 위세도 꺾였고, 그 주위에 권신들의 심복들로 둘러싸여 있는데도 점차 그의 뜻을 펼치려는 모습이었다. 20대 중반으로 접어드는 혈기왕성한 젊은 나이에 객기를 부리는 것은 어쩌면 당연할 수 있었다. 하지만 호기로만 여기기에는 그 의지가 너무 강렬했다. 임견미가 너무 탐욕적이라고 파직시키고 그를 시중으로 다시 등용한 것도 그 의도의 반영이었다.

이인임이 시중으로 되었지만 우왕의 요구대로 당장 명과의 외교 관계를 완전히 전환시킬 수 없었다. 외교란 게 힘의 역관계에 의해 결정되는 것이지 바람만으로 되지 않는 것이었다. 지금 고려의 처지로서는 울며 겨자 먹기 식으로 명의 요구를 수용할 수밖에 없었다. 그런데 명이 화친을 핑계로 사실상 군마 5천 필을 강탈하는 것에 대해 그 전과 똑같은 외교 방식으로 접근하자 우왕은 노골적으로 불만을 드러낸 것이었다. 명에서 1387년 1월 고가노와 서질을 고려로 사신으로 보내자 우왕은 마지못해 그들에게 잔치를 열어주기는 했다. 그러나 우왕은 그런 정책 추진에 대해 직접 화풀이를 하고 나왔다.

우왕은 1387년 1월 보원고에 분부해 비단 1백 필을 올리라고 명해 놓고, 별감인 판도총랑 이만실이 창고가 비어 즉시 바치지 못하자 대노하며 곤장 2백 대를 때리고 나섰다. 조정 신료들이 명의 세공은 잘도 바치면서 고려의 국왕에겐 박하게 대한다는 항의였다. 이런 우왕의 행동에 백관의 녹봉을 담당하는 광흥창이 고갈되었다는 보고에 도당에서는 백관들의 봉급을 감하게 하는 것으로 수습하려 하였다.

우왕은 대신들에게 계속 요동 수복을 강요하고, 그 요구를 잘 따르지 않자 대신들의 전민 포탈 행위에도 불쾌감을 표출하고 나왔다. 왜 요동수복에는 관심을 가지지 않고 자신들의 욕심만 채우려고 하느냐는 비판이었다. 권세가들인 염흥방과 최염의 가노들의 포탈 행위에 순군부에 하옥시키지도 않고 즉각 참하라고 처분한 것도 이런 일련의 모습이었다.

우왕이 대놓고 불만을 드러내도 쉽사리 반대하지 못한 것은 권신의 실세들인 임견미와 염흥방 등이 수정목 공문이라고 부르는 것처럼 아예 노골적으로 토지와 백성들을 탈취하는지라 그 원성이 자자했기 때문이었다. 임견미와 염흥방은 처음 조정에 출사할 때에는 고려 조정의 혼란을 극복하기 위한 개혁적 입장을 분명히 추구하였다. 나라를 걱정하는 지조 있는 인사로 여겨지기까지 했다. 임견미는 홍건적의 2차 침입을 맞아 남쪽으로 피난 가면서도 재상들이 아무런 대비책도 세우지 않자 공민왕에게 각 도의 군사들을 징발하여 홍건적의 침입에 맞서 싸우게 해야 한다며 울면서 간언한 사람이었다. 헌데 청렴결백하고 개혁의 입장을 끝까지 견지하면 조정에서 크게 출세할 수 없다는 것을 알고부터는 이인임의 수족 역할을 하더니 그런 지난날의 모습은 철 지난 옷을 벽장에 내팽개치듯 하고선 자신의 탐욕 추구에 혈안이었다. 염흥방도 마찬가지였다. 대신 염제신의 아들인 염흥방은 우왕 즉위 초 이인임이 권력을 장악하는 과정에서 나름 유자로서 명과의 화친 정책이 소신인 듯 주장하다가 유배에 처하게 되었다. 이 일을 겪고 난 이후 임견미와 집안끼리 사돈관계를 맺더니 늦게 배운 도둑이 날 새는 줄 모른다고 아예 대놓고 재물과 권세를 탐하고 나왔다. 이들은 하나같이 다 이인임과 같은 전철을 밟은 사람이었으니, 이들의 대부는 누가 뭐라고 해도 이인임이라고 할 수 있을 것이었다. 이들에 대한 우왕의 불편한 심기의 표현은 곧 이인임에 대한 불만 표출이기도 했다.

허나 이인임의 세력이 조정의 거의 대부분을 장악하고 있는 상황에서 우왕이 이인임을 배척하고 국정을 이끌어가기는 힘들었다. 우왕은 이인임을 아버지처럼 여기며 의지했는데, 이제 점차 그 틀에서 벗어나고자 꿈틀거리는 것이었다. 요동 수복이라는 입장의 차이에서 비롯된 것이었다. 그 차이로 인해 우왕이 전민을 포탈하는 행위에 대해 점점 단호한 모습을 보이며 고려 조정의 권력 지형에 점차 변화를 요구하는 꼴이었다.

이인임으로선 자기 권세를 계속 유지하자면 요동수복보다는 현실적인 안정이 요구되었다. 친명세력을 일정 부분 내세워서 명과 화친관계를 형성해 자신이 장악하고 있는 고려 조정의 현실을 명으로부터 자연스럽게 인정받으면 되는 것이었다. 그런데 이 구도를 그 누가 아닌 우왕이 거부하고 나온 셈이니 난감한 일이었다. 우왕의 입장을 따르자니 명과의 싸움에서 승산이 없어 보였다. 그렇다고 명과 화친의 길을 걸어 우왕의 명을 계속 거부할 수도 없었다. 그 어떤 경우든 한 편의 길을 추구하게 되면 그 자신은 권세의 길에서 배제될 것이었다. 친명 정책으로 나가면 친명 세력이 득세하게 될 것이고, 우왕의 요구를 따르게 되면 최영이 실권을 장악하게 될 것이었다. 자신이 권세를 계속 장악하려면 지금까지와 같은 구도를 유지해야만 했다. 헌데 이 구도가 양측으로부터 배격받게 된 것이었다. 더욱이 적당히 시일을 끌며 모면할 수도 없었다. 명은 곧 북원의 요동 세력에 공격을 가하려고 하고 있었다. 명과의 화친을 돈독하게 하자면 명이 요동의 북원 세력을 장악하기 전에 그들의 요구 조건을 잘 들어주어야 했다. 친명 정책을 명확히 해야만 했다. 반면에 우왕은 요동 수복을 요구하고 있으니 철저히 명이 요동을 장악하지 못하도록 외교 정책을 전개해야 했다. 이 두 입장은 결코 화해할 수 없는 길이었다, 어떤 형태이든지 간에 어쩔 수 없이 그 자신이 피할 수 없는 외나무다리 위로 걸어 나가야만 하는 형국이었다. 화약고에 곧 불이 붙어지게 된 셈이었다.

이인임은 진퇴양난에 처한 자신의 처지가 매우 당혹스러울 수밖에 없었다. 어떤 난관에 봉착해도 얼마든지 헤쳐나갈 지략이 있다고 자부해 온 그였다. 그런데 지금의 처지는 그가 출세하고 권세를 잡아왔던 그 모든 삶의 과정이 시험대에 오른 격이었다. 최영이 그에게 전민을 탈점하지 말고 변심하지 말라고 간곡히 부탁할 때에도 속으로 비웃었다. 최영처럼 고지식하고 우직하게 살아가는 것이야말로 세상사의 요체를 모른다는 것이었다. 최영이 조정에 살아남은 것은 이순치한처럼 자신과 이해관계가 얽혀 있어 그가 봐주었기 때문이지 자신이 아니었다면 벌써 조정에서 찍혀 넘어 갔을 것이었다. 그 때문에 최영의 지적도 귀담아 듣지 않았다. 친명세력이 조정의 한 세력으로 존재하는 이상 최영이 그에게 손을 댈 수 없을 것이라고 타산한 것이었다.

이인임은 겉으로야 최영을 충신이다 뭐다 하지만 실상은 자신이 권력을 유지하기 위한 밑밥에 불과하다고 여겼다. 그런데 지금 처한 상황은 최영보다도 더 나아보이지 않았다. 최영의 입장에 동조하든가, 아니면 친명세력에 굴복하든가 양자택일의 입장에 서야만 하는 처지였다. 아무리 빠져나오려고 해도 궁지에 몰린 격이었다. 자신이 살아온 인생에 대한 처절한 심판을 당하는 기분이었다.

하지만 이인임은 아무리 생각해봐도 그런 곤궁한 처지를 그대로 받아들일 수 없었다. 항상 대세의 요체를 장악하고 적절하게 처세하면서 승승장구의 길을 걸어온 그였다. 그런 자신이 이렇게 무력하게 쫓겨날 수는 없었다. 그럴수록 권세에 대한 의지는 더욱 강렬해졌다. 허나 그가 권세를 그대로 유지하기 위해서는 지금까지 취한 방식 말고 다른 뾰족한 수가 없었다. 명이 흥기하여 요동까지 장악하려고 하는 마당에 나중에 명의 간섭을 받고 쫓겨나지 않으려면 요동 수복을 요구하는 우왕과 명과 화친을 주장하는 세력들을 양쪽 변방에 두고 자신의 권력을 그대로 안착시키는 길밖에 없었다. 우왕의 요구를 들어주지 않았다고 해서 최영과 우왕이 감히 그를 거부할 수는 없을 것이었다.

이인임은 마침내 자신이 지금껏 추진해왔던 정책이 옳았고, 여전히 그 방향으로 나아가야 한다고 마음의 결정을 내렸다. 그래서 명이 고려에 4만 명에 달하는 백성의 쇄환을 요구한 것에 대해서는 1387년 2월 지밀직사 설장수를 보내어 그 진상을 설명하게 하였다. 홍건적의 1~2차 침략 때 적병들이 요동과 심양에 침입하여 주민들을 깡그리 잡아간 결과 사람들은 사방으로 흩어지게 되었고, 간혹 한둘이 고려로 와 우거하기는 하였지만, 일찍이 여기로 와서 기거하고 있었던 이타이부타이와 그의 가솔 358명은 돌려보냈으며, 나머지 사람들은 실지 자신들이 예전 살던 땅으로 복귀한 것뿐이라는 해명이었다. 아울러 명의 의심을 풀고 명과의 화친 의지가 확고하다는 것을 보여주기 위해 우왕에게 의관까지 정제하고 나서줄 것을 요청하였다. 그리고는 동강에 나가 있는 우왕에게 아뢰게 하였다.

"주상께서는 개경으로 돌아가 백관을 거느리고 명 황제에게 표를 올리는 예식을 행하시옵소서."

신료들의 주청에 우왕은 기가 막힌다는 듯 성난 표정으로 신료들을 쏘아 보았다. 그 모습을 본 우시중 이성림이 재빨리 나서서 다시 아뢰었다.

"표를 올리는 예식은 신들이 거행하겠사옵니다. 주상께서 꼭 친히 행하실 필요까지는 없사옵니다."

우왕은 예식에 참석하지 않고 계속 동강에 있는 이인임의 별서에 머물렀다. 그러다가 기생 십여 명을 거느리고 뿔피리를 불며, 연쌍비와 나란히 말을 타고 돌아왔다. 그런데 연쌍비의 복색이 우왕과 똑같은 차림이었다. 멀리서 보면 누가 왕인지조차 분간할 수 없을 정도였다. 명나라 방식 같은 예법의 격식을 깨버린 행동이었다. 그렇게 함으로써 명과 사대의 예를 부정하고 고려 또한 당당한 황제 국가라고 주장하고자 함이었다. 이인임에게 조정을 고려의 존심을 세워가는 길로 이끌어 나가라는 요구가 담긴 행위였다.

우왕의 행동은 거기서 끝나지 않았다. 1387년 3월 서해도의 사냥놀이를 하면서 조공에 바칠 말 40필을 가져가버린 것이었다.

고려에서는 군마 5천 필을 비단과 면포로 교환하자는 명의 요구에 대해 전객령 곽해룡을 통해서 값을 받지 않고 마련해 보겠다는 식으로 조정의 뜻을 전달하게 했다. 그러나 주원장은 값을 치르겠다면서 앞으로는 3년에 한 번씩 조공을 바치고 서로 왕래하지 말자고 협박을 가하고 나왔다. 지금껏 그래왔듯이 명은 고려가 계속 저자세의 외교 정책을 취하니 또다시 아예 친교하지 않겠다는 식의 고압적 태도로 나온 것이었다.

그 보고를 들은 우왕은 매우 불쾌하게 여겼다. 나라의 군사력을 담보하는 군마를 비단과 면포 따위로 교환하자는 것 자체가 횡포인데, 그 무슨 값을 치르겠다고 선심 쓰듯 하는 것 자체가 가당치 않는 짓이었다. 도당에서는 명에 세공으로 바치기 위해 양부 이하 무격, 술사에 이르기까지 차등 있게 내게 하여 말들을 충당하였는데, 우왕은 그 중에서 좋은 말들을 사냥한다고 빼내 간 것이었다. 명에게 세공으로 군마를 바치는 것 자체를 싫어한다고 우왕은 드러내놓고 의사 표시를 한 셈이었다.

하지만 이인임이 장악하고 있는 도당은 이런 우왕의 뜻과는 달리 움직였다. 1387년 3월 도당에서는 전공판서 이미충으로 하여금 군마 5천 필 가운데 1천 필을 가지고 요동으로 가게 하였다. 그러나 우왕의 뜻도 그러하지만 고려도 군마가 부족한 상태인데, 지속적으로 요구하니 지각이 있는 관리들도 당연히 명의 처사가 못마땅하기는 마찬가지였다. 단지 고려의 힘이 없으니 어쩔 수 없다는 식이었다. 그 때문에 좋은 군마를 바치려고 하지 않았다. 군마의 숫자만 형식적으로 맞추는 꼴이었다.

명은 이런 고려의 속내를 확인하고는 늙고 병든 말과 체구가 작은 말들을 모두 돌려보내 왔다. 그리고는 1387년 4월 서질을 보내와 군마 지급을 재촉까지 하고 나왔다. 고려에서 시일을 끄는 것을 허용하지 않겠다는 태도였다. 그만큼 명은 북원의 요동 세력을 공격하는 데에 필요한 군마가 부족한 것이었다. 명의 주원장은 이미 1386년 12월 장군 풍승에게 북원의 요동 세력을 공격하라고 지시를 내린 상태였다. 그에 따라 명은 승덕 부근에 병참기지를 설치하고 그 공격 준비에 박차를 가하고 있었다. 그런데 군마가 계속 부족하자 그 부담을 고려에 떠밀고 나온 것이었다. 고려로서는 군마도 부족하거니와 명이 요동을 장악하도록 돕는 것 자체가 곤혹스러운 일이었다. 게다가 군마를 바치는 것 자체가 그만큼 고려의 군사 전력을 약화시키는 일이었다. 결국 명과의 친교는 명만 이득을 보고, 고려는 손해만 보는 꼴이었다. 하지만 서질이 군마의 공납을 독촉하자 하는 수 없이 1387년 5월 운반조를 편성해 2차, 3차, 4차로 잇달아 1천 필씩 3천 필을 요동에 군마를 보내도록 조치할 수밖에 없었다.

한편 명으로 떠났던 지밀직사 설장수는 1387년 5월 명의 주원장에게 관복을 요청하여 그것을 받아내고는 요양에서부터 사모와 단령을 입고 귀국하였다. 충렬왕이 원의 복장과 변발을 하고 나타났을 때 백성들이 눈물을 흘렸는데, 이번엔 사신으로 파견된 설장수가 명의 복장 차림을 하고 나타난 것이었다. 고려는 명과 화친하고자 하는 입장이니 고려를 침공하지 말아 달라는 애걸적 행위였다.

하지만 그런 설장수의 보람도 없이 어떤 자가 다급히 선의문으로 말을 타고 달려와 소리치며 외쳤다.

"배를 타고 온 명의 군사들이 상륙하여 개경을 습격하려고 벌써 성문에 이르렀다 하옵니다."

그 소리에 개경의 사람들은 깜짝 놀라 안절부절못하였다. 그 자를 붙잡아 신문한 결과 요동의 조운선이 서해의 여러 섬에 표류해 정박한 것을 잘못 알고 소리친 것임이 밝혀졌다. 허나 이 소요로 인해 명과 고려의 관계가 얼마나 불안한 상태인가가 명확하게 드러난 셈이었다. 그렇다면 고려는 명에 대해 대비하는 방향으로 나가야 했다. 하지만 친명 세력들은 그럴수록 명과 화친의 뜻이 분명하다는 것을 명확히 하는 방향으로 나가야 한다고 주창하고 나왔다. 명의 제도를 본받아 백관의 복식을 정하자는 주장이었다. 이 논의를 앞장서서 주도한 이는 정몽주를 비롯한 하륜, 염정수, 강회백, 이숭인 등의 유자들이었다.

원의 속국으로 전락했을 때 고려의 신하들은 고려의 풍속을 지키기 위해 무척이나 애를 썼다. 그 노력으로 원 세조 쿠빌라이로부터 고려의 유습을 유지해도 좋다는 허락을 끝내 받아내기에 이르렀는데, 친명파들은 왕보다 앞장서서 고려의 유습을 버리고 명의 복식을 따르려고 한 것이었다. 자국의 복색을 바꿔 명의 제도를 따른 것은 스스로 그 나라의 속국임을 자처하는 꼴이니 고려의 신하라면 응당 부끄러워해야 할 노릇이었다. 그런데 몇몇 관리들은 명의 사신 서질 앞에서 그 옷을 입고 보여주기까지 했다. 서질은 그 관리들을 보고 놀라워하며 입을 열었다.

"고려가 다시 중국의 의관을 따를 줄 어찌 꿈이나 꾸었겠소? 황제께서 이 사실을 들으시면 참으로 가상히 여기실 겁니다."

그러나 우왕과 환관 및 그 측근들은 명의 관복을 입지 않았다.

좌상시 이옥은 도리어 호복 차림으로 우왕을 따라 매사냥을 나가 말을 달리고 활을 쏘았다.

그러던 차에 이원길이 요동도지휘사사로부터 도망쳐 나와 조정에 긴급히 알려왔다. 요동도지휘사사가 군대를 동원하여 고려로 쳐들어오려 한다는 소식이었다.

우왕은 그 보고를 받자마자 명과의 전쟁이 사실상 발발했다고 여긴 듯 무기와 갑옷을 싣고 호곶으로 이동했다. 그런데 도당에서는 지신사 권집경을 호곶으로 보내와 우왕에게 서질을 전송할 것을 요청하였다.

허나 우왕은 서질을 전송하려고 하지는 않고 도리어 즉시 시중 이인임과 우시중 이성림을 비롯해 내재추의 가노 각 30명을 옥에 가두도록 명했다. 그렇게 배알도 없이 명에게 납작 엎드려 구걸해 놓고서 침공까지 받게 만든 꼴이 뭐냐는 질책이었다. 요동을 수복하라는 자신의 요구를 수용하지 않고, 명에 질질 끌려다니기만 하는 조정의 모습에 화를 참을 수 없어 단호히 내린 조치였다.

도당에서는 하는 수 없이 서질이 대궐에 당도하자 왕이 병이 들어 일어날 수가 없다고 둘러대고는 그냥 명으로 떠나보냈다.

우왕의 반발에도 도당에서는 판사재시사 박지개로 하여금 5차분의 말 1천 필과 반환되어 온 말을 새 말로 교체시켜 요동으로 운송하도록 조치하였다. 명이 고려를 공격한 것이 아니라 북원의 요동 세력을 공격하기 위해 출동한 것이고, 이제 명이 요동을 장악하면 고려를 침략할 위험이 도사리고 있으니 이때야말로 부당한 명의 요구라 하더라고 속히 응해야 한다는 논리였다. 친명 세력이 명과의 화친이라는 명목으로 스스로 속국을 자처해 나가고, 한때 요동을 장악하기 위해 등거리외교를 펼쳐야 한다고 주장했던 세력들마저 자신들의 안위를 위해 친명 세력의 주장에 따라가는 식이었다. 말로만 요동수복이요, 등거리외교이지 친명 사대 세력과 아무런 차이가 없었다.

우왕은 몸을 부들부들 떨었다. 권력의 실세이자 아비라고 부르며 우대해 주었던 이인임을 시중으로 앉혀 자신의 뜻을 따라줄 것을 요구한 것인데, 달라진 것은 아무것도 없었다. 도리어 명의 압력에 더 시달리게 된 격이었다. 허나 우왕으로서는 어떻게 손을 쓸 수가 없었다. 왕이라고 하지만 조정은 이인임과 임견미, 염흥방 등의 세력에 의해 장악되어 있고, 단지 자신은 근시나 환관 등의 세력밖에 없었다. 우왕은 분을 삭이지 못한 채 두 주먹을 불끈 쥐고서 부르르 떨었다.

도당에서는 이미 관복까지 명의 의관을 착용하기로 하였으니 1387년 6월 문하찬성사 장자온을 명에 보내 복식 개정을 허락한 데에 대해 감사를 표하게 했다. 허나 장자온은 고려에서 바친 말들이 노둔하다는 이유로 금의위에 하옥되고 말았다. 그런데도 도당에서는 또 문하평리 설장수를 황제의 생일을, 밀직부사 윤취에게는 황태자의 생일을 축하하는 사절단으로 보냈다. 명과의 화친을 공고히 한다는 명목으로 스스로 명 앞에 고개를 숙이는 꼴이었다.

우왕은 조정 돌아가는 꼴사나운 모습에 화가 난 듯 갑자기 1387년 윤6월에 숙비를 전주로부터 불러들였다. 숙비는 1년 전에 이인임의 노비 출신의 딸로써 헌비가 된 봉가이로부터 모함을 받고 쫓겨난 후궁이었는데, 그녀를 다시 부른다는 것은 이인임에 대한 불신을 드러낸 것이었다. 우왕의 그런 처사는 잘못하면 왕위마저 위태롭게 하는 행위이기도 했다. 그 때문인지 우왕은 안위마저 불안해하며 호곶에 이르러서는 각 사 및 성중관에게 자신을 엄히 호위하라고 지시까지 내렸다.

우왕의 모습은 불만을 넘어 이인임을 불신하는 상황으로 치달아가고 있었다. 허나 이인임으로서도 달리 대처할 뾰족한 방법이 없었다. 이미 명은 1387년 6월 북원이 장악하고 있는 요동을 공격하여 금산을 장악하였고, 나하추는 요동에 기근까지 발생하자 더 이상 대항할 의지를 갖지 못하고 항복한 것이었다. 명은 나하추를 해서후에 봉한 다음 요동 지역에서 쫓아내 운남 지역의 잔당들을 토벌하는 데 나서게 함으로써 다시 요동에서 재기할 가능성까지 차단시켜 버렸다. 이제 고려가 안정적으로 안착할 수 있는 길은 명과 화친을 추구하는 길밖에 없는 것으로 보였다.

그런데 우왕은 도리어 명이 요동을 장악할 때까지 뭐하고 있었냐고 따져 묻고 나왔다. 이인임은 우왕의 가슴속이 궁금했다. 자신의 왕위를 안정적으로 유지하기 위해서라도 자기 말을 듣는 것이 마땅할 것인데, 왜 그걸 마다하는지 도무지 이해할 수 없었다. 명과 전쟁을 벌인다면 승산이 없을 것인데, 그러면 왕위까지도 내놓아야 한다는 것을 모르지는 않을 것이었다. 젊은 혈기라든가, 말 타고 활쏘기 같은 것을 하다가 절로 형성된 무인의 기질 탓으로는 설명이 되지 않았다. 정말 요동을 수복하여 천손으로서의 위엄을 세우는 것이 가능하다고 믿는 것인지 도무지 그 속을 알 수 없었다.

이인임은 깊은 한숨을 내쉬었다. 우왕이 요동 수복을 계속 고집하고 나오니 결단을 내려야만 했기 때문이었다. 우왕을 내몰든가, 아니면 그가 물러나든가 둘 중의 하나였다. 우왕을 내몰면 친명 세력에 의존하게 될 것인데, 그러면 그 또한 명과의 관계에서 책임을 면치 못할 것이었다. 화무십일홍이라고 하더니 자신의 권세 유지도 여기서 기울어지는 것을 이인임은 실감하지 않을 수 없었다.

허나 아무리 그렇더라도 공민왕 시해 이후 근 14년 동안 고려 조정을 쥐락펴락했던 실질적 실력자인 그 자신이 남에게 쫓겨 나는 모습을 보일 수 없었다. 그건 참을 수 없는 수치였다. 명예로운 퇴진이어야 했다. 스스로 물러나면 그 모든 책임을 모면하고 몸도 보전할 수 있었다. 사직해도 도당에는 여전히 자신의 당류가 그대로 안주하고 있는 격이니 그에게 책임을 묻지는 않을 것이었다. 그들 또한 다른 방안이 없으니 그가 추진한 외교적 대책들을 계속 붙들고 나갈 것이었다. 물러가는 때를 아는 것이 화를 면하는 길이었다.

이인임은 1387년 8월 노환을 핑계로 사직을 청했다. 우왕은 기다렸다는 듯 기꺼이 받아들이고, 이성림을 좌시중, 반익순을 우시중, 최천검을 천양부원군, 반복해를 문하찬성사로, 신아와 왕흥을 동지밀직사사, 오충좌를 밀직부사, 노구산을 우부대언으로 각각 임명했다. 최천검은 숙비의 아버지이고, 반복해는 우왕이 양자로 삼았는데, 그 아버지가 반익순이고, 신아는 나중에 정비(正妃)가 되는 딸의 아버지이고, 왕흥은 후에 선비로 봉해지는 딸의 아버지이고, 오충좌 또한 우왕에게 딸을 바친 자이고, 노구산은 석비인 의비의 아버지 노영수의 아들이었다. 우왕은 자신이 믿을 수 있는 인척들을 대거 등용시킨 것이었다. 이것은 우왕이 조정을 직접 장악하겠다는 의도를 분명하게 드러낸 것이었다.

우왕의 행동에 도당의 관리들은 선왕인 공민왕의 왕비인 정비(定妃)를 알현하고 나왔다. 명덕태후도 세상을 떠났으니 정비가 왕실의 가장 윗전이 되기 때문이었다. 정비는 발을 드리우고 접견하였다. 도당의 관리들은 이런저런 얘기를 나누면서 자연스럽게 정비로부터 선왕인 공민왕 때의 정치는 편안했는데, 지금 왕의 정치는 어지럽다는 식의 얘기가 흘러나오도록 유도했다. 우왕이 계속 그런 식으로 나온다면 왕실의 가장 웃어른이라고 할 수 있는 정비를 틀어쥐고 또다시 우왕을 겁박할 수 있다는 협박이었다.

우왕으로서는 가슴 철렁할 수밖에 없었다. 지난날 대신들로부터 얼마나 겁박을 받아왔던가. 우왕은 하는 수 없이 비록 노환으로 사직했으나 아직도 권력의 실세로서 영향력을 행사하고 있는 이인임의 비위를 맞추기 위해 봉가이 헌비를 1387년 9월 다시 덕비로 고쳐 봉했다. 그리고는 환관 이광을 도당에 보내어 유시를 내렸다.

"지금부터는 명나라의 의관을 입고 성심껏 명을 섬겨야 할 것이다."

우왕의 굴복에 좌우의 시중은 물론이고 대신들은 다들 당연히 그래야 한다는 듯 고개를 끄덕이며 기쁘게 받아들였다. 그러나 정작 우왕은 명의 관복을 입지 않고 호복 차림으로 말을 타고 대로를 달렸다. 마지못해 그리 명을 내리기는 했으나 자기 본의가 아니라는 행동이었다. 그리고 우왕은 환관인 수녕부윤 조순을 순군진무상호군에, 김완을 천호에 임명했다. 자신의 안위를 지키기 위해 무력에 대한 우왕의 대비 조처였다.

우왕이 명과 화친의 의사를 밝히자 도당에서는 명과의 관계를 더욱 강화하기 위해 적극 나섰다. 1387년 9월 지문하부사 장방평을 명에 보내 나하추가 항복하고 귀부한 것을 축하하게 하였다. 1387년 10월에는 문하평리 이구와 지밀직 이종덕으로 하여금 신년을 축하하는 사절단으로 보냈다. 명은 고려의 이런 조치에 힘입어 요동을 자급자족하는 요지로 만들기 위하여 1387년 9월 요동 사람들을 보내와 둔전에 부릴 소 5,700두를 교역해 갔다.

모든 상황은 명이 요동을 장악하면서 제국의 행세를 해 나가고 이제 고려는 다시 원에서 명의 속국으로 완전 전락해 그들의 눈치나 봐야 하는 처지로 빠져들어 갔다. 우왕도 이런 상황을 부정할 수 없게 되었다.

우왕은 1387년 10월 화원에서 처음으로 명의 의관을 입어보았다. 그런데 도무지 어색하고 몸에 맞지 않았다. 그뿐이 아니었다. 자신도 모르게 얼굴이 화끈거리고 달아올랐다. 저 가슴 밑바닥에서 솟구쳐 오르는 수치심 때문에 얼굴을 둘 수가 없었다. 그걸 참지 못한 우왕은 의관을 곧바로 벗어 던져버렸다.

우왕은 깊은 침잠에 빠져들었다. 도당의 요구에 따라 명을 상국으로 모시고 살아갈 것인가, 아니면 요동을 수복하기 위한 방향으로 나아갈 것인가? 요동을 장악하려 했다면 나하추의 세력이 건재해 있을 때에 시도했어야 했다. 백문보 사부는 단군조선이 건국된 이래 이제 대주원의 시기를 맞이했다고 했는데, 요동이 명에 장악된 마당에 과연 승산이 있을까? 하지만 요동에 북원의 세력이 건재해 있을 때도 고려를 이토록 압박해 왔는데, 앞으로 저들이 얼마나 더 괴롭히고 나올 것인가를 생각하면 끔찍하기 그지없었다. 우왕은 이제 하나를 선택해야 하는 결단을 내려야만 했다. 우왕은 고민에 휩싸여 그날따라 바깥으로 놀러 나가지 못했다. 조정 신료들과 개경 사람들은 우왕의 속도 모른 채 나들이하지 않는 것에 매우 좋아하였다.

허나 나라 사정은 우왕이 요동 수복이라는 결단을 맘 편하게 고뇌하도록 내버려 두지 않았다. 다시 왜구가 침구해오자 상황이 복잡하게 꼬여 나갔다. 1387년 10월 왜적은 양광도의 임주와 서주, 홍산현을 침략해왔고, 도순문사 왕승보가 이에 맞서 싸웠으나 패배하고 만 것이었다. 왜구의 준동에 사전에 대비해야 한다는 주장은 해도원수이자 사도도지휘처치사(四道都指揮處置使)인 정지가 들고 나온 것이었다. 왜구는 1383년 5월 정지의 관음포 해전으로 고려의 수군이 우세를 보이자 그 이후엔 주로 동해 방면으로 기어들어 왔고, 1385년 9월 이성계에 의해 동북방면에서마저 섬멸되고 난 이후 거의 준동하지 못했다. 그런데 1387년 8월 정지는 지금껏 주춤하고 있던 왜구의 움직임이 심상치 않으니, 침구하기 전에 사전 예방으로 왜구의 소굴을 아예 정벌해 버리자는 주장을 제기하고 나온 것이었다.

"왜의 상황은 온 나라가 도둑의 소굴이 된 것이 아니옵고, 그 나라의 반민이 대마도와 일기도 두 섬에 나누어 의거할 뿐이옵니다. 합포에 인접하여 시도 때도 없이 침구하는 것이니, 그 죄를 성토하기 위해 군사를 일으키어 그 소혈을 엎어 버린다면 변방의 근심은 절로 제거될 것이옵니다. 지금의 고려 수군은 1281년 여몽연합군이 주즙에 익숙지 않았던 것과는 비교할 바가 아니옵니다. 순풍을 이용하여 진격한다면 두 섬을 한꺼번에 섬멸시킬 수 있을 것이옵니다."

수전에서 고려군의 우세를 확인하는 것이자 고려 군사가 원정을 나갈 수 있을 만큼 강력한 군사력으로 성장했음을 고려 장수의 입으로 표현된 말이었다. 만약 명이 요동을 장악하기 전에 제기되었다면 강력히 추진되었을 것이었다. 허나 대륙에서 명이 북원의 나하추를 제압하여 북방에서 명과 어떤 사단이 일어날 줄 모르는 위기 상황에서 정지의 의견은 수용될 수 없었다.

왜구의 소굴을 정벌하자고 주장할 정도로 고려 군사의 힘이 강력하기는 하나 고려의 정치 내정은 이와 전혀 달랐다. 대신들이 몸을 사리며 친명 사대 외교정책으로 속국을 자처하는 길로 나가니 이미 정신 사상적으로 무장 해제 당해 버렸고, 그 속에서 백성들을 다스리는 관리들은 나라가 어찌 되든 말든 자신의 사욕이나 챙기려 들었다.

강릉도원수 이을진이라는 자는 뚝하면 남의 딸을 끌어다 첩으로 삼곤 하였는데, 부하들도 그를 본받아 무기를 들고 거리를 뒤져서 남의 딸을 강간하는 일을 다반사로 저질렀다. 그 버릇을 고치지 못한 이을진은 1387년 9월 또 양구현 사람 양부의 딸을 간음하려고 병졸 십여 명을 데리고 그 집을 포위했다가 딸을 놓치자 그 처를 강간하고 나왔다. 양부가 죽은 지 백일도 되지 않는 상태였다. 이런 장수들이 왜적을 제대로 막아낼 리 없었다.

왜구의 침구 소식에 긴장한 우왕은 1387년 11월 밀직부사 김상을 전라도 조전원수에 임명해 대비하게 하였다. 왜구의 침구에 대해 어떻게든 막아내어야만 요동에 대한 공략을 생각할 수 있었다. 지금껏 고려가 북방에 힘을 기울일 수 없었던 데에는 지속적인 왜구의 침구가 가장 큰 요인이었다. 지금에 와서 또 왜구의 침구로 해서 국가 대사를 망칠 수 없었다.

왜구의 침구에 대비하게 한 다음 우왕은 최영과 왕복해 등을 거느리고 해풍에서 사냥판을 벌였다. 최영은 내내 사냥에만 몰두할 뿐 우왕에게 아무 말도 하지 않았다. 사냥을 끝내고 개경으로 돌아오는 도중 우왕이 최영에게 넌지시 말을 건넸다.

"공께서는 요동을 수복하려는 강력한 의지를 가지고 있는 것으로 알고 있는데, 지금 조정이 이렇게 돌아가고 있는데도 왜 아무런 말씀도 하지 않으십니까?"

최영은 우왕을 물끄러미 바라보았다. 너무 천진난만하다는 생각이 들었다. 요동수복은 고려의 국운을 걸고 추진해야 하는 과업이었다. 그런데 조정의 대신이 자신의 몸 보신이나 하려고 하고, 사욕만 챙기려는 상황에서 그건 언감생심이었다. 또 왕은 어떠한가? 밖으로 싸돌아다니면서 말만 하면 다 되는 줄 알고 있는 것이 아닌가? 한심스러울 뿐이었다. 허나 최영은 홍익인간의 세상을 개척해야만 하는 자신의 소임을 떠올렸다. 그건 비록 죽음이 앞에서 기다린다고 해도 끝까지 몸 바쳐 나가야 하는 길이었다. 최영은 단호하게 우왕의 결단을 요구하였다.

"소신은 이미 주상께 전언을 다 올렸사옵니다. 이제 주상께서 결단하시면 소신은 그에 따를 것이옵니다."

최영의 말에 우왕은 심각한 표정을 지었다. 우왕은 더 이상 말하지 않았다. 개경으로 돌아온 우왕은 고심에 빠져들었다. 최영은 요동을 수복하자면 조정을 새로운 진용으로 갖추어 기강을 확립하라고 요구하였다. 지금의 조정 대신들로서는 요동수복은 불가능하다는 주장이었다. 최영의 요구가 정당하다는 것을 우왕은 인정하지 않을 수 없었다. 그 진용이 갖춰져야만 목적성 있게 추진할 수 있다는 것은 당연한 이치였다.

허나 최영의 요구는 거기에만 그 뜻이 있지 않다는 것을 우왕은 이제야 인지하기 시작한 것이었다. 우왕은 지금껏 권신들이 전민포탈을 해도 모른 척하였다. 힘이 없기도 했지만 저 요동을 수복하는 길로만 나간다면 그런 것 정도는 묵인해 줄 수 있다는 입장이었다. 임견미가 요동수복에 적극적이지 않음에 이인임을 밀어 그 일을 수행하고자 한 것도 그 때문이었다. 헌데 이인임 또한 임견미와 하나도 다를 바 없었다. 그 이유를 침작한 바, 그들은 하나같이 재산을 긁어모으며 탐욕을 추구한다는 점이었다. 백성들을 수탈하는 자가 나라를 위해 목숨을 바친다는 것은 가당치 않는 것이었다. 왜구의 침구를 잘 방비하지 못하는 것도 군사가 없어서가 아니라 향락이나 즐기려 하고, 자신의 뒷주머니 챙기기에 골몰하고 있기 때문이었다. 왜구를 보고도 퇴치하기 위해 몸 바쳐 싸우는 것이 아니라 그저 책임만 모면하려고 형식적으로 대하는 것도 그 때문이었다. 이런 자들이 신흥강국으로 등장한 명과 전쟁을 벌여 요동을 되찾기 위해 목숨 바쳐 나선다는 것은 썩은 씨앗에 열매가 맺기를 바라는 것과 같은 이치였다. 오직 자신의 사리사욕만 채우려고 하면서 몸을 사리는 꼴이었다. 백성을 사랑하는 것과 나라를 사랑하는 것은 똑같은 것이었다. 백성들을 자기 뒷주머니 채우는 수탈의 대상으로 바라보는 자들이 저 요동과 만주 땅을 되찾아 단군조선의 대주원을 맞이하듯 고려의 중흥을 이룩하기 위한 길에 절대 나서지 않을 것이었다. 바로 이 점을 우왕은 깨달은 것이었다.

실상 조정 대신들은 요동수복에 적극 나서라는 우왕의 요구에 따르기는커녕 명의 침략을 불러올까 봐 불안에 떨며 몸 사리기 위해 왕실의 웃어른이라고 할 수 있는 정비를 찾아가 우왕이 계속 그리 행동하고 나온다면 왕위마저 안전하지 않을 것이라고 겁박해 왔다. 요동 수복이 아니라고 해도 이들은 언젠가 자신에게 칼을 품고 나올 수도 있는 자들이었다. 이번 기회에 그들을 제거하고 새롭게 진용을 갖추어 요동을 수복하는 길로 나가야 했다. 명은 옛 원의 땅과 백성은 자신들의 소유라고 주장하고 있으니 언젠가는 고려 또한 속국이라고 여기고 침략의 화살을 돌릴 것은 불을 보듯 뻔한 이치였다. 요동이 명에 의해 장악되었으니 이제 북원의 근거지까지 제압하고 나면 그 칼날을 고려로 향할 것은 시간문제였다. 이 뻔한 사실들을 조정대신들은 애써 외면하고 명과의 화친에 목을 매고 있는 격이었다. 그게 고려를 살리는 길이라고 구실을 대지만 실상은 그들의 탐욕적 자리를 지키려고 몸 사리는 짓이었다.

우왕도 명이 강국으로 부상하고 있는 사실을 부정할 수 없어 명의 관복까지 입으면서 그 길로 나아가려고 하였다. 그러나 수치스러움에 얼굴이 화끈거려 벗을 수밖에 없었다. 고려의 왕으로서 배알도 없이 살 수는 없었다. 고려의 존엄과 백성의 안위를 왕이 지켜내야 했다. 요동 땅을 수복하지 못하면 끝끝내 수모를 받고 살아야 할 것이었다. 그걸 끝낼 수만 있다면 모든 걸 걸어도 아깝지가 않을 터였다. 그 길은 단 하나, 운명을 건 싸움을 한번 해보는 수밖에 없었다. 시간이 많이 남지 않았다. 서둘러야 한다는 것이 최영의 한결같은 주장의 요지였다. 백성에 대한 사랑, 고려의 존엄, 국왕의 위엄, 단군조선의 대주원의 시기, 고려의 중흥 등등! 이런 단어들이 우왕의 입가에 계속 맴돌았다. 우왕은 초점을 모은 눈으로 저 멀리 요동 땅을 바라보듯 감회에 젖다가 몸을 일으켜 세웠다. 마침내 마음의 결단을 내린 것이었다.

우왕은 은밀하게 최영의 집에 찾아갔다. 우왕은 먼저 최영에게 술을 하사하였다. 최영은 감사의 예를 올리고 우왕의 말을 기다렸다. 우왕이 신중한 어조로 입을 열었다.

"공의 말씀을 듣고 심사숙고하였습니다."

"그러시옵니까? 하명하시옵소서."

최영의 말에도 우왕은 쉬이 말하지 않고 최영을 오랫동안 바라보기만 하였다. 정말 어려운 결단을 내린 모양이었다. 최영은 그저 말이 떨어지기를 기다렸다.

"날이 잘 선 칼이 필요하니 그것을 공께 부탁드리고자 합니다."

우왕이 단도직입으로 내뱉었다. 최영은 믿기지가 않았다. 요동을 수복하기 위해 조정을 쇄신시켜야 한다고 여러 번 간언을 올리기는 하였으나 진짜 자기 목숨을 걸면서까지 결단할 것이라고는 보지 않았던 것이었다. 그만큼 우왕이 지금까지 행한 행동은 최영에게 믿음을 주지 못했던 것이었다. 최영이 조심스럽게 확인하듯 물었다.

"지금 말씀이 무슨 뜻인지 아시고선 하시는 말씀이시옵니까?"

최영의 반문에 우왕이 그걸 인정한다는 듯 고개를 끄덕이며 다시 입을 열었다.

"제가 너무 어리석었습니다. 백성을 사랑하는 것과 저 요동 땅을 되찾는 것은 똑같은 이치라는 것을 전혀 몰라봤습니다."

자신의 허물을 솔직하게 인정하고 나오는 우왕의 태도에 최영은 처음엔 너무 당혹스러웠다. 허나 그 말들 속에 우왕의 모든 맘이 표현되어 있다는 사실에 눈시울이 절로 붉어졌다. 그토록 망나니짓을 일삼아오던 우왕이 이제야 이치를 깨닫고 목숨을 걸고 나서겠다는 뜻이었다. 우왕이 다시 단호하게 말을 이었다.

"어찌 임금으로써 한 입 가지고 두말하겠습니까? 내 뜻은 단호합니다. 내가 앞장서서 나갈 것이니 내 뜻을 따라주십시오. 그걸 부탁하고자 이 자리에 왔습니다."

"소신, 이 목숨 바쳐 주상의 명을 받들 것이옵니다."

최영이 왕명을 받들 듯 서슴없이 엎드리며 분명한 어조로 대답하였다. 이미 실기하여 승리를 확신할 수 없다고 하더라도 기꺼이 그 길에 목숨 바치기로 결심한 이상, 최영으로선 우왕의 제안에 망설일 이유가 없었다. 우왕이 흔쾌히 받아들이는 최영의 두 손을 꼭 잡으며 다시 입을 열었다.

"이제 공만 믿고 앞으로 기꺼이 나아갈 것입니다."

이로써 우왕과 최영 간에 비빌 결사가 이뤄진 셈이었다. 고군기가 인내하고 인내하면 그 기회가 꼭 한 번 올 것이라고 했는데, 그 예언이 맞아든 것이었다. 고군기가 지하에서나마 지켜보겠다고 했으니 기필코 성사시켜 단군조선과 고구려의 옛 영광을 재현시켜야 하였다. 최영의 가슴은 새로운 결의로 끓어올랐다. 그런 최영에게 우왕은 거듭 부탁하고서는 그 집을 몰래 빠져나갔다.

최영은 우왕의 행동을 기다렸다. 우왕의 움직임에 맞춰 실행해 나가야 했다.

우왕은 먼저 1387년 11월 전주 원수 권화가 왜적 두 명의 목을 베는 전과를 올리자 즉각 술과 비단을 하사하였다. 왜적은 요동 수복의 큰 걸림돌이 될 것이기에 왜적을 막아낸다면 큰 상으로 보답을 할 것이니 만전을 기하라는 우왕의 뜻이었다.

그런 다음 우왕은 공민왕의 왕비인 정비의 사촌 여동생이자 안숙로의 딸을 왕비로 삼으려고 해당 관청에 가례에 쓸 폐백으로 베 7,500필과 백금 1,500냥 및 그에 상응하는 다른 물품도 준비하도록 분부했다. 왕실의 가장 웃어른이라고 할 수 있는 정비와 인척 관계를 맺음으로써 정비를 그의 편으로 끌어들이려는 의도였다. 조정 대신들이 정비를 통해 왕을 겁박해 왔기에 그 소지를 없애고자 한 것이었다. 그만큼 우왕은 안위에도 위협을 느끼고 있는 셈이었다. 사람들은 그 속도 모르고 우왕이 먼저 간음하고 뒤에 가례를 행한다고 쑥덕거렸다.

우왕의 움직임에 맞춰 최영 또한 조정의 분위기를 조성시켜 나가야 했다. 서북방의 상황이 심각하게 돌아가고 있었기 때문이었다. 명의 밀정들이 자주 출몰하며 고려의 상황을 염탐하는 짓들이 벌어지고 있었다. 명이 북원의 요동 세력을 공격하자 북원의 투구스테무르는 이를 지원하기 위해 나섰다가 나하추가 20만 대군을 거느리고도 그만 항복해 버리자 다시 되돌아가고 있었다. 명은 이제 저 북원의 근거지마저 공격하려고 획책하고 있었다. 명으로선 배후에 있는 고려의 움직임이 염려되기에 정탐하고자 한 짓이었다. 고려의 낌새가 이상하다고 여기면 고려를 침공할 수도 있고, 언제든지 불의의 사태가 벌어질 수 있는 형국이었다.

최영은 도당에 적극 제기하고 나섰다. 명의 움직임으로 보아 만일의 사태가 발생할 수 있기에 그에 대비해야 한다는 주장이었다. 그에 따라 1387년 11월 서북면 도순문사 정희계와 도안무사 최원지, 그리고 이성, 강계, 의주의 만호들에게 경계에 만전을 다하도록 전의를 세워주기 위해 비단 한 필이 하사되었다. 아울러 사전의 전조 절반을 거두어 군량미로 비축하라는 명이 하달되었다. 또 여러 도의 안렴사들에게 장수들의 능력과 각 고을 수령들의 우열을 고과하여 월말에 도당으로 보고를 올리라는 지시까지 떨어졌다.

명도 고려가 요동의 상황을 정탐하고 움직일 것을 경계하고 나왔다. 명의 사신으로 떠난 지문하부사 장방평과 문하평리 이구, 지밀직 이종덕을 요동으로 들여보내지도 아니하고 그대로 돌려 보낸 것이었다. 사신 일행이 첨수참에 이르자 요동도사가 천호 왕성을 시켜서 명의 주원장이 고려 사신을 백 리 밖에서 되돌려 보내고 입경을 허락하지 말도록 했다는 황명을 내려보내 왔다는 것이었다. 장방평 일행은 고려로 되돌아올 수밖에 없었다.

명과 불협화음의 관계가 조성되자 고려는 명으로부터 직접적인 군사 위협을 심각하게 고려하지 않을 수 없었다. 그 불안 때문에 좌시중 이성림이 이구를 향해 비난하고 나왔다.

“공이 대신의 몸으로 사신 가서는 어찌 정료위에도 들어가지도 못하고 돌아온단 말이오? 그렇게 겁을 집어먹어서야 원……. 결국 보잘것없이 헛되이 국고만 축내게 되었구먼.”

요동으로 들어가지 못한 것을 자기 탓으로 돌리는 말에 이구는 어처구니가 없는 듯 뚫어져라 볼 뿐 대꾸하지 않았다.

우시중 반익순도 명과의 불화에 불안해하며 최영에게 달려와 고했다.

“공은 선왕인 공민왕께서 의지하여 중히 여겼으며 고려의 희망을 걸었던 분이십니다. 지금 나라가 위태롭게 되었는데, 어찌 힘을 다하여 도모하지 않으신 것입니까?”

“집정한 신하가 나라의 안위를 위해 대비할 생각은 하지 않고, 부와 재물만 탐하여 악을 쌓은 데다 자기 몸만 사리다가 재앙을 초래하게 되었으니 이 노부가 어떻게 할 수 있겠는가?”

이 모든 책임이 조정 대신들에게 있다는 힐난의 소리였다.

이때에 요동에서 도망쳐 온 사람이 도당에 고하고 나섰다.

"명 황제가 장차 처녀와 총각, 환자 각각 1천 명씩과 우마 각 1천 필씩을 요구할 것이라 하옵니다."

도당에서는 한숨소리만이 새어 나왔다. 명의 핍박을 얼마나 받고 살아야 하냐는 근심이 그들의 가슴을 짓누른 것이었다. 이때 작은 음성이었지만 최영의 입에서 단호한 어조가 새어 나왔다.

"명이 정 이렇게 나온다면 군사를 일으키어 공세를 가하는 것이 상책일 것이오."

나직한 소리였지만 최영의 말로 인해서 조정의 분위기는 아연 긴장되었다. 명과의 일전을 불사하려는 전쟁의 목소리가 조정에서 제기되었다는 것 자체가 상황을 그렇게 만들었다. 그것도 최영의 입을 통해서 나온 것이었기 때문이었다. 다름 아닌 최영은 고려에서 가장 군사적 발언권이 센 사람이었다.

그런 분위기 탓에 우왕은 정비전에 있다가 한밤중에 소란하게 떠드는 소리를 듣고 놀라움을 금치 못했다. 우왕은 즉시 반란이 일어난 것으로 여기고, 좌우에 무장하게 하고 호위하도록 명하였다. 명과의 일전불사라는 말이 입에 오르면서 조정이 긴장되어지며 전개된 분위기였다. 명과의 전쟁이 발생하는 것도 소요스러운 일이었지만 명과의 전쟁을 막기 위한다는 명분으로 요동수복을 강력히 요구하는 우왕을 제거하기 위한 역모도 충분히 일어날 가능성이 있었기 때문이었다. 명과의 대결이 격화되어 가는 것만큼 조정 대신들과 우왕 간의 대립도 그에 따라 심화되어 가는 분위기였다.

최영은 도당이 아니라 기로회를 통해 명과의 관계에서 만약의 사태에 대비하는 것이 필요하다고 주장하고 나섰다. 도당에서 논의해봐야 논의만 무성할 뿐 실질적인 대책을 끌어 내기 힘들기 때문이었다. 그만큼 재추들의 관직 수가 많아졌을 뿐만 아니라 친명 세력들이 이를 반대하고 나오면 상황이 복잡해질 뿐이었다. 최영의 강력한 주장으로 한양의 산성을 수축할 것과 전함을 수리할 일이 논의되었고, 문하평리상의 우인열과 홍징을 한양부로 보내 중흥산성의 형세를 자세히 살피게 하였다. 도당을 통해서는 1387년 12월 유능한 협상가인 영원군 정몽주를 명에 보내 고려와의 왕래를 재개할 것을 요청토록 하였다. 화친을 청하면서 요동의 상황을 살펴보고 아직 준비가 되지 못한 고려의 사정에서 시일을 벌어 보려는 노력이었다.

최영이 명과 일전을 불사하는 분위기를 점차 조성시켜 나가자 우왕도 그에 따라 내응하기 시작했다. 우왕이 서둘러 나서게 된 것은 왜적이 1387년 11월 광주를 침구하고, 12월에도 정흡현을 침탈하여 백성들이 해를 당하는 상황이 발생하고 있었기 때문이었다. 그런데도 전 판사 손경생이라는 자는 고향 밀성에서 공납한 베 250필을 도용하고 있었다. 이렇게 부정과 비리가 도처에서 행해지고 있으니 왜구의 침탈에 적극 대응할 수 없었다. 이런 상황이 벌어지고 있다면 명과의 일전을 전개한들 결코 요동을 수복할 수 없을 것이었다.

우왕은 도당에 단호하게 지시를 내렸다.

"백성이 나라의 근본이라는 것은 모두들 잘 알고 있을 것이오. 도당에서는 즉시 무릇 궁사와 창고의 전민을 강탈하여 점유한 자들의 명단을 모두 작성해 보고하도록 하시오."

우왕의 명에도 도당에서는 그 명령을 제쳐 두고 이행하지 않았다. 그들이 당사자인데 흔연히 나온다는 게 도리어 더 이상한 일이었다.

우왕은 큰 기대를 걸지 않았지만 괘씸하기 짝이 없었다. 그런데 후비인 선비의 아버지이자 우왕의 장인인 신아가 남의 노비와 농토를 빼앗았다는 소식을 전해 듣게 되었다. 조정 대신들이 전민포탈은 우리만이 한 게 아니라 왕의 인척들 또한 그리한다고 주장하는 격이었다. 우왕은 자신이 칼을 빼들었는데, 도와주지는 못할망정 왕의 장인이 버젓이 그런 행동을 한다는 것에 참을 수 없었다. 우왕은 불같이 화를 내며 신아의 아들인 신효온과 삼사좌윤을 지낸 사위 박보녕을 하옥하라고 지시했다. 신효온이 도주해버리자 순군에 명을 내려 신아의 집을 포위하고 대거 수색을 벌여 체포한 후 하옥시켰으며 모두 곤장을 치고 각산으로 유배 조치하였다.

우왕이 전민포탈을 행한 자를 단호하게 응징하겠다는 의지를 내보이고 있는 가운데 조정의 실력자 염흥방과 관련된 사건이 터져 나왔다. 전 밀직부사 조반이 백주에서 염흥방의 집 종인 이광을 살해해 버린 사건이었다. 처음엔 이광이 조반의 토지를 빼앗으므로, 조반이 염흥방에게 사정을 호소하며 애걸하자 염흥방이 돌려주었다. 그런데 이광이 종 주제에 전 밀직부사까지 지낸 조반에게 그 토지를 다시 빼앗고 능욕까지 가하고 나왔다. 염흥방의 위세를 믿고 벌인 행동이었다.

조반이 이광에게 찾아가 애처롭게 청하여도 이광이 더욱 방자하고 포학하게 굴자, 조반이 분함을 이기지 못하여 수십 기병을 대동하여 이광의 집을 포위하여서는 목을 베어 버렸다. 그리고는 그 집을 불살라 버리고 말을 달려 개경으로 들어가서 장차 염흥방에게 보고하려 하였다. 그런데 염흥방이 이 소식을 듣고 크게 노하여, 조반이 반란을 꾀한다고 무고하여 순군으로 하여금 조반의 어머니와 처를 붙잡아 두고 4백여 기를 백주에 보내어 조반을 체포하게 하였다. 기병이 벽란도에 이르렀을 때, 조반은 5기를 거느리고 이미 개경을 향해 떠난 뒤였다.

염흥방에 의해 단순한 전민포탈의 싸움이 반란 사건으로 확대되어 버린 격이었다. 이미 우왕이 전민을 강탈한 자의 명단을 보고하여 올리라고 하는 상황에서 조정의 실세가 관련된 사건이 발생하였으니, 이 처리는 향후 누가 조정을 장악하고 정국이 어디로 흘러갈 것인가를 가름하는 시금석이 되는 형국으로 치달아가게 되었다.

임견미와 염흥방 일당을 처결하자 또 다른 야심가가 꿈틀거리고

염흥방은 사안의 시급함을 눈치 채고 우왕에게 현상금을 걸어 조반을 매우 급하게 포획하게 영을 내리도록 권하였다. 그런데 조반은 도망친 것이 아니라 스스로 개경으로 들어온 것이었다. 정자교가 개경으로 들어와 제 발로 찾아온 조반을 포획하여 순군옥에 구금하였다.

조반에 대한 신문이 조급하게 이뤄졌다. 염흥방이 순군 상만호가 되었기 때문이었다. 거기에 도만호 왕복해, 부만호 도길부, 이광보, 위관 윤진, 강회백 그리고 대간과 전법사 등이 섞여 잡다하게 신문하였다. 조반이 당당하게 자신의 정당성을 밝히고 나왔다.

"예닐곱 명의 탐욕스런 재상들이 종을 사방에 풀어놓아 남의 토지와 노비를 빼앗으며 백성을 해치고 잔학한 짓을 하니, 그것이 큰 도적이 아니고 무엇이란 말입니까? 이광의 목을 벤 것은 오직 국가를 돕고 백성의 적을 제거한 것뿐인데, 어찌하여 모반하였다고 모함할 수 있습니까?"

조반이 이렇게 이광의 불법 행위를 넘어 권세가인 염흥방과 탐욕스런 재상들의 죄까지 따지고 나오는 것은 최영의 확답을 받았기 때문이었다. 조반은 원래 염흥방을 찾아가 하소연하고자 하였다. 그런데 반란을 획책했다고 몰아가는 것으로 보아 그렇게 해서는 목숨을 부지하기 어렵게 된 상황이라는 것을 깨닫게 되었다. 그가 살 수 있는 단 하나의 방법은 그래도 청렴결백하고 공명정대하기로 소문난 최영에게 구명을 부탁하는 것이었다. 그는 곧 개경으로 오자마자 몰래 최영을 찾아가서 억울함을 호소하였다. 그때 최영은 조반에게 스스로 순군부로 찾아가서 고변하고 그 행위의 정당성을 끝까지 주장하라고 대답하였다. 그러면 기필코 구명해주겠다는 약속이었다. 조반으로서는 도주해서는 고려에서 살 수 없고, 살아남으려면 최영의 지시대로 당당히 맞서서 전민을 강탈한 자들의 죄를 추궁하며 자기 행위의 정당성을 주장할 수밖에 없었다.

조반이 따지고 나오며 승복하지 않자, 염흥방은 강제로 무복(誣服)시키고자 하루 종일 고문하며 참혹하게 치죄하였다. 그렇지만 조반으로서는 목숨을 잃지 않으려면 버텨내야만 했다. 조반은 조금도 굽히지 않고 도리어 꾸짖고 나왔다.

"나는 너희들 국적을 베려 한 것뿐이다. 너희들은 나와 더불어

서로 송사를 다투는 자들인데, 어찌하여 나를 국문할 수 있단 말이냐?"

조반의 항의에 염흥방의 처지는 난감하게 되었다. 전민을 강탈한 죄의 진상이 명확하게 드러난 것이었다. 그럴수록 염흥방은 조반을 더욱 가혹하게 고문하였다. 사람을 시켜 조반의 입을 마구 치게까지 하였다. 옆에 있던 사람들은 감히 그걸 제지하지 못했다. 부만호인 왕복해는 거짓으로 졸며 못 본 체했다. 보다 못한 좌사의 김약채가 옳지 못하다고 주장하며 중지를 요청했다.

모든 사실은 염흥방에게 불리하게 돌아갔다. 우왕은 이미 최영으로부터 조반에 관한 소식을 전달받고 그 상황을 주의 깊게 파악하고 있었다. 하지만 염흥방을 제거하는 것은 그리 만만치 않았다. 좌시중 이성림이 염흥방과 이부형제간이었고, 임견미와는 사돈지간이었다. 이인임의 서자인 이환의 장인이 임견미였으니, 이인임과 임견미는 사돈지간이었다. 조정의 권세를 틀어쥔 이인임과 임견미, 염흥방 등이 서로 인척관계를 맺은 데다가 그들의 뇌물을 받고 임명된 자들이 조정의 다수를 이루고 있었다. 염흥방의 제거는 곧 그들의 반발을 불러일으킬 것이었다.

우왕은 이번 기회에 칼을 휘둘러야겠다고 결심하면서도 선불리 움직이지 않고, 최영에게 은밀히 모든 준비를 갖춰 놓으라고 지시를 내린 상태였다. 우왕이 결심을 서두르게 된 것은 외교에 유능한 정몽주를 명에 보내어 왕래를 재개해 줄 것을 요청하며 명의 환심을 사려고 시도했으나, 그마저 요동에 들어가지도 못하고 1388년 1월 고려로 되돌아온 데에도 있었다. 고려가 명에 화친하려고 아무리 노력한들 명은 그들의 국익을 위해 대응할 뿐이었다. 고려도 그 방식으로 대처할 수밖에 없었다. 조정의 쇄신을 더는 미룰 수 없었다.

마침내 칼을 뽑을 때가 되었다고 여긴 우왕은 최영의 집으로 향하였다. 우왕은 좌우의 주위를 다 물리치고 난 다음 최영에게 말했다.

"이젠 공과 함께 조정을 쇄신하고 저 요동을 수복하고자 합니다. 준비는 다 되었습니까?"

"물론이옵니다. 만일의 상황을 대비하여 동북면의 이성계의 군사까지 동원하였사옵니다."

최영의 대답에 우왕이 잠시 머뭇거렸다. 군 통수권을 사실상 장악하고 있는 이가 최영이었다. 하지만 지금껏 고려 말기에 이르러 하루가 멀다 하고 끊임없이 전쟁이 발생하게 됨으로써 각 장군들은 공공연할 정도로 사병을 키우고 있었다. 사병은 그 주인을 위해서 목숨을 바치기에 나라에서는 골칫거리 문제였다. 하지만 아직껏 그 수가 많지 않았기에 나라를 전복시킬 만큼의 커다란 위협은 되지 못했다. 단 동북면은 달랐다.

고려는 북방을 중요시하였기에 북방의 양계 지역은 둔전을 실시하여 군사적 수요를 충당해 왔다. 그런데 고려가 원의 속국으로 전락하여 그 지역은 원의 통치하에 들어가게 되었다. 공민왕이 원의 속박으로부터 벗어나기 위해 반원 정책을 추진하여 쌍성 총관부를 탈환하는 과정에서 원의 관리로 있던 이성계의 아버지 이자춘은 고려에 귀복하였다. 그렇지만 그가 거느리고 있는 군사는 사병화 되어 그대로 유지되었다. 그 때문에 공민왕 때에도 이자춘을 동북면의 병마사로 임명하는 것에 대해 대신들은 한사코 반대하고 나선 것이었다. 그가 동북면의 사람으로 천호이니 안 된다는 주장이었다. 그런데 지속적인 왜구의 침입과 나하추의 공격, 호발도의 침입 등을 물리치면서 이성계는 자연스럽게 동북면의 도지휘사까지 겸하게 되어 그 사병화된 군사에 관군의 직위까지 겸임하게 된 것이었다. 이성계의 사병화된 군사는 다른 장군들의 사병과는 비교할 수 없을 정도로 숫자나 정예화된 면에 있어서 질적으로 달랐다. 지방에서 호가호위하는 것이야 봐줄 수 있지만 그 세력이 중앙 정계에까지 영향력을 미치게 되면 그건 곧 고려 왕실을 위협할 수 있는 위험 요소였다. 우왕이 조심스럽게 입을 열었다.

"이성계, 그 사람……. 믿어도 되는 자입니까?"

우왕의 물음에 최영은 쉽사리 답할 수 없었다. 이성계가 지금껏 전란의 위기를 맞아 목숨을 걸고 나라를 위해 싸워온 것만은 엄연한 사실이었다. 하지만 적잖은 사병을 이끌고 있는 위험 요소가 있었기에 대신들의 경계를 받고 중앙 정계에는 크게 진출하지 못하고 있었다. 이번에 중앙에 불러들이면 그의 발언권도 커질 것이었다. 최영도 그 위험 요소를 간파하고 있었다. 허나 저 요동을 장악하려면 그가 사병으로 이끌고 있는 여진족들의 힘이 필요하였다. 명과 대적하려면 그들을 제외한 모든 세력과의 연합 전선의 구축이 필요했고, 그 맥락에서 여진족과의 협력도 절실했다. 그 때문에 최영은 그런 위험을 감수하고자 한 것이었다. 이성계의 속마음이 어떠한지는 요동을 수복하기 위한 진행 과정에서 드러나게 될 것이었다. 자신이 군 통수권을 장악하고 있으니 언제든지 그런 상황에 대처하면 될 일이었다.

"같이 하다 보면 그의 진속이 드러나지 않겠사옵니까? 허나 저 요동을 수복하려면 그의 힘이 필요하옵니다. 구더기 무서워서 장 못 담글 수야 없지 않겠사옵니까?"

"공만 믿겠습니다."

우왕은 최영의 집을 떠난 후 지시를 내렸다. 조반에게 의원을 보내 약을 하사한 후 조반과 모친, 처 등을 모두 석방시키라는 조치였다. 의약품과 가죽옷까지 보내주었다. 조반의 죄를 묻는 것이 아니라 공을 치하하는 행위였다. 그 조치는 반대급부로 염흥방의 죄를 묻겠다는 뜻이었다. 우왕의 지시는 거기서 멈추지 않았다. 마침 녹봉을 나눠줄 때가 되자 단호히 명했다.

"재상들은 이미 부자가 되었으니, 그들에게 녹봉을 주지 않아도 괜찮을 것이다. 먼저 먹을 것이 없는 군사들에게 지급하도록 하라."

우왕의 칼날이 권신과 재상들에게로 향하고 있음을 명확히 밝힌 것이었다.

염흥방은 우왕과 최영의 움직임을 모른 채 순군옥에 이르러 국문하려고 옥관과 대관들을 청했다. 허나 이미 우왕의 지시를 받은 그들은 아무도 나오지 않았다.

염흥방은 사태의 심각성을 느끼고 대응하려 하였다. 허나 이미 우왕의 명을 받는 군사들에게 체포되어 순군에 하옥되고 말았다. 그러자 지금껏 염흥방의 탈점 행위를 못마땅하게 여긴 사람들은 우왕의 결단을 칭송하며 환영하고 나왔다.

"우리 임금께서는 참으로 현명하시구려."

우왕도 기꺼운 얼굴로 조반의 일곱 살 난 아이를 불러 그의 부친이 행하고자 했던 바를 물었다. 조반의 행동으로 인해 권세가들을 제거할 수 있는 기회가 열어진 것이기에 우왕은 그 사정을 알아보고자 한 것이었다.

"제 아비는 다만 칼을 빼어 살펴보면서, '탐욕스런 예닐곱 재상의 목을 베어 내 한을 풀련다. 그렇지 않으면 처자가 필연코 굶주림에 시달리게 될 것이다.'라고 얘기했사옵니다."

아이의 대답에 우왕은 그 아이에게 갓을 내려주었다.

우왕은 최영과 이성계에게 명하여 군사를 배치해 궁중을 숙위케 한 후 영삼사사 임견미와 찬성사 도길부도 하옥시키게 하였다. 사자가 임견미의 집에 가니 임견미가 항거하며 크게 소리쳤다.

"7일에 녹봉을 지급하는 것은 예로부터 내려온 제도인데, 지금 주상께서 이유도 없이 지급하지 않으니 임금 된 도리에 어긋나는 것이다. 자고로 임금이 잘못하면 신하들 중에서 그것을 바로잡아 주는 자가 있는 법이다."

임견미는 자신의 당류를 믿고 공공연히 반란을 일으키려고 획책하였다. 그만큼 자신들의 세력을 확신한 것이었다. 사람을 시켜 일당들에게 연락을 취하려 했으나 이미 기병이 앞을 막고 차단한지라 나가지 못한 채 돌아와 그 상황을 보고했다.

임견미는 남산을 올려다보았다. 그의 집이 남산 북쪽에 있었기에 남산에서 기병들이 무장한 채 대기하고 있는 모습이 뚜렷이 보였다. 이미 대항하기엔 늦어버린 것이었다. 이 사태를 맞이하고 보니 광평군 이인임이 원망스러웠다. 임견미의 입에서 외마디 탄식 소리가 새어 나왔다.

"광평군이 나를 그르쳤구나."

임견미와 염흥방은 최영을 항상 꺼림칙하게 여겼다. 곧은 성격에 청렴한데다 군권마저 장악하며 많은 병력을 거느리고 있기 때문이었다. 최영을 제거하려고 매번 획책했지만 그때마다 이인임은 한사코 반대하고 나섰다. 최영을 제거하고 나면 친명 세력에 의해 명의 속국으로 완전 전락하여 결국엔 명의 압력에 의해 자신들마저 거세된다는 논리였다. 이인임의 말은 설득력이 있었으나 이렇게 최영에 의해 속수무책 당하고 보니 이인임의 말을 따른 것이 뒤늦게 후회된 것이었다.

이미 때가 늦었음을 안 임견미는 저항을 포기하고 순순히 체포되었다. 임견미의 아들 임치는 총각 때부터 우왕의 측근으로 시종하면서 우왕이 밖으로 드나들 때 꼭 따라다녔으며, 거듭 승진해 밀직부사가 되어 항상 궁중에서 당직을 섰다. 아비가 구금되자 우왕은 강제로 그를 집에 돌려보냈다.

임견미와 염흥방 등을 감옥에 가두었으면서도 우왕은 양자인 반복해(왕복해)를 의심하지 않고 최영 등과 함께 군사를 거느리고 숙위하게 했다. 그러나 임견미의 사위인 반복해는 모반의 뜻을 품고 밤중에 정예 기병 수십 기를 거느리고 순찰을 구실 삼아 최영의 군영으로 달려들어 갔다. 최영을 제거하기 위함이었다. 그런데 최영이 갑옷을 입고 호상에 걸터앉아 비장들을 지휘하며 잠시도 눈을 붙이지 않았기에 해치지 못하고 그냥 돌아갈 수밖에 없었다. 그 소식을 전해 들은 우왕은 이튿날 반복해의 속마음을 떠보고자 물었다.

"임견미를 어찌 처리하는 게 좋겠느냐?"

우왕의 단호한 뜻을 안 반복해는 대답하지 않았다. 우왕이 다시 구슬리며 말했다.

"너의 말대로 할 것이다."

우왕의 거듭된 질문에 반복해가 대답하였다.

"소신의 장인을 용서해주시면 소신이 죽음으로 보답하겠사옵니다."

반복해의 속마음을 확인한 우왕은 그를 옥에 가두라고 명하였다. 반복해가 체포되자 그의 양부인 문하찬성사 김용휘가 반역을 모의하고 칼을 찬 채 입궐한지라 그를 먼저 체포하여 참수하였다.

염흥방과 임견미의 당류들이 조정을 장악하고 있는 상태였기에 그들을 놔두었다가는 어떤 상황이 발생할 줄 모르는지라 부랴부랴 그 일당을 체포하기에 이르렀다. 염흥방의 의붓형인 우시중 이성림과 염흥방의 동생 대사헌 염정수, 임견미의 사위 지밀직사사 김영진, 임견미의 아들 임치 등을 비롯하여 이성림의 사위 이존성, 이성림의 동서인 전 원주목사 서신, 임견미의 동생인 판개성 임제미, 염흥방의 매부인 밀직 홍징, 임헌, 전법판서 이송, 임헌의 아들인 임공위, 임공약, 임공진, 반복해의 형 반덕해, 그 매서 개성윤 정각, 박인귀. 이희번 등이 체포되었다.

이들에 대해 순군에서 국문했으나 철저히 추궁도 하지 않은 채 우왕에게 보고가 올라갔다. 얼마나 이들이 조정을 완전히 장악하고 있는지 증명해주는 꼴이었다.

우왕은 크게 화를 내며 전 평리 왕안덕을 도만호, 지문하 지거인을 상만호, 이방원을 부만호로 삼아 다시 국문하라고 지시를 내렸다. 우왕이 이들 일당을 제거하려고 맘을 먹고 있었으니 이들은 죽음을 면키 어려웠다. 염흥방, 임견미 일당은 참수되고, 그들의 집은 몰수되었다.

임견미와 염흥방은 모두 이인임과 같은 부류였다. 처음엔 기개를 세우는 듯하다가 시류에 따라 몸을 보전하며 자신들의 사욕을 채우는 길로 나간 자들이었다. 나라의 권세가 이인임의 손아귀에 들어가자 임견미가 그의 심복이 되어 권력의 장애가 되는 자들을 조정에서 축출하였고, 염흥방도 처음엔 임견미에게 쫓겨 나더니 뒤에 임견미가 염흥방이 세가대족이라고 하여 그 집과 혼인하기를 청하였고, 염흥방도 지난날 쫓겨났던 일을 떠올리며 몸을 보전할 것을 꾀하여 오직 이인임과 임견미의 말만을 따르고 나왔다.

염흥방의 의붓형인 이성림이 시중이 되니, 이들의 족속들이 양부에 포진해 안팎의 요직은 그들과 친한 자들이 차지하게 되었다. 권력을 제멋대로 휘두르면서 관작을 팔고 남의 토지를 점탈해 산과 들을 죄다 차지하고, 남의 수많은 노비들을 빼앗았다. 심지어 왕릉과 궁고, 주현, 진, 역에 소속된 토지까지 모조리 점탈해 버리자, 주인을 배반하고 도주한 노예와 부역을 피해 유랑하는 백성들이 구름같이 그들 밑에 숨어들었다. 하지만 안렴사나 수령이 감히 징발하지 못했다. 그로 말미암아 백성들은 유랑하고 도적떼가 마구 일어나 공사의 재물이 모두 탕갈되게 되었다.

모두가 다 그런 것은 아니었다. 이존성은 이인임의 종손으로 처음엔 이인임의 하는 짓을 본받고 따르다가 뒤에 스스로 깨닫고 후회하여 서경윤으로 있을 때에는 치적이 제일이어서 백성들은 그의 죽음을 추모하기도 하였다. 임헌은 집에 한 섬의 저축도 없을 정도였다. 옥관이 면죄시키려 했지만, 최영은 임헌이 염흥방의 세력에 의뢰하여 대사헌이 되어서는 일찍이 한 번도 직언하지 않았다고 죄를 물었다. 허나 대체로 이들의 탐욕적 행위에 크게 분개하고 있었기에 그들이 제거되자 나라 사람들은 크게 기뻐하였다. 심지어 길에서 노래하고 춤을 추기까지 하였다.

우왕은 이들을 처형하는 데에서 멈추지 않고 환관 김량과 김완을 경기좌우도찰방 겸 제창고전민사로 임명하여 임견미와 염흥방 등이 강탈한 토지와 노비를 찾아내서 그 주인에게 돌려주라고 지시하였다. 전권을 행사하라는 의미로 우왕은 칼까지 하사하여 파견하였다. 도통사 최영에게는 일본도 20여 자루를 내려주었다. 이번 기회에 아예 발본색원하라는 요구였다.

우왕은 조정을 쇄신하기 위해 진용을 새로 꾸렸다. 문하시중으로 최영을 임명하는 것을 비롯해 이성계를 수문하시중, 이색을 판삼사사. 우현보와 윤진, 안종원을 문하찬성사, 문달한과 송광미, 안소를 문하평리, 성석린을 정당문학, 왕흥을 지문하성사, 인원보를 판밀직사사로 각각 등용하였다. 그리고는 조정을 혁신시켜 명과 대적하려는 움직임을 명이 눈치 채지 못하도록 하기 위해 지금껏 해왔던 바와 같이 밀직사사 조림을 명의 조정으로 보내 입조를 허락하게 할 것을 요청하게 하였다.

하지만 임견미와 염흥방 일당에 대한 처벌은 쉬 끝나지 않았다. 그 수가 만만치 않은 것이었다. 우왕은 이들의 처벌을 강력히 요구하였다. 다시 반복해의 아비인 우시중 왕익순. 임견미의 조카사위인 우사의대부 신권, 도길부의 사위인 대호군 신봉생, 임견미의 족질인 집의 이미생, 판관 민중달, 홍징의 아들인 홍상연, 홍상빈, 홍상보, 판내부시사 김만홍 등도 참수되었다. 김만홍은 임견미의 가신으로서 심복 행세를 하며 탈취한 전민에 관한 문서를 전담했으며, 탐욕스럽고 간교하기 짝이 없는 자였다. 염흥방의 형인 서성군 염국보, 염국보의 아들인 동지밀직 염치중, 사위인 지부사 안조동, 염흥방의 사위인 성균쇄주 윤전, 호군 최지, 반복해의 매부인 대호군 김함, 그의 일족인 전법판서 김을정, 장령 김조, 임제미의 아들인 임맹양, 도길부의 일족인 전 강릉부사 도희경, 도간, 도운달 및 참수된 자의 족당인 전 지밀직 전빈, 밀직부사 안사조, 밀직제학 박중용, 신정, 사복정 감성단, 환자 조원길 등 50여 명이 참수되었다. 아울러 전민변정도감을 설치해 임견미 등이 점탈했던 전민의 현황을 조사한 후, 안무사를 각 도마다 파견해 1천여 명에 이르는 임견미 등의 가신과 악질 종들을 체포해 처형하고 재산을 몰수하게 하였다. 박중용의 부친인 전 찬성사 박형은 곤장 1백 대를 친 후 각산으로 유배 보내 수졸로 삼았다. 이성림의 일당인 전 판서 성중용도 참수되었다.

그런데 한심한 것은 이 와중에서도 자신의 사욕을 채우려는 자가 나온 것이었다. 도당에서는 안집사 이안생으로 하여금 이성림 일당으로 이천에 있던 서규를 체포하게 하였다. 이안생이 수색을 벌였지만 서규는 도망쳐 버린 뒤였다. 서규의 처는 옛날 재상 성사달의 딸이었는데, 이안생은 서규의 처를 보고는 흑심이 생겨 몰래 사통하였다. 그리고는 그 처가 서규를 꾀어 집으로 오게 해서는 체포해 죽였는데, 사통한 일이 그만 발각되기에 이른 것이었다. 조정의 기강을 엄히 세우려는 움직임 속에서 이런 일의 발생은 결코 용서할 수 없었다. 도당에서는 이안생을 처형하고 서규의 처는 전객시의 여종으로 삼도록 조치하였다.

우왕의 뜻에 따라 최영은 전민을 포탈한 관료들을 철저히 응징하였다. 그만큼 우왕의 의지는 강경했다. 새 술은 새 부대에 담아야 하니만큼 고려의 중흥을 이룩하자면 지난날의 악습과 구태를 철저히 청산하여야 했다. 과거 청산의 핵심은 인사의 처벌이었다. 아무리 좋은 제도라고 해도 그것을 운용하는 사람이 그 의도를 따르지 않고 편법을 쓰게 되면 아무런 소용이 없었다. 구습과 악습의 원흉덩어리는 악행을 저지른 악인이었다. 악인의 철저한 처벌이 없고서는 쇄신과 개혁은 그저 말장난에 지나지 않을 것이었다.

최영은 우왕의 요구에 따르면서 인정사정을 두지 않고 철저히 격멸하고자 하였다. 그런데 그 악의 근원이 이인임이었다. 이인임은 친명 사대정책을 수정하고 등거리 외교 대책을 들고 나와 저 요동을 장악하여 고려를 중흥시킬 것처럼 말해 놓고서는 사실상 친명 사대 정책을 실시하는 것과 하등 차이가 없게 만들었다. 자기 뜻이 아닌 양 명분만 쥐고 친명 세력을 일부 내세워 자신의 보신만 추구하였다. 뒷구멍으로 자신의 당류를 심어 권세를 장악하고서는 온갖 뇌물을 받고 부정과 비리를 일삼았다. 염흥방과 임견미도 이인임의 심복이었고, 이인임처럼 은밀하게 하지 않고 대놓고 강탈했다는 점만 다를 뿐 이인임의 행동을 그대로 본 딴 자들이었다. 그런 이인임을 결코 용서해서는 안 되었다.

하지만 최영은 이인임의 처벌만은 망설였다. 이인임과 사적인 감정 때문이 아니었다. 임견미와 염흥방이 체포된 후 이인임이 찾아왔지만 만나주지 않았다. 이인임이 무엇을 말하고자 하는지 최영도 짐작하고 있었다. 임견미와 염흥방 일당이 제거된 것은 조정의 세력 관계에 큰 변화를 가져왔다. 이번 거사로 요동을 수복하려는 세력이 일부 등장하기는 하였으나 조정에서 큰 세력이 되지 못했다. 이런 형편에서 비록 형식적일지라도 등거리외교를 주장했던 자들이 대거 제거되었으니 아예 대놓고 친명 정책을 주장하는 자들의 입장이 우세하게 된 것이었다. 이런 조정의 세력 관계를 최영이 걱정할 것이라고 타산한 이인임은 그걸 무기로 자기 세력들을 감싸주어야 한다고 주장하려는 것이었다. 그렇지 않으면 요동을 수복하기 위한 싸움은 고사하고 조정에서 쫓겨나게 될 것이라는 논리였다. 임견미와 염흥방이 최영을 제거하자고 거듭 제기했어도 그가 수용하지 않았던 것은 두 사람의 관계가 순망치한으로 얽혀 있기 때문이라는 것이었다.

최영의 근심은 이인임의 주장이 옳아서가 아니었다. 최영에게는 당류가 없었다. 독야청청하듯 홀로 서 있는 격이었다. 친명 세력이 자신들의 주장을 하고 나올 경우에 그를 방어해 줄 사람이 없었다. 군권을 행사하고 있으니 감히 대놓고 덤비지 못할지라도 얼마든지 방해하고 나올 수 있었다. 그만큼 최영은 조정 내에서 자신의 세력이 없어 안정적이지 못한 처지였다. 한시바삐 새로운 인재를 충원해야만 했다.

최영은 우왕을 알현하여 종실과 기로, 대간, 육조 등 전 방면에서 문무에 걸쳐 뛰어난 인재를 적극 추천받도록 요청하였다. 그리고는 이인임을 사면하여 죽이지는 않고 경산부에 안치하고, 이인임의 동생인 이인민을 계림부로 귀양 보내어 봉졸로 배치하게 하였다. 이인임이 친명 일변도 정책에서 벗어나 등거리외교를 추진하도록 한 공이 있으니 앞으로 전민을 포탈한 죄를 깊이 뉘우치도록 조치한다는 것이었다. 최영의 조치에 사람들은 비난하고 나섰다.

"임견미와 영흥방 등의 진짜 도당의 괴수는 이인임이 아닌가? 그런데 이번에도 용케 그물에서 빠져나갔구먼."

"정직한 최공이 어쩌다 사적인 정에 얽매여서 그 늙은 도적을 살려 주었단 말인가?"

요동 수복이라는 대의 차원에서 최영은 그 비난을 기꺼이 감수할 수밖에 없었다. 인재가 충원되어 요동을 수복하려는 세력이 튼튼히 꾸려질 때까지 만일을 대비한 조치였다. 친명 사대를 주장하는 세력들이 기승을 부릴 때 추후 이인임을 이용하려는 최영의 고육지책이었다. 그만큼 조정은 친명 정책과 현실 안주 세력이 다수를 차지하고 있는 격이었다.

무엇보다 최영의 가슴을 짓누르는 건 허송세월할 시간이 없다는 점이었다. 명이 요동을 장악하였으니 그곳에 강력한 방어망을 형성하면 그만큼 고려로서는 힘겨워지는 처지였다. 명은 분명 북원의 근거지를 공격할 것이었다. 북원이 건재할 때 요동을 공략하여야만 했다.

그런데 고려의 상황은 그 준비가 되어 있지 못했다. 단지 그 누구보다 임금이 요동 수복에 적극적이라는 점과 최영이 실권을 장악한 것뿐이었다. 만약 사부인 한단 선사와 고군기가 지금껏 살아서 준비해왔다면 상황이 결코 이러지 않을 것이었다. 한단 선사께서 단군조선의 얼과 혼을 세워 조정 신료들을 정신사상적으로 무장시켜 나가고, 고군기의 전략과 전술적 혜안에 따라 군사적 진용을 구축하는 속에 최영이 장검을 치켜들고 장수들 앞에서 진두지휘하며 요동 수복을 향해 진격할 수 있을 것이었다. 허나 지금의 상황은 얼과 혼이 세워지지 못하고 시류에 부합하여 자기 자리나 유지하려는 세력이 조정의 다수를 차지하고 있는 형편이었다. 과연 요동 수복이 가능할 것인지 의심마저 들지 않을 수 없었다. 허나 요동과 저 만주 땅을 꼭 수복하지 못하더라도 그런 의지를 갖고 추진하여야 했다. 저 요동과 만주 땅은 지금 살고 있는 고려인의 땅만이 아니라 선대의 조상들이 물려주었기에 후손들에게 그대로 물려주어 살아가도록 해야 할 땅이었다. 포기하고 말고의 문제가 아니었다. 그게 그의 어깨에 걸린 짊이라는 것을 최영은 잘 알고 있는 터였다.

최영이 복잡한 심중으로 이것저것 타산하고 있던 터에 단고승이 최영을 찾아왔다. 단고승을 반갑게 맞이한 최영이 단도직입적으로 요구했다.

"이제 조정에 출사하여 이 고려를 위해 너의 재량을 힘껏 펼쳐야 할 때가 온 것 같구나."

조정의 실권을 장악하였으니 단고승을 등용시켜 자연스럽게 요동을 수복하기 위한 중대 과업에 동참시키게 하려는 최영의 마음이었다. 그러나 단고승은 흔쾌히 수용하지 않고 다른 의견을 개진하고 나왔다.

"저는 조정에 출사하는 것보다는 지금처럼 그저 큰아버님 옆에서 도와드렸으면 하옵니다."

기대한 바와는 전혀 다른 단고승의 대답에 최영은 당혹스러울 수밖에 없었다. 심지어 화까지 치밀어 올랐다.

"왜? 목숨을 바치려고 하니 두려운 것이냐? 이제 고려의 국운을 걸고 부딪쳐야 할 터, 이런 비상시국에서 뒤로 한 발 빼겠다고? 네가 이런 생각을 가지고 있을 줄은 미처 몰랐구나."

단고승의 반대에 최영이 매우 실망했음을 드러낸 말이었다. 최영 또한 준비가 되어 있지 못한 고려의 처지에서 요동 수복을 만만하게 여긴 것은 아니었다. 그도 직시하고 있으니 정세를 꿰차고 있는 단고승이 그 어려운 상황을 모를 리 없었다. 그래서 단고승이 전면에 흔쾌히 나서려고 하지 않는 것을 목숨이 아까워서 그리 나온 것으로 이해한 것이었다.

"어찌 한갓 목숨이 아까워 그렇겠사옵니까? 큰아버님께서 이 인임을 살려준 것이 사적인 정 때문에 그러신 것이 아니지 않사옵니까? 고려 조정의 현실이 그만큼 친명 세력에 둘러싸여 있기 때문이 아니옵니까?"

최영은 신음소리를 내뱉었다. 안타깝지만 그것이 조정의 현실이었다. 명이 요동을 장악하기 전에 조정을 장악하였다면 이렇게 속이 타지는 않을 것이었다. 그 아까운 시간을 허비하고 명이 요동까지 공략한 상황에서 조정을 이끌게 되었지만 어느 것 하나 해결되지 못한 형편이었다. 단고승이 다시 말을 이었다.

"큰아버님께서 우려하는 바와 같이 그에 대한 대비가 꼭 필요하옵니다. 그런데 그 적은 보이지 않고 숨어 있다는 점이옵니다. 그런 적을 상대하기 위해서는 여기서도 보여주지 않는 것이 있어야 하옵니다. 그것을 제가 하겠다는 것이옵니다. 묵묵히 큰아버님 곁에서 말이옵니다."

최영이 고개를 끄덕이며 선선히 말했다.

"내 너를 오해했구나. 하긴 고군기의 제자가 그럴 리가 없을 것인데, 요즘 조정의 모든 인사들이 하나같이 요동을 수복할 생각은 아니하고 명과 화친에 목을 매며 제 보신할 길만 찾으려고 하니, 너무나 한심한 생각이 들어 내 너에게까지……. 내 잠시 오해한 것이니 서운하게 여기지는 말거라."

"그런 말씀은 안 하셔도 되옵니다. 어찌 큰아버님의 심중을 제가 모르겠사옵니까?"

최영이 사실 걱정하고 있는 점이 바로 그 대목이었다. 지금 당장은 자신이 군권을 장악하고 있기 때문에 쉽사리 반발하고 있지 못하지만, 요동을 직접 공략하려고 군사를 움직이려고 하면 그들의 세력은 한데 뭉쳐 반대하고 나올 공산이 큰 것이었다. 맘 놓고 요동 공략을 위해 실행에 나서지 못하는 이유가 그 때문이었다.

최영이 넌지시 물었다.

“네가 내 고민을 잘 알고 있는 터, 어찌하면 될 것인지 너의 생각을 한번 말해 보거라.”

단고승은 신중한 태도로 최영의 얼굴을 쳐다보았다. 맘이 상한다고 해도 상황 자체를 명확히 해야만 옳게 대처할 방향이 나올 것이니 기꺼이 속내를 말해야 했다.

“무엇을 가장 경계해야 하는지 그것부터 먼저 판단해야 할 것이옵니다. 요동 수복을 반대하고 나온다고 하더라도 군사력이 없다면 별문제가 안 될 것이옵니다. 허나 만약 큰 군사력을 갖고 있는 자가 결합한다면 그것은 단순하게 여길 문제가 아니라는 점이옵니다.”

최영은 조용히 눈을 감았다. 단고승이 무엇을 말하고자 하는지 알아차린 것이었다. 바로 이성계였다. 우왕도 이성계의 신임을 물었다. 이인임은 아주 오래전부터 이성계의 관상이 고려를 배반할 상이니 중용하지 말라고 최영에게 여러 번에 걸쳐 말했었다. 그의 집안사만 보더라도 권력에 추종하며 살아온 핏줄이었다. 지금껏 원이 쇠퇴하여 고려에 귀부한 이래 이성계는 왜구와 북원의 공격으로부터 고려를 지키기 위해 목숨을 바쳐 싸운 무장이기는 하였다. 그렇지만 이인임과 임견미, 염흥방 등은 이성계의 핏줄과 사병들을 경계하며 결코 중앙으로 등용하려고 하지 않았다. 허나 최영은 나라의 안위를 생각하며 이성계를 등용하고자 하였고, 그 앞길을 열어준 사람이 그라고 해도 과언이 아닐 정도였다.

헌데 최영은 거기에서 나아가 저 요동을 공략하기 위해 여진과의 협력과 북원 세력과의 협동 작전을 위해 이성계를 감히 중앙에까지 불러들인 것이었다. 그만큼 위험이 도사리고 있었지만 현실적 여건에서 요동을 공략하자면 그렇게 하지 않을 수 없었다. 동북방의 상황 때문에 이성계는 고려에서 가장 많은 사병을 가지고 있는 자였다. 그 군사적 힘을 결코 무시할 수가 없었다. 그가 혼자 반항한다면 큰 문제가 아니었다. 허나 친명 사대 입장에다가 관직은 자신들이 독점해야 한다고 여기는 유자들과 손을 잡는다면 그 상황은 걷잡을 수 없는 파국을 가져올 수도 있었다.

"국운을 거는 싸움에 어찌 내 목숨을 걸지 않을 수 있겠느냐? 헌데 너도 이성계가 딴 맘을 품을 수 있다고 여기는 거냐?"

최영이 단도직입적으로 물었다. 이성계에 대한 경계는 고려의 대신들이라면 당연시 여기는 바였다. 최영은 그 사실을 무시할 수 없었다. 그래서 가장 믿을 만하다고 여기는 단고승의 의중을 분명하게 확인하고자 한 것이었다.

"어찌 사람의 맘속을 환히 알 수 있겠사옵니까? 큰아버님께서 생각하시는 대로 이성계가 지금껏 고려를 구하기 위해 목숨을 바쳐 싸워 온 것이야 다 아는 사실이옵니다. 허나 이인임이나 임견미, 염흥방 등도 처음에 나라를 걱정하고 어떻게든 고려를 개혁하고자 했던 사람들이었사옵니다. 헌데 그들은 권력에 맛을 들이면서 시류에 부합하고 자신들의 사적인 욕심을 챙기려다 보니 처음과 달리 전민포탈의 권세가로 전락된 것이옵니다. 지금 이성계가 그런 상황에 놓여 있사옵니다. 친명 세력과 현실 안주 세력이 조정에 다수가 들어차 있는 가운데 만약 이성계가 큰아버님의 뜻에 따르지 않는 모습을 보인다면 그 무리들은 점차 그에게로 달라붙을 것이옵니다. 심지어 이성계에게 권세를 장악하는 길로 나아가도록 허황된 욕심을 부추기는 자도 나올 것입니다. 이런 상황에서도 과연 그가 큰아버님처럼 권세와 거리를 두며 고려를 구할 충심의 길로만 갈 수 있겠사옵니까? 그렇게 보기에는 이성계의 집안 이력과 그의 야심으로 비추어 볼 때 결코 충신의 길로 남을 것인지에 대해서는 회의감이 드는 게 사실이옵니다."

최영은 신음 소리를 내뱉었다. 만약 이성계가 딴 맘을 먹는다면 요동 공략은 무위로 돌아갈 공산이 컸다. 시간이 별로 없는데, 내부의 적을 색출해야만 하는 처지라면 벌써 실패를 예정한 것이나 다름없었다. 단고승이 다시 말을 이었다.

"큰아버님께서 시각을 다투는 상황이기에 불가피하게 그리하신 것은 저도 잘 알고 있사옵니다. 그렇지 않다면야 단군조선의 얼과 혼을 일으켜 세우고, 그런 분위기로 조정을 이끌어 갈 수 있도록 튼튼히 하고, 더 많은 군사와 군량을 마련한 후에 진행하시겠지요. 그러면 뭘 걱정하겠사옵니까? 허나 저 대륙의 정세가 이런 준비마저 허락지 않으니 그런 것이겠지요. 하지만 만사 불여튼튼이라고 그에 대비하면서 진행하는 것이 좋을 듯하옵니다."

최영은 조용히 듣고만 있었다. 이번에 맞이한 기회를 결코 놓칠 수 없었다. 이런 기회는 대륙의 정세 격변기에 한 번씩 올까 말까 하는 것으로써 결코 쉽게 차려지는 것이 아니었다. 이 절호의 기회를 놓친다면 또 얼마의 세월을 인고해야 하는지 알 수 없는 일이었다. 도리어 저 요동을 수복해야 한다는 그 꿈마저 잃어버리게 될 수 있었다. 고려가 북진정책을 추진하여 윤관에 의해 되찾은 땅을 그때 여진에게 내주지 않고 그 땅을 차지하였다면 결코 그 이후 거란에 이어 금과 몽골에게 수모를 겪는 일도 발생하지 않았을 것이었다. 요동을 차지하고 강국으로 도약해야만 왜구는 물론이고 그 어떤 세력으로부터 수모를 겪지 않고 홍익인간의 세상을 펼쳐 나갈 수 있는 길이 열리는 것이었다. 그 절절한 마음이 최영으로 하여금 지금껏 70이 훌쩍 넘은 나이에 이르기까지 버티게 한 원동력이었다. 단고승의 말이 다시 이어졌다.

"사람을 무조건 불신하는 것도 옳지 않지만 명확히 확인하는 것도 나쁠 것이 없사옵니다. 우선 큰아버님께서 군권을 튼튼히 장악하고 있는 상황을 이용하여 조정의 기강을 확고히 세우십시오. 요동을 수복하기 위한 싸움을 하자면 현실 안주 세력과 친명사대 세력들은 척결해야만 하옵니다. 이들을 발본색원할 수 있도록 뿌리를 뽑는 방향으로 원칙적으로 밀고 나가십시오. 그 흐름에서 이성계가 찬성한다면 믿어도 좋을 것이고, 만약 반대하는 입장으로 나온다면 그가 조정의 세력을 자기편으로 끌어들이려는 의도가 있다는 것으로 여겨지는 바, 그의 야심을 경계해야 할 것이옵니다."

"그래, 너의 뜻대로 하자. 절대로 이번 기회를 놓칠 수 없음이야. 절대 그리되어서는 안 되지. 선왕인 공민왕께서 요동을 장악하기 위해 그토록 동녕부를 공격하여 놓고도 그 땅을 차지하지 못하는 바람에 고려가 요동을 장악하는 데 더 어려운 처지에 놓이게 된 것 아니냐? 그런 꼴을 두 번 다시 반복해서는 안 될 것이야."

"그럼 저는 보이지 않는 곳에서 누가 움직이고 있는지, 요동의 상황은 어찌 되어가고 있는지 동생들과 함께 파악해 보겠사옵니다."

단고승은 그 말을 끝으로 바쁘다는 듯 떠나갔다.

최영은 조정의 기강을 철저히 세우기 위한 조치를 강력하게 밀고 나가고자 하였다. 그런데 벌써 기강이 해이해진 사건이 발생하고 있었다. 왜적을 방어하지 못한 책임을 물어 순군에 수감되었던 강화만호 김신보가 1388년 1월 탈옥하여 도망치는 사건이 발생한 것이었다. 도당에서는 본보기로 그 사건의 책임을 물어 순군령사를 처형하였다.

이렇게 조정의 기강이 해이해져서는 요동을 수복하기 위한 정책을 힘 있게 추진할 수 없을 것이었다. 조정을 전면적으로 쇄신하고 철저히 개혁시켜 나가야 했다. 그리하자면 이인임과 염흥방, 임견미 등의 잔당을 철두철미 척결하여야 했다. 이들 때문에 부정과 비리가 근절되지 않고, 나라의 존엄을 세우기 위한 것이 아니라 자신들의 안위를 위해 명과의 화친 정책이 추구되고 있었다. 그들을 일소해야만 요동을 수복하기 위한 정책을 수월하게 추진할 수 있었다.

1388년 2월 최영은 정방에 들어가 임견미와 염흥방이 등용한 사람을 전부 축출하려고 하였다. 그런데 벌써 이성계가 반대하고 나왔다.

"임견미, 염흥방 등이 집정한 지가 너무 오래 되어서 무릇 사대부들은 모두 그들에 의해 천거된 바가 아닙니까? 이제부터 다만 재주의 현부를 묻는 방식으로 되어야지, 어찌 그들의 지나간 일의 허물을 물어서야 되겠습니까?"

최영은 이성계를 한참 동안 바라보았다. 지금껏 사람들이 그토록 이성계를 경계하라고 우려한 바가 사실로 확인되는 심정이었다. 하지만 최영은 그것을 애써 외면하고자 하였다. 어떻게 해서든지 이성계를 끌고 가야 했다. 최영이 차분하게 입을 열었다.

"자네 입에서 그런 소리가 나오다니 매우 의외로군. 지난날 덕흥군과 최유의 반란 때 장수들이 목숨 바쳐 싸우지 않는다고 목소리 높였던 그 의기는 어디로 다 가버렸는가? 그때 몇몇 군사의 목숨이 아깝다고 하여 군사의 규율을 세우지 않고 고려의 중흥의 기치를 내걸지 않았다면 어찌 막아낼 수 있었겠는가? 나는 그때의 자네 모습을 아직도 선연히 기억하고 있으며, 자네를 믿고 있네."

최영의 말에 이성계가 변명조로 다시 말했다.

"어찌 제가 시중어른의 맘을 모르겠습니까? 다만 그리 처벌하게 되면 너무 많은 사람이 다치는지라……. 그러면 시중어른에 대한 평판도 좋지 않을 것 같아서 그리 말씀 드리는 것입니다."

"나를 걱정해주는 마음은 고맙게 받아들이겠네. 허나 진정 나라를 위하고 고려를 중흥시키자면 죄를 저지른 자들을 눈감아 주어서는 안 되는 법이네. 저들은 이 고려를 이 모양 이 꼴로 만들어 놓은 죄인들이란 말일세. 자네는 재주의 현부를 따져서 하자고 하는데, 나라를 위한 충심이 없고서야 그런 재능이 무슨 쓸모가 있단 말인가? 그 재능으로 저들은 자신들의 사리사욕을 챙기면서 백성을 핍박하고 이 나라를 병들게 하였단 말일세. 저들을 처벌하지 않고서야 어떻게 나라를 개혁하겠다는 기치를 내걸 수 있겠는가? 이것은 다 이 고려를 다시 중흥시키기 위한 것이니 내 뜻에 따라주게."

이성계는 흔쾌히 대답하지 않았다. 하긴 대답하지 않아도 조정의 실권을 장악한 최영이 그의 성품상 그대로 밀고 나갈 것이라는 것을 이성계는 누구보다 잘 알고 있었다.

최영과 이성계 간의 암묵적인 갈등이 형성되자 조정의 분위기는 점차 심각해져 갔다. 갈등의 분위기에 우왕은 안숙로의 딸을 봉하여 현비로 임명하고, 기생 소매향을 화순옹주로, 연쌍비를 명순 옹주로 삼았다. 인척관계를 이용해 자신의 세력을 어떻게든 더욱 많이 형성하려는 우왕의 시도였다.

더군다나 대륙의 정세는 고려에 시간적 여유를 주지 않았다. 1388년 2월 요동도사가 이사경 등을 보내 압록강을 건너서 방을 붙인 것이었다. 거기에는 호부에서 성지를 받들었는데, 철령 이북, 이동, 이서는 원래 개원에 속하였으니 소관 군민인 한인, 여진인, 몽골인, 고려인도 그대로 요동의 관할 하에 속하게 한다는 것이었다. 며칠 뒤에 명으로 떠났던 설장수도 고려에 귀국하였는데, 철령 이북 지역은 애당초 원에 속했으니 함께 요동으로 귀속시키게 한다는 주장이었다.

우왕은 이 소식을 전해 듣고 크게 분노하였다. 당장 요동을 공략하기 위한 조치를 취하라고 요구하였다.

최영은 우왕의 요구에 따라 재상회의를 소집하였다. 우왕의 지시를 전달한 다음 어찌했으면 하는지 물었다. 정료위를 칠 것인지, 화친을 청할 것인지 등에 대해 먼저 가부만을 물었다. 그러자 하나같이 화친을 청하자는 의견을 좇았다. 이에 최영이 반문하듯 말했다.

"저 요동은 단군조선과 고구려의 영토인데, 우리 고려가 그 나라들을 이어받는 나라이고, 이 사실은 모든 나라가 다 아는 바요. 그런데 요동 땅을 넘어 철령 이북까지 원의 땅이라고 하여 명이 철령 이북의 고려 땅과 백성을 자신들의 영토와 속민이라고 주장하니 이런 억지가 어디 있단 말이오? 헌데 그들 욕심의 끝이 여기서 끝날 것 같소? 만약 우리가 살고 있는 땅도 원의 속국이었으니 그들의 땅이라고 내어달라고 하면 그땐 어찌해야 하겠소? 이에 대한 의견을 들어보고자 하는 것이오?"

최영의 얘기에 모두들 꿀 먹은 벙어리가 된 양 모두들 서로의 얼굴만 바라보았다. 아무도 감히 말하지 못한 가운데 수문하시중 이성계가 조심스럽게 입을 열었다.

"말씀은 다 맞습니다. 허나 지금 현실을 생각해야 합니다. 고려는 작은 나라이고 명은 큰 나라입니다. 전쟁에 있어서 이기는 싸움을 해야지 지는 싸움을 할 수 없잖습니까?"

이성계의 의견에 모두들 절로 고개를 끄덕이며 이구동성으로 찬동을 표시하였다. 최영은 가슴이 울컥하였다. 저 따위 정신머리를 가진 자가 고려의 무장이었고 장수였다니? 어떻게 전쟁을 하는 데 있어서 이기는 싸움만 하고 지는 싸움을 안 할 수 있단 말인가? 백성을 지키고 영토를 수호하기 위해 전황이 불리해도 목숨 바쳐 싸우는 것이 올바른 자세가 아닌가? 이성계는 지난날의 의기충천하고 기개를 가진 장수가 아님이 또다시 확인된 것이었다. 단고승의 말대로 이성계는 변심하여 달콤한 말로 조정 신료들을 회유하여 자기편으로 끌어들이려고 하고 있는 것이었다.

허나 최영은 더 이상 말을 하지 않았다. 최영이 단호히 반박할 것이라고 예상했지만 아무 말도 안 하자 그의 눈치를 슬그머니 보던 그들은 모든 이의 뜻이 한데 모아진 것으로 의견을 표시하였다. 최영이 결론적으로 말했다.

"알겠소. 내 재상들의 뜻을 주상께 그대로 상달할 것이오?"

최영은 우왕에게 그대로 전달하였다. 우왕은 최영을 불만스러운 눈초리로 바라보고는 그냥 안으로 들어가 버렸다. 그리고는 우왕은 5도의 성곽을 수리하게 하고 원수들을 서북 국경 지대로 보내 만약의 사태에 대비하게 지시했다.

최영이 우왕의 뜻을 알면서도 그에 반한 입장을 그대로 전한 것은 우왕의 확고한 결단을 요구하기 위해서였다. 조정 대신들은 모두들 명을 대국으로 여기고 두려워하는 형국이었다. 이를 뚫고 단호히 맞서 싸워 나아가도록 하기 위해서는 흔들림 없는 자세로 준비해 나가야 했다.

최영은 은밀하게 우왕을 찾았다. 그리고 단도직입적으로 물었다.

"요동을 수복하기 위한 전쟁을 벌이자면 국운을 걸고, 임금의 운명도 걸어야 하온데 그렇게 하실 수 있사옵니까?"

결단을 요구하고 있다는 것을 알아챈 우왕은 최영을 똑바로 바라보며 말했다.

"공께서 그리 물으니 나도 한번 묻겠습니다. 공도 모든 것을 다 걸 수 있습니까?"

"주상께서 그리 결정하신다면 신은 모든 걸 다 걸 것이옵니다."

최영이 주저 없이 대답하자 우왕이 다시 말했다.

"공께서 그리 나오실 줄 알았습니다. 지금껏 임금으로 있었지만 나라를 어떻게 이끌어가야 할지 잘 모릅니다. 하지만 우리 땅을 눈 뻔히 뜨고 있으면서 뺏길 수야 없지 않습니까? 나 또한 공처럼 모든 것을 걸 것입니다. 공을 믿을 것이니 그리 알고 힘 있게 밀고 가십시오."

우왕의 결의에 최영이 화답하였다.

"알겠사옵니다. 소신, 이 시각부터 목숨을 걸고 요동을 수복하여 고려를 중흥시키는 길로 매진할 것이옵니다."

우왕이 최영의 손을 꽉 잡았다. 모든 것을 걸고 저 요동 땅을 되찾는 길로 나가자는 결의였다. 최영이 다시 말을 이었다.

"지금 걱정되는 건 요동을 수복하기 위한 그 준비가 되어 있지 않다는 것이옵니다. 요동의 수복은 단지 요동 전투에만 그치는 것이 아니라 이 나라 전역에까지 확산될 것이고, 끝까지 버텨야만 승리할 수 있사옵니다. 우선 선제 공략하여 요동을 장악하는 것이 우선이지만 그 이후에 그것을 지켜내야만 한다는 것이옵니다. 명은 분명 육로로 요동을 공략할 것이지만, 바닷길로도 직접 고려의 심장부를 공격해 들어올 것입니다. 이 양면의 공격을 다 막아내야 하옵니다. 그러자면 그 준비를 하여야 할 것인데, 우선 안정적인 배후 기지부터 꾸려내야 할 것이옵니다."

우왕과 최영은 개경의 각 방, 리의 군사를 동원해 한양의 중흥성을 수축하게 하였다. 명과의 일전을 벌여 끝까지 버텨 내기 위한 최소한의 대비책이었다.

요동을 수복하기 위해서는 이런 군사적 준비보다도 더 중요한 것은 이를 반대하는 세력을 척결하는 것이었다. 방해하는 자들의 청산 없이는 요동 수복을 위한 길로 나가는 것은 요원하였다.

최영은 마침내 칼날을 똑바로 치켜세우며 나섰다. 그의 움직임에 조정의 분위기는 자연 긴장의 끈이 팽팽하게 당겨져 나갔다.

홍익인간의 실현과 요동 수복에 자신의 운명을 걸다

이성계는 최영의 움직임에 아연 긴장하였다. 잘못 움직였다간 그 칼날이 자신을 향해 다가올 수 있었다.

허나 어떻게 해서 중앙 정계에 진출하였는가? 지금껏 암중모색하며 고군분투하여 온 것이었다. 전공으로 보자면 그가 지금껏 나라에 세운 공은 실로 엄청난 것이었다. 고려로 침입해 온 숱한 외적들과의 싸움에서 번번이 승리를 이끌어냄으로써 나라를 위기에서 구해낸 적이 한두 번이 아니었다. 가히 고려를 지켜낸 영웅이라 칭할만했다. 하지만 아무리 공을 세워도 대신들의 경계를 받아 중앙 정계의 권력계로 진출할 길이 차단되어 있었다. 그런데 최영으로 해서 권세를 장악할 길이 열리게 된 것이었다. 그에게 가장 큰 고민거리는 최영이었다.

최영은 고려의 충신이자 거목이었다. 그가 오늘날에 이르러 중앙 정계에 수시중이라는 자리에 오르게 한 은인도 최영이었다. 최영은 지금껏 무장의 길로 나아가 오랫동안 군 통수권을 사실상 장악했으면서도 한 치의 사리사욕을 탐하지 않고 청렴결백하게 오직 나라의 안위만을 걱정하는 참된 무인이었다. 권세를 탐하지도 않았으며, 자신의 당류도 심지 않았다. 이인임과 임견미, 염흥방의 세력이 오랜 기간 권력을 잡고 조정을 농락할 수 있었던 것도 최영이 군대를 쥐고 버팀목이 되어 주었기 때문이었다. 최영이 우왕과 손을 잡고 그 일당을 쳐내자 그들은 추풍낙엽처럼 나가떨어졌다.

이런 최영이 그가 권력을 장악하려면 마지막 걸림돌이 된 것이었다. 권세에 욕심이 없어 그의 말을 잘 따르면 자신에게 군 통수권도 물려줄 위인이었다. 허나 최영은 오직 저 요동을 수복하여 고려를 중흥시키려는 데만 관심이 집중되어 있었다. 그런 최영이 73살이라는 노년에 이르러 이인임과 임견미, 염흥방 일당에게 칼을 뽑았다는 것은 그것을 실행하려는 의지를 갖고 있음이었다. 그를 중앙 정계에 불러들인 것도 그걸 위해 손잡고 나가자는 요청이었다. 허나 대륙의 정세를 보면 그건 너무도 무모한 짓이었다.

최영의 주장을 듣노라면 무인으로서의 웅혼한 기개를 드러낸 것으로 존경심마저 불러일으켰다. 자신이 한없이 작은 미약한 존재라는 것도 실감케 했다. 허나 새로 흥기하는 명의 대국을 상대로 전쟁을 벌이는 것은 아무리 봐도 승산이 없었다. 최영과 생사

고락을 같이했다간 자신마저 파멸을 가져올 수 있었다.

이성계가 최영과 함께할 수 없는 이유는 비단 거기에만 있지 않았다. 이성계가 정치적 기반을 형성하기 위해 협조를 받으려고 하는 세력은 최영에게 있어서 척결되어야 하는 부류였다. 이성계는 중앙 정계에 진출하기 위해 유자들과의 관계를 형성하기 위해 부단히 노력하였다. 유자 출신들은 친명 사대 정책을 추진하려고 하였지만 이인임과 임견미, 염흥방 때문에 권력계의 중추로 진출하지 못했다. 그 때문에 그 상황을 타파하고자 일부 유자들은 새로운 실력자로서 이성계를 점찍은 것이었다. 실상 권세가의 집안이 아니라면 조정에 나와 정무를 보는 이들은 유자 출신이었다. 이성계로서는 이들을 끼고 들어야만 조정에서 세를 확보할 수 있었다. 그가 손을 잡고 나가려는 대표적인 이가 정도전이었다. 정도전을 통해 조준과 정몽주 등의 유자들과 관계를 점차 형성해가고 있었다. 그런데 최영은 요동을 수복하는 전쟁을 벌이기 위해 이들을 역적으로 여기고 척결하고자 할 것이었다. 이인임이나 임견미, 염흥방 등의 당류라고 주장하며 끝까지 징계하고자 하는 것도 그 때문이었다.

최영이 이인임을 살려둔 것은 사적인 정 때문이 아니라 친명 세력의 대두를 걱정하기 때문이라는 것을 이성계는 잘 알고 있었다. 허나 최영이 요동 수복의 길로 들어서면 이인임 세력 또한 용서하지 않을 것이었다. 칼을 뽑아야 하는 상황에서 말로만 등거리외교니 하면서 명분만 그럴싸하게 주장하고선 실질적으로 친명 사대정책을 추진하는 자들이었으니 더 방해세력으로 여길 터였다. 도리어 고려 조정의 정책적 혼선과 헷갈림만 가져온 자들이었다. 최영은 이를 바로잡고자 할 것이었다. 이들 세력도 거세시키려고 하는 마당에 노골적으로 친명 사대를 주장하는 자들이 고려 조정에서 살아남을 길은 없을 것이었다.

이성계는 이제 최종 결단을 내려야 했다. 시일을 끌어 자신의 정치적 기반이 다 제거된다면 다시 저 골짜기 동북면의 변방으로 좌천되어 나가야 했다. 절치부심하여 여기에까지 오르게 되었는데 선선히 물러설 수는 없었다.

이성계에게 권세를 장악하기 위한 길로 나가라고 가장 강력하게 요청한 자가 정도전이었다. 정도전은 최영이 오직 요동 수복에만 관심을 집중하고 있으니 그걸 이용하자고 주장하였다. 요동 수복에 반대하는 자들을 분명 축출하려고 할 것이니 보살인 양 그들의 징계를 반대하고, 요동의 공략도 현실로선 불가하다고 주장하여 조정의 여론을 형성하라는 것이었다. 최영은 고지식하니 더욱 독단적으로 밀어붙일 것이고, 그렇게 되면 최영은 조정 대신들로부터 고립되고, 반면에 자신은 더욱 많은 세력을 끌어들일 수 있게 된다는 것이었다. 목숨을 내건 전쟁을 어느 누가 좋아하겠느냐는 것이었다. 그렇게 조정의 세가 형성되면 궁극적으로 이성계가 최영을 몰아내고 권력을 장악할 수 있는 길이 열리게 된다는 것이었다.

정도전의 속삭임에 이성계의 저 가슴 밑바닥에 숨겨져 있던 야심이 더욱 거세게 타올랐다. 드디어 저 동북면 변두리의 족장 신세에서 벗어나 고려를 호령하는 권세가가 되는 것이었다. 최영의 등에 칼을 꽂는 배신의 길을 가는 건 가슴 찔린 일이기는 하나 지금껏 그의 집안에서 꿈꾸었던 숙원과 자신의 야심을 실현하기 위해선 그 길이 안성맞춤이었다.

허나 지금 상황은 절대 방심해서는 안 되었다. 만약 이런 흑심을 최영이 알게 된 날엔 철저한 응징을 받을 것이었다. 최영을 걱정하는 척하면서 너무 많은 사람을 처벌해서는 안 된다는 여론을 불러일으켜야 했다. 최영의 고지식함이 그의 소망을 채우는 데 매우 적격이었다. 만약 최영이 요동 수복이 아니라 권세에 뜻이 있었다면 분명 권력을 다지고 나서 그 움직임을 벌일 것이었다. 그러면 군권을 오랫동안 장악하고 있는 최영을 상대로 대적할 수는 없을 것이었다. 명은 요동을 장악하였으니 북원의 근거지를 공략하려 할 것이고, 최영은 그것을 최대한 이용하려 할 것이었다. 최영은 최대한 서두를 것이 틀림없었다. 반대 여론을 형성해 최영을 더욱 초조하게 만들어야 했다.

최영의 움직임은 먼저 원주 목사 서신의 참수에서 드러났다. 서신은 이성림의 동서였다. 이때 이성계는 최영에게 사람을 보내어 요청하였다.

"죄가 있는 괴수는 이미 멸족되고 흉악한 도당도 이미 제거되었으니, 이제부터는 마땅히 형살을 중지하고 덕음을 펴야 합니다."

당연히 최영은 듣지 않았다. 이성계는 최영이 그리 나올 것임을 예상하고서 사람들에게 자신의 뜻을 알리기 위해 공공연히 그리 행동한 것이었다.

이런 움직임에도 최영은 아직 그에게 칼날을 겨냥하지 않았다. 허나 그 이후로 우왕과 최영은 더 이상 요동 공략에 대해 이성계와 상의해오지 않았다.

최영은 심사숙고하지 않을 수 없었다. 이성계는 그가 어떻게 할 줄 뻔히 알면서도 시시콜콜 그 입장을 드러내고 나온 것이었다. 그 행동은 이성계에 대한 최영의 기대를 벗어난 정도가 아니라 야심가로서의 본모습을 적나라하게 드러낸 꼴이었다.

허나 최영은 눈을 감고 애써 모른 척하였다. 어떻게 해서든지 이성계를 같이 끌고 가려는 안간힘이었다. 그래야만 요동수복을 위한 싸움에 승산이 있었다.

우왕은 이성계에 대한 최영의 우유부단함에 매우 불만스러워하였다. 임금의 자리는 물론이고 모든 것을 걸겠다고 하였는데, 앞장서서 명과 전쟁을 치러서는 안 된다고 주장하는 그런 믿지 못할 놈을 그대로 놔두느냐 하는 것이었다. 허나 우왕은 최영을 통하지 않고서는 그 어떤 것도 할 수 없는 처지였다.

우왕은 일단 명으로부터 시간을 벌기 위해 정당문학 곽추를 명의 조정으로 보내 약재를 내려준 것에 대해 사의를 표하게 하였다. 명의 사신 서질이 군마 5천 필을 독촉하고서 돌아갈 때 우왕을 뵙고 가려고 했지만 분노하며 보려고 하지 않았다. 그때 조정에서는 우왕이 병이 들어 일어날 수 없다고 둘러대고 그냥 보냈는데, 병이 낫다고 보고하자 명의 주원장이 약재를 보내온 것이었다. 그걸 명분으로 삼아 명에 사신을 보내 대륙의 상황을 파악하도록 한 것이었다. 그러면서도 우왕은 밀직제학 박의중을 명에 보내 철령 이북의 문주와 고주, 화주, 정주, 함주 등은 조상 대대로 고려의 영토에 속한 것이기에 철령위 설치를 중지하도록 요청하게 하였다.

실상 요동을 수복하려는 우왕의 입장에서 철령위 설치는 절대로 받아들일 수 없는 것이었다. 역사적으로 보더라도 거란과 담판할 때 고려의 서희에 의해 고려가 고구려를 계승한 나라라는 사실은 국제적으로 공인된 것이었다. 그 때문에 고려는 거란으로부터 강동 6주를 돌려받을 수 있었다. 원에 의해 쌍성총관부가 설치될 때에도 조휘와 탁청이 요동 함주로 근처 심주에 쌍썽현이 위치하고 있다는 소문을 듣고 고려의 함주 근처 화주의 작은 성 두 개가 쌍성인 것처럼 속인 것으로 하여 원에서 화주에 쌍성이라고 이름을 붙여 조휘를 쌍성총관으로, 탁청을 천호에 임명한 것일 뿐, 지금껏 고려의 영토가 아닌 적이 한 번도 없었다. 게다가 저 요동 지역도 사실상 고려왕인 충선왕이 심왕을 겸임하였고, 그 뒤를 또 고려인인 충선왕의 조카 왕고가 계승하였고, 그 다음도 역시 고려인인 왕고의 손자인 톡토부카가 이어받았으니 그 지역 또한 고려인이 관할해 온 땅이었다. 그러니 명에서 주장하는 철령위 땅은 우왕으로서는 절대 포기할 수 없었고, 도리어 기필코 요동 지역을 수복해야만 했다.

요동을 공략하기 위해서 당장 마련해야 할 것은 군량이었다. 그런데 세를 받아서 충당할 형편이 되지 못했다. 우왕과 최영이 취한 방법은 임견미와 염흥방 일당의 재산을 몰수함으로써 해결하려고 하였다. 순군에서 임견미와 반익순, 염흥방, 도길부의 아내들에게 전국 도처에 몰래 숨겨둔 재산을 실토하도록 하기 위한 심문이 진행되었다. 얼마나 고문이 심하게 진행되었는지 옥중에서 죽은 이가 숱하게 나왔다. 그것을 기화로 다시 참수된 자들의 자손은 물론이고 심지어 갓난아이까지 모두 죄를 물었으니 숨어서 죽음을 면한 자가 거의 없을 정도였다. 사형당한 자의 처와 딸을 적몰해 관비로 삼으니 모두 30여 명에 달했다.

이인임과 임견미, 염흥방 일당에 대한 철저한 소탕이 진행되어 나감에 따라 조정의 분위기는 더욱 긴장되어 갔다. 그 때문인지 1388년 3월 우왕은 호곶에서 기린선과 봉천선을 타고 온갖 놀이판을 벌이다가 측근 신하들까지 물리친 채 칼을 꼬나 쥐고 혼자 배에 앉아 꼬박 밤을 새웠다. 부왕인 공민왕이 밤에 잠을 자다가 시해를 당했으니 조심하지 않을 수 없다는 것이었다. 그만큼 우왕은 조정 쇄신과 요동의 수복을 요구하는 자신의 뜻에 반하는 세력들이 조정에 대거 포진해 있다는 사실을 알고 신변에 위협을 느낀 것이었다.

우왕은 신변과 안위가 불안해지자 그 해결책으로 최영과 인척 관계를 맺고자 시도하였다. 우왕은 사람을 시켜 최영의 딸을 맞아들이겠다고 요구하였다. 최영은 어이가 없었다. 요동 수복이라는 대의명분으로 굳게 손잡은 것인데, 인척관계를 형성하고자 하는 것은 그만큼 그를 믿지 못하고 있음을 반영한 것이었다. 최영이 몸 바쳐 나서려고 하는 것은 고려의 중흥을 위해서이지 권력을 탐해서가 아니었다. 임금과 인척관계를 맺게 되면 자칫 권세를 탐하고 사욕을 챙기려는 싹이 자라날 수 있었다. 최영은 그것을 원천적으로 차단하고자 하였다.

"신의 딸은 비루하게 생겼고, 또 정실 소생도 아니어서 항상 측실에 두고 있으니, 지존에게 배필로 삼게 할 수는 없사옵니다. 주상께서 기필코 맞아들이려고 하신다면, 노신은 머리를 깎고 산으로 들어갈 것이옵니다."

최영은 울음 섞인 목소리로 분명하게 거절하였다. 자신이 요동을 수복하고 고려를 다시 중흥시키려는 대의가 훼손되지 않기 위한 최영의 단호한 뜻이었다. 허나 우왕은 집요하게 요구하였다. 거기에다가 요동 수복에 뜻을 두고 있는 최영 휘하의 정승가와 안소 등도 우왕의 뜻을 따라줄 것을 요구하고 나왔다. 우왕이 불안해하면 요동의 공략에 차질이 빚어질 수 있다는 말이었다.

최영은 마지못해 대의를 위해 지조를 꺾을 수밖에 없었다. 우왕은 최영의 딸을 비로 맞아들여 영비로 책봉하고 영혜부를 설치했다. 나아가 신아의 딸을 정비로, 왕흥의 딸을 선비로 각각 봉했다. 이근비로부터 그 아래 최영비, 노의비, 최숙비, 강안비, 신정비, 조덕비, 왕선비, 안현비 등과 소매향(화순옹주)과 연쌍비(명순옹주), 칠점선(영선옹주)의 세 옹주가 봉해진 것이었다. 이것은 우왕이 인척관계를 이용하여 어떻게 해서든 세력을 형성해 자신의 안위를 지키려는 안간힘이었다.

우왕은 최영의 딸을 맞아들인 후에는 영비를 총애하여 최영의 집에 자주 들렀다. 과거에는 최영의 곧은 성품을 꺼려 그 집에는 발을 들여놓지 않았는데, 이제 인척관계가 되었으니 자신이 의지할 수 있는 사람이라는 뜻을 표시한 것이었다.

그러고도 우왕은 자기 주변과 신변을 정리해 나갔다. 연안부사 유극서와 환관 김실을 참형에 처한 것이었다. 김실은 우왕이 결혼하지 말고 자신에게 처를 보이라고 하였는데, 그 말을 듣지 않고 도망친 자였다. 주로 이인임 일당에게 궁궐의 상황을 알려준 자였다. 그런 김실을 지난날 임견미의 문객인 유극서가 이존성의 부탁을 받고 수감되어 있던 김실을 빼돌리려고 했었는데, 그 옛날 일을 트집 잡아 처형한 것이었다.

최영도 이인임과 임견미, 염흥방 일당의 잔당들을 척결해 나섰다. 직접적으로 연루된 당류들은 철저히 소탕했으나 아직도 그들의 잔당들이 많이 존재하고 있는 형편이었다. 그중에서도 이인임에 빌붙어서 친명 사대하도록 부추기는 자들이었다. 이들은 요동수복을 추진하는 데 큰 걸림돌이었다. 최영은 첨서 밀직 하륜을 양주로, 밀직부사 박가흥을 순천으로, 첨서밀직 이숭인을 통주로 곤장을 쳐서 귀양 보냈다. 명분은 이인임의 인족이라는 것이었다. 이들이야말로 친명 사대하도록 하는 조정의 연결고리였다. 겉으로는 대등외교니, 대륙의 정세니 하지만 친명 사대 세력과 아무런 차이가 없었다.

최영이 이들을 조정에서 쫓아내고 요동 수복을 위한 길로 나아가려는 움직임을 보이자 공산 부원군 이자송이 최영을 찾아와 강력 항의하고 나섰다.

“명을 사대하는 것은 선왕의 뜻입니다. 누대의 충신이라는 공이 어찌 선왕의 뜻을 어기려고 하십니까?”

최영은 이자송을 한참 동안 바라보았다. 유자가 싸고도는 것은 고려가 아니라 명이라는 것이 또다시 드러나는 꼴이었다. 최영이 단호히 말했다.

“선왕을 운운하는데, 선왕의 참뜻은 요동을 되찾자는 것이었소. 명과 형식적으로 외교 관계를 형성하여 그 이점을 이용하려 한 것이라는 말입니다. 그래서 동녕부를 몇 번에 걸쳐 공략하도록 하였던 거요. 그런데 지금 명이 요동을 차지하고선 철령위 이북까지 자기 땅이라고 우기고 있단 말이오. 이런 상황이라면 선왕께서는 분명 맞서 싸우라고 명을 내렸을 것이오. 그런데 지금 요동을 포기하라고 하고 있으니 이게 말이 되는 소리입니까? 선왕의 뜻도 제대로 모르면서 그리 함부로 입을 놀린단 말이오?”

“예로부터 나라를 안정시키자면 소국은 대국에 사대해야 합니다. 그것이 순리이고 예란 말입니다.”

이자송의 반문에 최영은 화가 치밀어 올랐다. 유자들의 입장을 모르는 바가 아니어서 그들과 대화를 하려고 하지 않았지만 눈앞에서 직접 사대해야 한다는 언사를 들으니 용서할 수 없다는 뜻이 확고해졌다.

"나는 단군조선과 고구려를 이은 고려의 충신이요. 풀 한 포기 땅 한 뼘도 절대 양보할 수 없고, 감히 이에 반하는 주장을 편다면 역적이라고 단언할 수밖에 없소. 내 용서치 않을 것이오."

최영의 엄명에도 이자송은 물러서지 않았다.

"사대의 예를 취하지 않고 요동을 수복하자고 전쟁의 길로 가는 것은 이 나라를 혼란에 빠뜨리는 길이라는 것을 정녕 모르신다는 겁니까?"

이자송의 반박에 최영이 분기하며 다시 말했다.

"사대의 예니, 현 정세가 어쩌니 하면서 자신의 땅도 지키지 말라고 하는 놈이 이 고려의 중흥을 가로막는 역적인 것이야. 여봐라, 이놈을 당장 순군부에 하옥시키라."

최영은 이자송의 목숨만은 살려줄까 하였지만 요동 수복을 노골적으로 반대하며 들고 나오는 것을 그대로 두고서는 일을 진척시킬 수 없었다. 최영은 이자송이 지금껏 이인임의 족당으로서 앞에서는 고려를 위한 것처럼 지껄이면서 실질적으로는 친명 사대를 주장하여 고려의 중흥을 방해하는 자로서 엄히 처벌할 것을 명하여 이자송을 처형하였다.

최영이 이렇듯 강경하게 나올 수밖에 없었던 것은 서북면 도안무사 최원지의 보고 때문이었다.

"요동도사가 지휘 두 명에게 군사 1천여 명을 딸려 보내 강계부에 와서 철령위를 설치하려 하고 있으며, 이미 명의 황제가 관직에 임명한 철령위의 진무 등이 모두 요동에 도착했습니다. 이들은 요동에서 철령까지 일흔 개소에 참을 설치했으며 각 참마다 백호를 두었습니다."

명의 행위는 고려의 결정을 요구하는 것이었다. 싸우느냐? 아니면 속수무책으로 땅을 내 주느냐 양자택일밖에 없었다.

우왕은 그 소식을 듣자마자 울음을 터뜨리며 탄식했다. 신하들이 요동을 정벌하려는 자신의 전략을 반대하는 바람에 이런 사태가 발생했다는 것이었다.

최영은 재상들에게 땅을 내줄 것이냐, 아니냐만 물었다. 다른 것은 묻지 않았다. 명과의 일전을 조정의 당론으로 이끌어 내고자 함이었다. 당연히 재상들은 땅을 내줄 수 없다고 대답했다.

우왕은 참지 못하고 전국에 걸쳐 정예군을 불러 모으게 한 다음 자신이 직접 내일 서쪽으로 출정하겠다고 선포하고 나섰다.

명은 드디어 1388년 3월 군사 15만을 동원해 북원의 본거지를 공격하였고, 또 철령위를 설치하기 위한 준비를 하면서 고려에 사신을 파견하였다. 고려에 압력을 행사하여 움직임을 제어하면서 염탐하기 위한 행동이었다. 요동을 공략하기 위한 싸움을 전개하자면 북원의 근거지를 공격하기 위해 명의 군사가 움직이는 이 기회를 놓칠 수 없었다. 그러나 명의 염탐을 핑계로 이성계 등은 우왕의 행동을 만류하고 나왔다.

"명의 사신이 곧 도착하는 마당에 서쪽으로 군사를 이끌고 행차하시면 민심이 동요할 것이옵니다. 명의 사신이 돌아갈 때까지 기다려주시옵소서."

요동 수복을 위한 전쟁을 반대하는 이들은 어떻게든 그 행동을 연기하려는 입장으로 나온 것이었다.

최영과 우왕 또한 이번에 온 명의 사신들과의 담판이 필요했다. 최영은 세공을 요구하는 등 지금껏 명의 행태로 보아 명을 믿을 수 없었다. 하지만 조정 대신들로부터 싸울 수밖에 없다는 것을 강변하려면 그들의 입장을 직접 두 눈으로 확인하게 만들어야 했다. 고려를 지키기 위해 불가피하게 일전을 불사할 수밖에 없다는 주장이었다.

최영과 우왕은 명의 사신을 맞이하도록 하면서 요동 정벌을 위한 준비를 다그쳐 나갔다. 도성의 백성들은 우왕이 명과 싸우겠다고 명을 내리자 명에 반대한다는 뜻으로 몽골식의 변발과 복장을 한 사람들이 대거 모여들고 있었다. 아직도 고려식의 자존과 존엄을 세우는 단계로까지는 나아가지는 못한 것이었다. 하지만 거기엔 북원과 협력하여 명을 공격하자는 대의에 스스로 자원해 나선 뜻이 담겨져 있었다. 이런 상황에서 만약 주춤하게 되면 그로부터 기세가 꺾이고, 싸움은 패배로 귀결될 것이었다.

최영은 동교에서 군사를 직접 검열하였다. 언제든지 나라의 위급한 상항을 맞이하게 되면 출정할 수 있는 모든 준비를 다 하라고 명을 내렸다.

명의 후군도독부에서는 요동백호 왕득명을 보내와 철령위를 설치한 사실을 통보해 왔다. 우왕이 병을 핑계로 나가지 않고 백관들로 하여금 사신을 도성바깥에서 맞이하게 했다.

판삼사사 이색이 백관들을 거느리고 왕득명을 찾아가서, 귀국하거든 황제에게 잘 보고해 달라고 간청했다. 허나 왕득명은 고려의 요구를 단호히 거절하고 나왔다.

"천자의 처분에 달린 일이지 내가 독단으로 처리할 일이 아니지요."

명의 입장을 명확히 확인한 것이었다. 이제 고려의 결단만이 남게 되었다. 허나 땅을 내주지 않는 한 다른 선택의 여지는 없었다. 최영은 주저 없이 우왕에게 아뢰어 요동군이 방문을 가지고 양계에 이르렀을 때 그들 21인을 죽이게 하였으며, 단지 이사경 등 5인만 구금하여 감시케 하였다.

최영의 조치는 명과의 일전 불사를 기정사실화하는 행동이었다. 이제 군사적 행동으로 넘어가야 했다. 허나 무엇보다 중요한 것은 고려의 모든 백성들로 하여금 애국 충정의 길로 나서게 하는 것이었다. 이를 위해 온 나라의 죄수들을 석방하는 조치를 취했다. 고려의 중흥을 위한 길에 나선다면 이제 지난날의 죄를 묻지 않고 새로운 길이 열린다는 방까지 붙였다.

허나 군사적 움직임을 아직 공개적으로 진행해서는 안 되었다. 명의 첩자들에게 알려질 가능성이 있었기에 우왕은 서해도로 사냥 간다고 하면서 영비와 최영을 대동하고 나아갔다. 사냥이라는 명목으로 군대를 이동시키기 위함이었다.

문하찬성사 우현보를 시켜 개경을 유수하게 하고, 5부의 장정들을 군사로 징발하였다. 세자 왕창과 정비, 근비 등 왕비들을 한양에 있는 산성으로 옮기게 하여 실질적인 전쟁 준비를 다그쳐 나갔다.

마침내 최영과 우왕은 요동 공격을 결정하고, 지금껏 말해오지 않았던 이성계에게 1388년 4월 1일 황해북도 봉주에서 우왕이 직접 나서서 그 뜻을 밝혔다.

"과인이 요양을 공격하려고 하니 경들은 힘을 다해야 할 것이오."

이성계는 벌써 최영과 우왕의 움직임을 알고 있었기에 4대 불가지론을 주장하며 반대하고 나왔다.

"지금 군사를 동원하면 안 될 이유가 네 가지 있사옵니다. 첫째, 작은 나라가 큰 나라를 역으로 공격하는 것은 안 되는 일이옵니다. 둘째, 여름철에 군사를 동원해서는 아니 되옵니다. 셋째, 온 나라의 군사들이 원정에 나서면 왜적이 허점을 노려 침구할 것이옵니다. 넷째, 때가 장마철이라 활을 붙여놓은 아교가 녹고 대군이 전염병에 걸릴 것이옵니다."

최영은 이성계를 한참 동안 바라보았다. 단고승의 말이 떠올랐기 때문이었다. 요동 공략을 제기할 경우 이성계가 상황을 탓하며 망설이면서 제고해줄 것을 요청하면 아직 마음의 결정이 서지 못한 것이어서 함께할 수도 있지만, 단호하게 반대 입장을 정연하게 제시할 때는 이미 그 논의가 진행되어 확정되었다는 뜻이니 그 자리에서 목을 베야만 한다는 주장이었다. 단고승이 파악한 정보에 의하면 이미 친명 사대 세력인 유자들은 자신들의 권력 장악을 위해 이성계의 무장 세력과 손을 잡고 움직이고 있다는 것이었다.

최영은 단고승의 말처럼 결행해야 할지 심사숙고하지 않을 수 없었다. 짧은 순간이었지만 최영의 가슴은 안타까움을 넘어 슬픔이 몰려왔다.

단군조선의 홍익인간의 정신을 구현한 풍류도는 최치원 선인의 말씀대로 자체에 삼교를 다 포함하고 있는 탁월한 사상인데, 어찌하여 우리 선대의 사상을 헌신짝처럼 내던져 버리고 각기 유교, 불교, 도교의 추종자로 전락했단 말인가? 삼교의 진수를 담고 있는 풍류도를 뿌리로 간직하고 있었다면 유자도 고려의 유자가 되었을 것이고, 불자도 고려의 불자, 도자도 고려의 도자가 되었을 것이었다. 최치원 선인은 나라에 현묘한 도인 풍류가 있어 선사에 자세히 실려 있고, 내용은 삼교를 포함하여 군생을 접촉하여 감화시킨다고 하였다. 집에서 효도하고 나라에 충성하는 것은 공자의 주지와 같고, 무위로서 세상일을 처리하고 말없는 가르침을 행하는 것은 노자의 종지와 같으며, 모든 악한 일을 하지 않고 착한 일을 받들어 행하는 것은 석가의 교화와 같다고 하였다.

홍익인간의 정신을 구현한 풍류도가 사상적으로 우월함에도 왜 이리 맥을 추지 못하는 이런 지경에 이르렀단 말인가? 이것은 홍익인간의 얼과 혼이 새겨진 단군조선의 역사를 배우지 않고, 시대가 발전함에 따라 풍류도의 사상을 더욱 풍부히 발전시켜 나가지 못했기 때문이었다. 단군조선으로부터 면면히 이어온 우리 역사 대신에 중화의 역사를 배우고, 국가의 인재를 뽑을 때에도 유학에 정통한 자를 뽑았으니 고려의 유자가 될 수 없었다. 진실로 단군조선으로부터 이어온 우리 역사를 얼과 혼으로 삼고 삼교를 포함한 풍류도를 시대의 전진에 따라 발전시켜 왔다면 유가와 불가, 도가의 대부는 환웅이나 단군 할아버지가 되었을 것이었다. 유가의 주지인 충효를 포함해 짐승 같은 인간의 무리 사회로부터 벗어나 홍익인간의 사회 질서를 세우자고 주장한 이가 환웅, 단군이었으니 유가의 참스승이어야 했다. 그러면 유가들만이 조정의 관료로 나아가 권력을 독점해야 한다는 폐단도 바로잡혀지게 되었을 것이며, 국가 간에 있어서도 대국이 소국을 침략하고 약탈하는 약육강식의 지배 사회가 아니라 서로 존엄을 세우는 관계로 나아갔을 것이었다. 불가에 있어서도 선행을 쌓으라는 것뿐만이 아니라 모든 악행을 멀리하고 참선하기 위해 마늘과 쑥을 먹고 참답게 수행하게 함으로써 다시 사회에 나아가 홍익인간의 정신으로 살아가게 하였으니 환웅과 단군이 불가의 참스승이 되어야 했다. 그리하였다면 인위적으로 속세를 끊어야 하는 불가의 아픈 고통을 겪지 않아도 되었을 것이었다. 도가도 마찬가지였다. 무위자연의 사상뿐만 아니라 천지인 일체가 물 흐르듯 자연스럽게 삼위일체가 되어 자연스러운 조화를 주장하였으니 한웅과 단군이 그들의 참스승이 되어야 했다. 그리되었다면 산속에 파묻혀 인간 사회에 기여하지 못하는 도가의 사상이 아니라 홍익인간의 세상 실현에 보탬이 되었을 것이었다.

고려가 중흥하자면 이런 홍익인간의 정신을 구현한 풍류도를 더욱 풍부화 시키는 것이 절실했다. 그런데 그럴 여유가 없었다. 시간만 있다면 이 모든 것을 해내고 싶은 것이 최영의 절실한 심정이었다. 하지만 요동을 수복하는 데 있어서 시기가 있었다. 명이 북원의 근거지를 공략하고 있는 이 기회를 놓치면 또 얼마의 세월이 흘러야 하는지 알 수 없었다. 고군기가 참고 참으면 한 번 기회가 온다고 하였다. 지금이 그 기회인 것이었다.

최영은 이 기회를 놓칠 수 없었다. 지금 고려 사람들이 홍익인간의 세상을 믿지 않는 것은 국력이 없어서였다. 40여 년 가까이 왜구의 침구에 국토가 유린되고, 원과 명에 속박되어 모진 수모를 당하는 상황에서 홍익인간의 세상 실현은 언감생심이었다. 홍익인간의 세상은 요동을 수복하여 고려를 중흥시켜서 강국으로 우뚝 세워야 가능했다. 최영이 요동 수복의 꿈을 포기할 수 없는 이유가 여기에 있었다.

그런데 저 요동 수복을 위해 손잡고 나아가야 할 장수가 자신의 야심 때문에 친명 사대 세력과 손잡고 불가론을 들고 나온 것이었다. 마음 같아서는 이미 그 정체가 드러난 이상 단고승의 말대로 당장 목을 베어 버리고 싶었다. 단지 권력의 안정을 마련하고자 한다면 그리해야만 했다. 허나 그렇게 하면 요동 수복은 물 건너갈 것이고, 홍익인간의 세상 실현도 물거품이 될 것이었다.

요동을 장악하자면 기습적으로 점령한 다음 그곳을 지켜내는 것이 중요했다. 이자가 없어도 요동의 기습 점령은 가능했다. 허나 방어하여 고려의 땅으로 만들자면 대외적으로 여진족, 몽골족 등과 연합이 필수적이었다. 여기에 이성계는 동북면의 여진족을 사병으로 거느리고 있으니 여진족과의 연합이 수월할 수 있었다. 게다가 방어하는 장수도 출중해야 했으니 이성계의 특출한 무장 실력도 꼭 필요할 수밖에 없었다.

최영은 피눈물을 삼켜야 했다. 어떻게 해서든지 이 난관을 극복하자면 이성계를 순수한 초심의 마음으로 돌려세워야 했다. 지금으로선 이 방법이 요동 정벌을 성공으로 이끌어 내기 위한 해결책이었다. 최영이 마침내 입을 열었다.

"이 노부가 이 나이 먹어 무슨 권세를 탐하겠는가? 허나 요동은 단군조선 이래 고구려, 발해의 영토였고, 요동 땅의 수복은 그 나라들을 이어받은 고려의 숙원사업이었네. 이제 그 기회가 왔다는 것이네."

"허나 시중 어른, 소국이 대국을 역공한다는 것은 사대의 예에 어긋나는 것일 뿐만 아니라 이 고려를 혼란에 빠트리는 길입니다."

이성계의 반문에 최영이 다시 말했다.

"자네는 언제부터 그리 유자가 되어 버렸는가?"

이성계의 얼굴은 자기도 모르게 얼굴이 빨개졌다. 무장이면서도 유자인 양 행세하며 사대의 예를 차용했는데, 도리어 그게 자신의 야심을 채우려는 속셈이라는 것을 최영에게 간파 당했기 때문이었다. 허나 이성계는 그렇지 않는 척 재빨리 얼굴색을 감추었다. 최영의 말이 계속 이어졌다.

"최치원 선인께서는 풍류도는 유, 불, 도의 삼교를 자체 내에다 포함하고 있다고 하였네. 그렇다면 유자가 되더라도 명의 유자가 아니라 고려의 유자가 되어야 할 것 아닌가? 자네도 알다시피 원 나라가 맨 처음부터 강국이었는가? 명 또한 홍건적의 무리로부터 출발한 것이 아닌가? 허나 단군조선, 고구려, 발해는 대륙의 강국이었고, 세상을 호령하였네. 이 고려를 중흥시켜 지난날의 옛 영화를 실현하자는 것일세. 소국이 대국을 역공하면 안되는 것이 아니라 대륙의 강국으로 발돋움하자는 것일세."

최영의 말은 무인으로서 당연히 존중할 만한 얘기였다. 허나 이미 이성계의 가슴은 그런 젊은 시절의 의기 높은 장수가 아니라 가슴에 야망이 불타고 있는 중이었다. 그 때문에 마음속으로는 타당하다고 여기면서도 그의 야심은 최영의 지고지순한 충정의 정신세계를 받아들일 수 없었다. 이성계가 또다시 무장이 아니라 현실적인 정치가인 양 반문하고 나왔다.

"그 뜻을 어찌 모르겠습니까? 허나 현실을 타산하고 결정하여야지, 의지만으로 되는 것은 아니지 않습니까?"

이성계도 자신의 입장을 철회할 의사가 없다는 것을 분명히 하고 나온 것이었다. 명분에서 밀리면 자기 행위의 정당성을 주장할 수 없는지라 서로는 물러설 수 없었다. 최영이 다시 말했다.

"위기를 기회로 삼으라는 말이 있네. 지금껏 중화 세력은 이 요동을 결코 지배하지 못했네. 길어 봤자 고작 몇십 년밖에 되지 않아. 그만큼 그곳은 단군조선의 얼과 혼이 서린 곳이네. 그런데 지금 명의 대군은 북원을 공격하기 위해 나섰단 말일세. 게다가 여름철이 다가오고 있으니 요동을 장악한 후에 시간을 벌 수 있을 것이니 고려에 유리하지 않는가? 그러니 지금이 바로 그 기회인 것이네."

"허나 요동을 점령한 이후 명의 대군이 몰아쳐 올 때를 생각해야 하지 않습니까?"

"풀 한 포기, 땅 한 뼘도 지키기 위해서 군사들이 목숨을 걸고 싸우는 것이거늘, 어찌 요동을 수복하는 데 있어서 그만한 각오도 하지 않는단 말인가? 내 그래서 자네에게 이리 요청하고 있지 않는가? 자네가 여름철과 장마철, 왜구의 침구를 걱정하고 있지만 그건 큰 문제가 되지 않는다는 것쯤은 자네가 더 잘 알 것일세. 왜구의 침구는 고려가 요동을 장악하여 중흥하게 되면 자연스럽게 원천적으로 해결될 것일세. 자네도 원이 강국이었을 때 왜구가 한 번도 침구하지 못했다는 사실을 잘 알 것일세. 왜구의 족속은 그렇다는 것이네. 이로 보건대 요동을 수복하지 못하는 가장 큰 걸림돌은 고려를 중흥시켜 강국으로 발돋움시키려는 의지가 부족한 탓이네. 우리 땅인데도 당당하게 우리 영토라고 주장하고 되찾으려고 하지 않고 스스로 약소국으로 전락하여 움츠려드는 그 정신 자세가 가장 큰 문제란 말일세. 나는 자네가 그런 정신 자세에서 벗어나 고려를 중흥시키는 길에 함께 나서기를 진심으로 바라는 것이네. 예전의 의기충천했던 그 초심의 마음을 잃지 말라는 것이네. 알겠는가?"

최영의 통렬한 비판에 이성계는 더 이상 반문하지 못했다. 그렇다고 최영과 우왕의 뜻에 함께하겠다고 대답하지도 않고 돌아갔다.

우왕은 최영과 이성계의 대화에서 누가 진정한 충신인가를 확인할 수 있었다. 자신의 속마음을 정연하게 설파하는 최영을 보고 가슴 후련하였다. 지난날 최영이 그토록 충언했던 말들을 듣지 않았던 것이 더더욱 후회되었다. 만약 그때부터 최영의 말을 믿고 추진하여 왔다면 이런 꼴을 당하지 않을 것이었다. 지금부터라도 최영을 곁에 두고 믿고 나아간다면 두려울 것이 없다는 확신이 불끈 솟아 들었다.

우왕은 최영을 대동한 채 1388년 4월 3일 이성계를 불러 다시금 이성계의 동참을 요구하였다.

"이미 군사를 일으켰고, 중지할 수 없으니 경은 따르도록 하시오."

"꼭 이 계책을 성취하려고 하신다면 일단 서경에 머물러 계시다가 가을철에 군사행동을 시작해야 하옵니다. 그때는 대군이 먹을 군량이 풍족할 것이니 사기가 높은 가운데 행군할 수 있을 것이옵니다. 지금은 군사행동에 적합한 시기가 아니오니 비록 요동의 성 하나를 함락시키더라도 쏟아지는 비 때문에 군대가 더 이상 진격하지 못한다면 군사가 지치고 군량이 떨어져 참화를 재촉하게 될 것이옵니다."

최영은 이성계를 뻔히 바라보았다. 단고승의 예측대로였다. 이 자는 어떻게든 시간을 벌면서 조정의 무리를 자신에게로 끌어들여 역모를 꾀하고자 하는 것이었다. 당장 목을 내리쳐야만 했다. 그의 마음속에서는 수십 번 목을 베라고 소리치고 있었다. 허나 그럴 수 없었다. 요동을 장악한 다음 명의 반격에 대비해야만 했다. 수도 개성을 자신이 맡아야 했기에 요동을 방어할 인물이 절실히 필요한 것이었다. 어떻게 해서든지 마음을 돌이켜 세워서 함께 데리고 가야만 했다. 가슴 속에서는 서러운 눈물이 쏟아져 내렸다. 허나 최영은 애써 피눈물을 삼키며 설득하려 했다.

"저 요동 땅은 우리가 포기해도 좋고 말고 하는 그런 땅이 아니란 말일세. 우리 선대 조상들의 피와 땀이 서려 있는 곳이고, 우리 후손들이 대대손손 영원토록 가꾸고 손질하면서 살아가야 할 땅이란 말일세. 그 땅을 포기하며 나서려고 하지 않는 것은 단군조선의 후손으로서 역적과 다름없단 말일세. 나중에 만고역적으로 지탄받고 살려고 한단 말인가?"

최영의 말에 이성계는 가슴이 덜컹거렸다. 역시 최영은 그가 범접할 수 없는 영웅적 기상이 서린 무장이었다. 허나 아무리 마음속에 존경한다 할지라도 권력의 세계에선 양보할 수 없었다. 그래서 이성계는 반문하려고 하였다.

"하지만……."

우왕이 더 들을 필요 없다는 듯 이성계의 말을 제지하고는 분명한 어조로 말했다.

"경은 군사 행동을 반대하다가 죽은 이자송의 꼴을 보지 못했는가?"

계속 그리 나온다면 역적으로 처단하겠다는 우왕의 선언이었다. 최영과 우왕으로서도 요동 정벌을 위해 더 이상 지체할 시간이 없는 것이었다. 이성계로서는 뜨끔하지 않을 수 없었다. 허나 최영이 말하지 않았던가? 위기를 기회로 삼으라고. 권세를 잡을 절호의 기회를 놓칠 수 없었다. 이성계는 명을 따르지 않겠다고 분명하게 표명하지 않고 그저 자신이 반대하는 것은 충심에서 나온 입장인 것처럼 읍소하면서 말했다.

"이자송이 죽긴 했으나 후대에 훌륭한 인물로 기억될 것이옵니다. 소신이 살아 있긴 해도 이미 전략상 착오를 범했으니 무슨 쓸모가 있겠사옵니까?"

이성계는 그렇게 말하고 나서 물러나와 슬피 울었다. 요동 공략을 자신은 끝까지 반대했는데, 우왕과 최영이 독단적으로 밀고 나간다는 것을 현실 안주 세력과 친명 사대 세력들에게 알리기 위함이었다. 허나 그 울음에는 또 다른 의미도 담겨져 있었다. 자신이 권세를 장악하는 것은 좋지만 훗날 단군조선의 후손으로부터 만고역적이라는 소리를 들을 것이라는 최영의 말이 뜨끔한 것이었다. 허나 이미 친명 사대 세력들과 손을 잡고 자신의 야망을 실현하자면 그것은 감수해야만 했다. 아니 역사는 승자의 역사이니 만약 자신이 권력을 잡게 되면 그 행위들을 미화 분식시키면 될 것이었다.

최영과 우왕은 요동 공략을 위해 속속 밀어붙였다. 시간이 급했기 때문이었다. 이성계의 말을 따라 지체하면 기회마저 잃을 공산이 컸다. 그뿐만이 아니었다. 친명 사대 정책을 펴는 자들은 온갖 구실을 갖다 붙이며 훼방을 놓을 것이었다. 그 사태를 차단하자면 주저하지 않고 강력하게 밀고 나가는 것말고 다른 방법이 없었다.

우왕은 서경에 머물면서 각 도의 병사들의 징집을 독려해 압록강에 부교를 놓게 하면서 대호군 배구에게 감독을 맡겼다. 대군이 압록강에 당도하면 곧바로 건널 수 있도록 하기 위한 조치였다. 아울러 임견미와 염흥방 등의 일당으로부터 몰수한 재산을 배편으로 서경으로 운반하게 하였다. 공을 세운 군사들에게 줄 상금으로 사용하여 전투를 독려하고자 한 것이었다.

전국의 승려들도 군사로 모집하였다. 그러자 재가화상들이 자원하고 나섰다. 이들은 고려의 북진정책이 좌절되면서 원의 속국이 되고 명에 사대하게 되면서 지리멸렬해졌다. 하지만 단군조선 시기의 풍류의 맥을 이은 고구려의 조의, 선인 등의 계통을 이어 온 것이었다. 그들은 수염과 머리를 깎았으나 가사를 입지 않고 계율도 지키지 않았다. 흰 모시로 만든 좁은 옷에 검은 비단으로 된 허리띠를 두르고는 맨발로 돌아다녔다. 주로 기물을 짊어지거나 도로를 청소하였으며, 도랑을 파고 성 쌓고 집 짓는 일 등에 종사하였지만 나라에 위급한 일이 있으면 하나같이 단결해서 참여해 온 무리였다.

이들은 최영이 요동을 수복하고 고려를 중흥시켜 단군조선의 옛 영화를 실현하려고 한다는 소식을 듣고는 소리 소문 없이 자진하여 응해온 것이었다.

이들의 모습에 최영은 큰 힘을 얻었다. 권세가와 야심가들은 나라가 어찌 되든 제 살길만 찾으려 하지만 백성들은 이렇게 나라가 위기에 처하면 제 목숨을 걸고 나서는 것이었다. 이것이야말로 단군조선의 얼과 혼이 아직도 백성들의 저 가슴 밑바닥에 살아 숨 쉬고 있다는 산 증거였다.

원정군을 꾸리면서도 수도 개경을 방비하기 위해 경기도 군사를 추려서 동강과 서강에 진지를 구축하여 왜적에 대비하게 하였다.

우왕과 최영은 마침내 요동 정벌을 위한 지휘 체계를 꾸렸다. 최영을 팔도도통사로 승진시키고 창성부원군 조민수를 좌군도통사, 서경도원수 심덕부와 부원수 이무, 양광도도원수 왕안덕과 부원수 이승원, 경상도상원수 박위, 전라도부원수 최운해, 계림원수 경의, 안동원수 최단, 조전원수 최공철, 팔도도통사 조전원수 조희고, 조전원수 최공철, 왕빈을 최영 휘하에 예속시켰다. 또 이성계를 우군도통사로 임명하고 그 휘하에 안주도도원수 정지, 상원수 지용기, 부원수 황보림, 동북면부원수 이빈, 강원도부원수 구성로, 조전원수 윤호, 배극렴, 박영충, 이화, 이두란, 김상, 윤사덕, 경보, 팔도도통사 조전원수 이원계, 이을진, 김천장을 예속시켰다. 좌군과 우군을 합친 총 병력은 38,830명이었고, 사역하는 인원이 11,634명이었으며 동원된 말이 21,682필이었다.

요동정벌을 위한 진용을 갖춘 상황에서 더는 지체할 수 없었다. 파발이 수시로 오가면서 그 준비에 박차를 가했다. 군사들의 마음을 위안하고 요동 정벌의 성공을 기원하기 위해 우대언 이종학을 보내 군대를 보호하는 도교의 조병육정신에게 초례를 거행하도록 하였다.

그런데 왜구의 움직임이 심상치 않다는 보고가 올라왔다. 왜구는 정말 고려의 철천지원수였다. 고려가 뭐 하려고 할 때마다 훼방을 놓은 격이었다. 지금껏 고려가 요동을 공략하지 못한 가장 큰 원인이 왜구의 끊임없는 침구였다. 요동을 장악하고 고려의 중흥을 이룩하고 나면 단단히 손을 봐주어야 했다. 허나 지금은 요동 정벌을 수행하면서 막아내야 했다. 고려의 반격으로 인해 지난날처럼 왜구가 대대적으로 침구할 수 없을 것이지만 아무리

사소한 적이라도 대비하지 않을 수 없었다. 봉천선도원수이자 동지밀직사사인 이광보로 하여금 개경의 서강으로 돌아가 진지를 구축해 두고 왜적의 침구에 대비하게 하였다.

이렇게 국운을 걸고 전쟁을 준비하는 마당에 순군만호부 지인이라는 자는 뇌물을 받고는 왕명을 위조해 군졸 열 명을 귀환시켜 버렸다. 군령이 제대로 서지 않고서는 전쟁은 하나마나였다. 본보기 겸해서 단호히 참형에 처했다.

그럼에도 최영은 분위기가 심상치 않다는 것을 실감하지 않을 수 없었다. 자신의 야심을 채우기 위해 요동 정벌을 탐탁지 않게 여긴다는 태도를 공공연하게 조장하고 있는 이성계 때문이었다. 저런 자가 장수가 되어 군대를 이끌고 있으니 믿을 수가 없는 것이었다. 그런데도 이성계를 참하지 않는 것은 기필코 그의 마음을 돌려세워 요동을 수복한 다음에 명의 반격을 막아내는 데 그의 무장으로서의 재능을 이용하려고 한 이유 때문이었다.

단고승은 이성계를 목 베지 않는 상황에서 최영이 직접 원정군을 이끌어야 한다고 적극 권하고 나섰다.

"이성계는 이미 자기 입장을 공공연하게 밝혔사옵니다. 이것은 친명 사대 세력과 자기 패거리들에게 암시를 준 것이고, 자기주장의 정당성을 찾고자 하는 행위이옵니다. 저자는 지금 목이 열 개라도 남아 있을 수가 없는 짓을 벌인 것이옵니다. 무장으로서의 재능이 아무리 아깝다손 치더라도 야심가의 재능은 아무 쓸모 없고 도리어 해악만 가져다 줄 뿐입니다. 거듭 청하건대, 연개소문이 김춘추를 죽이지 않고 살려 보내줌으로써 끝내 고구려와 백제가 망했던 그 후과를 또다시 범하지 말아야 할 것이옵니다. 큰아버님께서 어떻게든지 꼭 저자를 살려주어 초심의 마음으로 돌려세워서 요동 수복을 위한 길에 나서도록 하시려거든 무조건 직접 원정군을 이끄셔야 합니다."

최영은 한숨을 내쉬었다. 이성계를 믿을 수만 있다면 국내적 상황까지 봐가며 판단해야 하니 서경에 남아 작전명령을 내리며 통제하는 방식이 맞았다. 허나 이성계를 믿을 수 없다면 상황은 완전히 달라지는 것이었다. 자신이 직접 원정군을 이끌어야만 감히 딴 짓을 획책하지 못할 것이었다.

최영은 우왕에게 자신이 직접 원정군을 이끌겠다고 주청하였다. 그런데 우왕은 최영이 그 옆을 떠나는 것을 한사코 반대하고 나왔다. 최영이 직접 원정군을 이끌고자 하는 이유가 장수들의 반란을 의심하고 있기 때문이라는 것을 직감하고 자신의 안위가 걱정된 것이었다. 최영이 제주를 토벌하려 간 사이 부왕인 공민왕이 시해 당했으니 그런 불상사가 일어나지 않도록 자기 옆에서 지켜주어야 한다는 요구였다.

우왕의 완강한 반대 때문에 최영이 어찌할 수 없는데도 단고승은 거듭 제기하고 나섰다.

"이미 저자들은 큰아버님께서 원정군에 합류하지 않고 남게 된다는 사실을 알게 되었으니, 이때를 절호의 기회로 삼을 것이 분명하옵니다. 저들은 반역할 시간까지 확보했다는 것이옵니다. 만약 저들이 반역의 길로 나왔을 때 고려의 정예군을 이끌고 있으니, 이것이야말로 고양이 앞에 생선을 맡긴 격이 아니고 무엇이옵니까? 요동 수복을 위해 얼마나 기다려왔는데, 그런 도박을 할 수는 없사옵니다. 지금이라도 이성계의 목을 베시옵소서. 그렇지 않고 저자의 목을 베지 않으시려거든 큰아버님께서는 무조건 원정군에 합류하셔야 하옵니다."

단고승이 울면서 최영의 결단을 요구했다. 최영은 또다시 출정을 요청했지만 우왕이 떠나보낼 수 없다고 절대 반대하고 나오니 도무지 어찌할 수가 없었다. 이제 이성계를 어찌 처리할 것이냐의 선택만이 남게 되었다. 허나 군사적 편제까지 다 끝낸 마당에 이성계의 목을 벤다는 것은 요동 정벌의 실패를 자인하는 것이나 다름없었다. 어떻게 돌이킬 수 없는 상황에 처해 버린 꼴이었다.

이런 상황 앞에 최영의 가슴은 억장이 무너져 내렸다. 눈에는 통한의 눈물이 하염없이 흘러 내렸다. 출중한 무인으로서의 이성계의 실력을 이용하고자 그토록 노력했건만 그의 야심 앞에선 아무런 소용이 없게 된 것이었다. 그토록 인고해왔던 이 절호의 기회를 어이없게도 이성계 앞에 먹기 좋은 생선감으로 올려 준 격이 되어 버린 꼴이었다. 이성계가 마음을 돌려 자신의 뜻을 따라 주는 것 외에 다른 도리가 없게 된 셈이었다. 그 누가 아닌 자기 자신이 재능보다는 충심이 우선하다는 사실을 간과하고 그 첫 단추를 잘못 끼움으로 해서 파생된 결과였다. 참으로 기가 막힐 노릇이었다.

허나 최영은 여기서 주저 않을 수 없었다. 군 통수권을 장악하고 있는 사람으로서 그 모든 권한을 사용하여 요동 정벌을 성공시키기 위해 최선을 다해야 했다. 그것이 그에게 맡겨진 역사적 책무였다. 최영은 우왕에게 타협책으로 자신이 처음엔 출정하지 않지만 상황을 봐서 전장으로 나가겠다고 요청하였다.

마침내 1388년 4월 18일 고려의 요동 정벌군은 서경을 출발하게 되었다. 최영은 좌군도통사 조민수와 우군도통사 이성계를 비롯한 지휘 장수들을 향해 단호하게 말했다.

"오늘은 우리 고려가 요동을 정벌하기 위해 출정하는 역사적인 날입니다. 요동성을 점령하여 목숨을 걸고서라도 기필코 지켜내야 할 것입니다. 그리하면 고려는 중흥을 맞이하여 대륙의 강국으로 부상하게 될 것이며, 단군조선의 옛 영화를 실현하여 홍익인간의 세상을 만들어 갈 수 있을 것입니다. 역사는 오늘의 이 날을 절대 잊지 않고 기억할 것입니다. 누가 저 요동과 만주 땅을 되찾기 위해 큰 공훈을 세웠는지를 말입니다. 역사가 두 눈 뜨고 명백히 지켜보고 있다는 것을 제 장수들은 한시도 잊지 말고 꼭 명심하기 바랍니다."

최영의 애기는 이성계를 향한 말이었다. 환인과 환웅, 단군조선으로부터 면면이 이어온 우리 역사의 반역자가 되지 말라는 강력한 권고였다. 그 뜻을 알아본 이성계는 최영의 얼굴을 똑바로 보지 못하고 외면하였다. 최영은 이성계의 태도에서 기대를 걸

수가 없었다.

최영의 우려는 출정군의 진군 속도에서 금방 드러났다. 전투하면서 전진하는 것도 아니고, 그저 앞으로 나아가는 것인데 굼벵이처럼 하루의 거리를 삼일 거리로 기어가고 있었다. 이성계 자신이 여름철의 장마철이 다가온다고 말했으니 그런 속도로 진군한다는 것이 무슨 의미인지 가장 잘 알고 있을 터였다. 그건 곧 회군의 명분을 찾고자 하는 것 외에 아무것도 아니었다. 이성계의 속셈을 명백히 확인했으니 이제 최영이 직접 나서야 했다. 이번이 마지막 기회인 셈이었다.

최영은 우왕에게 단호히 요청하였다.

"지금 대군이 장도에 올랐는데, 만일 열흘이나 달포 가량 지체한다면 대사를 성취할 수 없사옵니다. 청컨대 신이 가서 독려하겠사옵니다."

하지만 우왕은 또다시 최영을 붙잡고 놓아주지 않았다.

"경이 떠난다면 누구와 더불어 정사를 의논하며 풀어갈 수 있겠습니까?"

우왕은 정사를 핑계 대고 있었으나 사실은 신변의 두려움 때문이었다. 이인임과 임견미, 염흥방의 일당을 강력하게 축출했으니 그 잔당들과 친명 사대 세력들의 반항에 불안을 느끼고 있는 것이었다. 하지만 최영은 물러설 수 없었다.

"고려의 국운이 달려 있사옵니다. 신을 믿고 떠나게 해주시옵소서."

"경이 없으면 밤에 잠도 자지 못할 정도인데, 어찌합니까? 정 그렇게 가신다면 과인 또한 가겠습니다."

"전하!"

최영의 눈에서는 절로 눈물이 흘러내렸다. 우왕은 요동을 정벌하라고 그토록 지시했지만 이 위급한 상황을 맞이해서는 결국 자신의 안위만 못하다는 태도인 것이었다. 도대체 자신은 그동안 무엇을 해왔는지 알 수 없는 상태가 되어버린 것이었다. 한쪽에서는 야심가가 자신의 욕심을 드러내고, 다른 한쪽에선 자기 왕위의 안위는 양보할 수 없다는 식이었다. 이런 상황을 전혀 예상하지 못한 것은 아니었지만 원칙적 입장에서 대하지 않고 두루뭉술하게 풀어가려고 함으로써 맞이한 파국이었다. 결과적으로 두 눈 멀거니 뜨고 이 절호의 기회를 날려버리고 있다는 사실 앞에 그저 서럽고 분통의 눈물만이 하염없이 쏟아져 내렸다. 우왕도 최영의 모습에서 사태의 진전이 어찌 전개되고 있는지 대략 짐작하고선 옷깃을 적셨다. 허나 우왕으로선 그만큼 불안과 두려움이 큰 것이었다.

원정군에의 합류를 우왕이 극구 반대하고 나오니, 최영이 할 수 있는 것은 고려 원정군에게 하루빨리 전진하라고 독려하는 것뿐이었다. 빨리만 진군한다면 요동의 점령은 충분히 가능한 것이었다. 이성에서 돌아온 자의 보고는 그것을 확인시켜 주고 있었다.

"근래에 요동에 갔었는데, 요동의 군사가 모두 오랑캐를 치러가고, 성안에는 다만 지휘 장수가 한 사람 있을 뿐이니 만약 대군이 도착한다면 싸움을 하지 않고도 항복을 받을 수 있을 것이옵니다."

우왕과 최영은 원정군의 마음을 다잡고 진군을 독려하기 위해 문달한과 김종연, 정승가, 환관 조순과 김완을 보내 좌·우도통사와 장수들에게 금은으로 만든 술그릇을 내리고 도진무에 이르기까지 다들 의복을 상으로 내려주었다.

허나 이런 노력은 아무런 소용이 없었다. 일의 성사는 전진 속도에 달려 있었는데, 명을 따르지 않고 굼벵이처럼 움직여 5월 7일에서야 압록강을 건너 위화도에 도착하였다. 그러고서도 빨리 도하하려고 하지 않고 4일이나 지난 5월 11일이 되어서야 1차 도하를 시도하였다. 이건 우기철이 올 때까지 압록강을 넘지 않겠다는 것이나 다름이 없었다. 이미 요동 정벌이 실패로 돌아갔다는 것을 최영은 인정하지 않을 수 없었다.

엎친 데 덮친 격으로 전라도 안렴사 유량으로부터 왜적이 배 80여 척을 진포에 정박시켜 놓고 인근 고을들을 노략질하고 있다는 보고가 올라왔다. 우왕은 상호군 진여의를 전라도와 양광도로 보내 요동정벌에 종군하지 않고서 자제나 노예를 대신 보낸 자들을 징발해 왜적을 방어하도록 지시하였다. 그러면서 원수 김입견을 한양으로 보내 세자와 왕비들을 경호하게 조치하였다.

원정군에서 파발이 도착했는데, 위화도에 진지를 구축했지만 탈영병이 속출하고 있다는 보고였다. 이미 전세가 기울어진 것이었다.

서글픈 마음에 최영의 뇌리에는 한단선사와 고군기가 떠올랐다. 한없는 미안함과 죄책감이 밀려왔다. 요동 정벌을 멋지게 성공해서 무덤을 찾으려고 했는데, 실패하여 패배자의 몰골로 죽어서 보게 되었다는 서글픔이 가슴속에 엄습해왔다. 한단 선사와 고군기가 살아 있었다면 결코 이런 꼴은 당하지 않았을 것이었다. 분명 성공했을 것이었다. 허나 그들은 가고 혼자 남아 있는 상황에서 역부족이었음을 자인하지 않을 수 없었다. 성공하자면 또 다른 한단 선사와 고군기가 나타나 최영과 손 맞잡고 나아가야 했다. 이제 천천히 모든 것을 정리해야만 했다.

최영은 단고승을 불렀다. 단고승은 자기 동생들인 단배와 단달, 단국희 등과 함께 나타났다. 침통한 표정들을 짓고 있는 그들을 향해 최영이 입을 열었다.

"너희들도 이미 상황이 어찌 돌아가고 있는지 잘 알고 있을 것이다."

최영이 무슨 말을 하고자 하는지 알아본 단고승이 먼저 말했다.

"저희들이 간다면 어디로 가겠사옵니까? 여기 남아서 끝까지 싸울 것이옵니다."

단고승의 말에 단배와 단달, 단국희 등도 이구동성으로 그리하겠다고 결의를 표명했다.

“아니다. 너희들은 해야 할 막중한 일이 있다. 바로 단군조선의 얼과 혼이 면면히 이어지도록 하는 것이다.”

최영이 단호히 말하고 나서 단고승을 지긋이 응시하였다. 자신이 단고조선과 고구려의 옛 영화를 실현하려다가 실패했다고 하여 선인의 후예가 끊기게 할 수는 없었다. 그 길은 면면히 이어져야 했다. 그 길을 최영은 단고승에게 맡기고자 함이었다.

단고승은 최영의 몸짓에서 뭔가 심상치 않은 낌새를 눈치 챘으나 최영이 제지하는 바람에 몸을 꼼짝할 수가 없었다.

최영은 곧바로 단전의 진기를 끌어올려 그대로 단고승의 단전에 전달하였다. 순식간에 벌어진 일이었다. 최영의 진기가 전해져 단고승의 몸속으로 퍼져나가자 단고승의 얼굴에 화색이 돌며 그의 온몸은 봉황이 꿈틀거리듯 힘이 맥박 쳐 왔다. 그와 동시에 한꺼번에 진기를 쏟아낸 최영은 몸을 휘청거렸다. 그러나 이내 몸을 곧추세우며 단고승을 향해 입을 열었다.

“이제 너는 선인의 후예로서의 길을 가거라. 그리고 삼위일혼검법을 완성시킨 이 장검 또한 받거라.”

최영이 장검을 건네주자 단고승이 거부하지 못하고 소중하게 받아들였다. 최영이 다시 말을 이었다.

“너의 사부 고군기는 그 장검으로 시전된 삼위일혼검법을 보고 일격필살검법이라고 불렀다. 내 너에게 그 장검을 주는 것은 나처럼 반역자의 재능을 써먹으려고 하지 말고 단호히 응징하라는 뜻이니라. 재능보다는 충심이 우선한다는 뜻이고, 단군조선의 얼과 혼을 배반하고 역적 행위를 일삼은 자들에게 절대 망설이거나 주저하지 말고 그 장검을 사용하라는 뜻이니라. 허나 거기에만 내 뜻이 있는 것은 아니다. 단군조선과 고구려의 옛 영화를 실현하는 일을 남의 힘에 의지하게 되면 결정적 시기에 손발이 묶이게 되니, 어떤 경우에도 그 장검으로 자신의 힘을 키우라는 뜻이니라."

최영은 이성계의 야심을 눈치 챘으면서도 초심의 마음으로 돌려세우려다가 도리어 그 순수한 충심이 농락당한 채 반역 행위를 벌일 기회를 준 것이었다. 그걸 눈치 채고 막으면서 단호히 고려 중흥의 길로 나가려 했지만 우왕 또한 자신의 안위를 더 중시하고서 출정을 결코 허락하지 않았다. 그로 인해 어찌하지도 못하고 실패에 이르게 된 것이었다. 최영은 그 과오를 순순히 인정하면서 앞으로 절대 잊지 말고 그걸 교훈으로 삼으라고 언명을 내린 것이었다.

"그 뜻을 맹세코 받들 것이옵니다."

단고승이 뚜렷한 목소리로 대답하자, 최영이 다시 입을 열었다.

"내 절호의 기회를 맞이했는데, 실패를 범하였으니 앞으로 선인의 길은 참으로 험난할 것이다. 그건 죽음보다도 더한 고통일 수도 있을 것이야. 단배와 단달, 단국희는 형이자 오빠인 단고승을 잘 도와주기 바란다. 너희들은 선인의 후예가 끝끝내 이어지도록 해 내야만 할 것이다. 자, 가거라. 저들이 너희들이 있는 것을 모르게 빨리 떠나거라."

"큰아버님!"

단고승과 단배, 단달, 단국희 등은 흐느끼면서 최영의 강요에 의해 떠나갔다.

최영은 이제 우왕을 알현했다.

"주상께서는 개경으로 돌아가시옵소서. 노신이 이곳에 있으면서 여러 장수들을 지휘하겠사옵니다."

"경은 어찌하여 과인을 멀리 보내려고만 하십니까?"

우왕은 아직도 사태 파악을 못하고 최영이 곁을 떠나면 시해될 것이 걱정되어 떠나지 않았다. 도리어 신변의 위험에 더욱 불안해하였다. 급기야 환관인 대호군 김길상과 호군 김길봉마저 죽였다. 하는 행동이 위험한 수작질을 하는 것으로 보여 단호히 처형한 것이었다.

요동 원정군에서는 이성 원수 홍인계와 강계원수 이의가 앞장서서 요동 땅에 들어가 사람을 죽이고 재물을 빼앗았다고 보고하였다. 우왕은 이제사 원정이 이뤄진 것으로 이해하고 기뻐하였다. 허나 최영은 한심하기 짝이 없는 행동이라는 것을 단박에 알아차렸다. 요동을 고려 땅으로 수복해야 하는 판에 함부로 재물을 약탈하고 사람을 죽여서는 안 되는 일이었다. 이것은 요동을 수복하고 지키려는 의사가 없는 행위였다.

이성계는 곧 장수들을 꼬여 회군을 요청할 것이었다. 그 핑계

거리를 찾기 위해 그토록 진군 속도를 늦추어 장마가 올 때까지 시일을 끈 것이었다. 아니나 다를까 도하를 시도한 지 이틀 만에 좌우도통사가 회군을 요청해왔다. 우왕과 최영은 허락하지 않았다. 대신에 환관 김완을 과섭찰리사로 임명해 금과 비단, 말을 가지고 좌우도통사와 원수들에게 내려주며 부대의 진격을 독려하게 했다. 그런데 이성계는 교묘히 군사들을 선동해 이들을 억류하고 나왔다.

원정군이 요동을 수복하기 위한 전투를 벌일 생각은 아니하고 반역의 명분을 찾고 있는 것이었다. 이런 때에 양광도 안렴사 전리로부터 왜적이 40여 군을 침구했는데 잔류 병력이 취약해 적들이 무인지경을 밟는 것같이 횡행하고 있다는 보고가 올라왔다. 이에 원수 도흥, 김주, 조준, 곽선, 김종연 등을 보내 적을 방어하게 하였다. 아울러 이성계 일당의 반역 행위에 대비하기 위해 한양으로 파견했던 여러 왕족들과 왕비들을 개경으로 귀환시켰다.

이성계는 반역의 정당성을 찾기 위해 좌우도통사의 명의로 다시 한번 회군을 요청해왔다. 그리고는 이성계가 친위병을 거느리고 동북 방면으로 회군했다는 유언비어를 퍼뜨렸다. 좌군도통사 조민수로 하여금 반역의 길에 동조하게 하려는 수작이었다. 조민수는 진격하라는 명을 따르지 않았으니 그 책임을 면할 수 없음을 알았기에 이성계의 올가미에 걸려 반역의 길에 동참하지 않을 수 없었다.

최영은 이번이 회군 요청의 마지막이라는 것을 알아차리고 단호하게 답장을 보냈다.

"8도 도통사 최영은 요동 출정군에게 단호하게 진군할 것을 명하노라. 우리의 영토를 되찾기 위해 싸우다가 힘이 없어 뺏기는 것은 훗날 힘을 키워 다시 되찾을 수 있으나, 스스로 땅을 내주는 것은 영원히 그 땅을 되찾지 못하게 하는 역적 행위이니라. 고려 조정과 고려 왕을 반대하여 난을 일으킬 수는 있으나 환인, 환웅, 단군조선으로부터 면면히 이어온 우리 역사의 얼과 혼을 배반하고 우리 영토를 스스로 내주는 자는 만고의 역적이니라. 후세의 역사는 이것을 반드시 기억할 것이다. 두렵지 않는가? 다시 한번 엄명하는바 진군의 명을 따르라."

저들이 반역의 길로 들어서 군사를 되돌려 공격해 온 이상 가차 없는 속도로 치달려 올 것이었다. 그에 맞서는 군사를 모집할 시간이 역부족이었다. 이미 모든 것은 정해진 것이었다. 그걸 알면서도 진군을 명한 것은 후세를 위한 것이었다. 자기 목을 내놓음으로써 그 죽음을 발판으로 요동 땅을 수복할 명분을 주는 것이었다. 참다운 단군조선의 얼과 혼을 가진 후손이 오늘의 사건을 역사의 교훈으로 삼아 홍익인간의 세상을 실현하는 데 있어서 다시는 오늘과 같은 실패를 걷지 않기를 바라는 마음이었다.

하지만 최영의 가슴에 슬픔이 몰려오는 것은 어쩔 수 없었다. 어쩌다 한 번씩 올까 말까 하는 이 절호의 기회를 살리지 못함으로 하여 단군족의 영화 실현의 길을 그르쳐버린 것이었다. 그로 인해 제국을 행세하려는 자들에 의해 단군족의 후예가 또 얼마나 간섭을 받고 고통에 시달릴까를 생각하니 눈앞이 아려왔다. 자신의 대에서 그 아픔의 고리를 끊으려고 하였건만 또다시 단고승과 단배, 단달, 단국회 등에게 그 고통을 넘겨준 것이었다. 단군조선의 정신을 배신한 김유신, 김춘추에 의해 신라가 외세인 당나라와 손잡고 고구려와 백제를 멸망하게 하더니, 사대주의자 김부식이 삼국사기로 단군조선의 역사와 사상을 부정하게 만들어 단군족의 정신을 병들게 만들었고, 급기야 이제 반역자 이성계에 의해 단군조선의 얼과 혼이 서려 있는 땅마저 스스로 내주는 꼴이었다. 이걸 막아내지 못하고 단고승에게 단지 선인의 맥을 이어주면서 그들에게 환인과 환웅, 단군조선으로부터 면면히 계승되어온 우리 역사의 얼과 혼이 끊어지지 않도록 하라고 부탁하는 신세가 되었으니 자신이 책무를 다하지 못한 그 책임의 후과가 너무나 큰 것이었다.

최영은 밤을 꼬박 새운 후 자책감에 밖으로 나왔다. 벌써 새벽의 기운이 퍼진 가운데 저 멀리서 태양이 떠오르고 있었다.

최영은 깜짝 놀라지 않을 수 없었다. 그 태양 속에서 한단 선사와 고군기의 얼굴이 보인 것이었다. 그들은 그를 책망하는 것이 아니라 장한 일을 했다는 듯 반갑게 손짓하는 모습이었다. 그와 동시에 그들의 얼굴이 단고승과 단배, 단달, 단국회 등의 모습으로 바뀌지는 것이었다. 최영의 눈에 서서히 떠오르는 태양의 빛줄기가 환하게 비춰 들었다. 또다시 희망의 서광을 발견한 것이었다. 내일에는 내일의 태양이 떠오르듯 내일의 제2, 제3의 한단

선사와 고군기, 최영이 태어나는 한 단군조선의 옛 영화를 실현하고 홍익인간의 세상을 일구는 날은 꼭 올 것이었다. 그 확신에 최영은 기꺼이 환하게 웃었다.

작가 후기

이 소설의 집필을 시작한 이래 여러 사정으로 수년의 세월이 훌쩍 지나가 버렸다. 예상보다도 수년의 세월이 더 늦어져 쓰이게 되었다.

이 글을 다 끝내고 나면 후련할 줄 알았다. 도리어 가슴이 더 답답하고 무겁기만 하다. 아마도 그토록 꿈꾸었던 소망의 결말을 보지 못했기 때문일 것이다.

고진감래라고 하듯 정말 어렵고 힘든 삶을 살아왔다면 나중엔 달콤한 행복을 맛보아야 할 것이다. 이게 우리 보통 인간 군상의 상식일 것이다. 아니 바람일 줄도 모른다. 그런 미래의 희망이 있기에 당면한 난관을 맞아 기꺼이 고통을 감내하는 것 아니겠는가? 그토록 피와 땀을 바치며 노력해왔는데, 희망은커녕 또다시 그 꿈을 위해 목숨까지 내놓아야 한다면 어떻게 될까? 언젠가는 실현될 것이라는 확신이라도 있다면 다행이지만 그마저 붙잡을 수 없는 무지갯빛 아지랑이라면 어떻게 해야 할까? 이 소설의 끝 부분에서 저자의 가슴을 짓누르는 것은 바로 이 문제에 대한 질문이었다. 거기에 무엇이라고 대답할 수 있을까?

최영은 고려 말 원명 교체기에 요동 땅을 수복하고 고려를 중흥시키려 한 충신이었다. 마침내 이인임과 임견미, 염흥방의 일당을 청소하고 고려 중흥의 기치를 전면에 내걸었다. 이인임과 임견미, 염흥방은 입으로만 대등외교이니 요동수복이니 하였지만 그들은 친명사대 정책의 추진자들과 아무런 차이가 없었다. 그런 관계로 고려 중흥을 바라는 세력들은 약화될 수밖에 없었다. 그런 이인임과 임견미, 염흥방의 일당을 소탕하고 나니 조정의 세력 분포는 더욱 친명사대 세력이 주요 세력을 형성하게 되었다.

이런 상황을 알았지만, 최영은 요동 수복을 위해 고려 조정의 내적 상황을 정리할 여유가 없었다. 그때껏 청렴결백하게 살아왔고, 오직 고려 중흥을 위한 삶을 살아왔기에 그런 불안한 요소를 감수하고서 요동 정벌의 길을 감히 선택하였다. 허나 역사는 냉정했다. 야심을 꿈꾸는 자는 절대 믿어서는 안 된다는 사실을 최영은 간과했다. 아니 그랬다기보다는 고려를 강국으로 만들려는 꿈이 너무나 강렬했다. 그 허점을 이성계는 파고들었다.

고려 최정예의 군사 지휘권을 내줄 때 믿지 못하면 그 가족을 인질로 삼은 것은 당연한 조치였다. 얼마나 시일에 쫓겼으면 최영은 그 대책마저 세우지 못했다. 이성계는 그걸 간파하고 철저히 이용하였다. 그들은 회군할 때쯤에 이르러 가족들마저 다 대피시켰다. 이성계는 1388년 4월 18일에 평양에서 출발하여 5월 7일에서야 압록강을 건너 위화도에 도착하였고, 4일이 지난 5월 11일이 되어서야 1차 도하를 시도하다가 이틀 만인 13일에 철군을 요청하였다. 명분을 찾기 위해 2번에 걸친 회군을 요청해 놓고선 5월 22일에 위화도 회군을 단행하여 평양도 아니고 개경 외곽에 6월 1일에 도착하였다. 이성계의 사병인 동북면의 병사들도 개경으로 곧바로 진군하였다. 그들의 움직임이나 진군 속도를 비교해 보면 얼마나 치밀하게 준비했는지 판단할 수 있을 것이다.

이성계의 패거리와 연결되는 윤소종은 곽광전을 이성계에게 바쳤다. 차후 왕의 교체까지 염두에 두는 행보였다. 이성계와 친명 사대 유자들이 사전에 철두철미 반역을 기획했다는 것을 의미했다.

최영은 그것을 전혀 눈치채지 못했을까? 그렇다고 대답하기에는 최영의 삶 자체가 파란만장했고, 전장에 나가 한 번도 패한 적이 없는 백전노장이었다는 점이다. 백전백승은 결코 우연에 의해 만들어지지 않는다. 그만한 상황 판단 능력과 작전을 전개할 수 있는 자질을 갖춰야 한다. 최영은 그 모든 것을 알았다. 그렇지만 요동을 수복하고 고려의 중흥을 이룩하기 위한 길은 그 길밖에 없다고 보았기에 자신의 목숨과 고려의 국운까지 걸며 단 하나의 길을 선택한 것이었다.

그런 최영에게 고지식하고 대체(大體)에 어두웠다고 비판한다면 나라의 운명보다는 개인의 이익을 앞세우라고 말하는 것과 무엇이 다를까? 친명사대 유자들이 비판한 대로 최영이 대체를 따져 먼저 반역 도당을 척결하는 방향으로 칼끝을 돌렸다면 그자들은 역사에서 죽음을 면치 못했을 것이다. 그들은 비난하기 전에 친명 사대를 외치는 자들을 척결한다 할지라도 그 당시 상황에서 요동을 수복할 기회를 놓친다는 것을 알았기에 최영이 목숨을 걸고 그 길을 걸어갔다고 한다면 차라리 숙연함을 느껴야 하지 않을까?

최영은 요동 원정군이 회군하며 반역을 행할 때 막을 수 없다는 것을 알았다. 방어하려는 의욕 자체를 잃었다. 그토록 요동 수복을 통해 고려의 중흥을 이룩하려고 하였는데, 그만 수포로 돌아가게 된 데에 대한 안타까움과 서글픔 때문이었다. 만약 최영이 반역 도당을 향해 시일을 끄는 방어 전략을 수립하였다면 그들의 행위는 성공하지 못했을 것이다. 그들은 이미 명분상으로 너무 미약했다. 고려의 중흥을 이룩하기 위해 우리의 땅을 수복하자고 하는데, 도리어 거기에 대고 반역 행위를 하자는 명분이 도대체 어떻게 성공을 거둔단 말인가? 친명 사대 세력이 세를 확산시켰다고 하더라도 고려 왕조를 지키려고 하는 세력이 더 많은 상황이었다.

하지만 최영은 더 이상의 미련을 버렸다. 최영이 이성계의 반역 도당에 의해 체포되었을 때 이성계는 최영에게 이번 사태는 자기 본심에서 일으킨 것이 아니었다고 말했다. 어찌 그런 거짓말을 저토록 뻔뻔스럽게 지껄일 수 있단 말인가? 그건 최영이 그를 참하지 않고 초심의 마음으로 돌려세우려고 그토록 노력했던 숭고한 충심을 처절히 짓밟은 짓이었다. 이성계의 모습에서 자신의 야심을 채우기 위해서라면 나라와 민족의 운명은 거들떠보지도 않고 양심마저 끝까지 숨기는 파렴치한의 모습을 느껴야 하지 않을까?

조민수는 참으로 어리석은 인간이 아닐 수 없다. 그는 이인임의 입장을 따랐던 부류라고 할 수 있다. 이인임과 임견미, 염흥방의 세력이 그토록 오랜 기간 권세를 누릴 수 있었던 이유는 고려의 중흥을 내거는 최영이 있었기 때문이었다. 그들은 최영의 명분을 차용하고서는 실상은 친명사대정책을 수행하여 자신들의 탐욕을 채웠다. 최영이 제거된 이상 그들이 설 땅은 없었다. 그들의 명분은 그들에게서가 아니라 최영에게서 나온 것이었다.

자기 명분이 없으니 남은 건 오직 하나 자신들의 권력 유지뿐이었다. 반면에 이성계의 무장 세력과 친명 사대 유자들은 대륙의 정세에 부응해 사대의 예를 취해야 전쟁의 참화를 막을 수 있다는 명분을 내세웠다. 게다가 권력에 소외된 유자들은 이미 피폐해진 고려 사회를 재건하자면 개혁해야 한다는 명분까지 확보했다. 기득권을 가진 권세가들에 대항해 개혁이라는 명분으로 그들의 권력을 빼앗기 위함이었다.

실상 그들이 내건 사전혁파는 왜구의 침구에 의해 강화도가 유린될 때 최영이 이미 추진했던 정책이었다. 인재등용이나 조정의 기강 확립은 최영이 그토록 추진하고자 몸부림치는 사안이었다. 단 최영은 그것을 자신의 권세를 강화하는 차원으로 한 번도 사용하지 않았다. 반면에 친명사대 유자들은 그들의 재정적 기반 마련과 권력을 장악하는 수단으로 이용하였다.

이성계와 뜻을 같이했던 조준은 최영이 국방력을 강화하기 위해 적극적으로 후원한 화통도감도 쓸데없는 재정 낭비라고 주장하고 폐지해 버렸다. 대비시키자면, 최영은 개혁을 추진할 시간적 여유가 없었지만 고려를 중흥시켜 단군조선의 옛 영화를 실현하는 데에 초점을 두었다. 반면에 이성계의 무장 세력과 친명 사대 유자들은 명에 사대하면서 내적으로 자신들의 권력을 장악하기 위한 수단으로 이용한 것이었다.

이성계 일당이 친명 사대의 명분과 사전혁파와 같은 개혁을 내걸며 권력을 탈취하려고 할 때 명분도 없고, 단지 기득권만을 지키려고 하는 조민수 같은 세력이 어찌 감당할 수 있겠는가? 더욱이 최영이야 백전백승의 명장으로서 위명을 갖고 오랫동안 군 통수권을 장악해온 사람이니 군대의 장악력을 가질 수 있었지만, 조민수는 그런 위명도 없고, 이성계의 압도적인 사병 앞에 제압당한 상태에서 어떻게 버틸 수 있겠는가?

조민수는 제 스스로의 선택에 의해 위화도 회군도 하지 않았으면서 도리어 살아남기 위해 이성계의 술책에 빠져 더 악착같이 반역에 앞장섰다. 하지만 이성계에 의해 이용당하고 사라질 수밖에 없는 운명이었다는 것을 몰랐으니 얼마나 한심스런 인간인가?

우왕은 이성계의 반역 행위를 참지 못하고 직접 그들을 죽이기 위해 1388년 6월 환수 80여 명을 무장시킨 채 이성계와 조민수, 변안열의 집으로 쳐들어갔다. 그들이 모두 집에서 나와 사대문 밖 군영에 있었는지라 실패하고 말았다. 반역 도당이 그런 우왕을 놔둘 리 만무했다. 조민수는 우왕을 폐위시키고 이색의 도움으로 우왕의 아들인 창왕을 내세우며 버티려고 하였다. 하지만 이미 대세는 정해졌으니 이성계의 앞잡이 노릇만 하다가 회군한 지 2달도 못 돼 사전개혁을 저지한다는 명목으로 조민수는 조준의 탄핵을 받고 창녕군으로 유배되어 쫓겨날 수밖에 없었다.

이성계 일당에게 가장 두려운 존재는 최영의 존재였다. 살아 있으면 언제든지 그를 중심으로 재기할 수 있다는 두려움이었다. 그들은 최영을 체포한 후 고봉현으로 유배하였다가 다시 합포로 귀양 보냈다. 창왕이 즉위한 후 다시 신문하고서는 충주로 보냈다. 1388년 8월에 이성계는 전국의 모든 군무를 지휘할 권한인 도총중외제군사를 꿰차고서는 최영을 다시 순군옥에 가두더니 1388년 12월 처형하였다.

최영은 형을 받으면서도 자신의 행위가 떳떳함에 말과 얼굴빛이 평상시와 똑같았다. 백성들은 최영의 죽음이 고려 중흥의 죽음이었고, 단군조선으로부터 면면히 이어온 우리 역사의 얼과 혼의 죽음이라는 것을 알았기에 그 죽음을 맞아 도성 사람들은 저자를 파했다. 원근에 소식을 들은 거리의 아이들과 여항의 부녀자들까지 모두 눈물을 흘렸다. 그 주검이 길가에 놓여 있자, 길을 가던 자들도 말에서 내려 애도를 표했다.

이성계 일당은 권력을 차차로 장악하는 과정에서 우왕의 아들인 창왕이 왕위에 있다면 언제든지 쫓겨날 수 있다는 불안감을 안고 있었다. 그러던 차에 1389년 11월 김저의 옥사 사건이 벌어졌다. 최영의 조카인 김저와 친족인 정득후가 강화도에서 경기도 여흥군으로 이배되어 온 우왕을 몰래 알현하였는데, 우왕이 자신이 잘 알고 있다는 곽충보와 모의해서 이성계를 죽이라고 지시한 것이었다. 곽충보는 회군하여 최영을 앞장서서 체포한 자인데, 그런 자가 이성계의 살해에 가담할 리 없었다. 곽충보는 이성계에게 모의 사실을 고해바쳤고, 이성계를 살해하려고 시도한 김저와 정득후는 체포되었다. 정득후는 스스로 자결하였지만 김저는 체포되었는데, 이성계 일당은 이를 자신들의 반대 세력을 제거하는 데로 이용하였다.

이성계의 반대 세력이 대대적으로 제거되었으니 그들의 권력 장악을 막을 수가 없었다. 그들은 창왕을 그대로 놔두었다가는 자신들의 목숨이 위협받기에 창왕을 하야시킬 명분을 찾았다. 이성계를 비롯해 심덕부, 지용기, 정몽주, 설장수, 조준, 박위, 정도

전, 성석린 등은 우창비왕씨설을 내세워 우왕과 창왕은 공민왕의 아들이 아니니 왕씨 성으로 고려왕을 잇게 해야 한다는 주장을 들고나왔다. 만약 우왕이 공민왕의 아들이 아니었다면 처음부터 그리 주장했어야 맞을 것이다. 그들은 국왕의 명도 따르지 않고 사대의 예를 들고 나와 반역과 불충의 행위를 합리화하였듯이 자신들의 권력을 장악하기 위해 인륜 도덕까지 들먹이는 비열한 짓거리를 벌였다.

그들에 의해 창왕이 폐위되고 신종의 7대손인 공양왕이 등극하였다. 고려의 자주권을 부정하고 친명사대해야 한다는 상황에서 남은 것은 조정 관리의 등용을 독점하려는 유자들 간의 권력 다툼밖에 남지 않았다. 원래 새로운 권력가가 등장하게 되면 그에 따라 그들 간의 세력 재편이 일어나고 권력 싸움이 벌어지는 것은 다반사였다. 이성계를 주축으로 해서 권력을 재편할 것인가, 그렇지 않으면 이성계의 독주권을 인정하지 않고 서로 동등하게 나눠 가질 것인가의 두 가지 싸움일 수밖에 없었다. 허나 군권을 이성계 일당이 장악했으니 그 싸움은 거의 끝난 상태나 다름이 없었다.

그들은 서로 명을 찾아가 자신들의 권력 장악을 정당화하려 들었다. 결국 1390년 5월 윤이와 이초 사건이 발생하였다. 왕방과 조반이 명에서 귀국하여 윤이와 이초 일당이 이성계가 명을 배반하여 침범하자 이색 등이 반대하여 유배당했으니 명이 군대를 보내 고려를 공격하라고 요구했다는 식으로 조정에 알렸다. 참으로 허황되기 짝이 없는 말이었다. 권력을 장악하기 위한 권력 논리에 의해 술수가 동원되고, 이성계 일당은 터무니없는 말이라는 것을 알면서도 정적을 제거하기 위해 이를 이용하였다. 그 계기는 김종연이 지용기로부터 윤이와 이초 사건에 관련되어 있다는 말을 듣고 스스로 겁이 나 도주하였는데, 그걸 기회로 삼은 것이었다. 서로 친명사대하며 권력 다툼이나 벌이고 있으니 명에서는 고려를 호구로 보고 1391년 4월 군마 1만 필과 환관 200명까지 요구하였다. 다시는 고려가 요동을 수복하기 위한 움직임을 벌이지 못 하도록 하기 위한 술책이었다. 이성계와 같은 행보를 죽 걸어왔던 정몽주는 이성계 일당의 권력 재편에 반대하며 이성계 세력을 제거하기 위해 몸부림을 쳤으나 이방원과 조영규에 의해 선죽교에서 피살됨으로써 고려 왕조는 막을 내리고, 1392년 7월 이성계에 의해 이씨 왕조가 열리게 되었다.

역사가 뒤틀려지고 나라의 운명이 어떻게 되든지 상관하지 않고 자신의 야심을 채우기 위해 수많은 거짓과 변신을 밥 먹듯이 하던 자가 역사의 승리자가 된다면 그런 현상을 어떻게 봐야 할까? 정의는 죽었다고 통곡하며 눈물만 흘려야 할까? 정의와 상식을 지키면 역사의 패배자가 될 터이니, 자신의 사욕을 채우기 위해 정의와 진리도 다 외면하고 살아야 할까? 정녕 어떻게 살아야 할까? 옳은 것을 옳다고 말하지 못하고 거짓을 거짓이라고 말하지 못하는 상황을 어떻게 마주하여야 할까? 과연 21세기의 한국

사회는 이 문제에 대해 제대로 된 답을 보여주고 있는 것일까?

최영 장군은 자신의 목숨을 바쳐 말하고 있다. 몇몇 사람이 모여 헤쳐나가려고 하면 실패할 것이기에 제2, 제3의 한단 선사, 고군기, 최영이 손을 잡아야 한다고. 우리 모두가 제2, 제3의 한단 선사, 고군기, 최영이 되어 굳게 손을 맞잡아야 한다고. 아울러 단군조선의 얼과 혼을 배반한 반역자는 절대 그 재능을 사려고 하지 말고 장검으로 주저 없이 처단하여야 한다고. 이것이 홍익인간 실현과 요동 수복에 자신의 운명을 건 최영이 역사에 내던진 질문이 아닌가 싶다.